剑来 28

清都山水郎

◎烽火戏诸侯 著

浙江文艺出版社
Zhejiang Literature & Art Publishing House

第一章
做客

为了不打搅陈平安三人叙旧，姜尚真没有直接返回云笈峰，而是留在了黄鹤矶。他悄悄去了趟螺蛳壳，住在平日只用来款待贵客的一座姜氏私宅里，府上女婢都是类似清风城许氏的狐皮美人。

此处山水秘境，天色与福地相同。姜尚真取出一串钥匙，打开山水禁制，入门后登高凭栏远眺，螺蛳壳的玄妙就一下子显现出来了。云海滔滔，唯有脚下府邸独独高出云海，如孤悬海外的仙家岛屿。其余所有府邸掩映在白云中，小如一粒粒浮水芥子。姜尚真左手持一把泛白的老蒲扇，扇柄还套上了一截青神山老竹管，正轻轻扇动清风；右手则持一把半月壶，正缓缓啜着茶。此处视野开阔，黄鹤矶四周风光一览无余。

姜尚真在等待一位老友登门与自己倒苦水，只是那撑船老篙师竟然久久没有露面。既然闲来无事，那就得找点事做。姜尚真担心黄鹤矶招待不周，冷落了他的叶姐姐，便想着看看叶姐姐府上还缺什么，他好让人准备。于是，他一边念叨着“非礼勿视”，一边施展掌观山河神通，寻见了那座府邸。只见叶芸芸正在院内以一幅蒲山祖传仙人步罡图走桩练拳，姜尚真伸长脖子、瞪大眼睛，好像恨不得把脸贴在她的拳头上。叶芸芸心有感应，微微皱眉，一肘递出，磅礴拳意在螺蛳壳山水秘境内如一道白虹悬空，打得姜尚真赶紧以蒲扇遮脸。那蒲扇狠狠地砸向他的面门，他踉跄后退数步，轻轻一挥扇，驱散那道拳意凝练的悬空长虹。

止境武夫就是如此难缠，神识太过敏锐。姜尚真赶紧换了别处去看，一位颇有名气，有望跻身本届花神山新评又副册的仙子姐姐正在开启黄鹤矶镜花水月。她一边在画案前作一幅工笔白描仕女图，一边与人说着今日遇见蒲山云草堂的黄衣芸，并有幸与黄山主小聊几句的事。一时间，她所在府邸泛起阵阵灵气涟漪，看样子，除了雪花钱，竟然还有豪客丢下了一枚小暑钱。姜尚真挥了挥蒲扇，想要将那画卷上因运转山上术法而袅袅升起的烟霞驱散几分，因为此时的仙子姐姐正一手横放身前、双指拈住持笔之手的袖子，这风景最是赏心悦目。

姜尚真喝了一口茶水，对这位魏姐姐佩服不已：竟然能够与一洲武道第二人的叶芸芸"小聊几句"，都快与自己的待遇差不多了。她说是真敢说，信是真有人信。

谱牒女修名为魏琼仙，来自一个南方仙家门派，师门曾经与玉芝岗关系极好。

想起那座玉芝岗，姜尚真也有些无奈。一笔糊涂账，与昔年女修如云的冤句派是一样的下场，犀渚矶观水台、山上绕雷殿，说没就没了。关于玉芝岗和冤句派的重建事宜，祖师堂的香火再续、谱牒重修，除了山上争执不休，书院内部如今为此还在打笔仗。

大概是因为黄衣芸在黄鹤矶现身太过稀罕，又有一场可遇而不可求的山上风波差点惹得黄衣芸出拳，使得螺蛳壳云海府邸各处镜花水月极多，让姜尚真看得有些目不暇接。他最后看到一个胖乎乎的少女，身穿一件桃李园女修炼制的山上法袍，色彩比较艳丽，品秩其实不高，属于那种山上谱牒女修未必穿得起，却是镜花水月仙子们的入门衣裙。她孤零零一人住在一座神仙钱耗费最少的府邸，开启镜花水月后便开始自说自话，说得磕磕绊绊，经常会停下话头，酝酿好久才蹦出一句自以为风趣的言语，只不过好像根本无人观看。她坚持了两炷香工夫，额头已经微微渗出汗水，是自己把自己给吓的，最后十分多余地施了个万福，赶紧关闭了镜花水月。她一屁股坐在小院石凳上，双手互搓，偷偷擦掉手心汗水，再抬手蹭了蹭额头，从袖子里拿出一摞小字条，上边写满了摘抄下来的诗词句子。

自顾自地仔细"复盘"那场镜花水月的小姑娘，偶尔挠挠脸，偶尔懊恼，偶尔羞赧，最后收起小字条，扬起拳头，给自己加油鼓气。可她还是有些泄气，将她那张胖乎乎的脸庞贴在石桌上，微皱眉头，轻轻叹息，大概是觉得自己好丑好丑，挣钱好难好难吧。

娇憨小姑娘取出几件用以观看别家镜花水月的仙家物，一咬牙，选中其中一株小巧玲珑的珊瑚树，其上红光流转，显示镜花水月正在开启。她抿了抿嘴，小心翼翼地取出一枚雪花钱，将其炼为精纯灵气以浇灌珊瑚树，不一会儿，她的眼前便缓缓铺开一幅山水画卷，正是那位暂时与她在螺蛳壳当邻居的作画仙子。小姑娘深吸一口气，正襟危坐，全神贯注，眼睛都不眨一下，仔细看着那位仙子姐姐的一言一行、一颦一笑。

花了一枚雪花钱呢，挣钱不易，花钱却如流水，她能不认真吗？

可是小姑娘越看越伤心，因为觉得自己这辈子都学不会。

姜尚真收起茶壶，一手托腮，轻轻摇晃蒲扇，远远凝视着那个小姑娘，笑意温柔。

老篙师倪元簪在门外现身，大门未关，他一步跨入其中，再一步来到姜尚真身边，笑道:“家主还是一如既往地有闲情逸致。”

姜尚真就着壶嘴喝了口茶,然后打趣道:“干吗要去招惹我那好友,老寿星突然想要知道砒霜的滋味——嫌命长,还是觉得抖搂过一手江淮斩蚊就剑术无敌了？现在好了,一根竹篙都没了,以后还怎么当摆渡舟子。”

倪元簪说道:“当年我们约好了的,我只是担任云窟福地黄鹤矶的不记名客卿,静待有缘人拿走那枚上古金丹。除此之外,我做什么说什么,是去是留,都毫无约束。”

姜尚真点头道:“这么多年来,你肩头那只趴窝的三足金蟾帮我的福地聚拢了不少财运,这点是得谢谢你。只不过你怂恿我带着陆舫去往藕花福地,说是有望帮他解开心结,实则暗藏算计,害得我与好友天各一方。恩怨分明,刚好两清。”

倪元簪先前如仙人兵解,留下一件鹤氅遗蜕在船上。他瞥了眼再无渡船的江水和渡口,感叹道:“身心久在樊笼,如今复归自然,不承想反而有些不适应了。”

姜尚真笑道:“如今浩然天下大势已起,你送出那枚烫手的金丹后,就没想着做点什么？比如去见一见隋右边。”

离开藕花福地的,当然不止陈平安身边的“画卷四人”。老观主身为天底下辈分最高的那一小撮修士,何况还是一位高不可攀的十四境。能够以福地问道洞天,与道祖切磋道法,修为还是很高的。

倪元簪问道:“你就不好奇我要将那金丹送给谁?”

姜尚真一笑置之,收起了那把半月壶。别看不起眼,当年若是真能够以一片柳叶斩杀了赊月,当下云窟福地高悬的那轮明月便会是十大洞天、三十六小洞天和七十二福地当中最纯粹的。至于如今,姜尚真说实话,如果不是馋那落魄山的首席供奉,他还真不乐意去大骊。因为赊月如今就在陈平安的家乡小镇,凭借一大笔战功,不但被中土文庙认可,在浩然天下开宗立派都绰绰有余。

既然倪元簪都这么说了,并且先前在船上死活不愿将蕴藏在黄鹤矶中的珍稀金丹交给崔东山,意味着倪元簪在藕花福地的得意弟子隋右边确实不是什么有缘人。

姜尚真轻轻摇晃蒲扇:“不过是一件仙兵的归属,还不至于让姜某人好奇。”

结为金丹客,方是我辈人。但就算同样是金丹修士,一颗金丹的品秩也有云泥之别,就像一洲好看的女子千千万,能够登榜胭脂图的女子也就那么三十六位。

倪元簪主动道破天机:“结草为楼,观星望气,古地召亭,渊然千古。”

北地金顶观,道统法脉出自道教楼观一派。壮丽河山百二,以终南为最胜;终南千峰,又以楼观最著名。远古五岳,终南是其一,而且最难寻觅,与三山福地万瑶宗的祖山太山并列。而古地召亭,与终南山又大有渊源脉络。邵姓更是与姜尚真的“姜”以及宝瓶洲云林姜氏的“姜”一样,都是屈指可数的古老姓氏。

姜尚真啧啧称奇道:“金顶观杜老观主的运道不差啊,徒孙里边出了个邵渊然。我先前就觉得那小子运势处处古怪，好又好得不扎眼，这可比什么年少英发更难得。他先找了个愿意倾心栽培自己的好师父不说，又傍上了金顶观这么一条隐藏道脉，最后还能与覆巢之下得以保全的大泉王朝国祚搭上关系。一桩桩一件件，大大小小便宜没少赚，如今又只是坐在家中，就能等到倪老哥主动送去一桩机缘……这山上仙缘果然妙不可言，让姜某人都要眼馋了。只不过这对邵渊然那小子来说是天大好事，对倪老哥就未必了，蹚浑水，身不由己，重归樊笼里。"

倪元簪说道："我知道你对金顶观印象不佳，我也不多求，只求邵渊然在修道一途能够顺遂个一两百年。等他跻身了上五境，是福是祸，便是他自己的大道造化。"

"不做保证。"姜尚真摇摇头，"倪老哥今夜留下竹篙和鹤氅，果然见面礼不是白送的，早早看出我那兄弟曹沫与金顶观的脉络纠缠。你们这些隐士高人啊，行事就是喜欢草蛇灰线，让人厌烦。一个修道之人，乘舟沿着那条光阴长河，岁月悠悠，顺水而下，原本好好的，大家井水不犯河水，结果时不时就要在某处下游渡口瞧见同一人的身影，一次两次也就忍了，结果没完没了，别说是曹沫，就是好脾气如我，也要觉得没道理。"

倪元簪神色凝重起来，沉声道："听家主的意思，这是要出手阻拦我送出金丹？"

姜尚真点头道："邵渊然只要敢来黄鹤矶，我就让他死在你眼前。你敢去大泉送金丹，我就让他有命拿金丹补全道意，跻身传说中的丹成一品，偏偏没命破境跻身元婴。"

倪元簪冷笑道："你这是觉得东海观道观不在浩然天下了，就可以与老观主比拼道法高低了？"

姜尚真微笑道："隔了一个天下，姜某人还怕什么？"

倪元簪意味深长地道："哦？春潮宫周道友豪气干云，一如既往啊。"

姜尚真眨了眨眼睛，斜靠栏杆，身体后仰，蒲扇半遮面："莫不是老观主大驾光临？"

倪元簪冷笑不已。

一截柳叶一闪而逝，一道凌厉剑光从老篙师眉心处穿透头颅。

倪元簪伸出手指抵住眉心，一手扶住栏杆，怒道："姜尚真你狗胆！"

姜尚真大笑不已："装神弄鬼这种事情，倪老哥确实雏儿得很哪。老观主真要留下一粒心神在浩然天下，岂会浪费在处处与人为善、事事得理饶人的姜某人身上？"

倪元簪长叹一声，神色黯然道："我继续留在黄鹤矶，帮你开源福地财运便是。金丹归属一事，你我回头再议。"

姜尚真点头安慰："这就对了嘛，寄人篱下就得有寄人篱下的觉悟。倪老哥是正人君子，被我这种人算计，反而更能够证明你的光风霁月，何必伤感，应该高兴才对。云窟福地有什么不好的，一门之隔，天壤之别。去了外边的浩然天下，比姜某人还要小人的精明货色茫茫多，不是韩玉树就是杜含灵，不然就是芦鹰之流，钩心斗角个个是一把好手。倪老哥劳心费神，太容易吃亏，终究不如在这江上当个渔夫，行吟水泽畔，撑船明月中，举世浑浊你独清。”

接着又道：“对了，今夜新人新事所见极多，又想起一些陈年旧事，让我难得诗兴大发，只是绞尽脑汁才憋出了两句，有劳倪老哥补上？”

倪元簪冷笑道：“我看还是算了吧，姜家主才高八斗，我哪敢狗尾续貂，岂不是贻笑大方？”

姜尚真笑道：“如果我没有猜错，倪元簪你终究是藏私了。金丹不赠隋右边，却为这位生平唯一的得意弟子私自截留了一把观道观的好剑。我就说嘛，天底下哪有不为嫡传弟子大道考虑几分的先生。你要知道，当年我去往藕花福地，之所以浪费甲子光阴在里边，就是想要让陆舫跻身十人之列，好在老观主那边取得一把趁手兵器。”

他鸟瞰江水明月夜，自顾自说道：“我今欲借先生剑，天黑地暗一吐光。”

倪元簪皱眉不已，摇头道：“并无此剑，绝非诓人。”

姜尚真瞥了他一眼，说道：“你这个人就是剑。”

倪元簪怒道：“骂人？”

姜尚真笑道：“倪夫子不用故意如此失态，处处与我示弱。我认真翻过藕花福地的各色史书和秘录，倪夫子精通三教学问，虽然受限于当时的福地品秩，未能登山修行，使得飞升落败，其实却有一颗澄澈道心的雏形了，不然也不会被老观主请出福地。如果说丁婴是被老观主以武疯子朱敛作为原型去精心栽培，那么湖山派俞真意就该相隔数百年，遥遥称呼倪夫子你一声师父了。”

倪元簪感叹道：“风流俱往矣。”

姜尚真知道与倪元簪再聊不出什么花样，就继续掌观山河，看那魏琼仙的镜花水月，以仙人神通，不露痕迹地丢下一枚小暑钱，笑道：“我乃龙州姜尚真。”

魏琼仙不为所动，只是继续作画。一枚小暑钱，还不至于让一位有望登榜胭脂图的仙子大惊小怪。

所有观看镜花水月的练气士都听到了姜尚真这句话，很快就有个修士也跟着砸钱了，大笑道：“赤衣山姜尚真在此。”

又有人跟进：“鄱阳姜尚真在此！你们这些假姜尚真快滚出魏仙子的镜花水月！”

如今桐叶洲山上的镜花水月，以地名加个后缀“姜尚真”的，有很多。

拂晓时分，檐下小竹椅上，陈平安闭目养神，双手叠放，掌心朝上，只是分出一粒心神沉浸人身小天地中。

陈平安会心一笑，没来由想起了一本文人笔记上边关于访仙修道有成的一段描述，是单凭读书人的想象杜撰而成：金丹莹澈，五彩流光，云液洒六腑，甘露润百骸。但觉身轻如燕啄落叶，形骸如坠云雾中，心神与飞鸟同游天地间，松涛竹浪不绝于耳，轻举飞升约炊许光阴，蓦然回神，脚踏实地，才知山上真有神仙，人间真有方术。

在太平山，十一境的那拳，好像撰写了一部无字拳谱。拳谱一分为二，一半在仙人遗蜕韩玉树身上，一半嵌在陈平安自身山河中。

先前在竹海茅屋酣睡，陈平安其实就一直在潜心钻研拳谱，招式、气势、神意，层层递进，从拳理到拳法，无一遗漏，大受裨益。

武道十境不愧是止境，气盛、归真和神到三层楼之间的悬殊有如之前的境界之差。所以十一境的半拳就能让十境气盛的陈平安只能招架，而毫无还手之力。

陈平安收起一粒心神，又恰似一场远游归乡，缓缓退出人身脉络的万里山河，以心声说道："醒了？"

崔东山坐起身，睡眼惺忪，揉了揉眼睛，有些迷糊，伸了个大懒腰："大师姐还在睡啊？怎么跟个孩子似的。"

陈平安点头轻声道："她心弦紧绷太久了，先前乘船过河的时候倒是大睡了一场，可时间太短，还是远远不够。"

崔东山侧身而躺："先生，此次回归宝瓶洲途中，还有将来下宗选址桐叶洲，糟心事不会少的。"

"我占道理就是了。"陈平安抬起一只脚，悄然落地，缓缓道，"世道大抵还是那么个世道，讲理容易让人厌烦。学剑练拳所为何事？自然是为了让人更有耐心。从一个字都不愿意听，变成拗着性子愿意听几句；从原本的只愿意听几句牢骚，变成愿意从头到尾听完。"

崔东山欲言又止。

陈平安笑道："亲疏有别，人之常情，在所难免，我会把握好分寸。"

他站起身，开始六步走桩，出拳动作极慢，看得崔东山又有些睡意。

"我不是担心这个。"崔东山摇摇头，有些灰心丧气，"老王八蛋丧心病狂，将我软禁在齐渎祠庙里边好多年了，我费尽心思都脱困不得，直到去年末才从担任庙祝的林守一那边得到一道敕令，准许我离开祠庙。等我露面，才发现那老王八蛋心狠手辣得一塌糊涂，连我都坑，所以如今我其实除了境界，什么都没剩下了，大骊朝廷好像根本就没有崔东山这么一号人物出现过，我失去了大骊王朝所有明里暗里的身份。老王八蛋是故意让我在收官阶段从一洲形势的局内人变成一个彻头彻尾的局外人，又从半个落魄山局外人变成了真真正正的局内人。先生，你说这家伙是不是脑子有病？"

陈平安摇头说道："是为你好，也是为落魄山好。不然看似事事占据先手优势，实则与大骊处处牵扯不清，反而不清爽。到时候我与大骊讲道理，大骊与我谈香火情；我与大骊谈是非，大骊与我说大局……那才麻烦。"

崔东山无奈道："道理我懂，来见先生之前，我也是这么安慰自己的，但是当先生说到那个万瑶宗的韩玉树，我就又开始提心吊胆了。能够让一位仙人不惜拼了祖宗基业不管也要决意与先生分出个生死，以此换取功劳，说明什么？说明韩玉树身后最少站着一两位飞升境大修士，怕就怕连中土文庙都抓不到他们的把柄。我可以断定，前些年老王八蛋分明是对此有所察觉的，却故意不与我说半句。”

“没事，这笔旧账有得算，慢慢来，我们一点一点抽丝剥茧，不用着急。撼大摧坚，徐徐图之，就当是一场凶险万分的解谜好了。我之所以一直故意放着清风城和正阳山不动，就是担心打草惊蛇，不然在最后一次远游前，按照当时落魄山的家底，我其实已经有信心跟清风城掰手腕了。”

陈平安随心所欲地停下才走了一半的桩，坐回小竹椅，抬起手掌，五指指肚相互轻叩，微笑道：“从我和刘羡阳的本命瓷，到正阳山和清风城的真正幕后主使，再到此次与韩玉树的狭路相逢，极有可能还要加上剑气长城的那场十三之战，都会是某一条脉络上分出来的大小恩怨，同源不同流罢了。刚开始那会儿，他们肯定不是刻意针对我，一个骊珠洞天的泥瓶巷孤儿还不至于让他们如此看重。但是等我当上了隐官，又活着返回浩然天下，就由不得他们不在乎了。”

崔东山神色古怪，探头探脑望向裴钱，好像是希望大师姐来捅马蜂窝。

陈平安疑惑道：“怎么，刘羡阳已经跟清风城、正阳山铆上了？”

崔东山摇摇头，然后怯生生道：“是老厨子把整座狐国都给搬到了莲藕福地。”

陈平安愣了半天，哭笑不得，无奈道：“狐国之主沛湘是元婴境吧，那么好骗？清风城许氏安插在狐国的后手呢？隐患解决掉了？”

“当然不好骗，只是老厨子对付女子，好像比姜老哥还厉害。”崔东山使劲点头，“至于那个隐患，确实被我和老厨子联手摆平了。有人在沛湘的神魂里边动了手脚，此人极有可能就是那……”说到这里，崔东山脸色微白，汗流浃背，伸出一根手指抵住眉心。

“一些个念头，封禁如封山，与自己为敌最难敌，既然自己不让自己说，那么不能说就干脆别说了。”陈平安伸手拍了拍一旁的躺椅把手，示意崔东山别为难自己，笑着说道，“关于这个幕后之人，我其实早就有了些猜测，多半与那韩玉树是差不多的根脚和路数，喜欢暗中操控一洲大势。宝瓶洲的剑道气运流转就很奇怪，从风雷园李抟景到风雪庙魏晋，可能还要加上个刘灞桥，当然还有我和刘羡阳，显然都是被人在‘情’字上动手脚了。我早年与那清凉宗贺小凉的关系，就好像被月老翻检姻缘簿子一般，是偷偷给人系了红绳，所以这件事不难猜。七只祖宗养剑葫，竟然有两只流落在小小宝瓶洲，不奇怪吗？而且正阳山苏稼昔年悬佩的那只，其来历也云山雾罩。我到时只需循着这条线索去正阳山祖师堂做客，稍稍翻几页老皇历功劳簿，就足够让我接近真相。我现在唯一担心的事情，是那人趁我和刘羡阳去问剑之前，就已经悄悄下山云游别洲了。”

崔东山一咬牙，双指弯曲，竟是想要从神魂当中剐出一粒被自己和崔瀺关门紧锁的心念。陈平安双指并拢，轻轻一敲躺椅把手，以拳意打断了崔东山的那个危险动作，再一挥袖，崔东山整个人立即后仰倒去，贴靠着椅子。

陈平安笑道："我也就是没有一把戒尺。"

崔东山吐出一口浊气："学生没用。"

陈平安说道："知道我最佩服阮师傅的一点是什么吗？是他认为师父传道给弟子后，弟子安心练剑即可，不必为了门派与人吵架，或是抱团打架。师父领进门，修行在个人。进门修行的弟子，不是全然不顾祖师堂名誉，而是无须刻意计较那师徒名分，为此意气用事。说到底，修行还是个人事。落魄山上，我不会觉得裴钱必须像谁，落魄山也无须人人像我或是像裴钱。这一点，你当年其实就已经说得很透彻了。行了，你说件开心的事情。"

崔东山侧过身，双手掌心贴在脸颊上，整个人蜷缩起来，意态慵懒，笑呵呵道："先生，如今莲藕福地已经是上等福地的瓶颈了，财源滚滚，收益极大，虽然还远远比不得云窟福地，但是相较于其他上等福地，绝不会垫底。至于所有的中等福地，哪怕被'宗'字头仙家经营了数百年上千年，一样无法与莲藕福地相媲美。"

陈平安却没有太多喜悦，反而有些不踏实。崔东山善解人意，赶紧递过去一册出自韦文龙之手的账本："是我被软禁在齐渎祠庙之前就已经拿到手的。"

陈平安在看过莲藕福地是如何跻身上等福地的来龙去脉后，松了口气。天时地利人和兼具，只不过难免又欠下不少人情。无妨，山上的人情往来不像山下，本就不用计较十几二十年的光阴流逝。福地之内，山水神灵、鬼狐仙怪、花妖木魅、天材地宝、文武气运、仙家机缘层出不穷，纷纷现世。

陈平安眼神熠熠，一边仔细翻看账簿，一边随口询问道："大渎？是大骊为了让稚圭走水化龙？"

崔东山轻声道："那条贯穿宝瓶洲中部的大渎，名为齐渎。"

陈平安停下手上翻书页的动作，点点头，神色平静，继续翻动，语气没有太多起伏："记得当年李槐他们人人都得了张字帖，不然我也不会那么果断地就与稚圭解契了。为了做成解契一事，代价不小。"

崔东山有些可惜："如果先生不曾解契，如今就可以获得一笔源源不断的水运馈赠，此后百年千年都可以在落魄山上坐收红利，就算稚圭她不乐意给也得给。"

陈平安不以为意，玩笑道："讲道理，做好人，竟然也是要让人额外付出代价的。这个道理本身，我当初知道的时候，确实有些难以接受，只不过经历人事稍多，真正想通，真心接受了，反而更容易看得开。正因为道理不好讲，好人不易当，所以越发可贵嘛。"

崔东山喃喃道："天下事不过'得失'二字，得失再分出个主动被动，就是世道和人心了。"

陈平安点头道:“有理。”

纳兰玉牒和姚小妍两人一起走出屋子,来到这边。

陈平安伸出手指在嘴边,示意她们不要大声说话,因为裴钱依旧在熟睡。

纳兰玉牒以心声言语道:“曹师傅,今儿咱们要不要去砚山的? 如果有事的话,明儿一早再去。”

陈平安点头道:“要去的,等会儿动身前,我与你打招呼。”

纳兰玉牒带着姚小妍告辞,去欣赏那些堆积成山的砚材。

陈平安看着那座石材小山,沉默片刻,犹豫了一下,以心声问崔东山:“你知不知道一个叫赊月的女子? 听说如今在咱们宝瓶洲。”

崔东山点头道:“知道啊,与小米粒关系很好。先生,为什么问这个,是与她认识?”

陈平安摇摇头:“不认识。”

崔东山刚要多说几句,陈平安已经笑道:“以后记得时常提醒我,除跟自己人闲聊以及与人切磋问心外,一定要少说几句怪话。落魄山被你和裴钱两个带偏的风气,唯一的好处,大概就是让我对于旁人的任何恭维都已经相当相当敬谢不敏了。”

先前叶芸芸在黄鹤矶有问拳的架势。叶芸芸本身没什么,问拳自有她必须问拳的理由,陈平安对叶芸芸和蒲山云草堂依旧观感很好。一个大可以安心砥砺自身武道的纯粹武夫,愿意为一洲山河做点什么,不惜押上整个蒲山的荣辱沉浮,当然很了不起。

其实陈平安之所以不愿意“接拳”,还有个连姜尚真都没有猜到的理由:剑气长城的女子,其实也有许多豪杰。桐叶洲止境武夫叶芸芸以及之前海上偶遇的流霞洲女仙人葱蒨,都让陈平安恍若重返剑气长城。

但是那些从螺蛳壳府邸里走出的山上旁观者,一个个眼神炙热,充满了期待,所有看客唯一在意的事情,只是问拳结果,谁胜谁负谁生谁死。不单单是旁人看热闹不嫌事大那么简单,问拳伤人,甚至是打死人,尤其是叶芸芸出手,好像就成了一件很不值得追问个为什么的事情,理所当然,天经地义。

“对对对,先生所言极是,一门慎独功夫,深厚得可怕了,简直比武夫止境还要止境。”崔东山见机不妙,赶紧岔开话题,“就像郁泮水那个臭棋篓子,与人下棋的时候,旁观者的喝彩声很多,可劲儿拍手叫好。最可怕的就是那些旁观者,他们真心觉得在棋盘上昏招不断的郁老儿下出了了不起的神仙手。郁老儿还好说,知道自己到底有几斤几两,但是世道里边,多少个只是有那一技之长的,久而久之,真就误以为自己技技皆长了。修道有成的,几天不见,下棋成了国手,隔几天又成了丹青圣手,到了山下随便说几句,就成了纵横捭阖的长短家、妙语连珠的清谈家,随便说个不好笑的笑话都能赢得满堂喝彩,酒桌上所有人都在那儿捧腹大笑。”

陈平安转过头,笑着不说话——这转折未免生硬了些。

崔东山哀怨道:“大师姐,这就不厚道了啊。”

裴钱其实已经醒来,只是依旧装睡。

崔东山不依不饶道:“大师姐,醒醒。按照约定,你得帮着玉牒去将那座砚石小山分出个三六九等了。”

裴钱只好睁眼,打了个呵欠,可还是躺着不动。

这时姜尚真来了,裴钱赶紧站起身走向纳兰玉牒,帮忙分出一堆石材的品秩高低。

陈平安打算今天走一趟老君山,至于储君之山的砚山,他当然不会错过。

姜尚真进入此地,手里边拎着一只只竹黄笔筒。

崔东山眼睛一亮,心想:阔绰阔绰,不愧是义薄云天的周老哥。

姜尚真笑道:“与山主打个商量,砚山就别去了吧。”

陈平安笑道:“凭啥不让去?我可没有让福地如何为我破例,只是按照规矩上山下山。”

姜尚真抬起手中那只竹黄笔筒,一本正经道:“在商言商,这桩买卖,福地明摆着会亏钱亏到姥姥家,我看不过去。”

陈平安从云窟福地挣钱,姜尚真心里边确实难受。

纳兰玉牒那小姑娘的一件方寸物还好说,裴钱呢?崔老弟呢?年轻山主呢?!哪个没有咫尺物?何况那几处老坑洞经得起这仨的翻腾?只要给这伙人登上了砚山,就陈平安那脾气,真会搬走半座砚山的美石良材,而且眼睛都不带眨一下的!

但是让姜尚真自己花钱,他心里边倒痛快。虽说送出这只等同于一座山水秘境的竹黄笔筒,亏的钱只会比福地砚山更多,却是两回事。

陈平安看是他先前养伤的那处山水秘境,便笑纳了,将笔筒收入袖中。要当首席供奉,没点诚意怎么行,霁色峰祖师堂议事,他还得力排众议呢。

这处茅屋掩映竹海中的山水秘境风景秀美,陈平安有些私心,打算回了落魄山后,让魏檗帮忙与山根水运衔接,当作自己的闭关修行之地。

白玄破天荒说要勤勉练剑,最后就只有纳兰玉牒、姚小妍和程朝露三个跟着陈平安他们一起去往老君山,姜尚真倒是答应了三个孩子去砚山继续碰运气。

一行人离开云笈峰,去了老君山,走入那幅万里山河图。裴钱说要与纳兰玉牒一起,陈平安点头答应下来。虽说在这云窟福地不会有什么意外,但是有裴钱在孩子们身边……想到这里,陈平安怔怔出神:什么时候裴钱都可以为他人护道了?裴钱什么时候变得不是一个孩子了?所以陈平安忍不住望向那位开山大弟子的背影,说了句很多余的言语:“你自己也要小心,遇到事情,就找师父。”

裴钱转过头,咧嘴而笑,做了个往额头上轻轻一拍的动作。

在老君山之巅的那幅万里山河画卷当中，，陈平安不惜耗费足足半天光阴，从最南端的渝州驱山渡一路往北游历，将上百处山水形胜之地逛了个遍，比如昔年未曾真正踏足的大泉蜃景城，当然还有北方大门派天阙峰和金顶观。

尤其是金顶观，陈平安几乎没有缩地山河。他走得极慢，最后站在一处桃叶之盟的金顶观藩属山头，取出一块云窟姜氏颁发的老君山特有玉牒，开始运转灵气浇筑玉牒上边篆刻的地名。只见山河图中十余座仙家山头蓦然变大，稍后又有十多处风水宝地拔地而起。陈平安环顾四周，最终撤去一部分灵气，将半数山头景象一一缩退回画卷当中。他手心抵住狭刀斩勘，轻轻敲击刀柄，陷入沉思。

避暑行宫藏书极丰，陈平安当初独自一人，花了大力气才将所有档案秘籍一一分门别类。当时他仔细翻阅了《云笈七签》，当中除了提及北斗七星之外，犹有辅星、弼星"两隐"。浩然天下的山泽精怪多拜月炼形，也有修道之人擅长接引星斗浇筑气府。但是在万年之中，北斗逐渐出现了七现两隐的奇怪格局，陈平安翻过老皇历，知道真相，是礼圣当年带着一拨文庙陪祀圣贤和山巅大修士联袂远游天外，主动寻觅神灵余孽。

亚圣一脉，折损极多，龙虎山大天师也陨落在天外。辅弼两星之所以会莫名其妙隐去，就是因为它们曾经是大修士和远古神灵的厮杀战场之一。

崔东山蹲在陈平安脚边，白衣少年就像一大朵在山巅落地歇脚的白云："这个久闻其名不见其面的杜老观主，神仙气十足啊。"

陈平安对姜尚真道："小龙湫之所以没有参加桃叶之盟，什么推衍古镜残余道韵，重新炼制一面明月镜，既是实打实的好处，同时又是个障眼法，小龙湫说不定私底下早就与金顶观接触了。一旦被小龙湫成功占据太平山，再转去与金顶观缔结山盟，又能获得某个承诺，暗中攫取一笔利益。最赚的还是金顶观，那护山大阵只要成形，可就能覆盖小半个桐叶洲，足可媲美你们玉圭宗的山水阵法了吧？"

"差不多是真相了。"姜尚真点头道，"若是没有包括太平山和天阙峰，换成其他两座山头替代，只能算是一般的七现两隐，哪怕凑成了北斗九星的法天象地大格局，还是稍稍差了点，毕竟金顶观只有一座，底子也不够雄厚。"

"已经很惊世骇俗了。杜含灵一个元婴境修士，金顶观一个宗门候补就这么敢想敢做，厉害，厉害！"陈平安啧啧道，"杜含灵不愧是你们桐叶洲的山上君主，既当了乱世之枭雄，能够明哲保身，又成了治世之豪杰，可以乘势崛起。葆真道人和邵渊然好福气，摊上这么个好观主。"

姜尚真感慨道："我与山主，英雄所见略同。"

崔东山翻了个白眼。

陈平安缓缓道："太平山、金顶观和小龙湫就都别想了，至于天阙峰青虎宫那边，陆老神仙会不会顺势换一座更大的山头？"

姜尚真笑道："陆雍是咱俩的老朋友啊。他是个念旧之人，如今又能算是极少数从别洲衣锦还乡的老神仙，在宝瓶洲傍上了大骊铁骑和宋睦这两条大腿，不太可能与金顶观结盟。"

陈平安双手笼袖，眯眼道："枢为天，璇为地，玑为人，权为时。其中又以天权最暗，文曲则刚好在斗身与斗柄衔接处。"

姜尚真笑问道："山主跟金顶观有仇？"

陈平安的想法却极其跳跃，反问道："大泉王朝有座骑鹤城，相传古代有仙人在那里骑鹤飞升。其实它就是一座小山头，四周地盘寸土寸金，与那倪老先生有没有关系？"

当年在那骑鹤城内，还有过一场少年武庙借刀的风波。

当然，也曾遇到过一位极懂人情世故的土地公，陈平安当时本想要送出一枚小暑钱作为酬劳，只是老先生没收。

至于杜含灵的嫡传弟子——葆真道人尹妙峰，以及尹妙峰的徒弟邵渊然，陈平安对他们倒都不陌生，这二人曾经负责帮助刘氏皇帝盯住姚家边军。只不过陈平安暂时还不清楚为何那位葆真道人前些年明明已经辞去大泉供奉之职，在金顶观闭关修行，却依旧未能打破龙门境瓶颈，而邵渊然却已经是一位年纪轻轻的金丹地仙了，还是大泉王朝的一等供奉。

姜尚真拊掌大笑："山主这都能猜到！"

确实是那位藕花福地的倪夫子"飞升"来到浩然天下的气象余韵，才造就了那处被后世津津乐道的仙人遗址。

陈平安说道："当年在大泉王朝被人围猎截杀，事后总觉得不太对劲，我怀疑金顶观其实参与其中了，只是不知为何，始终没有露面。联系如今桐叶洲的形势，一场大战过后，竟然还能被杜含灵精心挑选出七座山头用来打造大阵，我都要怀疑这位老观主当年与蛮荒天下的军帐是不是有内幕勾结了。"

姜尚真道："当然可以如此猜测，但是没有任何证据，一丁点儿蛛丝马迹都没有。"

陈平安笑道："放心，我又不傻，不会因为一个都没见过面的杜含灵就与桐叶洲一半修士为敌的。"

如今的杜含灵，境界是不高，但却是桐叶洲山上修士的人心所向。与金顶观为敌，就等同于与整个桃叶之盟为敌。

陈平安问道："有没有这幅山河图的摹本，我得再多看看。下宗选址，事关重大。"

相信姜尚真肯定已经猜出了自己的心思，何况他与这位自家供奉没什么好藏掖的。说不定先前叶芸芸在黄鹤矶出现都是姜尚真有意为之，为落魄山和蒲山牵线搭桥。

姜尚真说道："如果有山河摹本，就比较犯忌讳了，不过我可以让人赶工临摹出来。"

陈平安就将一句话咽回肚子——他本来想说自己可以掏钱买。

一行人离开老君山地界，御风去往相隔十数里的砚山。陈平安信守承诺，没有上山搜刮，只是在山脚耐心等人。

崔东山得了自家先生的一句心声提醒，突然大声开口说道："先生，一个名叫赊月的姑娘如今在龙须河畔的铁匠铺子住下了，与刘羡阳好像关系挺好。"

陈平安转过头，望向姜尚真。他本以为那赊月就只是去过家乡附近，还真没想到会是这般。就刘羡阳那德行，甭管与那赊月有什么还是暂时没什么，等到自己回了落魄山，能好受？

姜尚真装傻扮痴，大手一挥，将功补过道："上山！我晓得两处老坑洞，所藏砚材极美。"

陈平安伸出手，姜尚真疑惑道："山主这是？"

陈平安微笑道："与你借几件咫尺物啊。"

姜尚真认命，开始翻检袖子，不承想陈平安突然说道："东山，隔绝天地。"

崔东山立即以飞剑金穗圈画出一座金色雷池，陈平安将那韩玉树的仙人遗蜕从袖中抛出。姜尚真大笑一声，收入袖里乾坤当中的一件咫尺物——以后行走江湖，又多一副绝佳皮囊了。

陈平安提醒道："在某些你觉得时机成熟的关键时刻，就以韩玉树的面目现身一次，而且务必是在洞天福地之内，绝对不要出现在浩然天下。时日一久，万瑶宗祖师堂和韩绛树那边肯定会起疑心。事先说好，这件事风险极大，当我欠你一个人情。至于这仙人遗蜕以及半部拳谱，就当是报酬了。"

姜尚真笑道："我心里有数。"

陈平安到底没有登上砚山，等裴钱他们下山，一行人满载而归。

纳兰玉牒一路蹦蹦跳跳的，故意抱怨道："裴姐姐咋个这么穷，都没有方寸物傍身？"

裴钱笑呵呵点头，姜尚真一脸恍然。

陈平安揉了揉眉心。小姑娘画蛇添足了，江湖经验还是浅了些。

一起回了云笈峰，姜尚真告辞，让人临摹山河图去了，崔东山也跟着去凑热闹。

陈平安看着地上又堆出一座更大的砚山，有些无话可说。

白玄见那崔东山没影了，立即双手负后，大摇大摆地走出屋子，来到陈平安身边站着。勤勉练剑？小爷这资质，这悟性，需要吗？

陈平安喊来程朝露，再与裴钱招手道："来帮他喂拳？"

裴钱挠挠头："还是师父来吧，我哪里会教拳。"

陈平安笑了笑，喊上白玄，带着程朝露走到一处空地，开门见山道："学拳要学会听拳。"

白玄“嗯”了一声，点点头：“不错，有那么点嚼头。曹师傅果然还是有点学问的，小厨子你要好好听着。”

忙着分开砚山的裴钱转过头，望向白玄。

白玄察觉到裴钱的视线，疑惑道：“裴姐姐，做啥子？”

裴钱微微一笑，如今还不清楚这里边轻重利害的白玄便也对她还以微笑。

陈平安继续道：“习武是否登堂入室，就看有无拳意上身。何谓拳意上身，其实并不虚无缥缈，无非是‘记性’二字。人的血肉筋骨经脉是有记性的，学拳想要有所成，得先能挨得住打，不然拳桩招式再多，都是些纸糊的花架子，所以练拳又最怕挨了打却不记打。”

纳兰玉牒顾不得挑选砚石，赶紧取出纸笔开始抄录，裴钱摸了摸她的脑袋。

陈平安转头望向白玄：“我会压境，你只管倾力祭出飞剑，不要怕伤人。”

白玄本来想说一句“小爷是怕一剑砍死人”，只是看到曹师傅的笑眯眯眼神，就立即乖乖将话头咽回肚子。

陈平安一个脑袋偏移，白玄的飞剑一掠而过，而后又绕出一个大弧，一剑刺向陈平安的眉心，陈平安这次却纹丝不动。

白玄皱眉道：“你怎么知道我会停下飞剑？再说，就不怕我临时改变主意吗？”

陈平安伸出一根手指，轻轻拨开眼前飞剑，指了指白玄，然后对程朝露说道：“听拳，第一层，是确定一拳来路、轻重、去势；第二层，是观人，看那递拳之人的胳膊、肩头，拳架、拳意，眼神、脸色，甚至是他的心思；第三层，是精准计算天时地利人和，皆要去‘听’得仔细真切。”

程朝露与白玄轻声说道：“就算你改了心意，曹师傅一样知道的。只是曹师傅因为知道你没改主意，所以才没动。”

陈平安笑道：“对的。”

白玄冷笑一声，双手负后，缓缓而走，学着陈平安的言语风格道：“同理啊，与人武学技击、切磋搏命都是如此，那么与人问剑一场也一样，不能只盯着对方的拳脚或是飞剑，得分出心思，捉对厮杀。与人争胜，这是一个极其复杂的棋局，判断对方的来路、神通术法，对方有法袍几件、攻防法宝几多，对方境界高低、灵气多寡，是否兼修旁门左道，压箱底的杀手锏到底用过没有、用完没有，等等，都是需要小心琢磨的学问。心思急转，一定要比出拳出剑更快，最终，是为了让武夫和剑修达到一个未卜先知的境地。”

程朝露听得一愣一愣的，陈平安伸手一拍白玄的脑袋瓜子，称赞道：“可以啊，确实有悟性，比我刚学拳那会儿强多了。”

白玄摆摆手：“一般水准，不值一提。”

裴钱笑道：“不学拳可惜了。”

白玄笑嘻嘻抱拳:“有机会与裴姐姐切磋切磋。”

裴钱笑眯眯点头:“好说好说。”

陈平安也不拦着白玄一个劲儿往某本账簿上蹦跶留名,估计等白玄将来到了落魄山,就会逐渐明白自己如今是何等英雄气概了。他只让程朝露来回走桩,在旁指点了一会儿拳架细节上的缺漏后,就自去竹椅上躺着休息了。

裴钱坐在一旁的小竹椅上,欲言又止。

陈平安笑问道:“有事?”

裴钱眼神晦暗不明,低头道:“我见过一座仿造白玉京了。”

陈平安疑惑道:“然后?”

裴钱双拳紧握:“我听师父的,不可以多看他人心境,所以身边亲近之人的心境我最多只看一次,老厨子的也只有一次。”

比如崔东山的心境景象是那深潭幽幽,岸边有一本本散落在地的金色书籍。比如朱敛的是腥风血雨,唯有一座高楼屹立,有人居高凭栏而立。

朱敛还乡之时,曾经与沛湘笑言:“谁来告诉我,天地到底是否真实。”还曾感慨一句“梦醒是一场跳崖”。

贵公子朱敛,其实早在第一次游历江湖,于村野酒店外看了路边的狗一眼,此生便再难释怀,好像梦里不知身是客,流水落花春去也,天上人间,明月高楼。

这些事情,陈平安不清楚,裴钱也不清楚,裴钱就只是看到了那座大骊王朝的仿造白玉京,就再难心安。

陈平安想了想,双手笼袖,神色自若,抬头望向天幕,轻声笑道:“你要相信老厨子,我会相信朱敛。”

裴钱如释重负:“我相信师父。”

陈平安点点头:“准备回家了。”

离开云窟福地之前,陈平安带着裴钱走了一趟黄鹤矶,主动拜访叶芸芸。

陈平安覆了一张中年男子的面皮,头别玉簪,青衫长褂,收起了狭刀和养剑葫,腰间只悬了一块斋戒牌。

裴钱则是一身干净利落的黑衣,竟然还是一件法袍,用来稍稍遮掩拳意。她将马尾辫盘成了丸子头,露出高高的额头,很清爽。

崔东山跟着姜尚真乱逛去了,不知道在何处忙活些什么,陈平安就没喊他。

腰系斋戒牌,无视山水禁制,在一处高楼以心神巡视四周的修士确定斋戒牌无误后,就没继续打量那两人。

陈平安带着裴钱走入那螺蛳壳做道场的黄鹤矶,宽阔的大街、连绵的高门宅邸,让陈平安有片刻的失神。

找到叶芸芸的住处，陈平安拈起兽面衔环，轻叩三下，一个眉目婉约、眼神湛然的符箓美人开了门，与两位客人施了一个万福，柔声道："两位仙师，请随我来。"

她得了叶芸芸的授意，领着师徒二人一路穿廊过道，一步一景，移步换景，眼中除了美景，其实更是神仙钱。

黄鹤矶大小府邸内，三百余个符箓傀儡美人皆出自玉芝岗淑仪楼，据说光是这笔买卖就曾经让玉芝岗赚了个钵满盆盈。玉芝岗遭遇那场灭顶之灾，已经彻底断了香火，所以玉芝岗秘制的符箓美人就此失传。

宝瓶洲清风城许氏的狐皮美人好像也莫名其妙没了，清风城对外宣称是狐国需要封禁百年，让不少仙家门派惋惜不已，尤其是宝瓶洲精通商贾之道的那拨山上势力，更是扼腕痛惜，不然转手高价卖给桐叶洲，获利极大。

裴钱微微皱眉，聚音成线密语道："师父，黄衣芸的架子有点大。"

搁在自家落魄山，就绝不会如此敷衍待客。

陈平安打趣道："我看你架子也不小。"

裴钱闷闷道："我如果一个人来此敲门，这边哪怕不开门都无所谓。可是师父都亲自登门了，她怎么都该露个面。身为止境武夫，气量真不大。"

陈平安笑道："出门在外，天高地阔的，别太把自己当回事。"

裴钱为师父打抱不平，结果还挨了一顿训，她反而挺开心的。

符箓美人带着师徒二人走到一处幽静院落的月洞门前，里边竹影婆娑。

符箓美人笑道："到了。"

陈平安与她道了一声谢，撕了所覆面皮，以真实面容示人。

走过那条竹林小径，视线豁然开朗，有一座面阔九间的建筑，碧绿琉璃瓦覆顶，只不过没法跟陈平安当年在俱芦洲捡到的琉璃瓦媲美。后来在龙宫小洞天，陈平安还凭借那几片琉璃瓦与火龙真人做了笔以谷雨钱计数的买卖，火龙真人好像要转手卖给白帝城琉璃阁。所以说，长辈缘这种事情，还真不是天上掉下来的。

院子极大，可以当演武场用，此时薛怀正在与郭白箓切磋。薛怀是远游境，因此压了一境。而郭白箓虽以弱冠之龄跻身金身境不久，却是接连以"最强"二字跻身的六境和七境，所以双方问拳，不存在谁欺负谁。

叶芸芸站在檐下指点二人出拳，蒲山叶氏子弟的年轻女修叶璇玑站在一旁。她身穿一件龙女仙衣湘水裙，手腕上系着一串渌水坑虬珠炼化而成的掌上明珠。

难怪姜尚真与蒲山云草堂关系好。陈平安如此想着，向叶芸芸抱拳行礼，叶芸芸亦抱拳还礼。陈平安收拳后轻轻伸出手掌，示意叶芸芸继续为两位晚辈指点拳术。叶芸芸点点头，也不与这曹沫客气。至于两个比郭白箓更外人的别洲武夫会不会因此偷拳，叶芸芸还不至于如此小觑曹沫。

裴钱没有仔细看那两人切磋，更多精力还是放在欣赏风景上。

陈平安倒是没有刻意回避双方问拳，机会难得，可以借此大致判断出武圣吴殳和云草堂的拳理。

不过这终究还是境界高了的关系，不然搁在陈平安只是三五境那会儿，估计只要对方不介意，他都能请求双方出拳慢些，不然自己看不清楚。所以陈平安留心的，不是双方的拳桩招式，而是纯粹武夫身上的那么“一点意思”。这一点意思又分两种，一种是师传拳种的神意，源头活水从何而来；一种是武夫心性，好似一块心田，决定了一位纯粹武夫能够承载多少拳意流水，以及脚下所走武道的宽窄，武学成就大致有多高。至于这点意思之外，无非就是武夫体魄的坚韧程度了，是否纸糊，其实挨上一拳就知道答案。

陈平安与裴钱心声言语道：“天底下武夫学拳，不过是打人与被打两件事，最终的追求，无非是个‘我比你多出一拳’。”

裴钱自然听得明白。

陈平安笑问道：“若是让你压境与那郭白箓问拳……”

裴钱实诚道：“一拳撂倒。前提是神人擂鼓式，就相当于一拳。如果换成其他拳招，估计要两三拳。”

陈平安刚要说话，裴钱赶紧补充道：“师父，我是说自己压境在六境，可没说看不起那武圣嫡传，掉以轻心就压境在五境啊。”

陈平安微微一笑，故作镇定，云淡风轻，很是从容。

其实他方才的意思是说让裴钱压境在金身境，与郭白箓同境切磋技击。

难聊。喂个锤子的拳。

以前在剑气长城，隐官大人对于自己万一能够返乡，最为心心念念的几件事情之一，就是一定要好好压境，在那竹楼二楼，为开山大弟子喂拳一场，从哪里跌倒就从哪里爬起来。现在看来，好像只要自己敢压境喂拳，就是从哪里站起来又从哪里跌倒？这怎么行！

裴钱感叹道：“我又不是师父，压境与人对敌一事，总也做不好。”

陈平安保持微笑，道：“那就再接再厉，不然还要师父做什么。你不用刻意不去看拳，反而有此地无银三百两的嫌疑，光明正大看就是了，黄衣芸不会介意的，说不定以后郭白箓还会主动到落魄山找郑钱问拳。”

裴钱挠挠头。

蒲山云草堂的拳法极其玄妙，讲究一个走桩拳路如步罡踏斗。研习此拳如同修行，蒲山祖师堂珍藏有十数幅阵图，诸多拳桩拳招都是从仙人图中演化而来，出手要求拳打卧牛之地，一丈之内分胜负。与敌交手，狭路相逢，快攻直取，蒲山武夫的进退步伐少且快，拳招简练，势大力沉，任何一个入门的拳架拳招都需要蒲山武夫反复演练数万次甚至数十万次，日积月累，拳意叠加，故而一旦出手，近乎本能，很容易先发制人。而且他们还擅长与敌“换拳”，却是要我递出三两拳，只换取他人一拳在身，作为蒲山武夫独有的“待客之道”。若是同境武夫之间的搏命，蒲山武夫被誉为“一拳定生死”，这也是姜尚真要求叶芸芸不可轻易与武圣吴殳切磋的根源所在。吴殳的拳重到了几乎没有武德可言的地步，叶芸芸的拳脚一样不轻，极其狠辣。俱芦洲止境武夫王赴愬就曾说雷公庙沛阿香打拳像个娘儿们，云草堂黄衣芸出拳像个爷们儿，阿香不嫁给黄衣芸当媳妇真是可惜了。

裴钱稍稍用心几分，看过那场问拳之后，忍了又忍，最后还是没忍住，与师父悄悄说道：“郭白箓出拳漂亮，对敌也老到，但是真心挨不了重拳。按照师父的说法，就是学拳只学了一半，若是碰上了略占下风的生死厮杀，郭白箓会有大麻烦的。而这个薛怀，拳太死了，竟然压境一事都做得八面漏风，以至于拳意凝滞。师父，吴殳和黄衣芸是不是没有用心教拳喂拳啊？”

陈平安无奈道：“多看少说。”

裴钱“哦”了一声。

郭白箓是吴殳的开山大弟子，极有可能还会同时是关门弟子，所以尽得吴殳拳法真传。薛怀也是备受叶芸芸器重的嫡传，一场耗费半炷香的问拳，双方真正的交手机会其实就三次，而且双方拳路质朴无华，几乎没有什么明显的桩架。简而言之，就是都很不江湖的武把式，不胡乱跳跃逛荡，不随意拉开身架，嘴上没有咋咋呼呼，落在看热闹的外行眼中，自然也就没啥看头。若是只学了两家拳架，而不得其意，那么在江湖上开个武馆，保证会没生意，要穷得揭不开锅。

叶芸芸说道：“都先休息一炷香工夫，等下薛怀不用压境。”

薛怀和郭白箓同时后撤一步，与对方抱拳致礼。

进了府邸大堂，主客各自落座，薛怀和郭白箓依旧留在外边。

叶璇玑备好茶水，是云水渡最著名的烂绳茶。茶叶的名字不好听，却好喝，是桐叶洲山上十大名茶之一。

裴钱本来想要站在师父身后，却被陈平安赶去坐下。

陈平安看了眼正襟危坐的裴钱。很多年前的裴钱还是个只要能躺着就绝不坐着、能坐着就绝不站着的黑炭小姑娘，每次远游歇脚，只要给她瞧见了桌凳，都会撒腿狂奔，飞快抢占位置。不过那会儿她年纪小，往往坐在椅子上，双脚都踩不到地面。

陈平安收起思绪，望向对面的叶芸芸，开口说道：“晚辈与青虎宫陆老神仙相熟，此次北游，应该会路过清境山天阙峰，到时候为蒲山讨要几颗坐忘丹，就当是与前辈赔礼道歉了。”

叶芸芸摇头道："礼太重了，曹先生不需要如此客气。"

见那曹沫穿着，青衫长褂如读书人，叶芸芸既然不好直呼其名，就干脆以"先生"称之。

青虎宫老元婴陆雍如今是大名鼎鼎的炼丹宗师，尤其是青虎宫的坐忘丹，更是陆雍炼丹的看家本领之一。此丹能够帮助修道之人静心养神，温补心窍，祛除修士细微处的隐患。只是坐忘丹极难炼成，除了耗费大堆天材地宝，对天时、地利的要求也极高，关键是需要消耗清境山独有的山水灵气，所以昔年桐叶宗祖师堂赏赐有功地仙，经常会有几颗坐忘丹。纯粹武夫不是不能服用此丹，而是实在太过暴殄天物。借用陆雍当年与某位"陈公子"的说法，就是坐忘丹送给断头路上的莽夫，如同牛嚼牡丹，太过大材小用了。

对于武夫、修士界限不那么明显的蒲山云草堂来说，一炉坐忘丹，不管是几颗，都是雪中送炭的大补之物。所以说，眼前这个曹沫，确实很会做人。

如果不是双方关系浅，以叶芸芸的脾气，绝对不会含糊。坐忘丹是山上千金难求的稀罕物，若是能够重金购买，溢价再多都无妨，多多益善，青虎宫有几颗，蒲山就愿意买几颗。只不过当年青虎宫雄踞北方，只会拿这可遇不可求的坐忘丹去与桐叶宗、太平山这样的山巅大宗门当人情半卖半送，哪里轮得到蒲山，何况陆雍是一洲地仙当中公认的最瞧不起纯粹武夫的地上真人。

陈平安低头喝了一口茶水，手托茶杯，抬头笑道："前辈可能误会了，怪我方才没说清楚。我只敢保证陆老神仙会用一个青虎宫不挣钱也不亏钱的公道价格卖给云草堂，我现在甚至不敢确定青虎宫就一定有坐忘丹。但是不管如何，只要此丹出炉，陆老神仙就会立即告知蒲山，至于云草堂愿不愿意购买，只看云草堂的决定。"

叶璇玑眼睛一亮，如果不是蒲山叶氏的家法多规矩严，她都要劝说祖师奶奶赶紧答应下来了。

裴钱看似坐在椅子上神游万里，其实一直留心着师父的神色和言语。

果然还是师父行事老到，天衣无缝，滴水不漏。若是那黄衣芸一开始就点头答应下来，师父肯定就顺水推舟，白送给蒲山几颗坐忘丹。可既然黄衣芸有些客气，师父自有补救之法，各有各行云流水的台阶可走。

是师父、蒲山和青虎宫三方都有些香火情串联起来，所以只是做一件依旧比较在商言商的买卖。退一万步说，如果黄衣芸这点面子都抹不开，依旧不肯点头，那么今天师父主动登门的赔礼道歉，也就可以顺势点到为止了。

叶芸芸思量一番，点头笑道："那我就先行谢过曹先生了。"

陈平安看似随意道："若是青虎宫暂时没有现成的坐忘丹，我也会恳请陆老神仙寄信一封给蒲山，大致说明情况。"

叶芸芸看了眼对面的男子，笑了笑："有劳曹先生替我与陆老真人道一声谢，若是暂时没有坐忘丹，以后青虎宫炼此丹时先与蒲山打声招呼，我会亲自去清境山取丹，顺便为陆真人和清境山护道一二。"

如果没有先前姜尚真的解释，叶芸芸真要觉得这家伙是在信口开河了。如今的天阙峰陆雍，绝不能以寻常元婴修士视之。一洲版图上，如今除了玉圭宗和万瑶宗，别说是云草堂和白龙洞，陆雍甚至可以完全不卖金顶观的面子。

陈平安站起身，裴钱立即跟着起身。

陈平安抱拳道："那就不打搅前辈教拳了。"

叶芸芸起身，看了眼裴钱，笑问道："不如让郑钱与薛怀切磋一二？"

陈平安也看了眼裴钱，裴钱的意思很明确，要不要切磋，师父说了算。真要问拳，一拳还是几拳撂倒那薛怀，师父发话就是了，她好心里有数，掌握好出拳的次数和轻重。

陈平安笑着摇头："今天还是算了吧，以后我们师徒有机会拜访蒲山再说。"

叶芸芸起身相送。这次她一直将师徒二人送到了月洞门那边，还是陈平安示意她留步，不然她会一路送到府邸大门口。

叶璇玑陪着叶芸芸一起走在竹林小径上，以心声说道："祖师奶奶，这位曹先生脾气挺好的，先前我帮忙续茶水那会儿都不忘与我点头致谢呢。"

如果说那个周肥的眼神会让女子觉得衣服穿少了，那么这位曹先生的视线则会让叶璇玑觉得哪怕给他无意间撞见了一幅美人出浴图，他都会非礼勿视。

叶芸芸淡然道："确实是个正人君子。"

她其实只说了半句话，还有半句，则不宜与一个家族晚辈多说——曹沫此人太聪明。

叶璇玑还是有些不敢置信，疑惑道："他真能帮咱们买到一炉天阙峰坐忘丹？这个人情可真不算小了。青虎宫的陆老宫主因为那桩陈年恩怨，对所有山下武夫都很反感。"

此丹最玄妙之处就在于能够让修士心关处好似养出山下百姓大门上用以驱邪避秽的两尊门神，帮助修道之人庇护心关。每当练气士坐忘入定，心神沉浸小天地，还能让一位地仙修士的金丹、元婴如披羽衣法袍，所以青虎宫独门秘制的坐忘丹在桐叶洲山上一直又有"羽衣丸"的美誉。

青虎宫一位道门真人曾经为弟子护道下山历练，被一位远游境武夫重伤，金丹破碎，大道就此断绝。而打伤此人的八境武夫，他师父后来又被武圣吴殳重伤，需要用几种灵丹妙药来吊命，青虎宫的坐忘丹就是其中之一。远游境武夫亲自去青虎宫求药，陆雍不管对方如何低声下气道歉，只是闭门谢客。最终那位止境武夫熬了十年就逝世，不然加上几炉坐忘丹，多活个五六年问题不大。所以说，山上恩怨太容易风水轮流转，看人笑话的时候偷着乐就行了，就算忍不住笑出声，笑声也别太大。

叶芸芸点头道："既然曹沫开了这个口，陆雍多半会答应的。"

叶璇玑嫣然一笑，压低嗓音说道："曹先生一看就是豪阀世族出身，行坐言谈之间很是风流蕴藉呢。"

叶芸芸难得在蒲山晚辈面前有个笑脸，破天荒打趣道："怎的，才下山游历没几天，就忘记山上的花前月下柳梢头了？"

叶芸芸虽然平时不苟言笑，可到底是一山之主。她也不是什么只知道学拳的武痴，不然蒲山不会有今天的盛况。

叶璇玑俏脸一红，试探性问道："祖师奶奶这辈子就没遇到过心动的男子吗？"

叶芸芸摇摇头："男女情爱无甚意思，不如学拳，屹立山巅。"

陈平安离开这处府邸后，没有就此离开黄鹤矶返回云笈峰，而是施展障眼法，让他和裴钱的身形面容都看不真切，然后带着裴钱去了同一条街上的另外一处仙府。

在还没有离开叶芸芸府邸的时候，陈平安就已经重新覆上了面皮。

此刻依旧是一位符箓美人开的门，陈平安先询问了一句此处是不是金顶观供奉芦鹰的下榻之处。这话其实问得不合规矩，但符箓美人也没恼，只是笑着不说话，陈平安就自报名号和来历："曹沫，姜氏供奉。"

一听说对方是姜氏供奉，又有那头等斋戒牌悬佩在腰间，符箓美人便立即说她去通报，劳烦陈平安稍等片刻。

玉芝岗淑仪楼制作符箓美人时用上了"阴宅"手段，符箓炼制的美人皮囊本身就像一座客栈，女鬼或魂魄寄居其中后，就使得每一位符箓美人无论姿容还是心智都与常人无异了。同时，淑仪楼符箓美人之所以能够冠绝一洲，还在于负责绘制符箓的两位丹青圣手各有绝技。其中一位能够在符纸上绘画出女子的一份独到神韵，使得淑仪楼符箓美人人人各异，明眸善睐，顾盼生姿，绝不死板。另外一位则能够增添点睛之笔，使得每一位符箓美人都如藏书的善本、孤本。可惜大妖攻伐势不可当，而且手段暴虐，最终玉芝岗毁弃，淑仪楼倒塌，两位身为山上道侣的丹青圣手便烧尽符箓，自毁金丹殉情。

在门口等人的时候，陈平安以心声问裴钱："想什么呢？"

裴钱说道："比起收人情，好像送人情更不容易。"

陈平安笑道："江湖没白走。"

裴钱好奇问道："师父来找这个芦鹰，是要做什么？"

陈平安说道："亲眼亲耳确定一下金顶观的门风。"

裴钱说道："金顶观？尹妙峰和邵渊然？"

陈平安点点头："那两位大泉供奉都算我们的老熟人了。"

芦鹰缓缓走到门口，打了个道门稽首："金顶观首席供奉，芦鹰。"

陈平安还了一个道门稽首："云窟姜氏二等供奉，玉圭宗九弈峰二等客卿，神篆峰祖师堂三等客卿，曹沫。"

裴钱板着脸，忍着笑。师父这是干吗呢，一连串随口胡诌的头衔，到底是有意显摆还是故意露怯呢？

芦鹰忍着心中些许不适，神色和善："不知曹客卿今日登门所为何事？"

陈平安笑道："先前有些误会，必须专程登门与供奉真人赔个不是。"

芦鹰问道："是白龙洞尤期与人切磋拳脚道法一事？"

龙门境修士尤期、洞府境修士马麟士都是一等一的山上修道天才，尤其马麟士更是板上钉钉的地仙资质，有望成为白龙洞历史上的一位中兴之祖，虽说将来跻身上五境注定极其不易，却好歹是可以希冀一二的。多少所谓的年轻俊彦，其实连"地仙"二字都不敢奢望。

陈平安点点头："正是此事。"

芦鹰笑道："曹客卿是不是敲错门了，老夫来自金顶观，可不是什么白龙洞修士。此次之所以离开道观，是为那些孩子护道。解铃还须系铃人，既然误会是与白龙洞结下的，就该早早去与白龙洞解开。曹客卿，是不是这个道理？"

"我与白龙洞一个小小龙门境的晚辈没什么好聊的。"陈平安略带几分讥讽神色说道，"供奉真人是桐叶洲山上德高望重的前辈，曹沫久仰大名，不来此地，该去何地？就算是白龙洞两位祖师爷今天做客黄鹤矶，我也只当没看见。至于误会不误会的，说实话，我还真不放在心上，谁该给谁道歉，谁该登门做客，其实暂时还两说。"

芦鹰抚须而笑，轻轻点头，感叹道："曹客卿是性情中人啊。"

原来又是一个奔着自己金顶观名头而来的家伙。这一路，芦鹰实在是见多了。山上的谱牒仙师、山下的帝王将相、江湖的武夫豪杰，多如过江之鲫。这些人大体上都能让他称心如意，比如吴殳的嫡传弟子郭白箓和云草堂武夫修士都很安分守己，就是白龙洞那边不消停。倒也好，让他芦鹰的露面机会更多。

先前在大泉蜃景城，马麟士那个小惹祸精就招惹了一个皇亲国戚。一个瘸腿断臂的邋遢汉子在酒楼里与一帮糙汉子喝酒，大大咧咧的，好像带着一身的马粪味道，谁能想到这种货色竟然是大泉女帝的弟弟？

在这规矩森严的云窟福地，又是这个马麟士，害得尤期被一个自称无敌小神拳的小胖子打得昏死过去，丢尽了颜面。尤期这些天一边闹着要返回师门，一边秘密飞剑传信白龙洞。芦鹰就当是看个热闹散心了，不然这会儿也不会这么有耐心，愿意陪着一个狗屁倒灶的玉圭宗二等客卿消耗光阴。

在山上谱牒当中，更加散淡的客卿本就不如供奉，眼前这个自称玉圭宗二等客卿的家伙还真让芦鹰提不起什么结交的兴致。倒是那个当时蹲在栏杆上的白衣少年，别看吊儿郎当，满嘴胡话，却极有可能是一位“宗”字头的谱牒地仙，不显山不露水，路数比他芦鹰还要野修，竟然敢仗着境界在姜尚真的云窟福地对尤期施展定身术。当然，还有那个让芦鹰已经记仇在心的周肥，芦鹰却不敢轻举妄动。

如今的桐叶洲遍地浑水，过江龙实在太多。比如来自三山福地万瑶宗的一对父女，仙人境的韩玉树、玉璞境的韩绛树，杜老观主就极其忌惮。

说实话，桐叶洲的本土修士还真没几个能入芦鹰的法眼。因此，面对眼前这个头衔多达三个，却没一个真正有分量的家伙，芦鹰就渐渐没了耐心。不承想那人竟然还有脸视线偏移，瞧了瞧大门内，大概是在暗示自己这位供奉真人，为何不带他们进门一叙……芦鹰心中冷笑不已，刹那之间，他就以元婴修士大神通，试图勘破那道山水涟漪障眼法。芦鹰毫不在意此举是否犯忌，想要凭此来确定一下曹大客卿的斤两。那曹沫便立即再起一道山水障眼法，脸色隐隐作怒。

芦鹰微微有了些笑意，好像心中大定：果然是一位境界尚可的山上金丹客。他便是恼火又如何，蹦跶个什么？

曹沫甩袖而去，走下台阶，突然转头说道：“以后供奉真人再带人下山历练，最好选择中午出门。”

芦鹰始终站在原地，听得一头雾水，误以为是山上修道之人掰扯的一句玄妙语。

裴钱淡然道：“因为早晚会出事。”

芦鹰脸色阴沉起来。境界不高，地位不高，胆子倒是不小。果然是那谱牒仙师出身，估计是凭着祖师堂积攒下来的香火情，才在云窟福地和玉圭宗九弈峰捞了个供奉、客卿当当。他这样想着，便抬脚跨过门槛，那两人见状立即快步离去，其中曹大客卿还有意无意地扯了扯腰间斋戒牌。

芦鹰收回那只脚，冷笑一声，转身后嘀咕一句：“这些个天杀的谱牒仙师，到哪里都改不了吃屎的臭毛病。”

大街上，陈平安和裴钱都听见了芦鹰的那句嘀咕。裴钱笑道：“师父，这家伙吵架本事很高啊，骂自己比骂人还凶，输不了。”

陈平安却皱起眉头，总觉得哪里不对劲，但是毫无线索。是一种出现了纰漏，遇到了万一的某种直觉，没有道理可讲。若真要讲道理，大概就是这位剑气长城的隐官大人一贯挨了打就比较长记性。那个芦鹰，最后显得不太自然，不是脸色、眼神，而是心境与气象。

裴钱说道：“师父，此人道心污秽不堪，金顶观选用芦鹰担任首席供奉，门风好不到哪里去。”

陈平安“嗯”了一声。

芦鹰与跟在身边的符箓美人调笑着回到房间，待那美人离开，老元婴瞬间跌坐在椅子上，双手死死抓住把手，一脸匪夷所思，汗流浃背，喃喃道："怎么可能，此人不是已经返回蛮荒天下了吗？"

先前芦鹰以一道独门秘术勘破障眼法，本来是想要故意打草惊蛇，确定一下那客卿曹沫是否为金丹境，顺便看一眼那女子的真实姿容——若是生得好看，不看白不看。

这道得自一处秘境仙府的神道术法，能够看清一个人的真实面相。只不过一般情况下，芦鹰不会轻易祭出。一来用处不大，山上修士，面容如何，根本不重要，重要的是谱牒、身份、境界、法宝。再者，芦鹰之所以能够一步步成为元婴，大半机缘都出自那座破碎秘境的上古府邸，而那笔陈年旧账又牵扯到一桩两个宗门十数位谱牒嫡传悉数身死的惨案。所以哪怕面对那个白衣少年，还有站在黄衣芸身边的周肥，芦鹰都会当自己没有这门比较鸡肋的神通。

哪里想到这次这么一瞧，就给芦鹰瞧出了一场滔天大祸。

当年在金顶观，年轻金丹邵渊然的修道之地，书案之上，芦鹰无意间瞥见过一幅人物画卷，邵渊然在上边写了两个名字：陈隐，陈平安。

当时看邵渊然神色微变，芦鹰便知道其中必然大有玄机。最终双方一番钩心斗角，芦鹰才得到了一个模糊答案：此人身份难测，来历古怪，曾经在大泉王朝兴风作浪一场。但是邵渊然只说他可以肯定，大泉蜃景城之所以能够得以保全，是因为此人原本打算将一座京城视为囊中物了。邵渊然那小子也够心狠，非但不用芦鹰发心誓，只是多说了一句话，就比让芦鹰发誓保密更管用了，那句话就是："陈隐和陈平安都是化名，他的真实身份，极有可能是年轻十人之一，蛮荒天下托月山百剑仙之首——斐然。"

芦鹰擦了擦额头汗水，长出一口气。

斐然。陈隐，陈平安。

曹沫，姜氏供奉？神篆峰客卿？

为何玉圭宗最终与大泉王朝一样，险之又险，却最终屹立不倒？是不是这里边……芦鹰又开始满头汗水，就干脆不去擦拭了。他道心不稳，只觉得在鬼门关前走了一遭。

老子反正什么都没看见，什么都不知道。曹沫也好，斐然也罢，随你们闹腾去，这桩事情，就算在金顶观杜含灵面前，老子也绝口不提半个字。

芦鹰动作僵硬，缓缓转头，望向屋门口。一个扎丸子头的黑衣女子斜靠屋门，双臂环胸，似笑非笑。芦鹰刚要起身，背后就有个温醇嗓音微笑道："坐。"

一个青衫客站在椅子后边，一根手指轻轻抵住椅背。

芦鹰立即放回刚刚抬起的屁股，呆坐在椅子上，好像沦为那个挨了一道定身术的尤期。见过无数大风大浪的老元婴纹丝不动，除了汗水直流，整个人都不敢随便起念。

背后那人双手叠放在椅背上，笑呵呵问道："晚辈擅自登门入室，供奉真人会不会生气呀？"

芦鹰甚至不敢动作过大，只稍稍摇头，像是谱牒仙师见着了自家开山老祖般，斩钉截铁道："不会不会，晚辈不敢，绝不可能！"

片刻之后，芦鹰面如死灰，嘴唇发抖。因为不愿束手待毙的老元婴施展了又一门压箱底的逃命本领，将那金丹和元婴都悄悄凝聚在一粒心神之上，倏忽消逝，想要离开府邸，去与如今唯一信得过的止境武夫叶芸芸通风报信。到时候躲在她身边，再死死护住一处镜花水月，迅速告知金顶观，自己就有一线生机。要说昭告天下什么的，拉倒吧。且不说那姜尚真会不会给机会，就算做得到，芦鹰不到必死境地，也绝不愿意如此拿一条命去换功德。揭穿了玉圭宗与蛮荒天下的勾结内幕又能如何？一份文庙功德全部落在了金顶观头上，他芦鹰却是身死道消得彻彻底底。

只是千算万算，芦鹰都没有算到，那一粒能让仙人难测的心神，竟是兜兜转转，好像在天地间鬼打墙了。

背后那人笑道："见风使舵的墙头草都当不好，怎么当的元婴前辈老神仙？"

芦鹰喟叹一声，以相对生疏的蛮荒天下大雅言开口说道："斐然，栽在你手上，我心服口服，要杀要剐都随你了。"

那人点点头，说了两个字："好的。"

芦鹰立即苦着脸，再无半点英雄气概："斐然剑仙，我们再聊聊？只要为我留条活路，我绝对是万事可做的。"

那人伸出一只手，五指如钩，掐住芦鹰的脖子。刹那之间，芦鹰别说是嘴上开口，就连用心声言语都成了奢望。但是那人偏偏催促道："聊？你倒是说话啊。活路？别说是一个元婴芦鹰，那么多死了的人都给你们桐叶洲留下了一条活路，供奉真人骂人和说笑的本事真是天下第一。"

裴钱闲来无事，就坐在门槛上。师父怎么说怎么做她都不管，只是伸手摸了摸发髻，再揉了揉额头。不知不觉，好多年没贴符箓了。

很多年前，在她还是个小黑炭的时候，师父会帮她洗头，教她怎么打理乱糟糟的头发。没有什么山穷水恶，人心鬼蜮，师徒二人在远游路上，好像处处山清水秀。很多年后，当她一个人行走江湖，总能听到投师如投胎的说法。她觉得老话说得真是有道理，认了师父，她就像一个重新投胎做人的小姑娘，投了个好胎，天底下最好了。

其实这些年，师父不在身边，裴钱偶尔也会觉得练拳好苦：当年如果不练拳，就一直躲在落魄山上，是不是会更好些？尤其是与师父重逢后，裴钱连师父的袖子都不敢攥，就更觉得长大没什么好的了。但是当她今天陪着师父一起潜入府邸，师父好像终于不用为她分心劳神,不需要刻意叮嘱她要做什么不要做什么,而她好像终于能够为师父做点什么了时,她就又觉得练拳很好了,而自己吃苦还不够多,境界还不够高。

等到裴钱回过神来,发现师父已经搬了把椅子,与那芦鹰相对而坐了。

陈平安转头教训道:"大敌当前,这都敢分心?"

裴钱挠挠头:"有师父在啊,就偷个懒。"

陈平安瞪了她一眼,她赶紧说道:"晓得嘞,师父,我下次一定注意啊。"

不过说实话,哪怕裴钱站着不动,挨那元婴芦鹰一道杀手锏术法又如何?还不是她受点伤,换芦鹰毫无悬念地被三两拳打死。

真不是裴钱瞧不起浩然天下的修道之人,只谈体魄,哪怕是玉璞境,也如纸糊竹篾一般,挨一两拳就喜欢直挺挺倒地装死,可劲儿坑她的钱。

只不过裴钱哪里敢与师父说这种话,求啥都别求栗暴。长命那个上了岁数的女子,说话还是有点水准的。

裴钱环顾四周,是一处剑气森严的小天地。

师父是剑仙了啊……

陈平安不知道裴钱在胡思乱想些什么,只是拉着一位久仰大名的元婴老前辈闲聊谈心,一边听芦鹰讲那斐然流传不广的几个事迹,一边笑骂道:"厚颜无耻,我可没他这样的孙子。"

芦鹰心中悲凉万分:斐然剑仙你跟我演啥呢?事已至此,意义何在?

陈平安倒是不介意芦鹰坚信自己是斐然,最好杜含灵也如此认为,一旦双方各自"心知肚明",形势就会变得极有意思。

约莫半个时辰后,芦鹰先在那符箓美人身上遥遥施展了定身术,再独自将曹沫送到大门口。金顶观首席供奉虽然和和气气,只是神色间难免流露出几分倨傲姿态,显然依旧是以前辈自居,与曹沫勉励了几句,双方就此别过。

第二章 剑修如云

姜尚真拿出了一艘私人珍藏的通体雪白的云舟渡船，以福地月色与白云炼化而成，夜中远游极快，品秩与落魄山的翻墨龙舟差不多。

姜尚真没有一起乘坐渡船北上，说是还需要在云窟福地再待个把月，等到胭脂台的三十六位花神评选完毕再动身去天阙峰碰头。

白玄比较乐和：终于能一人一间屋子了，周肥老哥这样既有钱又仗义的朋友值得结交。

九个孩子当中，孙春王始终被崔东山拘押在袖里乾坤内。崔东山很好奇，这个死鱼眼小姑娘在里边到底能熬几个十年。

修士道心一物最是古怪：可能是一块璞玉，需要精心雕琢；可能是一块精铁，需要千锤百炼；可能是水中月，外物将其打碎复归圆。所以也不是所有剑仙坯子都适宜在崔东山袖中磨砺道心，除了孙春王，其实白玄和虞青章也比较合适。

崔东山坐在栏杆上，掏出一把折扇，轻轻敲击掌心，问道："听小胖子说，在簪子里边练剑的那些年，你小子其实挺哑巴的，除了吃饭练剑睡觉，至多就是与虞青章借些书看，冷眼冷脸的，让人觉得很不好相处，怎么一见着我先生，就大变样了？"

白玄坐在一旁，小心翼翼地酝酿措辞，怯生生道："如入芝兰之室，久而自芳也。"

崔东山扯了扯嘴角："不够真诚啊。"

白玄耷拉着脑袋，沉默许久，抬起头，望向远处的云海。云海落日，风景奇绝，很像家乡城头。

崔东山说道:“为什么要给自己取个小小隐官的绰号?”

白玄低声道:“我师父是龙门境剑修,师父的师父也才金丹境。其实我们仨都很穷的,为了让我练剑,就更穷了。”

崔东山问道:“你师父是一名女子?”

白玄“嗯”了一声:“长得不好看,还喜欢骂人。我小时候又贪玩,每次被骂得伤心了,就会离家出走,去太象街和玉笏街那边逛一圈,埋怨师父是个穷光蛋,想着自己如果是被那些有钱的剑仙收为徒弟,哪里需要吃那么多苦头,钱算什么。”

小时候……其实这会儿的白玄也还是个孩子,只是天底下所有的孩子都会觉得自己不小了,所有的老人都在害怕自己太老了。

崔东山又问:“你师父在战场上是不是受了重伤?她去世前,你一直陪着?”

白玄沉默很久,最后点头,轻声道:“也没一直,就只是陪了师父一宿。师父撤出战场的时候,本命飞剑没了,脸给剑气搅烂了,如果不是隐官大人的那种丹药,师父都熬不了那么久,天不亮就会死。师父每次竭力睁开眼皮——好像要把我看得清楚些——都很吓人,与我咧嘴笑就更吓人了,只是我没敢哭出声。我其实晓得自己当时那个样子,没出息,还会让师父伤心,可是没办法,我就是怕啊。”

所以白玄才会那么害怕满脸血污的女鬼。

白玄继续道:“那场架没打赢,可也没打输啊。所以我特别感激陈平安,让我师父,以及师父的师父,都没白死。”

崔东山问道:“过去这么久了,有没有什么想跟你师父说的?”

白玄想了想,说道:“大概会说一句:‘我会好好练剑,师父放心。’”

孩子神色专注,在想师父了。

崔东山“哦”了一声。

刹那之间,天地茫茫,白玄看到不远处站着一个满脸血污的女鬼,认出那是自己的师父。师父在看着他。

白玄突然发现自己原来有好多话想要跟师父说,而且也不怎么怕她的模样了。白玄走过去,伸出手,轻轻抓住她的袖子。

崔东山站在师徒二人的身后,远远看着这一幕。

渡船上,陈平安在自己屋子里边篆刻一枚朱文印章。在山下,金石篆刻一途,一向是朱文比白文难。

裴钱安静地坐在一旁,在师父篆刻完底款后,方问道:“师父是要送给青虎宫陆老神仙?”

裴钱对清境山天阙峰青虎宫的陆雍印象深刻,那是个极其会说话的老神仙,与人客套和送出人情的功夫一绝。

师父说此次往北，歇脚的地方就几个，除了天阙峰，渡船只会在大泉王朝的埋河和蜃景城附近停留，师父要去见一见那位水神娘娘，以及据说已经卧病不起的姚老将军。

陈平安笑着点头："见面礼嘛。"

这枚印章的边款为"心善是最好的风水"，底款是"清境"二字。

陈平安从咫尺物当中取出一摞购自驱山渡集市的书籍，吩咐裴钱："回屋抄书去。"

裴钱却没有挪步，而是取出纸笔，就在这里开始抄。

陈平安也没拦着，起身看了看，点头道："字写得不错，有为师一半的风采了。"

裴钱刚要说几句诚心言语，陈平安就弯曲手指在桌上轻轻敲击，提醒道："抄书写字要专心。"而后坐回位置，拿起一本书开始翻看。

弟子抄书，师父翻书。

与大泉王朝南方边境接壤的北晋国，比起南齐唯一好点的，就是延续了国祚，经过这些年的休养生息，总算恢复了几分生气。而南齐的京城，作为曾经蛮荒天下一座军帐的驻扎地，一国山河的下场可想而知：文武庙全部捣毁，至于城隍、土地及山水神祇，则悉数被桐叶洲本土妖族占据高位，从庙堂到江湖，已经不是乌烟瘴气可以形容的了。

这天陈平安走出屋子，来到船头，裴钱正在俯瞰山河大地，她身边跟着纳兰玉牒和姚小妍两个小姑娘。

陈平安问道："是不是会路过金璜府地界？"

裴钱使劲点头，估算了一下："约莫八百里。"

她还以为师父会忘了这茬。遥想当年，只有她一个人陪着师父游历桐叶洲，她第一次亲眼见到山神娶亲的场面，后来还无意间卷入了一场山神水君的厮杀。

与师父重逢之前，裴钱独自一人沿着旧路线游历桐叶洲，其间就经过了那座重建的金璜府，只是裴钱没起过去拜访的念头。

那位北晋国的金璜府君，当年被大泉王朝三皇子带人设计，沦为阶下囚，给拘押到了蜃景城，不承想却因祸得福，逃过了那场劫难。

裴钱与陈平安大致说了一下金璜府的近况，都是她先前独自游历，在山下道听途说而来：那位府君当年迎娶的鬼物妻子如今还成了邻近大湖的水君，虽说境界不高，但是品秩相当不低。据说这都是大泉女帝的手笔，已经传为一桩山上美谈。

陈平安笑道："正好，当年我与那位山神府君约好了将来只要路过就去金璜府做客，与他讨要一杯酒喝。"

崔东山在栏杆上散步，身后跟着双手负后的白玄，白玄身后背了一把入鞘竹剑，同时还跟着个走桩练拳的程朝露。

崔东山喊道："先生和大师姐只管去做客，渡船交给我了。"

纳兰玉牒和姚小妍有些雀跃，期待不已：山神府，多稀罕的地儿，她们都没瞧过呢。

陈平安祭出一艘符舟，要带着裴钱和两个小姑娘御风远游。何辜和于斜回两个飞奔而来，嚷着要一起去长长见识。

白玄叹了口气，摇头晃脑："孩子气，幼稚得很哪。"

结果被崔东山一把抓住脑袋，远远丢向了符舟那边。

白玄大笑一声，拧转身形，竹剑出鞘。他脚踩竹剑，迅速跟上符舟，一个飘然而落，竹剑又自行归鞘，看得何辜和于斜回羡慕不已：白玄这家伙不愧是洞府境。

纳兰玉牒没好气地道："曹师傅说了，不许我们泄露剑修身份。"

白玄嗤笑道："小姑娘家家的，头发长见识短。有崔老哥在，山山水水，风里来云里去，小爷我百无禁忌。"

裴钱笑道："百无禁忌？大白鹅教你的道理？"

白玄赶紧掂量了一下"大师姐"和"小师兄"的分量，大概觉得还是崔东山更厉害些，就想着做人不能当墙头草，于是双手负后，点头道："那可不，崔老哥叮嘱过我，以后与人言语，要胆子更大些。崔老哥还答应教我几种绝世拳法，说以我的资质，学拳几天，就等于小胖子学拳几年，以后独自下山历练的时候，走桩蹚水过江河，御剑高飞过山岳，潇洒得很。崔老哥先前感慨不已，说未来落魄山上，我又是剑仙又是宗师，就数我最像他的先生了。"

裴钱微笑道："学拳好。"

白玄觉得有些不对劲，赶紧亡羊补牢："裴姐姐，以后真要切磋，你可得压境啊，我毕竟年纪小，学拳晚。"

裴钱点头道："没问题，到时候我需要压几境，都由你说了算。"

白玄哈哈笑道："裴姐姐是习武之人，一定要一口唾沫一个钉啊。不过裴姐姐不用太担心，我虽然学拳晚，但是学得快，破境更快，到时候咱俩切磋，估计裴姐姐不用压境太多。"

裴钱"嗯"了一声："肯定的。"

陈平安瞥了眼白玄，眼神怜悯：这个自作聪明的小王八蛋，好像比陈灵均还要青出于蓝而胜于蓝了。

白玄以心声问纳兰玉牒："玉牒玉牒，这个裴钱到底是武夫几境？咱们可是同乡，你不能胳膊肘往外拐，故意骗我啊。"

纳兰玉牒说道："裴姐姐一直没说自己的境界啊，小妍之前在云笈峰问了半天，裴姐姐都只是笑着不说话，到最后给小妍问烦了，就说她如果跟她师父切磋，大概百来个她才能跟她师父勉强打个平手。"

白玄看了眼那个年轻女子，心想：怪可怜的，身为隐官大人的开山大弟子，资质天赋看来都很平常啊。

距离金璜府还有百余里山路，符舟悄然落地，一行人准备步行前往。

白玄问道："曹师傅，闹哪样，两条腿走路多费劲，不够仙气，小心咱们在金璜府门口吃个闭门羹。府君大人一听就是个有自己宅子的大官，崔老哥与我说过，在浩然天下，宰相门房三品官，牛气得很。"

纳兰玉牒埋怨道："就你话多。洞府的境界，剑仙的口气。"

何辜点头道："不妥当啊。"

于斜回补充道："小小隐官这个绰号不太够，大大隐官才配得上咱们白玄。"

白玄斜眼看他们仨："等我开始学拳，随随便便就是五境六境的，再加上一个洞府境，你们自己算一算，是不是就是上五境了？"

陈平安笑着摇摇头。

裴钱从咫尺物当中取出一根绿竹杖。她想起一事，就是在这附近，她人生当中第一次拿到了符箓，一张宝塔镇妖符，一张阳气挑灯符。不过起先是师父借给她的，用来帮她壮胆，后来才送给她。

裴钱悄悄说道："师父，在金甲洲时，我碰到符箓于仙了。"

陈平安有些惊讶："那位被誉为独占符箓一道的于老神仙？"

裴钱笑着点头，赧颜道："战场上，于老前辈不但帮我打杀了一只玉璞境大妖，还送了我那妖的本命物，半仙兵品秩。"

陈平安感慨道："于老前辈果然仙气无双，就该他合道星河，跻身十四境。"

裴钱"嗯"了一声。

百余里山路，对于陈平安一行人而言，其实不值一提。而且相较于上次陈平安途经此地时的崎岖道路，现下要宽阔许多，陈平安瞥了几眼，就知道是官府的手笔。

路过一座横跨溪涧的石拱桥，陈平安蹲在桥头看那十分崭新的界记碑，微微皱起眉头，开始犹豫要不要拜访金璜府了。

裴钱问道："师父，怎么了？"

陈平安起身道："可能会有是非。"

但他稍作思量，就又笑道："没关系，我喝完酒就走。"

距离金璜府三十里，山清水秀，溪水潺潺，临水建有一处行亭。

一队披甲锐士在路旁散乱而坐，小赌怡情，只是嗓门都不大，因为行亭里边还有一个盘腿吐纳的修道之人，手捧拂尘。

一名年轻武将斜靠亭柱，双臂环胸，闭眼屏气凝神。

陈平安让裴钱他们停步，独自走向前。

行亭内外两人，一个观海境修士，一个五境武夫。

年轻武将睁开眼，淡然道："如果你们是去金璜府，就可以回了，如今这边已经山水封禁。"

陈平安转头望向溪涧一处碧绿幽幽的水潭，当中浮出一张惨白的少女面庞，一头青丝如水草铺开。她身穿一件石榴裙，坐在对岸青石上，双脚没入溪水，好像故意与那年轻武将针锋相对，笑道："封山？我们金璜府怎么不知道？这位先生如果是要去我们府上做客，我可以带路。"

行亭里边的老神仙冷哼一声，轻挥拂尘，行亭外的溪涧就如同被筑造的水坝拦截了流水，水位一直抬升，再无溪水流入那处小水潭。

那女鬼也不介意，好像记起一事，与陈平安说道："不用担心原路返回会被某些人穿小鞋，我们金璜府有路直通松针湖，泛舟游湖，风景极美。若想要登岸，也无须计较渡船会不会被毛贼偷去，因为松针湖的湖君娘娘本就是我们金璜府的府君夫人哩。"

陈平安这才开口笑道："那就叨扰了。"

那位施展水法截取溪水的老神仙终于睁开眼睛，冷笑道："小小水鬼，大放厥词，活腻歪了？"

年轻武将好像改了主意，挥挥手，示意那些披甲武卒放行，而后对陈平安道："你们最好不要在金璜府逗留太久，'神仙打架，俗子遭殃'可不是一句玩笑话。至于游览松针湖，倒是可以随意。"

陈平安拱手谢过，年轻武将点点头。

陈平安走在溪边道路上，那个金璜府出身的女鬼则一手拎着裙角，行走在水面上。

行亭里，名为郭仪鸾的观海境老修士讥笑道："刘将军，你倒是好说话，说放行就放行。"

年轻人名叫刘翚，才二十多岁就已经是正五品武将，关键是还有个北晋国临时设置的五方山水巡检身份。也就是说，一国北岳山水地界，年轻人可以指挥调动山君之下的所有山水神灵，各州郡县城隍、各地文武庙，都受年轻人辖制。

刘翚是北晋国的郡望大族出身，不过却是靠军功当上的将军。道理很简单，他的家族早已覆灭在那场一洲陆沉的浩劫中。

除此之外，传闻刘翚与北晋新帝相逢于患难之际。而更有小道消息，说皇帝陛下那个外嫁别国的妹妹其实与这个年轻将军是有故事的。

刘翚神色淡然："一个不小心，真要与大泉王朝撕破脸皮，打起仗来，郭仙师可能比我更好说话。"

郭仪鸾脸色阴沉，冷哼一声，继续吐纳修行。

年轻人就是不知好歹。

金璜府的山水谱牒其实早已“搬迁”到了大泉王朝，而金璜府却位于毫无争议的北晋国版图之上，所以再不挪窝，就会名不正言不顺。哪怕是吵到大伏书院的圣人山长面前，也还是大泉王朝和金璜府不占理。

现在比较微妙的其实还是松针湖的归属以及划分问题。北晋皇帝的意思很明确，金璜府必须北迁，最好还能够拿下整片松针湖，若是大泉仗势欺人，那就去书院找圣人评理。北晋的底线则是将松针湖一分为二，让那座湖君水府只占据约莫四分之一的松针湖水域。

关于此事，两国其实已经吵了好几年，闹哄哄的，大泉王朝庙堂上下都极为强硬，尤其是一些青壮官员和边关武将，都已经嚷着要让北晋听一听马蹄声了。

溪涧中，那女鬼转头望向岸上，微笑道：“客人瞧着面生。”

陈平安笑道：“姑娘觉得我面生很正常，约莫二十年前，我路过金璜府地界，刚好瞧见了府君大人的迎亲队伍，后来还有幸见过府君一面。当年没能喝上一杯兰花酿，这次路经贵地，就想着能否有机会补上。”

那女鬼愣了愣，立即起了些疑心。因为当年她就在那山神娶亲的队伍当中，怎么不记得见过此人？

陈平安其实先前一眼就认出了她，笑道：“姑娘你还记不记得，当时有个黑炭小丫头，不小心犯了山水忌讳？你们非但没有计较，后来接到府君夫人返回金璜府，姑娘你当时手持灯笼，得了老嬷嬷的许可后，还邀请过我去参加婚宴，只不过我当时着急赶路，就错过了。”

裴钱手持行山杖，会心一笑。

那女鬼蓦然而笑：“是你?！那会儿你还是个少年……年轻公子呢！难怪我没有认出来。”

可不是任何人都能撞见山神娶亲的，要么是个病秧子，阳气太稀薄，要么就是下山游历的修道之人了。只是女鬼心中幽幽叹息：眼前这名男子，多半不是什么山上高人了。不然才短短二十年，对方面容变化就如此之大，教她全然认不出。

如今金璜山神府和松针湖君府是一家亲，府君老爷和湖君夫人比那山上修士更加神仙道侣。但现下山水两府依旧是个多事之秋的处境，不然行亭那边就不会有人说什么山水封禁的混账话了。

一位观海境的老神仙，确实道法不俗，可一般情况下，哪敢与金璜府和湖君府犯横。说到底，还是背靠大树好乘凉。自家老爷夫人是如此，那位老神仙也是这般。问题在于自家金璜府不在大泉王朝境内，而在北晋国境内。

那女鬼伸手在袖口一抹，双指间拈住一条寸余长短的青鱼，轻轻呵了一口气，再以心声言语数句，然后轻轻一丢，游鱼入水，一个摆尾，去势极快，倏忽不见。

那尾传信青鱼很快就赶到了金璜府门房，山精出身的老人不敢怠慢，立即将消息禀报上去。

金璜府府君郑素得知后，立即动用大泉王朝赠予的一把传信飞剑通知坐镇湖君府的妻子柳幼蓉。

当年那场厮杀，如果不是那个过路人一符一剑就截杀了松针湖淫祠水神，只会后患无穷。只不过这个内幕，除了妻子和几个心腹，郑素没有多说。

他走到大门口，耐心等待那位有恩于金璜府的“少年仙师”。一位府君大人，流露出了近些年少有的喜庆神色。

去往金璜府的道路上，裴钱手持行山杖，突然喊了一声：“师父。”

陈平安转过头：“怎么了？”

裴钱咧嘴一笑，没说什么。她只是想起了很多小时候的事，师父可能都记不得或者记不清了，但她只要用心去想，一切就依旧历历在目。

比如当年一个迷迷糊糊半夜醒来的小黑炭，给眼前景象吓惨了，然后就开始埋怨那个很有钱的小气鬼。当小黑炭问他是不是打不过那些脏东西时，他先说不许称呼它们为“脏东西”，然后反问：“既然我们有错在先，跟我打不打得过它们，有关系吗？”

“要是打得过，你就不用跟人低头道歉了啊，它们给咱们道歉还差不多，给咱们主动让道。比如它们敲锣打鼓的，吵死个人，就要向我道歉，愿意赔钱就更好了。”

“我就算打得过它们，跟你又有什么关系？”

“我们是一伙的啊。”

当时小姑娘都没有意识到，他当时说的是“我们有错在先”，而不是“你”。

后来莫名其妙斩杀了一只“大妖”，小姑娘趴在他的后背上，小声问道：“你是好人，天底下的好人就是你这个样子的，对吧？”

再后来，他伸出手，小姑娘皱着脸将两张符箓拍在他手心，委屈得一塌糊涂，大声嚷嚷：“就不能送给我一张吗？我跑了那么远的山路，最后实在是跑不动了啊。”

裴钱走到道路最边上，转头望向溪涧对岸。

陈平安突然轻声道：“好些事情，师父都记得一清二楚。所以师父现在很庆幸，当年没有丢下你。”

见着了那一行访客的身影，郑素走下台阶，快步向前，重重抱拳，朗声笑道：“郑素见过恩公。”

虽然陈平安已经从一个佩剑系酒壶的白袍少年郎变成了青衫长褂的成年男子，但郑素还是一眼就确定了他正是当年那个陌路相逢的少年剑仙，事了拂衣去，不曾留名，十分风流。何况眼前男子腰间还悬着那只让郑素眼熟至极的朱红色酒壶，一如当年。

陈平安拱手还礼，笑道："叨扰府君了。"

郑素立即侧过身，陈平安伸出手掌，最终两人并肩走向金璜府大门。

郑素小声歉意道："方才得知恩公光临寒舍，我就立即传信松针湖，不承想拙荆有事脱不开身，暂时无法赶回。"

郑素其实心中颇为古怪。方才等人时，他收到了松针湖的回信，但竟然是一位身份隐秘的大泉供奉仙师代笔，这太不合常理——妻子绝不会随便离开水府。若是平时，郑素肯定会立即动身赶赴松针湖。妻子虽说如今已经贵为大泉王朝的第二等江水正神，是正统湖君，但妻子其实只有相当于洞府境的金身和道行。她更不擅长与人斗法，这几年她硬着头皮的所谓修行，看得历来就精通厮杀的郑素是又好笑又心疼，到最后还是让她不要勉强了，打打杀杀这种事情不适合她，以前是，如今是，以后还是。

陈平安以心声言语道："晚辈曹沫，宝瓶洲人氏，这是第二次游历桐叶洲。"

这是来时路上打好的腹稿。如果不是通过一系列细节确定如今金璜府成了个是非之地，其实陈平安倒不介意坦诚相待。

一位能够开辟府邸的山神府君，哪里需要朝廷帮忙铺设一条官道作为敬香神道，甚至专门在桥头设立界碑，表明此地是北晋山水地界？而且立碑之人可不是什么郡守、县令之类的地方父母官，界碑落款是那北晋国的礼部山水司。至于之后行亭那边的异样，不过是确定了陈平安心中所想。大泉刘氏……如今应该是大泉姚氏皇帝了，显然是想要以金璜府、松针府的最终归属勘定为契机，与北晋进行一场庙算谋划了。

郑素开怀笑道："我们金璜府的兰花酒酿在桐叶洲中部都是鼎鼎有名的好酒，路过金璜府，可以不见劳什子郑府君，唯独不能错过这兰花酿。"

落座后，陈平安有些尴尬。因为除了他们师徒二人，还有五个孩子，闹哄哄的，像专门跑来金璜府蹭吃蹭喝的。

一行七人中，有一个止境武夫，一个山巅境武夫，还有六个半剑修。

郑素自然是打破脑袋都想不到，这拨客人只是路过做个客，就足以让一座金璜府被称为"剑修如云"了。

白玄和纳兰玉牒还都是洞府境，按照山上规矩，两个孩子小小年纪就成了中五境剑修，都可以被称呼为小剑仙了。简单来说，行亭里边那位手捧拂尘的观海境老神仙，真要搏命，白玄和纳兰玉牒联手，说不定也就是各自一飞剑的事情。

郑素笑道："我已经让府上准备了饭菜，都是些山上野味和松针湖鲜，至多两刻钟就能与曹仙师喝上兰花酿。"

陈平安突然站起身："有劳府君带我四处走走。"

郑素有些意外，但仍是主随客便，点头笑道："乐意之至。"

裴钱从椅子上起身说道："师父，我看着他们就是了。"

陈平安以心声提醒道："在这里记得用真名，别用'郑钱'。"

裴钱点点头。

等到二人离开，纳兰玉牒一个蹦跳起身加转身，摸着椅背上边的灵芝纹道："裴姐姐，啥木头做的椅子，瞧着可贵气值钱哩。"

裴钱坐回位置，笑道："不晓得，不过肯定值钱。记得瓶瓶罐罐的不要乱碰，都是动辄几百年的老物件了，更值钱。"

纳兰玉牒笑嘻嘻道："若是不小心碰碎了，就拿小妍赔，让她留在这儿当丫鬟。"

姚小妍始终规规矩矩地坐在椅子上，可怜兮兮地道："玉牒姐姐，你别吓唬我。"

何辜是九个剑仙坯子里边个子最高的，此时他跷着二郎腿，一晃一晃的："原来山神府也不过如此嘛，还不如云笈峰和黄鹤矶。"

于斜回身体一滑，瘫靠在椅子上，长出一口气："舒坦，以后我也要做几把这样的椅子。"

白玄刚要脱靴子盘腿坐在椅子上，裴钱就道："坐好。"

白玄翻了个白眼，不过还是打消了念头。裴姐姐虽说习武资质平平，但是曹师傅开山大弟子的面子，得卖。

裴钱耐心解释道："下山下水忌讳多，出门在外，要切记入乡随俗。我们又是客人，不能由着自己的性子胡来。"

白玄侧身趴在椅子把手上，唉声叹气道："规矩贼多，好烦人啊。"

裴钱将行山杖横放在膝上，没理睬他，开始闭目养神。她倒没觉得白玄这孩子如何烦人，毕竟只要她回想一下自己的初次游历，就会觉得白玄其实已经算话很少、很懂事的了。只是再不烦人，也不是白玄被某部功劳簿遗漏的理由。按照目前这个情形，估计不等回到落魄山，裴钱就该为白大爷换一本新账簿了。

不过当下裴钱比较好奇一事：为何师父和小师兄都故意让白玄始终误会一件事，而不去点破？白玄好像就早早认命了，虽然他目前境界最高，但未来的剑道成就最低。可按照师父和大白鹅关于九个孩子本命飞剑的大致阐述，再加上白玄自身的性情天赋，裴钱怎么看白玄，不敢说这孩子将来一定成就最高，但绝对不会低。事实上，如今九个孩子里边，白玄就已经隐隐约约成了领头人。而这种无形中显露出来的气质，在既机缘不断又意外横生的修行路上至关重要，就像……师父当年带着宝瓶姐姐、李槐他们一起游学大隋书院，师父就是那个自然而然成为保护所有人的人，而且会被旁人视为理所应当。假设师父和自己、小师兄都不在身边，白玄就会一下子脱颖而出，肯定会是那个置身乱局、一锤定音的人物。

裴钱犹豫了一下，聚音成线，只与白玄密语道："白玄，你以后练剑出息了，最想要做什么？”

白玄眼角余光迅速一瞥，发现裴姐姐是在与自己单独聊天，就继续懒洋洋趴着，以心声答道：“我现在唯一的盼头，就是以后遇到那个白龙洞同龄人，他又刚好走夜路落单了，一剑戳他个半死就跑。小爷帮他长长记性，来无影去无踪，做好事不留名。”

裴钱没了继续说话的念头。难聊……大概师父最早带着自己的时候不爱说话，也是因为这样？

裴钱转头扫了一眼其他几个孩子。何辜和于斜回最投缘，正在交头接耳窃窃私语，说那穿石榴裙的溪涧女鬼姐姐长得挺俊俏，一点都不吓人，确实是比裴姐姐好看些。纳兰玉牒在直愣愣地盯着几幅名贵字画看，姚小妍在勤勤恳恳地温养飞剑——拥有异于常人的三把飞剑，总是让姚小妍有些手忙脚乱，有些烦恼。关键是姚小妍觉得自己太笨，胆子太小，飞剑又太多且无用，所以小姑娘担心在修行路上走着走着，自己就成了最没用最惹人嫌的那个拖油瓶。

裴钱悄悄对姚小妍说道：“小妍，休息的时候，不用这么刻苦练剑，不然一辈子都很累的。听裴姐姐的，练剑的时候怎么专心都不为过，游玩的时候就放心游玩，别怕别人说你偷懒。因为对于练气士来说，一辈子很长的，我们先不急于求成。”

姚小妍闻言立即收敛心神，微微红了脸，赶紧与裴姐姐轻轻点头。

裴钱说完之后哑然失笑，有些自嘲：是不是收了个阿瞒当不记名弟子的缘故，自己竟然都会与人讲道理了？就是不知道小哑巴似的阿瞒以后能不能跟这帮孩子处得来……裴钱一想到这件事情便有些忧心，毕竟阿瞒是山泽精怪出身，而这些剑仙坯子又来自剑气长城，应该会很难融洽相处吧？算了，不多想了，反正有师父在。

纳兰玉牒是九个孩子当中唯一一个拥有两把飞剑的剑仙坯子，一把杏花天，一把花灯，攻守兼备。

姚小妍则是唯一一个拥有三把飞剑的下五境剑修，春衫、蛛网、霓裳的本命神通都极其相似，不重攻伐，擅长防御，可以视为小姑娘同时身穿三件法宝品秩的法袍，自然能够天然反哺肉身，裨益剑修魂魄。照理说，姚小妍在“先天”二字上得天独厚，破境应该是最快的一个，只是姚小妍相对性情软懦，修行路上，被后天心性拖了后腿。

相比于何辜的本命飞剑飞来峰和于斜回的飞剑破字令，白玄的本命飞剑云游一旦祭出，速度极快，而且走的是换伤甚至是换命的蛮横路数。问剑如棋盘对弈，白玄极其……无理手，同时又十分神仙手。同时云游又天生最适宜捉对厮杀，甚至可以说，简直就是剑修之间问剑的第一流本命飞剑，这也是为何白玄会有那些“求你别落单”“有本事单挑”的口头禅。只是从进入玉簪练剑，到现在身在桐叶洲金璜府，白玄还是因为自己的飞剑在避暑行宫档案中落了个“丙下”等，而误以为自己的剑道资质是九人当中最差的，极有可能是未来成就最低的那个人。

倒不是说隐官大人坐镇多年的避暑行宫故意针对白玄这么个都没机会上战场的孩子，而是剑气长城是一处战场，一旦剑修置身于此，白玄哪怕一剑功成，也极有可能需要立即撤离。更何况剑气长城厮杀惨烈，剑修数量与那蛮荒天下的攻城妖族太过悬殊，白玄的本命飞剑注定了他极其不适宜离开城头厮杀，甚至可以说，白玄就天生不适合剑气长城——曾经的剑气长城。所以在孩子的家乡，白玄的飞剑品秩按照当年避暑行宫那种极为事功的评选规矩，只得了一个“丙下”。而且在剑气长城，白玄拥有如此一把飞剑，当真能够让他最终跻身金丹，甚至是元婴？说不定一场大战，至多几场大战过后，就已经飞剑毁弃，连剑修都当不成了。

事实上，当年能够被外乡剑仙带回浩然天下的孩子，全部都是资质极好的剑仙坯子。比如被皑皑洲剑仙谢松花带走的举形和朝暮，举形的那把雷泽当年被避暑行宫评为“乙中”品秩，而朝暮的两把飞剑滂沱和虹霓则被评为“乙下”和“丙上”。

除了包括剑仙吴承霈的“甘露”在内的这拨屈指可数的甲等飞剑之外，其实乙、丙总计六阶飞剑在剑气长城都算品秩极好的了。

不光是举形和朝暮，还有郦采带走的陈李和高幼清，所有比白玄他们更早离开家乡的剑仙坯子，飞剑其实也都是乙、丙。所以只要白玄到了落魄山，能够给他一步一步熬到金丹境，一点一点稳固提升飞剑品秩，白玄就会是一个后劲极强、杀力极大的剑修。

裴钱其实挺期待这些孩子在落魄山的修行的。

郑素带着陈平安闲逛，路过一座古朴茅亭，四周翠筠茂密，苍松蟠郁。

陈平安道：“府君，我们今天拜访，有些不赶巧了。”

郑素没有藏掖，坦诚道：“恩公，实不相瞒，如今我这金璜府实在不是个适合待客的地方，想必你先前路过亭子时已经有所察觉，等下咱们喝过了酒，我就让人带你们乘船游历松针湖。职责所在，我不便多说内幕，本来是想着先喝了酒，再与恩公说这些大煞风景的言语。”

陈平安点头笑道：“好的，帮不上忙，总比帮倒忙要好些。”

郑素松了口气。如此最好，金璜府没理由让这位恩公卷入一场云谲波诡的两国大势当中。山水重逢，喝酒足矣，好聚好散，相信以后还会有叙旧的机会。

陈平安和郑素步入茅亭落座，陈平安问道：“那位姚老将军的身子骨？”

郑素叹了口气。此事根本不算什么秘密了，朝野上下都知道，没什么忌讳：“当年离开蜃景城之前，我还专门拜访过老将军，那会儿老将军就已经无法起身下床了，这些年想必就更是硬撑着。”

陈平安又道：“如果我没有记错的话，草木庵是大泉第一大仙家，那位徐仙师除了擅长雷法，还是位精通炼丹的医家高人，所炼丹药好像可以延年益寿。”

事实上，草木庵仙师徐桐早就死在了隋右边的那把痴心剑下。但是以大泉王朝如今在桐叶洲的地位以及姚家的身份，不管那位大泉女皇帝与谁求药，都不会被拒绝。只说那场缔结桃叶之盟的地点，就在距离蜃景城只有几步路的桃叶渡。

郑素摇头道："曹仙师有所不知，那草木庵已经是大泉的老皇历了。那座仙府是代代相传，子承父业，早年先是上任主人徐桐突然闭关，让位给了嫡子，后来那场灾殃临头，疾风知劲草，草木庵竟然暗中勾结妖族畜生……所以草木庵的丹药失传已久，不提也罢。这些年为了姚老将军，皇帝陛下四处求药，别说是金顶观，陛下甚至让人去了一趟玉圭宗神篆峰，向韦宗主求来了一枚珍稀丹药。就连那远在宝瓶洲的青虎宫陆老神仙，据说陛下都已经专程派人找过了。"

郑素由衷感慨道："恩公应该也明白，凡夫俗子也好，纯粹武夫也罢，所谓的仙家灵丹妙药，作用有限不说，还难免犯冲。寻常用以固本培元的药膳还好说，治病救命一事，一着不慎，就会是治标损本的下场。所以姚老将军的身体，我在这里说句难听的，真是大势已去、大限将至了。只不过如今大泉王朝的国势蒸蒸日上，必然会成为桐叶洲最强大的王朝之一，老将军也算是寿终正寝了，想必不会有太大的遗憾。"

作为一位开辟了府邸的山水神祇，郑素早已看惯了人间生死，若非对大泉姚氏太过念情，他不至于如此感伤。

陈平安轻轻松开紧握的双拳，点了点头，问道："看那北晋国先立碑、再拦路的架势，是铁了心要催促府君北迁了？你们大泉皇帝陛下那边是什么意思，会不会让府君难做？"

金璜府北迁并不会让郑素难做，真正难做的，是大泉朝堂决意让金璜府扎根原地。郑素在心中叹了口气，说了句含糊言语："食君之禄忠君之事，不管皇帝陛下如何决断，都是我们这些山水小神的分内事，照做就是了。"

陈平安说道："大泉和北晋将松针湖对半分是比较讲道理的。"

郑素神色无奈。若是双方如此商量就好了，北晋国力孱弱尚且不愿如此退让，一定要整座金璜府都搬迁到大泉旧边境线以北，更加强势的大泉王朝就更不会如此好说话了。从京城内的申国公府到大泉边军武将，朝野上下在此事上都极为坚决，尤其是专门负责此事的邵供奉，都觉得往北搬迁金璜府但依旧留在松针湖南端一处山头已经让步够多，给了北晋一个天大面子了。郑素几次私底下去往松针湖陪同参加边境议事，听那邵供奉的意思，好像北晋只要贪得无厌，胆敢得寸进尺，别说让出部分松针湖，就连金璜府都不用搬了，或者往南搬！

北晋国力本就弱于大泉王朝，不然也不会被当年那支姚家边骑压得喘不过气。如今的北晋更是虚弱不堪，一个东拼西凑的空架子，连那一国中枢所在的六部衙门都是老的老小的小。京城朝堂尚且如此，更遑论大小军伍，鱼龙混杂，地方官府处处是滥竽充数的乱象。

一开始妻子升任松针湖水神，塑金身、建祠庙、纳入山水谱牒，以鬼魅之姿担任一湖府君，郑素当然大为欣喜，可如今却让他忧愁不已：确实是自己小觑了那位皇帝陛下的驭人手段。

只不过这些内幕却不宜多说，既不符合官场礼制，也有得了便宜还卖乖的嫌疑。大泉能够如此厚待金璜府，不管皇帝陛下最终做出怎样的决定，郑素都绝无半点推脱的理由。所以郑素笑着摇头道："我就不与恩公聊这些了。"

这位府君还是担心连累曹沫，若只是那种与松针湖淫祠水神做大道之争的山水恩怨，不涉及两国庙堂和边关形势，郑素觉得自己与眼前这位外乡曹剑仙意气相投，还真不介意对方对金璜府施以援手，反正赢了就饮酒庆贺，山不转水转，郑素相信总有金璜府还人情的时候，哪怕输了也不至于让一位年轻剑仙就此裹足不前，深陷泥泞。

年轻人毕竟是一位山上最为难缠的剑修，与人寻仇，几乎极少有什么隔夜仇。一剑破万法可不是什么剑修自夸的说法，就算一剑杀不了人，两三剑下去就立即御剑远遁，隔三岔五再来上这么一遭，哪有千日防贼的道理？一座仙家门派难不成就此封山，再不谈什么弟子下山游历了？而练气士想要与剑修寻仇却是麻烦极多，剑修几乎少有是那山泽野修的，一个个山头背景底蕴深厚，还有那些个更加剑仙的祖师爷。

陈平安歉意道："我离乡下山历练不多，至多懂些山水规矩，官场规矩就两眼一抹黑了，不该有此问的。"

郑素起身笑道："不用多想，喝酒去，天底下没有一壶兰花酿摆平不了的事。恩公能喝几壶是几壶，喝不了三壶，就多带几壶在路上喝。不过我看恩公不像是个不会喝酒的，三壶而已，不在话下。"

劝酒这种事情，郑素当下还不知道自己遇到了一位当之无愧的前辈高人。

只不过陈平安突然说道："府君，酒可能要先余着了，我临时有事，需要远游一趟，大概两三天工夫，具体多久还不好说，我会尽早赶回金璜府。"

郑素愣在当场，也没多想，只是一时间不好确定他带来的那些孩子是继续留在府上还是就此去往松针湖。后者会更加妥当安稳，但是如此一来，就有了赶客的嫌疑。

陈平安笑道："我那弟子裴钱并几个孩子就先留在府上好了，我争取速去速回。"

郑素点头答应下来。虽说大泉、北晋两国边境如今是暗流涌动的形势，可金璜府和松针府山水相依，又有两位身份隐蔽的大泉供奉在，想必就算有事，也还不至于护不住一拨外乡孩子。毕竟不管如今大泉和北晋国力是否悬殊，行事都必须牢牢占据"大义"二字，不然在大伏书院那边就会输掉道理，而只要失去了书院的支持，可谓万事皆休。

陈平安走出茅亭，与郑素抱拳告辞，脚尖一点，身形冲天而起，转瞬即逝，而且悄无声息，这让郑素心中大为震撼：自己可是一地山神府君，莫说是近在咫尺的灵气涟漪，便是方圆百里的山水气运流转都尽在掌握，曹沫的离去又并非什么陆地神仙施展缩地山河的神通，若非凉亭外地面的些许尘埃飘扬，郑素都要误以为是一位上五境大修士的隐匿术法了。

陈平安先去了一趟渡船，崔东山摇摇头，答案很简单，不成。

虽然知道会是这么个答案，陈平安还是有些伤感。修道登山，果然是既怕万一，又想万一。

让崔东山多照看着些金璜府，陈平安再一脚蹬地，瞬间离开渡船，独自御风远游大泉蜃景城，风驰电掣，却依旧隐匿本该去势如虹的惊人气象。

既然先生有命，崔东山就老老实实坐在栏杆上，瞪大眼睛看着那座金璜府，连同八百里外的松针湖一并收入仙人视野。

崔东山取出一把折扇，随意施展望气神通。眼帘内，人间大地虽是白昼时分，却依旧如获敕令，同时亮起一盏盏大小不一、明暗不定的灯笼：有些飘摇不定，极其模糊，小如芥子，好像山风一吹就灭；有些灯火凝练，大如拳头。比如行亭那边的北晋国年轻武将竟然还是个有武运傍身的将种子弟，与北晋皇帝和国祚也有些不小的纠缠，所以此人只要不惨遭横祸，遇上一些个大的意外，就注定会是一位扶龙之臣了。所谓的意外，就是好似蛟龙走水入池塘，掀起翻江巨浪，偏不躲避，反而迎头撞上，不死都难。

不过看那年轻人先前遇到自家先生和大师姐的表现，不太像是个早夭的短命鬼，因为惜福。倒是行亭里边那位观海境老神仙，比较像是个走路太飘嫌命长的。至于那位金璜府君，因着将山水谱牒迁到大泉蜃景城内的缘故，所以与大泉国祚一线牵引。

崔东山眼前一亮，一个蹦跳起身，摇摇晃晃站在栏杆上，缓缓散步走向船头，始终眯眼凝神望去，顺藤摸瓜，视线从金璜府去往松针湖，再去往两国边境线，最终落定一处：哟，好浓郁的龙气，难怪先前自己就觉得有些不对劲，竟然还有一位玉璞境修士帮忙遮掩？如今在这桐叶洲，上五境修士可是不常见了，多是些地仙小王八在兴风作浪……难不成是那位大泉女帝正在巡视边境？

就说嘛，金璜府与松针湖的飞剑传信往来不太合情合理，不该让一位金丹符箓修士代为回信，原来是那位水神娘娘奉旨离开辖境，去秘密觐见皇帝陛下了。至于什么拦截飞剑、偷看密信，没有的事。

崔东山收起视线往南移去，因为远处有一队浩浩荡荡的车驾远道而来，一位金丹剑修坐镇其中，附近马车上还有个身负文运的官员，看样子应是北晋礼部衙门出身无疑了。如果不是一个才华横溢、自身文气过于出彩的读书人，那么就该是礼部侍郎的官衔——官品太高，显得北晋皇帝色厉内荏；太低，又太打大泉朝廷的脸。那么管着一国山水谱牒的礼部左侍郎来谈金璜、松针山水两府的搬迁事宜，则正好合适。只不过北晋那边一定没有想到大泉决心如此之大，连皇帝陛下都已经亲临两国边境，所以吃亏是在所难免了。

金璜府那边，宴席饭菜依旧，裴钱对于师父的突然离开也没说什么，带着一帮孩子混吃混喝呗，只能尽量让白玄和何辜的吃相好些。

郑素问裴钱会不会喝酒，裴钱如临大敌，赶紧说自己不会喝，就没喝过酒。郑素总不好对一个年轻女子如何劝酒，只好独自小酌几杯兰花酿。

裴钱低头就近夹一筷子菜的时候，突然皱了皱眉头，郑素也有些不悦神色。不是酒桌上孩子们如何闹腾，而是郑素察觉到金璜府外边来了一拨来者不善的不速之客。郑素知道他们会来，但没想到会来得这么快。关键是其中有一位北晋国地仙虽未在马车内露面，但是一身剑气沛然纵横，分明是摆出了一言不合就要问剑金璜府的架势。

郑素因为分心府外动静，所以没有发现，饭桌上先是那两个名叫白玄和纳兰玉牒的小孩子最早对视一眼，然后所有孩子都停下了筷子。

裴钱聚音成线与所有孩子说道："吃饭。"五个剑仙坯子这才继续动筷。

白玄以心声问道："裴姐姐，有人砸场子来了，咱们总不能白吃府君一顿饭吧？"

裴钱笑道："那是一位金丹剑修，你们几个凑一起都不够看。"

白玄愣了愣，疑惑道："在你们这儿，一个金丹剑修就这么牛气冲天啊，吓唬谁呢？搁在曹师傅的酒铺，别说金丹和元婴，就是上五境剑修，只要去晚了就没座儿的，哪个不是蹲路边喝酒，想要多吃一碟咸菜都得跟铺子伙计求半天，还未必能成呢。"

裴钱无言以对。总不能说在浩然天下有些个洲，金丹剑修就是一位剑仙了吧？而在白玄他们的家乡，好像除了飞升境和仙人境，连那玉璞境剑修，如果路上被人称呼一声'剑仙'，都像是被骂了。

裴钱看了看这些孩子，眼神温柔，聚音成线，再次与他们重复说了句："吃饭。"

你们安心吃饭，什么都不用管。师父不在，有弟子在，一样可以照顾好你们这些远游离家的孩子。

郑素根本不清楚这些，他只是放下筷子，起身告辞，笑着与裴钱说自己款待不周，有远道而来的客人来访，需要去见一见。

裴钱起身道："府君大人只管忙正事去。"

纳兰玉牒和姚小妍跟着裴钱一起放筷起身，目送郑素离开。其余三个小兔崽子，白玄在眼馋那壶还剩下不少的兰花酿，何辜在使劲啃鸡腿，于斜回在低头扒饭。

裴钱落座后，也不着急与他们仨说那些酒桌上的人情世故，至于两个乖巧懂礼数的小姑娘，多半是在家乡耳濡目染，所以懂得更多。

白玄问道："裴姐姐，真不用咱们帮着金璜府助阵啊？"

裴钱说道："不用。"

姚小妍小声问道："裴姐姐，曹师傅呢？"

纳兰玉牒也眨着眼睛。

对于这拨孩子来说，那位被他们视为同乡人的年轻隐官其实才是唯一的主心骨。

裴钱笑道："师父有点事情，很快就回。"

白玄说道："不打紧，小爷在此，到时候打起架来，你们都躲我身后。"

纳兰玉牒恼火道："白玄，不是闹着玩的，你给我老实一点！"

何辜唉声叹气，摇头晃脑。

于斜回嘿嘿笑道："愁啊。"

白玄双手抱胸，嗤笑道："别给小爷出剑的机会，不然小小隐官的生平第一战场就是这金璜府了，说不定以后府君大人都要在大门口立块碑文，刻下五个大字——'白玄第一剑'！啧啧啧，那得有多少人慕名而来？"

裴钱揉了揉眉心：看来自己得找个由头让这家伙早点学拳才行。

一袭青衫往北远游，掠过曾经的狐儿镇客栈、埋河、骑鹤城、桃叶渡和照屏峰，最终来到了大泉京城——蜃景城。哪怕大战已经落幕多年，依旧有那山水大阵庇护这个大泉首善之地，此举会消耗不少大泉姚氏的国库神仙钱。

陈平安顾不得太多，视线游弋，直接以一身拳意破开阵法，落在城内一座府邸院中，甚至都不是府邸大门外。

一个满脸络腮胡、浑身酒气的邋遢汉子原本正趴在石桌上与一个满脸怒容的佩刀妇人有一搭没一搭地闲聊，见状都猛然起身，看着那头别玉簪一袭青衫的男子。妇人一脸匪夷所思，轻轻喊了声"陈公子"，好像还是不太敢确定对方的身份，担心认错了人。而那个肩头有些歪斜的独臂汉子一手撑在石桌上，瞪大眼睛颤声道："陈先生?!"

陈平安轻轻点头，微笑道："仙之、姚姑娘，好久不见。"

第三章
满座皆故友

年少如何久年少，少年如何长少年。

邋遢汉子，姚仙之。佩刀妇人，姚岭之。

初次相逢，一个还是笑容灿烂的朝气少年，一个还是浑身锋芒的英气少女。

姚仙之好像有些腼腆，嘴唇微动，说不出合适的话。客套话不愿意说，心里话想说的太多，却不知从何说起，最后就那么沉默着。

姚岭之，狐儿镇客栈九娘的女儿。她还是那么豪爽，好像这么多年的磨砺也没能磨掉她的棱角。她大大方方望向陈平安，点头笑道："陈公子，确实好久不见。"

陈平安问道："能不能带我去看一看姚老将军？"

姚仙之点点头。

姚岭之察觉到姚府四周的异样，好像陈平安的到来惹出了不小的动静。不过这也正常，如今的姚府可不再是当年的尚书府第了，皇帝陛下如今又不在蜃景城。

陈平安歉意道："来得比较着急，估计还要你们帮忙解释一番，就说有人来做客，让蜃景城不用紧张。至于我是谁，就不用说了。"

姚岭之没有任何犹豫，亲自去办此事，让弟弟领着陈平安去探望他们爷爷。

姚仙之走路一瘸一拐的，还有一截空荡荡的袖管。他想要遮掩几分，无奈只是徒劳而已。

陈平安笑问道："刚才好像在跟你姐姐吵架？吵什么？"

姚仙之轻声道："我姐年纪越大越絮叨，一直想让我找个媳妇，成天当媒婆，东拉西扯的，都上瘾了。我如今是怎么个德行，她又不是不知道，就算真有女子点头答应这门亲事，到底图个什么，我又不傻。总不能是图我年少有为、相貌堂堂吧？陈先生，你说是不是这个道理？”

陈平安点头道：“都是人之常情，劝也正常，烦也正常，除非哪天你自己遇上了喜欢的姑娘，再娶进门。在这之前，你小子就老老实实烦着吧，无解的。”

姚仙之笑了笑：“陈先生，我如今瞧着可比你老多了。”

陈平安轻轻一巴掌拍在姚仙之脑袋上：“除了显老，名气也大，脾气还不小，都能跟白龙洞谱牒仙师在闹市干架了。”

姚仙之挨了一巴掌，笑了起来。不喝酒就笑，对于如今的“姚郡王”来说，是一件很稀罕的事情。

一座僻静院落的院门上张贴了等人高的两张彩绘门神，当下已经现出金身，守护在门口。这不是一般的山水“显圣”，眼前两尊金身门神身负大泉一国文武气运，大概能算是那位皇帝陛下的假公济私了。然而此举合情也合理，因为门神“描金”采用的是一国钦天监手持皇帝亲赐御笔的制式手笔，一笔一画都在规矩内。而“点睛”的部分，陈平安一看就知道是某位书院山长的亲笔，属于儒家圣人的指点江山。

显而易见，儒家对大泉姚氏，从文庙到一洲书院，很是刮目相看。此后这两尊在此院门大道显化的门神就会与大泉国运牵连，享受人间香火浸染百年千年，属于神道路途最为常见的一种描金贴金。

先前陈平安其实已经察觉到此地的不同寻常，可以断定老将军姚镇就是在此修养，之所以没有直接落在此处，一来太过莽撞，担心自身剑气和拳意尚未完全收敛余韵，太过“气盛”，会山水犯忌，不小心冲撞了老将军的命理气数，再者陈平安也想要在姐弟那边先缓一缓自身心境。

两尊门神凝神望向那一袭青衫，然后几乎同时抱拳行礼，神色恭敬，主动为陈平安让出道路。

姚仙之愣了愣。他本来以为自己还要多解释几句，才能让陈先生通过此处门禁。

陈平安抱拳还礼，跟随姚仙之走入一间屋子，屋内桌上搁放了一只仙家香炉，紫气升腾，清香怡人。一个须发雪白的老人躺在病榻上，呼吸极其细微。

姚仙之动作极其轻柔，帮陈平安搬了一把椅子在床边，他自己则坐在远处。

陈平安落座前，从袖中拈出数张金色符箓，一一张贴在屋门和窗户上，是那本《丹书真迹》上记载的几种上品符箓，其中一种名为光阴渡口符，能够安稳心神魂魄，减少光阴长河流逝带来的影响。这种符箓不仅极其消耗符纸，而且炼制此符所消耗的修士心神程度，要远远多于那些攻伐类符箓。

除了渡口符，门上还贴了一张几乎已经失传的牛马暂歇符。拦不住牛马登门，却可以让阴冥鬼差遥遥见到神符，暂歇片刻。作为一种玄之又玄的古老礼敬，这类山水规矩注定在一般“宗”字头秘藏的仙家书籍上都是不见记载的。

阴阳异路，各走各道，与那鸟有鸟道鼠有鼠路是一样的道理。修道之人，若是没有开天眼，或是不曾跻身上五境，遇见城隍爷土地公不奇怪，修士下山如神仙下凡问土地，甚至是一条山水官场的不成文规矩了。但是想要遇到那些与日夜游神之属截然不同的阴冥胥吏却极其不易，就跟凡夫俗子撞见阴物差不多难得，而且一旦遇见了，练气士都不会视为什么好事。

按照避暑行宫的晦涩记录，人，不管是否修道，与那酆都鬼差属于各自在一条光阴长河的两岸行走，双方各有天地大道，井水不犯河水，所以陈平安远游极多，除了托钟魁的福，在埋河祠庙外增长了见识，此外就再未见过任何一个酆都鬼差。而且那次不合礼制的相遇，还是陈平安习惯了光阴长河停滞的关系，才得以目睹酆都胥吏的罕见真容，不然哪怕双方近在咫尺，还是会擦肩而过。

多年游历，或画符或赠送，陈平安已经用完了自己珍藏的全部金色符纸，这几张用以画符的珍稀符纸还是先前在云舟渡船上与崔东山临时借来的。

绘制光阴渡口符会消磨修士心神，画牛马暂歇符则会折损阴德。这些忌讳，《丹书真迹》上边其实都明确无误地写了，李希圣还专门在牛马符旁批注了四字：慎用此符。

姚仙之坐在椅子上看着陈先生一一张贴那些金色符箓，虽然满心好奇，却没有开口询问。好奇之余，他又没来由有些心安，好像这个陈先生终于来了，那么他这个已经沦为废物的大泉郡王不说手边做什么事，就算是在用心一事上便都可以偷个懒了，反正什么都让陈先生劳心劳力去。

昔年大泉边关的“年轻三姚”本就数他姚仙之最仰慕那位一身宗师风范的少年剑仙，当年的少年其实一门心思想要与拳法无双的陈先生拜师学艺，只可惜没成。当时他觉得以后机会多多，不着急一时，哪怕山上岁月与人间寒暑关系不大，那么三五年见不着，十年总能再次见面。不承想一眨眼就是两个十年过去了，而且如今的姚仙之也没了什么练拳习武的心思。

姚仙之不是练气士，却看得出那几张金色符箓价值连城。大泉朝廷的那些供奉仙师，每次为国效力使用这类材质的符纸，脸上神色都跟割肉一般，好教朝廷知道他们的倾囊付出。

陈平安在张贴完符箓之后，悄无声息地走到桌边，对着那只香炉伸出手掌，轻轻一拂，嗅了嗅那股清香，点点头。不愧是高人手笔，分量恰到好处。

做完这些，陈平安才坐在那张靠近病榻的椅子上。

渡口符和牛马符之外的几张符箓相对比较平常，都是用来帮助姚老将军安心凝气的，可以稍稍减缓心神疲惫和皮囊腐朽的进程。比如一张甘露接壤符，就是以一丝一缕的水土气运悄然润泽老人体魄，治标不治本，也只能如此了。对如今的姚老将军来说，哪怕是崔东山这种仙人，任何玄妙的术法神通都是一种得不偿失的大动干戈。

姚仙之从头到尾没有任何怀疑，相信哪怕是皇帝陛下在这里，也一样如此。

姚家极少如此信任一个外人，以前是，如今更是，而陈平安是唯一的例外。

姚仙之只是安安静静地看着这个“来得有些晚”的陈先生，因为爷爷之所以如今还拗着熬着，就是希望自己这辈子还能再见那个忘年交的少年恩公一面，此外爷爷其实没什么难以释怀的事情了。

大泉国祚得以保存，甚至连一座蜃景城都完好无损，每年冬天大雪，京城依旧是那琉璃仙境的美景。偌大一座山河破碎风飘絮的桐叶洲，如此幸运事，大泉独一份。

陈平安落座后，双手掌心轻轻揉搓，这才伸出一手，轻轻握住老人的一只干枯手掌。

一位止境武夫，其实无须搓手如此多余的动作，就能够掌控双手的温度，只不过这是陈平安一个下意识的动作。

片刻之后，老人动了动眼皮子，却没有睁开，沙哑道：“来了啊，真的吗？不会是近之那丫头故意糊弄我吧？你到底是谁？”

“是我，陈平安。”陈平安身体前倾，轻声道，“这么多年过去了，我还是会一直想着当年与姚爷爷一起走在埋河边，碰到偶尔做那捞尸营生的老庄稼汉，老人说他儿子捞了不该捞的人，所以没过几天，他儿子很快就没了。老人最后说了一句‘该拦着的’，我一直想不明白，老人到底是因为时间过去太久了，与我们这些外人说起这件事才不那么伤心，还是有什么其他的理由说服了老人，让老人不用那么伤心。还是说老百姓过日子，有些撕心裂肺的伤心事摔落在世道的坑洼里，人跌倒了，还得爬起来继续往前走，伤心事掉下去就起不来了，甚至人熬过去，就是事过去了。”

按照陈平安家乡小镇的习俗，与上了岁数又无病无灾的老人言语，其实反而不用忌讳生死之说了。

姚镇喃喃：“果然是小平安来了啊。不是你，说不出这些旧事；不是你，不会想这些。”

陈平安轻声道：“让姚爷爷好等，不过我能走到这里，说句心里话，其实也不算很容易。有些事情来了，不会等我做好准备，好像不打个商量就劈头盖脸冲到了眼前，让人只能受着。同时有些事情要走，又怎么拦也拦不住，一样只能让人熬着，都没法跟人说什么好，不说心里憋屈，说多了矫情，所以就想找个长辈诉几句苦。这不，我就从金璜府那边赶来见姚爷爷了，您一定要多听我说几句啊。当年一门心思想着赶路，走得急，这次可以不着急回家。”

姚镇竭力睁开眼睛，视线模糊，依稀可见一个不再是少年的男子，依旧头别玉簪。咳嗽几声后，老人脸上竟然多出几分神采：“对啰，真佛只说平常话，还是我认识的那个陈平安,只不过又长大了不少。年纪小的时候,吃了苦,要么使劲嚷嚷,恨不得天底下所有人都听见,要么喜欢什么都憋在肚子里,总觉得再过几天、再过几年,就都不是事了。其实哪里有这样的好事,现在晓得人生在世不称意了吧?”

陈平安点点头。

姚镇抬起一手,轻轻拍了拍年轻人的手背:“姚家如今有些难处,不是世道好坏如何,而是道理如何,才比较让人为难。我的,近之的,都是心结。你来不来,如今是不是很能解决麻烦,都没关系。比如换条路,让姚镇这个老不死的家伙变得更老不死,当个山水神祇什么的,是做得到的,只是不能做。小平安?”

陈平安点头道:“能理解。”

金璜府君郑素的神位仅次于大泉五岳,其妻柳幼蓉也是二等江水正神,神位仅次于碧游宫埋河水神,这就是所谓的一人得道鸡犬升天,而这个人,当然就是姚近之——大泉女帝。

那么功勋足够服众、人心所归的姚老将军,别说是什么京城城隍,就算让他成为一位大泉姚氏的五岳山君都不难。只是在这浩然天下,女子称帝不是没有,但是屈指可数,而且往往国祚不长久。

乱世当中,谁坐龙椅穿龙袍是担当,能够坐稳龙椅更是本事。但是太平盛世一来,一个女子称帝登基,岂会顺遂?

大泉刘氏除了上任皇帝失了人心,其实大泉立国两百多年,其余历代皇帝都算明君,几乎没有一个昏君,这就意味着刘氏无论是在庙堂、山上,还是在江湖、民间,依旧还是大泉的国姓。所以对于姚老将军而言,要不要成为坐镇一方的山水神灵,其实就是要不要将大泉国姓改“刘”为“姚”的一个选择。显然老人内心是希望将大泉归还刘氏的,而在这件事上,极有可能,老将军与孙女会产生某种分歧,甚至可以说老将军的想法会与整个姚氏,尤其是最年轻一辈子弟的希冀背道而驰。

姚仙之不知道自己应该高兴还是伤心。爷爷今天精气神很好,出奇地好,以至于有力气有心气,说了许多话,比以前半年加在一起说的都要多。

陈平安突然转头与姚仙之说道:“去喊你姐姐过来,两个姐姐都来。”

姚仙之面有苦色:“皇帝陛下如今不在蜃景城,去了南境边关的姚家旧府。”

陈平安愣在当场。

姚镇在陈平安的搀扶下缓缓坐起身,见状竟然有些笑意,打趣道:“是不是也没跟你打个商量啊?对啰,这就是人生。”他手指微动,示意陈平安不要多想,“后事早就交代好了。姚家子弟都是见惯了生死的,谁也不用太过矫情。年纪轻轻就战死沙场的茫茫多,没道理一个活到我这岁数的要走了,反而乌泱泱挤了一大屋子,乱糟糟的,到时候哭了我嫌吵,不哭好像不孝顺,像什么话。”

陈平安问道："我能做些什么？"

姚镇笑道："不用做什么，只要别再一走杳无音信就行了，哪怕隔了一洲，还是可以飞剑传信往来的。姚家事务，大泉国事，你少掺和，真当自己是我姚家的女婿了？当年早干吗去了？你小子当年要是不故意装傻，愿意多走一两步，说不定……算了。"

姚仙之偷偷咧嘴笑。这件事情要是传出去，能让朝野上下打鸡血似的去盘根问底，那些屡禁不止的民间私刻书籍、层出不穷的稗官野史和宫闱艳本估计就更加挣钱了。而这些极伤朝堂根本和姚氏声誉的书的出现，那些隐逸在野的失意读书人没少推波助澜。

姚近之在称帝之前，这些内容不堪入目的书就早已风靡朝野，称帝之后，只能说是略微有所收敛，但是依旧如野草一般，官府每禁一茬就又冒出一茬，如今就连不少封疆大吏和地方官员都会私藏几本。姚近之好像一直在犹豫，要不要以铁腕治理那些野史，因为一个不小心，就是新帝刻薄、大兴文字狱的骂名。

只不过她暂时还顾不上这些，军国大事千头万绪，都需要重新整顿，光是改革军制，在一国境内诸路总计设置八十六将一事，就已经是风波四起，非议重重。至于评选二十四位"开国"功勋一事，更是阻力重重：功劳足够当选的文武官员，要争名次高低；可选可不选的，务必要争个一席之地；不够格的，难免心怀怨怼，又想着皇帝陛下能够将二十四将换成三十六将；连那扩充到三十六个名额都无法入选的，文官就想着朝廷能够多设几位国公，武将心思一转，转去对八十六支各路驻军挑肥拣瘦，一个个都想要在与北晋、南齐两国接壤的边境线上为将，掌握更大兵权，手握更多兵马——极有可能再起边关战事的南境狐儿路六将，注定能够兼管漕运水运的埋河路五将，这些都是一等一的香饽饽。

陈平安果然擅长装傻，只是说道："我有打算在桐叶洲开辟下宗，可能偏北方一些，但是以后与大泉姚氏同在一洲，肯定会经常打交道的。"

姚镇疑惑道："你都开山立派了？为何不选在家乡宝瓶洲，是在那边混不开？不对啊，既然都是宗门了，没理由需要搬迁到别洲才能扎根。难不成是你们山头战功足够，可惜与大骊宋氏朝廷关系不太好？"

在老将军看来，年纪轻轻的陈平安能够创建一座"宗"字头仙府已经足够惊世骇俗，不比自己孙女成功称帝逊色半点。至于下宗这个说法，老将军就当是自己听岔了。

陈平安无奈道："姚爷爷，是下宗选址桐叶洲，家乡的山头会是上宗山头，不用搬。"

姚镇神采奕奕，一扫颓态，心中欣慰万分，嘴上却故意气笑道："臭小子，不想年纪大了，口气跟着更大。怎的，拿混账话糊弄我，见近之如今是皇帝陛下了，好截胡？当年瞧不起一个尚书府的姚家女子，今儿总算瞧得上一位女皇帝了？好好好，如此也好，真要如此，倒是让我省心了。近之眼界高，你小子是极少数能入她法眼的同龄人。不过今时不同往日，近之那丫头如今心气比以前高多了，又见多了奇人异士和陆地神仙，估计你小子想要得逞，比起当年要难不少。只说那个牛皮糖似的年轻供奉就不会让你轻易得逞，仙之，那人姓甚名谁来着？”

“金顶观邵渊然，咱们桐叶洲最有希望跻身上五境的地仙之一。”姚仙之笑着大声答道，“不过在我看来，算不得陈先生的什么劲敌。”

陈平安一阵头大，干脆闭口不言。

姚镇今天确实说了不少话，不得不闭目养神，沉默许久，才继续睁眼，缓缓开口道：“我们姚家其实一直不擅长跟读书人打交道，尤其是官场上的读书人，弯弯肠子太多。一个人明明将一句话的正反都给说了，竟然还能都占着道理，所以近之会比较辛苦。如果不是有许轻舟这拨武夫得以佩刀上朝，再加上那位老申国公还能帮着说上几句话，说不定今儿姚府外边就不是门神、朝廷供奉护卫着，而是软禁了。”

所有在那场战事中丢了口碑和清誉，却侥幸活了下来的官员和读书人，如今未能跻身庙堂中枢和官场要津，自然而然都会极力反对姚氏掌国，都会想要占据道德大义将国姓重归刘氏。妇人掌国，成何体统。

陈平安说道：“许轻舟？”

姚仙之点头道：“知道他与陈先生恩怨极深，不过我还是要替他说句公道话，此人这些年在庙堂上还算有些担当。”

许轻舟如今是大泉的“征”字头大将军，战功彪炳。当年他率领所有嫡系亲军主动赶赴边境，始终与姚家铁骑共进退，一路且战且退，最终守住了蜃景城。赌大赢大，许轻舟因此成为继姚镇之后的大泉军伍砥柱之一。

当年许轻舟还只是一个全盘押注大皇子刘琮的年轻将种，与书院君子王颀、草木庵徐桐、申国公高适真都参与过早先那场围杀陈平安的凶险狩猎。只不过当时许轻舟的选择极其果断，不惜与刘琮翻脸，也要当机立断，毅然决然主动退出了那场赌局，结果果真连累家族坐了很多年的官场冷板凳。

陈平安笑道：“恩怨是不小，不过我对许轻舟和申国公的印象还行。”

当年陈平安是与大泉两位皇子都结了死仇的，先是三皇子刘茂，再是大皇子刘琮。刘琮是大泉刘氏老皇帝刘臻的庶长子，长幼嫡庶有别，最终刘臻还是选择了在文官中极有口碑的嫡子继位。至于三皇子刘茂，早早就转去修道求仙了，在先前那场战事中都没有露面，只是在一座小道观里边潜心钻研青词绿章。

但是在乱局中得以临时监国的藩王刘琮最终却没能保住刘氏江山，等到桐叶洲大战落幕后，刘琮在雨夜发动了一场兵变，试图从皇后姚近之手上争夺传国玉玺，却被一个绰号磨刀人的秘密供奉和一个当时正蹲在廊柱后头吃夜宵的矮小女子联手阻拦下来，功亏一篑。据说披头散发的刘琮被甲士拖出大殿后极其失魂落魄，再大笑着对着雨幕骂了一句怪话:“老子早知道就等雨停了再动手,不长记性啊。你们就等着吧,小心大泉以后姓陈。”

陈平安一直在小心观察姚镇的气脉流转:比想象中要好,先前虽然是回光返照,但是冥冥之中,好像大泉国祚出现了微妙变化。陈平安大致推断出,要么是皇宫里边有一盏类似本命灯的存在,要么是钦天监秘密存在一些偷偷僭越文庙规矩的手段,有人在剔灯添油,而所添之油,任何仙师和山水神祇都求不来,因为正是虚无缥缈的大泉国运。难道是姚近之在边关的姚家旧地又有了什么足可延续国祚的举措?比如说再次为大泉成功拓展边境,与北晋最终谈妥了松针湖的归属,将整个松针湖纳入大泉山河。

姚岭之轻轻推开门,姚镇说道:“有些乏了,我先睡一觉,不过好像还能醒来,不像以往每次闭眼就没睁眼的信心了。”

姚岭之将爷爷小心搀扶,让老人重新躺下休息。

陈平安没有立即离开屋子,姚仙之反而拉着姐姐先行离开。

姐弟二人站在外边廊道低声言语,姚岭之说道:“师父很奇怪,直接问我一句来者是不是姓陈……莫不是与陈公子是旧相识?”

姚岭之的武道师父正是大泉首席供奉,来自藕花福地的磨刀人刘宗。只不过这位磨刀人并未泄露身份根脚,在嫡传弟子姚岭之面前都没有提及他的家乡。

姚仙之有些心不在焉,突然问了个问题:“皇帝陛下又不是修道之人,为何这么多年姿容变化那么小?陈先生是剑仙,变化尚且如此之大。”

姚岭之压着火气:“皇帝陛下,皇帝陛下!在别处就算了,在自家,你能不能别这么生疏?你知不知道近之姐姐每次见你这么故意恪守君臣之礼,她有多伤心?!”

姚仙之神色淡然:“都当了皇帝,有些小小的伤心算什么。”

姚岭之压低嗓音,脸上怒容却更多,气呼呼道:“不就是当年那场宫门外的早朝斗殴吗,你到底还要埋怨近之姐姐多久才能释怀?!你是姚家子弟,能不能稍稍顾虑一下庙堂大局?你知不知道,所谓的一碗水端平,到底有多难?近之姐姐真要公道行事,再不偏不倚,落在别人眼里,也只会认为是她在偏心姚家。牵一发而动全身,你以为皇帝是那么好当的?你信不信,近之姐姐如果只是皇后娘娘,别说是你,就算是你的那些袍泽,一个个都会被朝廷极为偏袒。何况近之姐姐私底下跟你暗示多少次了,让你耐心等着,先受些委屈,因为许多眼前的亏欠都会从长远处找补回来。你好好想一想,近之姐姐为了小心平衡官场山头,多少功劳显赫的姚家嫡系和庙堂盟友会在那二十四功勋当中落选?难不成就你姚仙之委屈?”

姚仙之双臂环胸:“清官难断家务事,何况咱们都是帝王家了,道理我懂。如果不顾虑大局,我早撂挑子滚出京城了,谁的眼睛都不碍,不然你以为我稀罕这个郡王身份,稀罕什么京城府尹的官职?”

按大泉律，郡王与国公并为从一品。如今除了曾经在大泉一枝独秀的申国公府，已经多出了八位国公爷，文武重臣皆有，大将军许轻舟就是其中之一。

姚岭之恼得一拳砸在弟弟肩头：“你就是个只顾自己心情，半点不讲道理的憨货！”

姚仙之被一拳打得身形一晃，一截袖管就跟着轻轻飘荡起来，看得姚岭之眼眶一红，想要与弟弟说几句软话，只是又怕说了，姚仙之更加任性，一时间百感交集。曾经不惜与一位藩王拔刀相向的妇人，竟是只能转过头去，自顾自擦拭眼泪。

一袭青衫，轻轻开门，轻轻关门，来到廊道中。

姚岭之赶紧收拾情绪，与陈平安说道：“陈公子，京城这边不会有人胡乱探究你的身份，今天会当什么事情都没有发生。但是会有人秘密飞剑传信去往南边，这个我实在没办法拦住。”

陈平安与她道了一声谢，然后对姚仙之笑道：“你小子就该滚去边关喝西北风，确实不适合当什么八面玲珑的京城府尹。”

姚仙之眼睛一亮：“陈先生，你与爷爷提一嘴？你说话最管用了。都不用当什么独掌一军的武将，我确实也没那本事，随便一个斥候都尉，从六品武官，就足够打发我了。”

陈平安笑道：“没问题啊，当然可以帮忙，但前提是你姐方才与你说的道理你真懂了，不然以后京城随便遇到点事情，稍有风吹草动，你都只会意气用事。你以为自己只是个斥候都尉，可在别人眼中呢？估计耳边几句煽风点火，又有哪个袍泽兄弟在官场受了委屈，你就敢率领几百精骑一路杀到蜃景城吧？换成我是皇帝陛下，让你当个关起门来的太平郡王是最轻松的，管你还能不能再为那些从战场上退下来的袍泽兄弟打抱不平。宫门外的朝会斗殴？踹翻了几个文官老爷啊？说来听听。啧啧，好家伙，当自己是一洲山下无敌手的止境武夫，还是术法通天的山巅上五境仙师啊？”

“年少无知，冲动，冲动了不是？这不都是跟陈先生学的，遇见不平事，管他有的没的，先出拳再说。”姚仙之一开始听着挺失落，可是越听到后边越开心，嘿嘿笑道，“陈先生你是没见到那一幕，那一大帮子手无缚鸡之力的文官，要不是许轻舟当时拦着，我一个人就能全部掀翻在地。如今就没这样的机会了，别说是什么侍郎了，一个户部员外郎都骂不得打不得，金贵得很，早知道当时我就趁着天黑多踹几个。”

姚岭之听得无奈，不过松了口气。好歹在陈公子面前，这个弟弟不会再说那些阴阳怪气，只会教亲近之人伤心不已的言语了。

陈平安伸出手，抖了抖姚仙之那截空荡荡的袖管，非但没有言语安慰，反而打趣道：“亏得是当府尹大人，没有单枪匹马闯荡江湖，不然堂堂五境的武学大宗师，一个独臂神拳的绰号是跑不了的。怎么回事，是给上五境大妖砍的？如果不是的话，就别跟我扯了，没什么好说道的。”

姚岭之小心翼翼瞥了眼弟弟，不承想姚仙之非但没觉得难受，反而一脸得意地道：

“战场上，险之又险，是一个地仙境界的妖族畜生，剑修！东躲西藏，朝我下阴招，一道剑光掠过，好家伙！他娘的，起先我都没觉得疼。”

陈平安看了眼姚岭之，姚岭之笑道：“听他胡吹。乱军中，不知道怎么就给人砍掉了一条胳膊。不过当时仙之附近确实有个妖族剑仙，出剑凌厉，剑光往来极多。”

陈平安点头道：“那就当是被剑仙砍掉的，不然酒桌上没牛皮可吹。”

姚仙之满脸期待，小声问道：“陈先生，在你家乡那边，打仗更狠，都打惨了，听说从老龙城一路打到了大骊中部陪都，你在战场上有没有碰到过货真价实的大妖？”

陈平安想了想，笑答道：“碰到过一些，有些交过手，有些不近不远的，只能算是双方勉强打过照面。”

姚仙之继续道：“陈先生，我可是说大妖，上五境的那种！有几只？一手之数有没有？没有的话，我对陈先生的佩服可就要少一半了。”

陈平安伸手拍了拍他的肩膀，微笑道：“以后别再这么跟人聊天了。”

满脸络腮胡的汉子哈哈大笑。不知不觉间，他开始瘸腿走路，再无遮掩，一只袖子也飘飘荡荡随它去。

姚岭之跟着笑了起来。从打仗到如今，她好多年没见弟弟这么笑容灿烂了。

有些道理，其实姚仙之是懂的，只是不太愿意懂。好像不懂事，好歹还能做点什么，懂事了，就什么都做不成了。所以无论是已经成为皇帝陛下的姚近之与他说什么，还是一直视为姐姐的姚岭之与他说几句，他都听不进去，不然心里边只会更难受。

三人离开这处院子，重新回到姚仙之的住处。

姚岭之犹豫了一下，与陈平安说道：“陈公子，我拜了个师父，在大泉京城当了多年的供奉，是位武学宗师。先前他好像瞧见了你的身影，就立即赶到，问姚府客人是不是姓陈，我没回答，不过可能师父他老人家已经看出了什么，所以让我捎句话，说他认识种夫子，当年他还与种夫子一起对付过俞姓剑仙。”

陈平安点头道：“我与姚姑娘的师父确实是旧识，如果府上没什么忌讳，我就架子大一些，让他多跑一趟，来这边叙旧。”

姚岭之说道：“那我这就去喊师父过来。”

陈平安问道：“那位埋河水神娘娘如今是在碧游宫？”

姚仙之笑道：“没呢。她的金身碎了大半，说自己没脸当水神了，偏不去碧游宫，每天就在钦天监的剑房眼巴巴等着文庙的一封回信，说她认得文圣老爷，连那左大剑仙还有文圣老爷的一个小弟子都见过，都认得。所以她要试试看寄封信给那个德高望重、学究天人，又平易近人、和蔼可亲的文圣老爷，看能不能帮她个忙，向山上神仙为我爷爷讨要一枚更好的救命水丹。因为她知道自家碧游宫水府的丹药不济事，帮不了皇帝陛下和我爷爷。”

他说完又赶紧补充:“对文圣的那些个溢美之词可不是我说的,是我与她喝酒后,她掰着手指,一口酒嗝一个说法,说得神色无比认真。只不过我是不太信的,文圣一脉那三位,我估计她一个都没见过,喝高了与我吹牛呢。虽说左大剑仙曾经的确身在桐叶洲,但是如何会主动去碧游宫做客,与她见面?没这样的道理嘛。”

陈平安起身与没走多远的姚岭之说道:“劳烦姚姑娘再与水神娘娘也打声招呼,就直接说我是陈平安好了。”

姚岭之离去帮忙捎信,陈平安问了姚仙之一些昔年大泉战事的细节。

刘宗很快就登门来到,老人应该是根本就没离开姚府太远。

陈平安起身抱拳:“刘前辈。”

姚仙之则起身握拳轻轻敲击心口:“见过刘供奉。”

磨刀人刘宗朝姚仙之点点头,然后揉了揉下巴,直愣愣地看着陈平安,感叹道:“陈公子越发英俊如谪仙了,很容易让我遥想自己当年啊。”

姚仙之一头雾水。听这意思,陈先生与刘供奉当年关系极好?

三人落座没聊几句,一个身材矮小的女子就急匆匆御风而至,瞪大眼睛,确定了陈平安的身份后,她一跺脚:“水花酒和鳝鱼面都没了,咋个办?!”

大泉和北晋接壤的边境线上,数十骑正护送着大泉女帝姚近之前行。

最为靠近姚近之的两骑,一个是来自中土神洲的姿色平常的上五境中年女修,另一个是临时被姚近之召来的松针湖水神柳幼蓉。

她们身后三骑,除了两名边关实权武将外,还有一个气态雍容的年轻男子。他身穿道袍,头顶金冠,正是大泉一等供奉邵渊然。邵渊然以及他师父尹妙峰与边关姚氏可谓相识已久,如果不是有刘宗的存在,邵渊然都有可能成为大泉姚氏的首席供奉。

数十骑绕过了重建如初的狐儿镇,反正也就是黄泥墙几堵,衙门也跟草窝似的,一如当年,重修不难。只是狐儿镇外边的那间客栈如今只留下一处断壁残垣,姚近之在此驻马不前,这位年已四十却依旧姿容绝美的皇帝陛下久久没有收回视线。

曾经的这里,有当掌柜的姑姑姚九娘,当厨子的三爷,当店伙计的小瘸子,还有个当了挺长一段时日账房先生的书院君子钟魁。

姚近之幽幽叹息一声:都已物是人非了。仙之好像离开了边关和沙场就一下子变成了喜欢意气用事的少年,可是京城府尹这个位置,她能放心交给别人吗?岭之的孩子们如今也都开始喊自己“皇帝陛下”,而不再稚声稚气地喊“姨”了。他们长大懂事了,但自己还是更喜欢拿龙袍袖子擦口水的他们。

最终骑队去往一处渡口,姚近之停马在一处山坡顶上,眯眼望去,好像光阴长河倒流,被她亲眼见证了一场惊心动魄的厮杀。

当年就是在这里，有过一场针对姚家的阴险袭杀，刺客就两人，一个剑修，一个身披甘露甲的武夫。两人分别倚仗着一把飞剑和宗师境界杀人如麻，手段极其残忍。早年谁都觉得那两名刺客是被北晋国重金聘请的山上杀手，为的是让姚家铁骑失去主心骨，后来事实证明，那两人如今确实在北晋身居高位，其中一人甚至当下就在去往金璜府的北晋官道上。可姚近之就是觉得不合常理，因为北晋国那边从先帝到边军大将都没必要多此一举。爷爷当时即将赶赴蜃景城担任兵部尚书，算是卸甲养老了，以北晋国谍子的手段，肯定早已获悉。

但是姚近之根本不敢往深处去想，比如一旦刺客得逞，成功刺杀了爷爷和那支姚家边骑，那么刘茂和高树毅那伙人关押包括金璜府君在内的一大拨北晋山水神祇就会师出有名，而她后来的夫君刘璜当时就在边境接应。

这位已经沦为“大泉先帝”的刘璜，相较于军功卓著的兄长刘琮，一直缺少军中力量的支持，双方那些年的平衡，源于一国文武被两位皇子各占“半壁”，谁都无法越界。大皇子刘琮在读书人心目中太过蛮横，二皇子刘璜是嫡出，而且文采斐然，以礼贤下士著称于世。

刘璜与姚近之的姑父李锡龄一直关系莫逆，李锡龄是翰林出身，担任过侍讲学士，所以与刘璜可谓亦师亦友，早年就在朝野上下有那储君储相两相宜的说法。事实上，老皇帝刘臻早就下定决心，希望嫡子刘璜能够继承大统，让长子刘琮成为一国藩屏。只是刘臻病得太过突然，打乱了他原本循序渐进的安排，他必须要让嫡子刘璜迅速掌握一支嫡系兵马，用来掣肘南北两边桀骜不驯的铁骑……当年刘臻临终望向刘璜的时候竟然笑了，而刘璜却没来由慌了神色。那一刻，姚近之好像就明白了一切，只是她立即低下头，假装什么都不知道。

此刻大泉女帝翻身下马，动作无比娴熟。姚家子弟历来弓马熟谙，姚近之虽然不算习武之人，但是也挽得弓，会些技击之术，比起一般市井讨生活的江湖武把式来，不会逊色。

姚家人当了皇帝，到头来姚家亲信和嫡系，除了一小撮庙堂和军伍关键位置，其余好像要处处矮人一头。这样的事情听上去很是滑稽可笑，但事实如此，不得不如此。

有些时候，她不得不做那假设：是不是让那鬼鬼祟祟修什么仙家术法、自称什么龙洲道人的刘茂当了皇帝，那么无论是姚家在史书上的千秋声誉，还是姚家子弟捞到手的实惠，反而会更好，官帽子更大且更多？至于数代人之后，国公府姓氏里边还有没有姓姚的，她姚近之一个柔弱女子还管什么，又能管什么？刘氏立国两百多年，最后不就只剩下个申国公府？

姚近之眯起一双动人至极的桃花眼眸：至于藩王刘琮，就算了，此人在水牢里边装疯卖傻，撑不了几年。当年刘琮这个王八蛋可谓狂妄至极，如果不是岭之始终陪着自己，她根本无法想象自己到最后是怎么个凄惨境地，那就不是几本污秽不堪的宫闱秘本流传市井那么幸运了。

姚近之一手持缰牵马，沉默许久，突然问道："柳湖君，听说北晋那个担任首席供奉的金丹剑修曾经与金璜府有旧？"

柳幼蓉战战兢兢地道："回禀陛下，当初我夫君并不清楚此人的真实身份，误以为是一位剑术不错的江湖豪杰，才会送他几壶兰花酿。"

柳幼蓉生前就只是北晋北地郡城一户书香门第出身，都不算什么真正的大家闺秀，她这辈子做的最大胆的一件事就是与微服远游的郑素一见钟情，然后狠下心来，舍了阳寿不要，嫁给了那位金璜府君。

姚近之笑道："人无私心天地宽。幼蓉，你别多想，我如果信不过你们夫妇，就不会让你们俩都重返故地了。"

柳幼蓉不清楚什么帝王心术，更不理解那些官场上的规矩，只知道皇帝陛下方才的"幼蓉"，比起先前那个"柳湖君"的称呼更亲切，所以她就松了口气。而且这位水神娘娘都不知道掩饰，赶紧小心措辞，与皇帝陛下说了几句不缺礼数的言语，无非是谢恩、感激之类的。

其实早年在蜃景城形势最为危险的那些岁月里，姚近之给她的感觉其实不是这样的。那时候的姚近之会经常眉头微皱，独自斜靠栏杆，有些心不在焉。所以在柳幼蓉眼中，还是那会儿的姚近之更好看些，哪怕同样是女子，都会对那位身世凄楚的皇后娘娘生出几分怜爱之心。

姚近之笑了起来。大概只有柳幼蓉这样的单纯女子，再多几分运气，才能真正有情人终成眷属吧。

姚近之想着想着，便收起了笑意，最终面无表情——烦心事太多。

比如如今的大泉礼部尚书李锡龄也太过书生意气了，没少敲打既是家族晚辈又是官场后生的姚府尹，而且十分刻意。怎么，是想要以此邀名？都是一部尚书了，还想当多大的官，赢得多大的声望？是求个大泉立国以来才三人获封的文正谥号？

邵渊然心有所动，只是依旧没有转头去看姚近之：她如今的心思是越来越难测了。

姚近之想起先前来自松针湖的飞剑传信。柳幼蓉当然没资格翻阅密信，姚近之转头望向这位傻人有傻福的湖君娘娘，笑问道："你们金璜府来贵客了，郑府君有没有跟你提过，有一位昔年恩人？"

密信上说金璜府来了个登门做客的青衫男子，应该是个纯粹武夫，看不出真正的深浅，可能是金身境。他身边跟着一个手持绿竹杖的年轻女子，还带着五个孩子。

给皇帝陛下查阅的密信需要尽量言简意赅，不可能事无巨细都写在信上，不过松针湖那边的存档肯定会更加详尽。

柳幼蓉点头道："是有这么一个人，少年模样，白袍背剑，腰间还系着一只朱红色酒葫芦……"

姚近之冷着脸说道："知道了。"而后重新翻身上马，神色淡然，"去松针湖看看。"

柳幼蓉大为意外，好像皇帝陛下逛过了狐儿镇一带，就该重返蜃景城了。只不过她一个小小湖君，哪敢质疑。

姚近之抬头看了眼天色。是谁说过日月天地两轮眼，万言不值一杯水？又是谁说那人间路窄酒杯宽？太多年没去照屏峰，她都有些记不清了。

姚近之动作轻柔，抬起手指揉了揉鬓角，都不敢去触碰眼角。她有些伤感，但是她又眉眼飞扬。她告诉自己，去了松针湖水府驻跸，就在那边停步。她偏不去金璜府见谁，要见面也是他来见自己。

她突然与柳幼蓉笑道："到了松针湖，你再亲自回信一封，免得让郑府君担心。"

看着那团浓郁龙气的移动方向，坐在渡船栏杆上的崔东山一手环胸，一手抵住下巴，做沉思状。他没来由地瞥了眼蜃景城，只觉得藏龙卧虎。原因很简单：那里是观道观那座水井的井口地界。

倪元簪只不过是离开水井的福地人物之一，所以骑鹤城才有那句好似谶语的童谣流传开来："青牛谁骑去，黄鹤又飞来。"不出意外，是那邹子的手笔了。也就是这个天不怕地不怕，谁都敢算计，也谁都能算计的家伙敢这么调侃观道观的老观主。当年还比较年轻的老王八蛋跟着先生的先生一起游历观道观那会儿，都还没这份胆识，见着了那个臭牛鼻子老道，还得乖乖喊一声"前辈"，然后下了一局棋。当然他赢了，所以老道长交出了那根玉簪。至于邹子，此人最喜欢奇思异想，最擅长的就是落子不生根，所有棋子游移不定，自然生发，好像遍地开花，最终结果却总是他所求。邹子比起他的师妹，道行高了何止十万八千里。

崔东山转过头，望向那个还在走桩练拳的小胖子："无敌小神拳，咱们打个赌吧？"

程朝露一趟六步走桩完毕，问道："赌啥？"

崔东山怒道："你又不会跟我赌，问个屁的赌啥！"

小胖子挠挠头："咋个跟肚子里的蛔虫似的。"

崔东山笑骂道："拳法可以啊，是个好厨子。不是好厨子的习武之人，不是好剑修。"

程朝露给他绕得头疼，继续转身走桩，心想：还是曹师傅好，从不说怪话。

崔东山自顾自拍打膝盖："莫道君行早，更有早行人。莫道君行高，早有山巅路。"

他突然抬手，双指一掐，夹住一把从神篆峰返回的传信飞剑。先前询问姜尚真，荀老儿当年走入蜃景城，除了办正经事，是否悄悄找了谁。飞剑回信，说确实找过谁，但是他姜尚真都被蒙在鼓里，约莫是荀老儿脸皮薄不好意思说，找那姘头老相好去了吧。

崔东山翻了个白眼，收起飞剑。算了，不多想了，先生如今棋术高超，出神入化，自己这个得意弟子反正是再难让先生十二子了。

这可不是他溜须拍马，而是先生胸有成竹，说下一盘棋，然后拉着他摆了棋盘。先生风采绝伦，拈子落子行云流水，最终在棋盘上摆下了十二子，四无忧，中天元，再加三边线，他当场就认输了。

一旁观战的大师姐来了一句："师父都让你十二子了，你也认输？"

纳兰玉牒更是惊叹不已："原来曹师傅棋术也很厉害啊，是个文武全才嘞。"

先生闻言微笑点头，开始收拾棋局，动作极快。

他当时看了眼先生，再瞥了眼那个微微斜眼、笑脸很金字招牌的大师姐，就没敢说什么。

玉圭宗山水渡口，一行人离开云窟福地，继续南下去往驱山渡。

至于有那"黄衣芸"美誉的叶芸芸，则是单独离开的福地，重返蒲山云草堂。

最近一届花神山胭脂图有没有那位大泉女帝，叶芸芸不在意，反正没有她就行。

金顶观首席供奉芦鹰坐在一艘渡船的雅间，神色复杂。之前在黄鹤矶仙家府邸内，门槛上坐着个年轻女子，而他芦鹰则与一年轻男子对坐。那男子除了问一大堆问题之外，竟然还与他拉起了家常，说："咱们这些没靠山的山泽野修，谁的日子都不轻松。登山之路，羊肠小道，天底下哪个修道之人不是咱们这样的野修？都是在辛辛苦苦为自己谋条生路。所以等到日子好过的时候，好歹给别人留条活路，毕竟都是谱牒仙师了，该讲一讲细水长流了。我也不是要供奉真人你如何忍辱负重，如何背叛金顶观，跟那杜含灵撕破脸，完全没必要嘛……如今咱哥俩坐在这儿，聊得投缘，说句难听的，对你来说，其实差不多已经是最糟糕的境地了。那么走出门后，多活一天就是赚。我又没让你发毒誓什么的，你要惜福，不惜福也要惜命……是不是这个理儿？"

反正当时芦鹰就是一个劲儿小鸡啄米，与那学塾蒙童聆听夫子教诲差不多。

芦鹰是真的都听进去了。如果不惜命，他早拼命了。

当然，那个神色和蔼、笑意浅淡的年轻人手上一直在玩一把匕首，刀光一闪一闪的，也是比较重要的原因了。

大泉京城一处秘密水牢内，一个披头散发的男子浑身污秽，臭气熏天，昔年的大泉监国藩王竟然沦落到这般凄惨境地。

背靠墙壁，整个人都蜷缩起来的刘琮抬起头，望向牢狱外边的一个佝偻老人，老人身边还跟着个一袭黑色长袖的老管家。

刘琮挣扎着站起身，嘿嘿笑道："哟，这不是子孙满堂的老申国公吗？怎么，刚从姚近之那个娘儿们的龙床上下来，走路软绵绵的没个动静啊，这还是我记忆中那个老当益壮的高适真吗？莫不是那个狐媚子的床笫功夫又有长进？可惜国公爷有心杀贼，却委实是无力杀贼了。既然无福消受，不如你去跟姚近之打个商量，让我替你？”

满头白发的老申国公高适真只是弯着腰，默不作声，望向这个求死都不成的藩王：“你确实不如刘茂聪明，真要一心找死，也不是这么个下乘法子。所以归根结底，你还是不想死。”

刘琮大笑道：“高适真啊高适真，我都想不明白你活到今天到底图个什么?!”

刘琮视线偏移，望向那个与申国公形影不离的老管家，啧啧道：“难不成国公爷好这一口？那可真是名副其实的白头偕老了。”

高适真说道：“今天来这里，是告诉你一个消息。”

刘琮突然瘫软在地，缩成一团，浑身颤抖，哀号不已。高适真就安安静静地等着刘琮恢复正常。

片刻之后，刘琮躺在地上，颤声说道：“算了，不想听。”

高适真点点头，转过身去，刚要抬脚挪步，突然停下动作，问道：“为了一个女子，至于吗？你当年要是不着急，什么都是你的了。”

刘琮喃喃道：“你们都配不上她。”

这个沦为阶下囚的藩王颤颤巍巍伸出手，五指如钩，微微弯曲，然后又松开些，蓦然笑道：“最少这么大！”

高适真摇摇头，缓缓离去。

老管家默默跟在老国公爷的身后。

高适真走出水牢后，下意识眯起眼，躲避刺眼的阳光，说道：“陪我去趟道观，见一见那位龙洲道人，再出趟城，去天宫寺抄经。”

老管家犹豫了一下，还是点头答应下来。

姚府。

埋河水神娘娘好像记起一事，面对文圣一脉，自己好像每次都会犯迷糊。事不过三，绝对不能再失礼了。她立即学那读书人作揖行礼，低着头一板一眼道：“碧游宫柳柔，拜见陈小夫子。”

陈平安没想到她礼数这么大，只得作揖还礼道：“落魄山陈平安，见过水神娘娘。”

落魄山？失魂落魄的那个落魄？站在一旁的磨刀人刘宗有些疑惑：哪家山头会取这么个不喜庆的名字？

离开藕花福地之后，因缘际会，刘宗成了大泉供奉，职责类似昔年的守宫槐。他没少打听陈平安的根脚，可惜偌大一个桐叶洲，翻阅朝廷秘档，或是打探“年轻三姚”的口风，山上宗门、山下豪阀，就没有一个符合的。当下看柳柔的架势，小夫子？难道陈平安是正儿八经的儒家书院子弟？可是一场大战下来，桐叶洲三间书院都打没了，陈平安这种人若是身在其中，没理由不出名。要说陈平安畏死偷生，反正刘宗是绝对不信的。刘宗信得过一位敢杀并且能杀丁婴的谪仙人，更信得过自己和种秋的眼光。

刘宗这两辈子有两个最大瘙痒处：第一处是臂圣程元山曾经在家乡说破，不取一把仙家法刀炼师，不愿更换那把用顺手的剔骨刀。第二处，便是选择与陈平安、种秋二人化敌为友，并肩作战，武夫轻生死，重江湖道义。

柳柔好奇问道："陈小夫子是从中土文庙那边来的桐叶洲？莫不是文圣老爷收到了我的飞剑传信？"

不等陈平安答复，也没瞧见那小夫子使劲朝自己眨眼睛，她就又一跺脚，自顾自说道："我当时就是脑子进水了，也怪蜃景城年年雪大，我哪里经历过那般阵仗，下雪跟下雪花钱似的。文圣老爷学问高、本事大、担子重，日理万机，我就不该打搅文圣老爷的潜心治学。关键是信上措辞哪里像是求人办事的，太硬气，不讲规矩，跟个老娘儿们撒泼似的。这不，当时飞剑一走我就知道错了，悔青了肠子，跟着飞剑跑了几百里，可哪里追得上嘛，我又不是天下剑术占一半的左先生。所以从去年到现在，我始终良心不安，每天都在钦天监面壁思过喝罚酒呢。"

碧游宫的水花酒原来就是这么给水神娘娘喝没的。这位有家不回的水神娘娘无论是姓氏还是名字，好像都与她的脾气性情不太沾边。

先前听姚仙之说，早年柳柔与柳幼蓉一见投缘，柳柔一听对方也姓柳，跳起来就是一巴掌拍在柳幼蓉的肩膀上，说："巧啊！"最后双方还认了干姐妹。曾是蜃景城水牢阶下囚的郑素早年能够在蜃景城立足，不受半点白眼，就有点夫凭妻贵的意思。在大泉权贵、仙师眼中，自然是金璜府高攀了碧游宫。

既然水神娘娘竹筒倒豆子，合适不合适的都说了，陈平安也就不再刻意隐瞒文脉身份，与她笑着解释道："我从造化窟那边赶来的桐叶洲，没去中土神洲，所以水神娘娘飞剑传信功德林一事，我其实并不清楚。"

柳柔再一跺脚："烦得很，早晚都要挨一刀，怨不得文圣老爷训斥，是我自找的。可这刀子架脑壳上边总不落下不是个事儿啊，我又得掰手指头数日子慢慢等着了，还不如给文圣老爷早早回信骂个狗血淋头，我就好滚回碧游宫了。"

陈平安无奈道："我先生骂水神娘娘做什么？至于先生能否找到合适的水丹，成与不成，在信上肯定都会给水神娘娘一个答复。"

柳柔一脸愧疚，以及些许怀疑。

陈平安笑道："别忘了我是先生的关门弟子，先生真要骂你，我帮你回信一封。"

也好，若是大泉钦天监能够在近期收到功德林的回信，可以让水神娘娘在回信上帮忙添上几句话。按照姜尚真和崔东山先后两个说法，先生如今就在功德林，已经不问世事多年。

柳柔先是如释重负，然后大为懊恼道："我琢磨着是小夫子你最早来做客，然后是左先生不辞辛苦，最后才是文圣老爷亲临。咋个你们做客碧游宫都不吃夜宵呢，如今倒好，油爆鳝面没了，我想请客都没法子。水花酒当时都给我搜刮一空了，也没剩下一壶半壶的，酿造起来还麻烦。三五年酿的那也算酒？没个百年窖藏，好意思称为陈酿美酒？如何有脸款待小夫子和文圣老爷嘛。"

见陈平安怔怔出神的模样，柳柔越发心虚：得嘞，碧游宫算是再难拐骗文圣一脉夫子们去赏脸做客了。

陈平安很快回过神，笑道："只要是水花酒就行，几年还是几十年的，不讲究那个。至于鳝鱼面，更不强求。水神娘娘，我们坐下聊。"

一盆鳝鱼面，半盆朝天椒，搁谁也不敢下筷子啊。这跟练气士上桌喝酒是差不多的道理，一小碗红通通的鳝鱼面能忍，一盆怎么吃得下？吃还是不吃？吃了不吃完算怎么回事？所以客气到底，干脆就不动筷子，是明智之选。

师兄左右不爱喝酒，陈平安是知道的，至于师兄吃不了半点辣，先生当年在酒铺也是说过的。阿良曾经使坏，饭桌上给了左右一碗"清汤"，说既然不喝酒，那就以汤代酒，这要是都不豪气，说不过去。结果左右没多想，抬起碗就一饮而尽，据说辣得满脸涨红，站起身直跺脚，差点没满地打滚，所以三师兄刘十六当年追着阿良打了几条街。也就是她柳柔，换成其他仙家修士敢这么端着一大盆鳝鱼面问左右要不要吃夜宵，那就是实打实要与左右问剑一场了。

刘宗一脸恍然：好家伙，原来是那儒家文圣的嫡传，岂不是大剑仙左右的师弟？桐叶洲对这位左大剑仙那是佩服得可谓五体投地了。

一切都说得通了。文圣的遭遇，以及文圣一脉在儒家内部的失势刘宗还是晓得的，陈平安如果真是那位文圣的关门弟子，少年剑仙谪仙人，多半是得了左大剑仙的剑术亲传，到了福地依旧爱絮叨道理，不过做人却也圆滑变通，能够从乱局当中抽丝剥茧，找到一条退路，与那大骊绣虎的作风又何其相似。再加上碧游宫对文圣一脉学问的推崇，水神娘娘对陈平安如此亲近就更合情合理了。

姚仙之和姚岭之面面相觑。文圣弟子，还是关门弟子？那是不是意味着陈平安就是那绣虎崔瀺和剑仙左右的师弟？

姚岭之忍不住看了眼头别玉簪、一袭青衫的年轻男子，好像还是有些不敢置信。

陈平安对姐弟二人说道："除了姚爷爷之外，哪怕是陛下那边，关于我的身份一事，记得暂时帮忙保密。"

姚仙之刚要说句玩笑话，姚岭之一脚踩在他脚背上，沉声道："陈公子只管放心，便是姐姐那边，我们都会守口如瓶。"

刘宗点点头，比较满意：自己收取的这个开山弟子，武学资质在浩然天下其实不算太过惊艳，不过人情世故磨砺得更好。

热闹处守口，僻静时守心，就是修行。无论是练气士的证道长生，还是武夫的练拳登高，脚下路不同，理其实都一样。

陈平安望向姚岭之，佩刀妇人笑道："陈公子，你还信不过我？"

陈平安点头微笑道："当然信得过，只是很难将眼前的姚姑娘与当年在客栈见到的那个姚姑娘形象重叠。"

姚仙之打趣道："什么姚姑娘，听着多别扭。我姐相夫教子好多年，陈先生你喊她一声姚大姐得了。"

陈平安说道："我在云窟福地听了些山上的风言风语，是关于你们大泉王朝的，好像不太中听。"

姚岭之有些沉默，姚仙之嗤笑道："什么不太中听，肯定难听。眼红我们大泉的桃叶之盟，更嫌弃我们当年侥幸没破国，如今又是女子称帝的形势。陈先生你要是在蜃景城北边那处仙家渡口多待几天，乱七八糟的风凉话随随便便就能听到几大箩筐。有说我们皇帝陛下的，有说我们姚家篡位的，还有说整个大泉王朝是不是勾结妖族军帐的，反正就是一个个见不了别人过得好。有那本事束手待毙，被妖族畜生们摧枯拉朽，轻松打烂山河国境，倒是没本事承认我们大泉边军死伤大半，最终成功守住了京城。那些个躺着等死没死成的英雄好汉、山上神仙，真是一个个让我佩服得很，所以这些年每次见着一个，我就要忍不住请他们喝敬酒一杯。"

姚岭之苦笑一声，瞪了眼这个口无遮拦的弟弟：怪话你自己也没少说，那场万众瞩目的桃叶之盟，你是怎么被姐姐赶走的，后来又是如何与白龙洞修士起的冲突，自己心里没点数？

陈平安轻声说了一句话："化雪后最难熬。"

刘宗点头道："蜃景城又是出了名的年年大雪。"

柳柔深以为然，轻轻点头，感慨道："是啊是啊。"

其实她啥深意也没听明白，但是蜃景城雪大不大，她一位亲近水运的埋河水神当然感触最深，当真都是神仙钱。

除了等信一事，她听从皇帝陛下的安排，去年冬天在蜃景城汲取大雪水运，其实也没闲着，姚仙之调侃她是蹭吃蹭喝，她可从不否认。

先前陈平安神游万里，是见到了这位最仰慕先生学问的埋河水神娘娘之后，再次浮现心头的一桩不小心事。

按照姜尚真在云笈峰的一些说法，以及在太平山门口与那书院儒生的随口闲聊，陈平安得知如今文圣一脉在浩然天下的形势再不比当年那般……落魄。甚至在陈平安看来，都有了从一种极端走向另外一种极端的苗头。浩然天下不但不再禁绝文圣一脉的学问，反而有人建言浩然七十二书院，最少包括宝瓶洲在内的四洲书院都要独尊文圣一脉学问，理由是文圣一脉的事功学问显然要比亚圣一脉更加契合读书人的三不朽和修齐治平。小小宝瓶洲的力挽狂澜于既倒，桐叶洲均属亚圣一脉的三家书院却一触即溃，世风更是在乱局当中糜烂不堪。正反两例都足可证明这个观点，如今天下大定，还有什么好犹豫的？不但如此，不少书院儒生以及各洲各国文豪硕儒一个个都义愤填膺，不但建议必须将文圣神像重新搬回中土文庙，甚至位置还要超过亚圣，理当仅次于至圣先师与礼圣……

陈平安听到这些消息后，其实没有太多的欣喜，反而忧心忡忡，有一种又被崔瀺算准、说中的感觉。

在城头，崔瀺笑言："天下太平了吗？好像是的。可以高枕无忧了吗？我看未必。"

等到陈平安重返浩然天下，只说浩然天下对文圣一脉的观感转变，是好事吗？当然是。就只是好事吗？则未必。

陈平安很清楚一个道理，所有看似被言语高高举起的声誉，悬空之时，就如飞鸟在那白云间，一尘不染。但是这份高悬于众人头顶的美好又往往会重重跌落人间，沦为众人脚下的一摊烂泥，甚至许多人的踩踏就只是路过，加上一两句随口无心的言语。

如果文圣一脉，先生的弟子桃李满天下，这份潜在的遗患就会无形中被均摊。但事实上并非如此，甚至可以说恰恰相反。文圣一脉，先生的嫡传弟子太少。而崔瀺曾经说过，以文章立言一事，陈平安就不用多想了。立功？天下太平，从今往后，陈平安能立什么功？立德？陈平安自己都没想过，从无此念，从开山立派的那一天起，陈平安就不觉得自己会当什么道学家了。既然如此，就意味着陈平安的身份，无论是文圣一脉的关门弟子，还是剑气长城的最后一任隐官，一旦两者水落石出，都是双刃剑，会消磨无数人心。

其实一样是化雪的光景。

陈平安与刘宗继续先前的话题，聊南苑国京城科甲桥那间临水的绸缎铺子。其中有些话，用上了聚音成线的手段。

陈平安是打算做些铺垫，让这位磨刀人也多念念旧，将来他好有脸皮怂恿这位前辈担任未来落魄山下宗的不记名供奉。每一个能够走出福地的纯粹武夫，无论是拳脚、心性，还是江湖经验，都不是省油灯。

当年刘宗让种秋帮忙卖了铺子，让那几个不记名弟子好分了银子，不至于没了师父照拂，囊中羞涩地混迹江湖。而那些南苑国的年轻人并不知道有点江湖武把式的刘老儿其实是当时的天下十人之一。师父不在身边，好歹还有几百两银子落袋为安，如今混得都还不错，至于魂魄皆白描一事，对于一分为四的每块福地当局者而言，其实影响暂时都还未显现出来。等到他们能够察觉到此事,武夫已至金身境,练气士也已跻身金丹境,那就不至于束手无策。尤其是落魄山的莲藕福地,无论是武运气数还是山水灵气,已经足够双方继续登山,将自身一副白描的体魄重新描金绘彩。

刘宗得知其中一名资质并不出彩的弟子如今已经率先成为一位五境武夫时感慨不已:“命由天作,福自己求。”

至于藕花福地一分为四,陈平安竟然能够占据其中之一,刘宗不会去刨根问底。老观主为何会如此作为,陈平安又是如何得手的,都没什么好计较的,他只是难免有几分思乡之情。

当双方谈及那位老观主,都不约而同有些沉默,谁都没有轻易评价这位藕花福地的“老天爷”。

刘宗越是跳出了那口“水井”,接触到浩然天下的广阔天地,对那位老观主的忌惮就越深。加上他最终落脚大泉,尤其当刘宗看到太庙里边的某幅挂像,就更加恍若隔世了。

这位东海观道观的老观主确实让陈平安既心服口服又心有余悸,不单单是因为老观主是十四境大修士那么简单。“敬畏”这个词语实在太过巧妙了,关键是敬在前、畏在后,更妙,简直是道尽人心。

陈平安突然笑道:“刘老哥只差半步就是远游境武夫,咱俩有机会切磋一下刀法?”

姚岭之疑惑不解:自己师父还是一名刀客?师父出手,无论是皇宫内退敌,还是京城外战场厮杀,一直是内外兼修的拳路,从不使兵器。去年曾经有一个北晋黑衣人潜入皇宫意图行刺,武道境界极高,能够御风远游,让近之姐姐起先误以为对方是练气士,结果一个近身,刀才出鞘,被对方一拳伤及脏腑,倒地不起。还是师父拦下了对方,迫使对方祭出一枚兵家甲丸。对方身披甘露甲,虽然与师父相差一境,还是打了个平手。对方又有人接应,这才撤出了皇宫。

刘宗神采奕奕:“陈老弟什么时候转来耍刀了?”

这位磨刀人的趁手兵器是一把剔骨刀,当年与好似剑仙的俞真意一战,剔骨刀磨损得厉害,被一把仙家遗物琉璃剑磕出了不少缺口。所以这些年来,刘宗始终双手对敌,舍不得将那相依为命的剔骨刀拿出来。毕竟浩然天下不比藕花福地,山上灵器法宝太多,仙家术法更古怪,一个不小心,老伙计就算彻底没了。

当初在南苑国京城城头闻天鼓得以飞升,刘宗的肉身被留在了藕花福地,他来到桐叶洲便更换了一副皮囊,如今依旧是老者模样,但其实与大泉刘氏某位先祖皇帝的相貌有几分相似,而大泉刘氏皇族子弟又是出了名的英俊,从老皇帝刘臻到包括刘琮在内的三位皇子都是公认的美男子。

金身境瓶颈难破,不是刘宗的武道资质不好,只能止步于金身境,无法覆地远游,而是观道观赠予的新体魄太过强悍。

刘宗在南苑国京城隐姓埋名当那河边铺子掌柜的面容，头发稀疏，歪瓜裂枣，不笑还好，一笑就像个色眯眯的老光棍，年轻时候的相貌也好不到哪里去。所以先前刘宗说自己年轻那会儿跟陈剑仙是差不多的气度风采，哪怕陈平安再不计较自己的容貌，也实在懒得附和。出门在外，行走江湖，还是要讲一个以诚待人。

陈平安说道："前些年闲来无事，刚好得了两把品秩不错的匕首，想起当年在刘老哥家乡的那场厮杀，演练较多，还算有几分手熟。除了刘老哥的短刀近身术，其实连同俞真意的袖罡、种夫子的崩拳、童青青的指剑、程元山的抡枪都被我胡乱一锅炖了，全部融入刀法当中，所以今天才敢当着刘老哥这个用刀宗师的面说一句切磋。"

刘宗搓手道："这敢情好，老哥我好些年没耍刀了，就怕生疏了，让陈老弟见笑。"

刘宗怕只怕自己在嫡传弟子那边失了面子，毕竟拳怕少壮嘛。若是你来我往，双方切磋个数十招，谁输谁赢，面子上都过得去。万一陈剑仙练刀没几天，动手又没个分寸，一场原本点到即止的问拳耍刀，结果陈平安年轻气盛，将自己当成那丁婴对待，刘宗不觉得自己有半点胜算。

陈平安摇头道："只是与刘老哥请教几手刀法，其实说什么切磋，都是我托大了。"

刘宗瞥了眼弟子姚岭之的那把佩刀，对于切磋一事，确实有些心动。他本就是个武痴，而且当年与陈平安交手过招没过瘾——平手，算是打了个平手。之后更是被上山修了仙家术法的俞真意从头到尾欺负，更让他憋屈。

亲传弟子姚岭之的那把佩刀来头极大，木质刀柄，外裹明黄丝绦，护手为铜镀金花叶纹，分量极沉，刀柄嵌满红珊瑚、青金石。刀鞘亦是木质，蒙一层绿鲨鱼皮，横束铜镀金箍二道，皆是大泉造办处后配。

这把大泉密库珍藏两百年的名泉，虽说名字有些铜臭气，可却是货真价实的法宝品秩，曾被刘氏开国皇帝用以亲手斩杀前朝末代皇帝，所以天然蕴含一部分大泉武运，以及极重的龙气。无论是对付纯粹武夫还是山上仙师，都不会在兵器上吃亏，尤其是拿来压胜山精水怪和鬼魅阴物，威势更大。

姚岭之劝道："师父，陈先生毕竟刚到蜃景城，一路御风远游十分辛苦，你们俩就先别着急切磋刀法了。"

刘宗点头称是，说确实没有这样的待客之道。

因为这位磨刀人总算想起了一事：陈平安先前一拳开门的动静可不小。刘宗掂量了一下，觉得这个既是剑仙又是武夫的陈平安是不是真剑仙且不去说，估计最少是一位远游境武夫了，最多当然是山巅境，不然总不能是传说中的止境吧？十境武夫，整个桐叶洲如今才吴殳、叶芸芸两个而已。如果陈平安的容貌与岁数相差不大，那么一位四十岁左右的山巅境武夫就足够惊世骇俗了。

刘宗忍不住瞥了眼一袭青衫的年轻男子:当年年少便有几分剑仙风采了,如今还是最少远游境的纯粹武夫,更是文圣一脉的关门弟子,瞅着模样还挺俊俏,言谈举止气定神闲,极有宗师气度,一身的书卷气。他娘的,真是越看越气人……不对,是越看越像年轻时候的自己啊。

"切磋刀法,以后再说。"刘宗笑呵呵道,"只是陈老弟陪着我聊这些芝麻绿豆的小事会不会跌份儿?要是不耐烦,可别藏着掖着,记得直说。"

陈平安笑道:"人往高处走,讲的是境界、修为、拳脚功夫。水往低处流,说的是人心、念旧、香火情。"

刘宗拍手叫好:"老话新解,别开生面,有意思,有嚼头,值得喝一壶水花酒。"

柳柔埋怨道:"不是说了水花酒已经没啦,哪壶不开提哪壶,小刘你烦不烦?真有酒水让你喝到管饱的时候,又是两壶都没喝完就开始手抖,一碗能给你甩出半碗去,还耍刀?耍个啥子,直接跟陈小夫子认输拉倒,反正认输输一半。"

她习惯称呼刘宗为"小刘",因为他酒品不行,吃辣更不行,还喜欢学自家厨子结巴说话,每次见面都结结巴巴地"娘……娘",娘你娘的娘。

被揭老底的刘宗悻悻然告辞离去。如今这座大泉京城需要他盯着最少半边,本来就鱼龙混杂,一洲各路下山历练的仙师又都喜欢在这落脚,方方面面都需要他出面打点关系。就像那次姚仙之这个小王八蛋与白龙洞结仇,一样是刘宗出面摆平的,亏得薛怀和郭白箓好说话,不然就芦鹰那个蔫儿坏的老元婴,加上尤期这几个谱牒仙师,都是唯恐天下不乱的货色,就不是让姚府尹罚俸一年这么轻松能糊弄过去的了。

这里是姚仙之的住处,而且这位京城府尹大人也有不少话要跟陈先生好好聊。

柳柔也起身告辞。其实她除了在钦天监等待文圣老爷的回信,还有一件正事要做,就是炼化一条护城河,用来稳固蜃景城的山水阵法。柳柔毕竟是大泉王朝的正统水神第一位,在一国礼部山水谱牒上已经完全不输五岳大山君。

陈平安跟着起身,说要送一送水神娘娘。

柳柔心思一转:晓得了,有些事情确实人多的场合不太合适聊。所以一走出院子,她就以心声言语道:"小夫子,别的不谈,什么祈雨啥的,分内事,我办得其实马虎,反正以前朝廷说啥做啥,以后还是差不多。可在我那祠庙求子真真灵验,我自个儿都不晓得有这本事,反正就是仨字——灵得很!小夫子,嗯?"

陈平安无言以对。

柳柔哈哈大笑:果然自己还是机智得很!她踮起脚尖:咦,陈小夫子的个儿蹿得贼快啊……她只得赶紧以脚尖撑地,这才拍了拍陈平安的肩膀——去他娘的男女授受不亲——继续说道:"放心,下次去祠庙烧香,小夫子事先与我打声招呼,我肯定重视起来。别说显灵啥的,就是陪着小夫子一起磕头都不打紧。小夫子你是不晓得,如今祠庙里边那尊重塑金身的神像俊得不行，就一个字，美……”

陈平安只得打断她，解释道：“不是求这个，我是想说一说那枚玉简记载的道诀。”

柳柔疑惑道：“修行路上，出问题啦？他娘的，那个大渎老龙王好死不死的非要留下那枚玉简，害人不浅，后来又该来不来的，给人立起了那块祈雨碑……小夫子，你放心，看来是我好心办坏事了，可我就不是那种喜欢推卸责任的，有任何一星半点的后遗症，我都会负起责，要是我砸锅卖铁都赔不起，我就先给你打个欠条哈……哈哈，欠条随便写，小夫子千万别跟文圣老爷说这个啊……”

陈平安双手笼袖，无奈道：“也不是这个事。水神娘娘，不如先听我慢慢说完？”

柳柔“哦”了一声，委屈道：“我这不是心里慌嘛。你说奇不奇怪，以前没见着文圣老爷吧，求爷爷告奶奶的，说这辈子见着了一次就心满意足。等到真见着一次了吧，又哪里够嘛，还想要瞻仰文圣老爷第二次，当然有第三次我也不嫌多啊。唉，文圣老爷真是圣人风采，那气度，大晚上的，就跟大太阳做灯笼似的，蓬荜生辉得一塌糊涂，我一见面就给瞅出来了。第一眼，绝对是一眼就知道是文圣老爷亲临府邸啊。果然文圣老爷这种浩然天下独一份的圣贤气象，藏是绝对藏不住半点的。第一次见着左剑仙，我就稍稍差了点眼力见儿，第二眼才认出来……”

陈平安已经认命：还是等水神娘娘先说完吧。

埋河曾是桐叶洲一条入海大渎的主干河道，只是岁月变迁，大渎规模缩减得厉害，最终只剩下埋河这一小截河道存世。碧游府的前身是一位大渎龙王的龙宫旧址，那枚将水运凝为实质的玉简就是大渎之主的明证，被柳柔应运得到，她再将“万物可炼”的那篇祈雨碑文一一篆刻其上，注解详细，批注缜密。

一场大战过后，如今这位水神娘娘金身破碎大半，光靠蜃景城的一年数场大雪，估计没有个三百年的缝补，都未必能够重归圆满。而大泉刘氏立国才两百多年，除非朝廷能够帮助埋河拓宽河道，同时吸纳更多原本不同流的溪涧、江河。但是陈平安心知肚明，大泉姚氏，于公于私，都不可能将山河国力如此倾向于一条埋河，对姚氏对埋河，都绝对不是什么好事。大大小小的山水神祇，亦是一个大官场。

柳柔终于回过神：小夫子又开始神游万里，以至于竟然忘记说话啦？

陈平安在她停下话头的时候终于以心声说道：“水神娘娘当年连玉简带道诀一并赠予我，裨益之大超乎想象，以前是，现在是，说不定以后更是。说实话，靠着它，我熬过了一段不那么顺心的日子。”

柳柔爽朗笑道：“那就好，我以为是啥事呢，小夫子这么郑重其事的，害我提心吊胆到现在。道谢就别了啊，见外，生分，咱俩谁跟谁。”

陈平安越发无奈：有些真相，如今不能多说，可水神娘娘这脾气，是真没把那玉简道诀当回事。

那枚篆刻道法真诀的水运玉简，正反两面的道诀内容和旁注文字总计有五千多个，加上火龙真人在龙宫洞天内传授的那门炼物道诀，两两相加，相辅相成，让陈平安在剑气长城有很多事情可做。

修行之法，看似炼物，实则阐述五行之道的运转至理，极为适宜陈平安。加上道诀对人体经脉的定义极为玄妙且精准，一滴天上金瓶水，满空飞线若机杼……从碎金丹跻身元婴，再成为山巅武夫，简直就是为陈平安量身打造，皆有极大裨益。最关键，最玄之又玄的，还是道诀涉及白玉京五城十二楼的第四城，得到玉简之人，只需稍稍演化推算，就可以发现其中蕴藏着四条道路，每一条都是让人有望跻身上五境的登天之路，而且不至于误入歧途，不被心魔轻易乱了道心。心魔当然犹在，不可能就此凭空消失，但是心魔威势骤减，就像被道法压胜一般。

这就是道诀上所谓的“化作四天凉，扫却天下暑”，使得修道之人仿佛置身于一处平地高楼起的清凉境地，心魔被排挤在外，想要作祟，就好像要先破开一处圣人坐镇的小天地。如果说一位元婴瓶颈的练气士面对心魔，是以元婴修为对峙一位玉璞境，那么有此道法庇护，有那道门天官当门神，就等于将一个原本不可匹敌的心魔重新拉回元婴境。

陈平安大致说明情况，柳柔听得一头雾水，然后有些难为情，实诚道：“玉简文字藏着四条登天道路？这么多？我怎么不知道？还以为只有‘一步登仙’呢。”就像一位儒家圣贤写了本被后世道学家训诂无数的著作，结果那位提笔时原本没想太多的圣贤自己给那些训诂书籍整蒙了。

陈平安抬手出袖，揉了揉眉心，道：“水神娘娘不知道也没关系，反正我说这些话的意思就是这份礼太重，大到了让我无以为报的地步。”

柳柔摆摆手：“客气，生分。好事不怕晚，也不嫌大嘛，小夫子就别太在意了，不然白白少了几分豪气。”

话是这么说，但她走路之时高高仰起头，显得十分豪迈。

陈平安说道：“我有个建议，水神娘娘可以凭借这门道诀与某个看得顺眼的‘宗’字头仙家做笔买卖，比如玉圭宗神篆峰，或是云窟福地，抑或扶乩宗，以及将来重续祖师堂香火的太平山。要是觉得一个姑娘不嫁两户人家，我个人建议可以卖给云窟福地的姜尚真。”至于太平山那边，还要等个七八十年，水神娘娘多半也会不好意思，就自己代劳好了，不过肯定还是碧游宫的人情，自己只是代她捎话给太平山那位未来山主。

这门道诀心法适宜每一位地仙，无论是谱牒仙师还是山泽野修，道心再坚韧，再不为外物所移，一样都会欣喜若狂。白白多出四次“登天”机会，好似有道门天官护卫，帮忙减少心魔作祟的影响，谁不欣喜？

它更是被任何一个底蕴深厚的“宗”字头所梦寐以求，道理很简单，一个宗门，地仙够多。只要有地仙的修行之路是五行之路，类似陈平安，或者是俱芦洲崇玄署那位黑衣书生，修行此诀，事半功倍。哪怕暂时没有，宗门也可以专门为一些资质最佳的祖师堂嫡传早早开辟此路。修士自己小心问道，耐心修行，加上宗门精心栽培，小心护道，那么未来百年千年，跻身地仙乃至上五境的得道修士数量就会远远胜过以往。

如果说走这趟大泉京城是必须要见姚老将军一面，那么事先打算走一趟金璜府，再拜访碧游宫，就是陈平安必须要与柳柔道一声谢。

陈平安能够早早决定要为落魄山开辟出一座下宗，最终选址桐叶洲，这枚玉简，功莫大焉。

下宗的名字，不着急。取名一事，是自己最擅长最拿手的，好名字太多，比较犯愁。

至于下宗的首任宗主，会是曹晴朗。崔东山和裴钱可能会有一个需要来桐叶洲帮助曹晴朗，曹晴朗极有可能是浩然天下历史上最年轻的宗主，或者之一。

此外，已是元婴境的剑修崔嵬，当然还有仍是金丹剑修的隋右边，不出意外，都会从落魄山赶来这边落脚。如果米大剑仙愿意的话，一样可以来桐叶洲，毕竟下宗离云窟福地的花神山比较近。

不过除了曹晴朗这位下宗宗主之外，其他人是否离开落魄山，还需要看他们自己的意思。陈平安对姜尚真说自家落魄山不是什么一言堂，其实还真不是一句空话。

柳柔使劲摇头："卖个锤子，不卖。送出去的物件，就不是我的了。虽说那个姜老宗主确实能算个老英雄，换成其他事，能够结交一番，我偷着乐还来不及，可是做买卖嘛，就算了，我不喜欢，靠生意招来的朋友，不长久嘛。要做买卖，玉简道诀都是小夫子的了，你自个儿忙去，该挣钱就挣钱，别耽误了，也别怕我多想，我信不过谁，都信得过你嘛。事先说好，甭管是一桩还是几桩买卖，与我，与碧游宫都无关啊，不然以后小夫子就真吃不着水花酒和鳝鱼面了。"

"那我听水神娘娘的。"陈平安叹了口气，双手笼袖，缓缓而行，不再言语。

自己当年游历碧游宫，喝高了，斗胆坐而论道，说那先后顺序，更多还是因为这位水神娘娘本就对先生的学问研习多年，最终得以证道金身。

一饮一啄，早年在碧游宫的半吊子传道，最终却还了陈平安一个"数次跻身上五境"。因为陈平安曾经通过这枚"一步登仙"的玉简道诀在几乎无法维持一颗道心平常的时候，就不得不拗着心性，主动摒弃对白玉京的成见，硬着头皮修行此法，在剑气长城的城头先后三次悄悄跻身上五境，不再是那合道城头的伪玉璞，然后却又自行打断那座本就虚幻的白玉京长生桥，选择重返元婴，以至于连那龙君都吃不准陈平安到底是伪玉璞真元婴，还是真玉璞伪仙人。

在龙君没开口的时候，甲申帐剑仙坯子的离真、流白都认为年轻隐官最多是元婴剑修，等到龙君那次在城头开口道破天机后，陈平安当即打断一座虚无缥缈的白玉京通天长生桥，从货真价实的玉璞境重返元婴，再次变为伪玉璞。

陈平安当时所求，除了必须借此稳住道心之外，也想让龙君最后一次出剑更晚，越晚越好，最好是拖到山水颠倒，龙君都始终未曾出剑。就算在崔瀺赶到剑气长城之前，龙君依旧选择出剑，也会吃不准自己的真实境界；就算吃得准，陈平安终究是一位实打实的玉璞境剑修了，不敢谈什么胜算，最少与龙君换命的机会更大。

只不过这些弯来绕去的算计，与龙君不断的钩心斗角，终究敌不过老大剑仙的最后一剑，但是这并不能说明陈平安的思虑就毫无意义。到了桐叶洲后，包括万瑶宗仙人韩玉树在内的那撮幕后高人其实看得很准，最需要忌惮的陈平安是一个如何而来的陈平安，而不是当下境界的高低，以及他的身份是什么。

当然陈平安如此丧心病狂，在玉璞境和元婴境间起起落落，也等于有过三次与心魔交手的机会了，而且对于那座注定会拜访的白玉京了解更深。

柳柔突然笑了起来，伸出两根大拇指，小声问道："陈平安，你跟我们那位倾国倾城的皇帝陛下……嗯？"

陈平安摇摇头："别开这种玩笑啊。"

柳柔叹了口气："太正人君子了也不好啊。"

陈平安笑道："以后我带媳妇一起拜访碧游宫。"

柳柔一脸震惊，使劲一跺脚："啥？！真的有媳妇啦，那我岂不是没戏了？"

陈平安脸色尴尬：算了算了，还是独自拜访埋河好了。

柳柔跳起来一巴掌拍在陈平安肩头，大笑道："还是跟以前一样，脸皮薄不经逗，瞧把你吓得。"

陈平安一本正经提醒道："这种玩笑开不得，真的啊。"

柳柔嘿嘿一笑，双手抱后脑勺，大摇大摆走路，沉默片刻，突然说道："陈平安，还能见着面，就这么闲聊，不担心明儿说没就没了，真好，真的。"

陈平安"嗯"了一声。

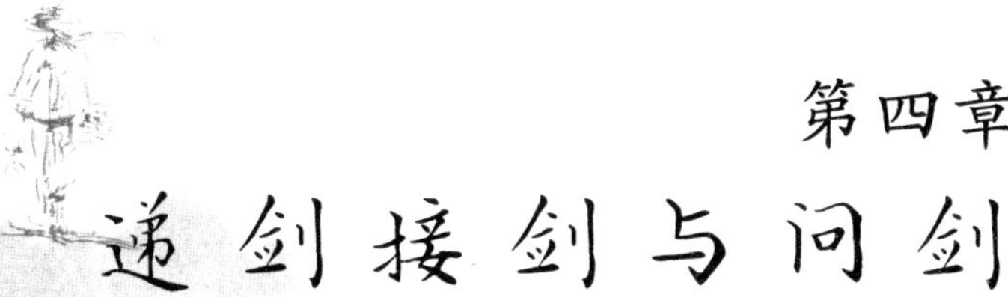

第四章 递剑接剑与问剑

姚岭之不但将师父送出了府邸，还坐上了那辆马车，师徒二人相对而坐。

刘宗问道："有心事？"

姚岭之摇摇头，展颜一笑："与姚氏恩人重逢，这个恩人又恰好与师父是故友，我能有什么心事。"

刘宗笑着没说话，开始闭目养神，一点一点温养拳意。

大泉庙堂高层以及一些豪阀世族内部其实一直有个心知肚明的看法：没有当年那因为一人而起的接连几场变故，大泉王朝的国姓绝对不会从刘换成姚。

在边境，如果不是那个年轻外乡人路过，从北晋刺客手上救下了老将军姚镇，自然就没有之后的入京担任兵部尚书，就更没有了姚近之的嫁入帝王家。在狐儿镇客栈，身为大泉守宫槐的御马监掌印李礼暴毙，三皇子刘茂元气大伤，等于失去了半个大泉江湖的暗中支持。没有李礼居中调度，刘茂无法服众，江湖势力被一个名叫刘宗的陌生供奉全盘接收。

更关键的是，因为独子高树毅的夭折，申国公高适真与刘茂渐行渐远。高树毅不管为何而死，终究是死在了刘茂眼皮子底下，申国公府就此对刘茂关上了大门。再加上之后的那场截杀，曾经是大泉王朝文坛领袖的书院君子王颀就此销声匿迹，而此人也是大皇子刘琮在蜃景城的唯一盟友。徐桐的草木庵，以及许轻舟所在的蜃景城许氏在那之后都开始与大皇子刘琮分道扬镳。

环环相扣，最终使得二皇子刘璜顺利登基，所以才有了刘琮在雨夜的那句怪话。

在刘琮看来，姚近之哪怕称帝，也终究是个女子，所以只要她愿意嫁人，大泉王朝极有可能会跟着她一起改姓。而那个年纪轻轻却心思缜密的陈平安只要愿意重返大泉，则占据大泉不过在手掌翻覆之间。更何况刘琮与盟友当初秘密赶赴桃叶渡议事，与之后的金顶观首席供奉芦鹰，其实都将当时露面的青衫剑客等同于陈平安了。

只不过那场渡口秘密议事，刘宗和姚岭之至今依旧被蒙在鼓里。牢狱内的刘琮不说，高适真这位国公爷不说，金顶观杜含灵不说，自然也就无人知晓了。

但是姚岭之这么多年来一直在心底小心翼翼藏着一个天大秘密，这件事，连师父刘宗和姐姐姚近之都不清楚。当年戒备森严的皇宫内出现了一袭青衫，姚岭之起先没有认出他，但是对方开口的第一句话就让姚岭之错愕不已："姚姑娘，一别多年，终于见面了。近之可还好？"

姚岭之当时就直接喊出了对方的名字："陈平安？！"

那个青衫剑客微笑点头，伸出手指在嘴边，轻声道："我马上就走，姚姑娘只管放宽心，蜃景城有我在，万无一失。"

姚岭之当时鬼使神差地多嘴一句："你真不去看看近之姐姐？"

那个从少年变成年轻男子的青衫剑客摇摇头，微笑道："不用了。看到你们安然无恙，我就放心了。"然后一闪而逝，在蜃景城如入无人之境。

姚岭之到今天都觉得那是一场梦，而他所说的放心，只是自己的美梦成真。

这么多年来，姚岭之一直很害怕再见到那个两次救下姚家的男人，担心那个万一。

因为大泉高层都清楚京城外的那座照屏峰上曾经有个喜欢遥遥欣赏蜃景城大雪风景的青衫剑客，传闻是那托月山百剑仙之首斐然，来自蛮荒天下！

可是他如何又成了文圣一脉的关门弟子？难道是埋河水神娘娘受了蒙蔽？

可不管如何，斐然也好，陈平安也罢，救了姚家两次，还顺手救了大泉王朝一次。加上这个斐然在桐叶洲其实名声也不坏，好像就没出手过一次，与那个已经被文庙认可的赊月差不多。

姚岭之眉宇间尽是哀愁神色，突然问道："师父，你觉得陈先生是怎样一个人？"

刘宗说道："小年纪，老江湖，老好人，很聪明，值得托付生死。"

姚岭之笑道："师父，这会儿陈先生也不在你身边，就咱们师徒二人，劳烦您老人家说几句实在的。"

刘宗哈哈笑道："一个有千两银子家底的人，总想与那有万两银子的人称兄道弟，而有万两银子的人又不太愿意与有千两银子的人打交道。却有那足足有十万百万两银子的人不介意与有千两甚至百两、十两银子的人打交道，而且神色和善，平易近人。"

姚岭之疑惑道："师父对那陈平安的印象其实一般？"

"师父这不是与你故意显摆几句高深话语嘛，紧张个什么劲儿。"刘宗摇摇头，打趣道,“怎么,你其实喜欢那小子很多年?不错不错,我收徒弟好眼光,徒弟看男人更是好眼光,难怪咱们能当师徒。”

姚岭之气笑道:“师父,多大岁数了,能不能正经点?”

刘宗抚须而笑:“你的那点心事,其实陈平安早就看穿了。那小子察言观色和见微知著的本事极好,师父当年是亲身领教过的。偷个拳,就是给他瞧几眼的事情,轻松得跟吃饭似的。”

姚岭之立即脸色惨白。

刘宗跟着神色凝重起来。自己这个开山弟子可从不会在男女一事上如此手足无措,喜欢谁不喜欢谁,其实很豪爽,所以刘宗压低嗓音问道:“到底怎么回事?”

片刻之后,刘宗沉声道:“我会立即飞剑传信皇帝陛下,这封信必须说得更清楚些,再不能像你先前那封信那么含糊其词了。而且你牢牢记住了,此事绝对不能轻易声张。确定陈平安身份一事,说易不易,说难不难,除了碧游宫柳柔已经不能作数,大泉只要找个真正见过文圣老先生和左大剑仙的人……岭之,这件事情,牵涉太广,你绝对不能自乱阵脚,一个不小心,就是涉及文庙动荡的天大风波!”

姚岭之面无人色,咬着嘴唇,重重点头。

柳柔走后,陈平安重新回到了姚仙之住处。

记得第一次见到姚仙之,对方才十四岁。

陈平安此次归乡,原本就是想要借助桐叶洲天时确定梦境真假,姜尚真、崔东山、裴钱的先后出现,加上那封心湖密信,已经确定无误。

既然落魄山无恙,让他们多等几天也没什么问题。但是有些事情,不会等人。

孩子们着急长大,但好像急不来。老人们匆匆老去,则肯定拦不住。

桐叶洲大泉王朝的老将军姚镇、宝瓶洲彩衣国鬼宅的老嬷嬷、梳水国老前辈宋雨烧,当然还有那个大髯游侠,如兄长一般的徐远霞。

姚仙之也奇怪,每次都想要与陈先生好好说些什么,只是等到真有机会畅所欲言了,就开始犯懒。

陈平安问道:“大泉京城内外,有没有什么隐士高人?”

姚仙之摇摇头:“我好歹是府尹,所谓的世外高人,其实都有记录在册。该出名的早就出名了,真有那趴窝不动隐藏很深的老神仙,我还真就不知道了。这事你其实得问我姐,她如今跟刘供奉一起掌握着大泉谍报。”

陈平安笑道:“随口一问,不用当真。”

姚仙之问道:“是不是哪里不对劲?我能不能帮上忙?”

陈平安说道:“真有不对劲的地方,你就帮不上忙了。行走江湖,第一宗旨,见机不妙就要溜之大吉,你小子一瘸一拐的,又跟不上我,难道还要我背着你跑路,当法袍使唤啊,有飞剑术法什么的,你来扛?"

姚仙之无奈道:"陈先生,你别老拿一个瘸子调侃啊,当年你可不这样。"

陈平安笑骂道:"当年你小子也没瘸啊。"

姚仙之挠挠头:"倒也是。"

陈平安突然说道:"你也别成天这么臊眉耷眼的,耐心等着吧。跟你说个事,我打算以后下宗选址桐叶洲,不过要比大泉更北边些,到时候你得空了,或者觉得边关马粪味道闻够了,就去我那边散散心。我就当为你破个例,直接给你小子一个不记名供奉当当。"

姚仙之猛然挺直腰杆:"当真?!"

陈平安笑呵呵道:"我当然是当真的,至于你当不当真,我还能管得着一个头戴府尹官帽子的从一品郡王?"

姚仙之刚要打趣说当了姐夫不就完事了,陈平安好像未卜先知,府尹大人的脑袋就直接挨了一巴掌。

陈平安取出两壶酒,丢给姚仙之一壶,然后开始自顾自想事情,在桌上时不时指指点点。

姚仙之喝着酒,问道:"是仙家术法吗?掌观山河啥的。"

陈平安摇摇头:"一个臭棋篓子在随便打谱。你喝你的。"

姚仙之看了一会儿,看不出门道,就专心喝酒,什么都没想,反而有些犯困。

陈平安说道:"困就回屋睡去。"

姚仙之摇摇头:"睡个啥,也没个娘儿们暖被窝。"

陈平安斜眼看着这个满脸络腮胡的邋遢汉子。

姚仙之有些微微脸红:"陈先生,我年纪真不算小了,又没外人,还不许我说几句荤话啊。"

陈平安笑道:"那么打光棍的滋味,知不知道啊?"

姚仙之哀叹一声,继续喝酒。以前陈先生真不这样的。

陈平安则继续盯着空无一物的桌面。

虽说是个臭棋篓子,但棋理还是略懂一二的,而且在剑气长城那些年也没少想。

下宗选址桐叶洲,护住太平山,以及之后的寻访天阙峰,占据天权位,打断金顶观的七现二隐。按照棋理,这属于起手星位,棋盘上位高,注重取势,利于围空。

无意间找到了大泉王朝的刘宗,以及先前主动与蒲山云草堂示好,放走小龙湫元婴供奉以及金丹戴塬,同时又让姜尚真帮忙,使得双方更惜命,甚至会误以为与玉圭宗搭上线。这些都属于棋理上的起手小目,适合取地。

星或小目，两者其实都契合金角银边草肚皮一说，棋手最终所求，都是先手之后的入腹争正面。

金顶观首席供奉芦鹰则属于陈平安的一记随缘而走，既来之我用之的拆高，按照一般棋理，可谓狭路相逢，短兵相接，杀机毕露。只是被陈平安用得隐蔽，所以陈平安在芦鹰那边就一点要求，什么都不用做，等到有需要的时候，他自然会找到芦鹰。只要芦鹰自己不失心疯了找死，陈平安就能在棋盘上借此做活。

但是大泉姚氏在将来落魄山下宗选址桐叶洲一事上，却是需要陈平安做出某种程度上的切割和圈定，只有身边这个姚仙之是例外。其余的，交情归交情，朋友是朋友；利益归利益，买卖是买卖。有些交情其实也能做好买卖，甚至让交情更好，但是陈平安对待大泉姚氏还是更希望双方能够纯粹些。

当然，如果大泉皇帝是姚仙之，不是姚近之，哪怕是姚岭之，就又会两说了。当年陈平安懵懵懂懂，浑浑噩噩，不晓得姚近之的厉害，其实后来走过更远的江湖，尤其是到了剑气长城，二掌柜的酒喝得越来越多，就越来越后怕几分。

陈平安伸手一拂袖，好像推散了棋局，犹豫片刻，才道："仙之，刘琮和刘茂，我能见到哪个？"

姚仙之说道："刘琮见不着，没有皇帝陛下的许可，我姐都没办法去水牢，但是那位龙洲道人嘛，有我带路，随便见。"

陈平安点头道："那等下我们就去会一会潜心修道当神仙的前三皇子殿下。"

姚仙之晃了晃酒壶："这就去？"

陈平安看了眼天色："入夜再说。"

姚仙之好奇道："有山上的讲究？"

陈平安没好气道："走夜路容易撞见鬼，算不算讲究？"

姚仙之抬了抬酒壶。陈平安站起身，开始六步走桩。

其实陈平安远远没有表面上这么轻松。他在担心造化窟三梦之后，自己清醒后的"第一梦"问心局，自己其实已经不知不觉就身在局中，而大泉姚氏就是关键所在。

比如最坏的结果，一旦崔瀺曾经接触过剑客斐然，而斐然在蜃景城又顺势埋有伏笔和后手，就更麻烦，更无解。又比如，大泉女帝姚近之私底下接触过斐然，甚至有过一桩被某座军帐记录在册的秘密盟约。那么今日大泉王朝和姚氏之声誉斐然，就是未来文圣一脉关门弟子之声名狼藉，百口莫辩。

中国公高适真，两位藩王，或者任何一个至今还在蛰伏的"隐士高人"，都可能成为某个变数，变成陈平安的变数，再被有心人演化成整个文圣一脉的变数。

崔瀺一旦选择与人对弈，什么事情做不出来？崔瀺的所谓护道，帮忙砥砺道心，搁谁愿意主动来第二遭？大概用崔瀺的话说就是："这点问心程度，这种不算复杂的棋局都过不去、破不了,你陈平安怎么当的文圣一脉关门弟子?”

他娘的,绣虎你怎么不扪心自问,天底下有你这么当大师兄的吗?

先生的付出,合道三洲山河。

师兄崔瀺的谋划,为浩然挽天倾。

师兄左右的出剑,一剑光寒天下。

所有这些,陈平安作为“最无所事事”的那个小师弟,在他现身浩然天下这个太平世道之后,所有额外享受到的文脉余荫,都会因为他的一着不慎而被连累,再次跌入泥泞。哪怕文庙不会有任何怀疑,但是在山上山下注定会饱受质疑,只会比一本胡乱编纂、九假一真的山水游记,一个怜香惜玉、擅长沽名钓誉的陈凭案更加不堪。

陈平安绝对不能允许自己再灯下黑了。

其实姚岭之的那点微妙心境变化,陈平安看在眼中,没有当面点破而已,所以姚岭之飞剑传信南方边境一事绝对不简单。而陈平安之所以没有拦阻柳柔说穿自己的文脉身份,其实就是一种试探。姚岭之反而更加忧心忡忡,她虽然想隐藏,却藏得不算好。这意味着什么?意味着姚岭之,甚至可能是姚近之,心中有个秘密,大过了陈平安的最新身份是文圣一脉关门弟子这件事。

崔瀺问心,会让陈平安身陷绝境,却绝对不会真的让陈平安身陷死地。所以桐叶洲之行会有一个姜尚真,一座太平山的修真我。

要是陈平安到了桐叶洲依旧不闻不问,直接越过太平山、金璜府、埋河碧游宫和大泉蜃景城,那么万瑶宗韩绛树、仙人韩玉树、金顶观山水阵法的取法天象、柳柔、姚老将军、芦鹰、姚岭之,都会错过。

陈平安一边走桩,一边分心想事,还一边喃喃自语:“万物可炼,万事可解。”

姚仙之看着练拳的陈平安,觉得玉树临风的陈先生不当自己的姐夫真是可惜了。

大泉王朝辈分最高的国公爷高适真如今已经老态龙钟。去过了一趟小道观,一驾马车驶出蜃景城,去往城外的天宫寺。

黄昏时分,乌云密布,马车到了古寺山门外,有了下雨的迹象。

老管家担任马夫,斜背了一把油纸伞,搀扶老国公爷下车。

这些年,高适真每隔数月都会来此抄写经文,听高僧说法。姚近之还在当皇后的时候,也曾来此祈雨。

国公府的老管家名叫裴文月,曾经是高树毅的拳法师父,按照大泉谍报记载,是一位深藏不露的金身境武夫。

一路上都没有僧人接待,因为这是老国公爷订立的规矩,入寺烧香抄经,他就只是个香客。

高适真蹒跚而行，笑问道："到底是她心诚则灵呢，还是先帝故意为之，好让她找个由头出门散心？"

裴文月说道："都有吧。"

高适真伸出手指点了点他："老裴啊，认识你多少年了，我才发现你好像就没做过一件错事，没说过一句错话。怎么做到的？"

裴文月说道："少做少说，只做不得不做的事，只说应该说的话。"

高适真感慨道："当年如果听了你的劝，不由着他早早一个人出门，或者让你偷偷跟着，是不是会更好些？"

裴文月没有回答这个问题。

两个老人在一间禅房落脚，天色昏暗，裴文月点灯，磨墨铺纸。

高适真今天手腕颤抖，在纸上写了个大大的"病"字。

病，其内为何是个丙？丙，心。多心多虑易病。

高适真看着那个大字，说道："你曾经说过，一个人有再大的福气都比不过有晚福，咱们那位卧病多年偏偏不死的姚老将军就是个有天大晚福的人啊。"

裴文月答非所问，转头望向窗外，轻声说道："老爷，下雨了。"

高适真笑了起来："比上不足比下有余。比起那两位藩王，我已经算有晚福的人了，只要一闭眼，就立即有美谥送上门。"

一个求什么都只差半步就可以得手的刘琮，一个美其名曰潜心修道足足二十年的刘茂。

高适真搁下手中那支刚刚蘸了饱墨的鸡距笔，转头望向窗外。

屋外挂着两盏灯笼，一场突如其来的骤雨，雨点大如黄豆，打得灯笼使劲摇晃，好像两个不能入屋躲雨的可怜人，夜不能寐，就只好相互埋怨。

高适真轻声道："我也曾是个会担忧雨雪太大的人，不是个只会自顾自赏景的富家子弟。记得树毅刚记事那会儿，我陪他打完了雪仗，就告诉他，蜃景城的琉璃仙境只是我们这些富贵门庭的眼中物，天寒地冻，冬衣单薄，穷人门户其实遭罪不轻。"

裴文月犹豫了一下，直言不讳道："一个道理没讲透，等于没讲，甚至还不如不讲。"

高适真沉默良久，点头道："是啊。"

窗外大雨滂沱。

"强者擅长认可，弱者喜欢否定。"

高适真笑了起来："老裴，你一贯惜字如金，这句话却是你难得不止说一遍的言语，与我说过，与树毅也说过。那么最早，又是谁说的？"

裴文月安安静静坐在椅子上道："家乡那边的一个忘年交，他是一个不太喜欢嘴上讲道理的剑客，偶尔喝高了，才会说两句难得的正经话，所以比较让人记忆犹新。"

“忘年交？到底是谁的年纪更大？”

裴文月言语之时依旧不忘身份职责，站起身，以两根手指剔灯，微挑灯芯，剔除余烬，使灯火更加明亮，这才缓缓说道：“我。”

今夜蜃景城，大街有灯市，往来如昼，无数的灯火倒映水中，好像凭空生出了无数星辰。

陈平安跟着姚仙之一路逛街去往那座小道观，缓缓走在临水街边，怔怔看着水中灯火，再抬头看了眼北方：听说宝瓶洲中部的夜空曾经常年亮如白昼。

小道观名为黄花观，位于蜃景城最西边。姚仙之带着陈平安兜兜转转，最后凭借一枚府尹印符得以进入。黄花观是由寺庙改建，大泉刘氏历代皇帝都极为推崇道教，虽说并不排斥佛教，只是帝王将相和达官显贵都对佛法兴趣不大，从京城到地方的大小寺庙就算建造起来，往往也是为道门作嫁衣裳。京城外那座前朝皇室敕建的天宫寺是个例外，古寺的岁数可比大泉刘氏大多了，陈平安在来的路上听姚仙之说那位老申国公如今是天宫寺的最大香客。

大概是修不起灵官殿的关系，黄花观大门上张贴有两尊灵官像。姚岭之伸手去推，一阵吱呀作响。二人跨过门槛，这位京城府尹在亲自关门后，转身随口说道：“观里除了刘茂，就只有两个扫地烧饭的小道童。俩孩子都是孤儿出身，也没什么修道资质，刘茂传授了道法心诀也依旧无法修行，可惜了。他们平日里呼吸吐纳做功课，其实就是闹着玩。不过毕竟是跟在刘茂身边，当不成神仙，也不全是坏事。”

陈平安点点头。一个能够将北晋金璜府、松针湖玩弄于股掌之间的三皇子，一个成功帮助兄长登位称帝的藩王，哪怕转去修道了，估计也会点灯更费油。

陈平安没来由说道：“先前乘坐仙家渡船，我发现北晋国那座如去寺好像重新有了些香火。”

姚仙之逐渐习惯了陈先生的跳跃想法，问道：“是那个有莲花台的北晋古寺？北晋年轻皇帝信佛，所以这些年佛法昌盛，下旨敕建了许多寺庙。如去寺本就是千年古刹，因为废弃太久，反而得以保存得比较完整，如今算是北晋的大寺了。前些年，有几位高僧大德陆续奉诏住在如去寺，香火一下子就好起来了。”

“那叫住锡。”陈平安先笑着纠正，然后又问，“有没有听说过里面有一个年轻容貌的僧人，不过真实岁数肯定不小了，从北边远游南下，佛法精妙，与牛头一脉可能有些渊源？不一定是住锡北晋，也有可能是你们大泉或是南齐。”

姚仙之想了想，摇头笑道：“反正我是没听说。北晋南齐如今那些名气大的僧人好像都上了岁数，还是那句话，得问岭之和刘供奉。我对牛头一脉的佛门法统完全不清楚，陈先生还懂这个？巧了，我们皇帝陛下对佛法也很精通，你俩肯定有的聊。”

陈平安点头道:“有机会是要问问刘供奉。”

陈平安第一次游历桐叶洲,误入藕花福地之前,曾经路过北晋国如去寺,就是在那里遇到了莲花小人儿。之后在一座深山野林的僻远山头,陈平安见着了一个失心疯的小妖精,反复呢喃一句伤心话。当时陈平安没多想,后来在书简湖当账房先生,出门远游,在梅釉国遇到了一位枯坐石崖洞窟中的白衣僧人,还瞧见了一只心猿攀缘崖壁间。不承想当年见到的山泽小精怪,竟然会牵扯到一场缘法。

陈平安与僧人请教过一番佛法,身在宝瓶洲的僧人除了帮忙指点迷津,还提起了“桐叶洲别出牛头一脉”这么个说法,所以在那之后,陈平安就有意去了解了些牛头禅,只不过一知半解,但是僧人关于文字障的两解让陈平安受益不浅。

一个头戴远游冠,手捧拂尘,脚踩云履的年轻道人走出清净修行的厢房,瞥了眼姚仙之就不再多瞧,而后直愣愣盯住那个青衫长褂的男子,片刻之后,好像终于确认了他的身份,释然一笑,一甩拂尘,打了个稽首:“贫道拜见陈剑仙、府尹大人。”

陈平安拱手还礼:“见过龙洲道人。”

姚仙之懒得还礼,忍着笑。就这俩,一照面竟然没打起来,不愧是修道之人。

姚仙之想要摘下腰间酒葫芦,准备饮酒看热闹,结果被陈平安拍了拍胳膊。

陈平安道:“等会儿进了屋再喝。”

姚仙之不明就里,还是放下了酒葫芦。

刘茂听到这句话后,苦笑摇头:“陈剑仙,何必如此咄咄逼人?”

姚仙之愣了半天,愣是没转过弯来:这都什么跟什么?陈先生进入道观后,言行举止都挺和善啊,怎就让刘茂有此问了?

刘茂是真没把一个只会意气用事的京城府尹放在眼里,无论是曾经的藩王,还是黄花观的现任观主,面对这个好似官场雏儿的姚仙之,给个道门稽首足够了,双方还真没什么好聊的。自己说道法、谈修行,府尹大人又听不懂,纯属对牛弹琴;府尹大人与自己说那庙堂事,则犯不着,而且太忌讳。至于自己为何能够在此修道多年,当然不是那姚近之念旧,心慈手软,妇人之仁,而是朝堂形势由不得她顺心遂意。大泉刘氏,除了先帝临阵脱逃、避难第五座天下一事,其实没什么可以被指摘的。说句实在话,大泉王朝之所以能够且战且退,哪怕接连数场大战,南北数支精锐边骑和各路地方驻军都战损惊人,却军心不散,最终守住蜃景城和京畿之地,靠的还是大泉刘氏立国两百年,一点点积攒下来的丰厚家底。

当然,也是靠着刘氏这份祖荫,才有了监国有功的藩王刘琮卧病不起,有了刘茂的寄人篱下,守着一座小道观,过得还算安稳。逢年过节,黄花观的青词绿章、三官手书、符箓都会按时定量送往皇宫。传闻一些个念旧的前朝老臣每当瞧见那些手书符箓,都会忍不住垂泪涕零。据说还有些言语无忌的年迈老人,与老友喝高了,说哪怕为了多看一年的符箓，也要多活一年。

这就是儒家圣贤一直苦口婆心说的那个道理，名言事的正顺成。天底下连那无根浮萍一般的山泽野修都会尽量求个好名声，还能有谁可以真正置身事外？

这些个小道消息，都是高适真今天与刘茂在正屋闲聊时透露的。

陈平安打趣道："今天的黄花观龙洲道人，用同样的一个道理，打了当年狐儿镇三皇子殿下的脸。"

刘茂沉默片刻，点头道："修行路上，若是半点不让，要么被身后人赶上起冲突，要么撞上身前人添误会，结果都是那万一。如此一来，确实不美。"

陈平安啧啧道："龙洲道人果然修心有成，二十年辛苦，除了已经贵为一观之主，更是中五境的地上真人了。心境亦是不同以往，道心境界两相契，可喜可贺，不枉费我今天登门拜访，弯来绕去的五六里夜路可不好走。"

刘茂一笑置之，修养极好。

一个小道童迷迷糊糊打开屋门，揉着眼睛问道："师父，大半夜都有客人啊，太阳打西边出来啦？需要我烧水煮茶吗？"

刘茂点头笑道："没事，师父自己招待客人。你们俩别忘了子时吐纳的课业。"

小道童瞧见了两个客人，赶紧稽礼。今天道观也怪，都来两拨客人了。不过先前两个年纪老，现在两个年纪轻。

陈平安笑着点头致意，没来由想起了青峡岛住在账房隔壁的少年曾掖。

小道童犹豫了一下，轻声道："师父，一个时辰太久了，能不能只吐纳半个时辰啊？"

刘茂摇头笑道："不行，虽然修道不靠死板功夫，但是不肯下苦功夫，就更谈不上修道了。先后有别，此间道理，多多体悟。"

小道童"哦"了一声。若非今夜有客人临门，孩子还是要与师父软磨硬泡一番的，既然有外人在场，就给师父一个面子好了。

刘茂推开自己那间厢房的门，陈平安和姚仙之先后跨过门槛，刘茂最后步入其中。

陈平安打量起这间屋子，一排靠墙书架，墙角有花几，供有一小盆菖蒲。一张书案，一把老旧椅子。桌上除了一部合拢的《黄庭经》，还有一卷摊开的《灵飞经》。刘茂先前应该是正在抄书，纸上笔墨尚未完全干涸。

刘茂歉意道："道观小，客人少，所以就只有一把椅子。"他看了眼姚仙之，"陈剑仙与贫道都是修行中人，屋内就府尹大人一个当官的，不用太过拘礼，坐着喝酒便是。"

姚仙之总觉得这家伙是在骂人，只是见陈先生没说什么，他也就大大方方从刘茂手中接过椅子，落座饮酒。

喝着喝着，府尹大人终于回过味来。因为陈先生眼中没有什么龙洲道人，只有一座道观，所以进了刘茂修道坐忘的屋舍，姚仙之就可以随便喝酒。甚至喝酒本身就是一种提醒，坚信刘茂不是什么道士，依旧是那个曾经的三皇子殿下。陈先生礼敬的是一座黄花观，是大与小从不在道观规模的道法，而不是什么龙洲道人刘茂。难怪刘茂方才会说陈先生是在咄咄逼人，还是有点脑子的。

陈平安绕到案后，点头道："好字，让人见字如闻莺歌百啭之声。等三皇子跻身上五境，说不定真有文运引发的异象，一群莺从纸上生发，振翅高飞，从此自由无拘。"

刘茂摇摇头，当句玩笑话去听。上五境，此生休想了。辛苦修行二十载，依旧只是个观海境修士。

两支鸡距笔专门用来抄写经书，笔端附近分别篆刻有"清幽""明净"小楷。笔架上还搁放着一支长锋笔，铭刻有"百二事集，技甲天下"，一看就是出自制笔大家之手，大概是除了某些善本之外，这间屋子里边最值钱的物件了。

陈平安瞥了眼那部《黄庭经》，忍不住翻了几页。好家伙，玉版纸质地，关键是传承有序，藏书印、花押多达十数枚，几无留白，是一部南齐国武林殿聚珍版。此经本身在道家内部也地位崇高，位列道家洞玄部，有"三千真言，直指金丹"的山上美誉，也被山下的文人雅士和清谈名家所推崇。

除了能被练气士拿来就用的灵器，山下真正值钱的"俗物"，极为讲究版刻、纸张的善本孤本要比字画瓷器更被修士青睐。许多存世不多的珍本都是按页算钱的，不是书香门第根本无法想象文字相同的两页纸为何一张一文不值，一张却能卖几十两银子。

陈平安说道："当年初次见到三皇子殿下，差点误认为是边骑斥候，如今贵气依旧，却更加文雅了。"

刘茂手捧拂尘，安安静静站在一旁，由着这位年轻剑仙拐弯抹角言语个没完没了。

一旁还有几张抄满经文的熟宣纸，陈平安拈纸如翻书，笑问道："原本是纵有行、横无列的经文，被三皇子抄写起来，却如排兵布阵一般，井然有序，规矩森严。这是为何？"

刘茂站在书案一旁，终于忍不住微笑道："陈剑仙就不要一而再再而三地话里有话了，陈剑仙又无心山下王朝的权柄，不必如此揪着个高不成低不就的黄花观龙洲道人不放。陈剑仙注定大道高远，何必与一个金丹都不是的蝼蚁纠缠不清？昔年恩怨，至于如此让陈剑仙难以释怀吗？何况一个改天换地的大泉，一个连藩王都不是了的刘茂，朝堂、江湖、山上一无所有，陈剑仙莫不是连一盏青灯、几卷道经、一个观海境修士都容不下？"

见那青衫文士一般的年轻人笑着不说话，刘茂又问："如今的陈剑仙，不该是神篆峰、金顶观或是青虎宫的座上宾吗？就算来了蜃景城，好像怎么都不该来贫道这黄花观。我们之间其实没什么旧可叙的，难道是皇帝陛下的意思？那就真多虑了。贫道自知是蚍蜉，不去撼大树，因为无心也无力。大局已定，既然一国太平，世道重归海晏清平，贫道成了修道之人，更清楚天命不可违的道理。陈剑仙哪怕信不过贫道，好歹也应该相信自己的眼光。刘茂从来算不得什么真正的聪明人，却也不至于蠢到螳臂当车，与浩浩大势为敌。对吧，陈剑仙？”

陈平安答非所问，好像偏要与此人叙旧，缓缓道：“当年在狐儿镇，三皇子殿下说话深谙人心，曾有两问，让我哑口无言，只能事后反复推敲，果真让我学到不少。就像今夜，殿下的话就说得很讲究，蝼蚁与蚍蜉呼应，陈剑仙与容不下形成对比，无力为无心锦上添花，天命是山上事，浩浩大势是山下理，处处是玄妙，字字有学问——我又学到了。”

这次轮到刘茂不言语。

姚仙之看了眼青衫长褂的陈先生，再看了眼一身朴素道袍的刘茂，突然开始庆幸自己带了一壶酒，不然今夜会无事可做，无话可说。

“我不在乎三皇子殿下是不是犹不死心，是不是还想着换一件衣服穿穿看，这些跟我一个外乡人又有什么关系？我还是跟当年一样，就是个走过路过的局外人。但跟当年不一样的是，当年我是绕着麻烦走，今夜则是主动奔着麻烦来。什么都可以余着，麻烦余不得。”陈平安背靠书案，双手笼袖，环顾四周，随口道，“只不过那会儿，过客们境界低微，很多简单的道理，殿下不乐意听，翻身下马，其实依旧高坐马背，居高临下看人，没耐心。如今好了，主人还是主人，恶客登门，却不得不开门，气势凌人，不是道理的混账话，一退再退的龙洲道人，以至于一座清净小道观都只剩下间屋子的立足之地了，还是不得不听客人在说什么，小心揣摩，细细咀嚼。雪都化了，还要如履薄冰。”

刘茂笑道：“其实没有陈剑仙说的这么难堪，今夜挑灯闲谈，比起一味抄书，其实更能修心。”

陈平安收起游弋的视线，再次凝视刘茂，说道：“一别多年，重逢闲聊，多是咱俩的答非所问，自说自话。不过有件事，还真可以诚心回答殿下，就是为何我会纠缠一个自认蚍蜉、不是地仙的蝼蚁。”他突然伸手指了指刘茂，再指了指姚仙之，“问题出在当年的狐儿镇三皇子殿下，答案在黄花观的龙洲道人；问题在十四岁的姚家边军姚仙之，也在如今的京城府尹大人身上。”

刘茂说道：“只听明白了一半，恳请陈剑仙解惑。”

陈平安说道：“我都把话说到这个份上了，三皇子殿下就不能投桃报李，与我说几句敞亮话？”

刘茂倍感无奈。

陈平安抖了抖袖子，手指抵住书案，说道：“化雪之后，人心炎炎，哪怕救火不难，可在成功扑火之前，折损终究还是折损。而那扑火所耗之水更是无形的折损，是要用一大笔功德香火情来换的。我这个人做买卖，挣的都是辛苦钱，良心钱！”

刘茂无奈道：“陈剑仙的道理，字面意思，贫道听得明白，只是陈剑仙为何有此说，言下之意是什么，贫道就如坠云雾了。”

姚仙之第一次觉得自己跟刘茂是一伙的。

“刘茂，剑修问剑，武夫问拳，分胜负生死。技高一筹，赢了开心；技不如人，输了认栽。但是你要存心让我赔钱亏本，那我可就要对你不客气了。一个修道二十年的龙洲道人，参悟道经，误入歧途，结丹不成，走火入魔，瘫痪在床，苟延残喘，活是能活，至于一手妙笔生花的青词绿章，是注定写不成了。”

陈平安转过身去，拿起那支毛笔，微微蘸墨，开始在纸上抄写经文，顺着刘茂之前写的写下一行文字，分道散躯，恣意化形，上补真人，天地同生。

提笔之时，陈平安一边写字，一边抬头笑望向刘茂，随意分心，落字纸上，行云流水，缓缓道：“不过真要写，其实也行，我可以代劳。临摹文字，别说形似十分，就是神似八九分，都是不难的。画符也好，宝诰也罢，十年份的，二十年份的，今夜离开黄花观之前，我都可以帮忙。抄书写字一事，远在我练剑之前。”

刘茂苦笑道：“陈剑仙今夜造访，莫不是要问剑？我实在想不明白，皇帝陛下尚且能够容忍一个龙洲道人，为何自称过客的陈剑仙偏要如此不依不饶？”

陈平安将笔轻轻搁在笔架上，笑道：“这世道，人吓鬼，比鬼吓人还多。三皇子殿下，你觉得呢？”

一个不再是玉圭宗老宗主的姜尚真尚且要提醒自己多加小心韩绛树之流，何况一个即将成为文圣一脉关门弟子的山上宗主。陈平安这辈子在山上山下跋山涉水，最大的无形倚仗之一，就是习惯让境界高低不一、一拨又一拨的生死大敌小瞧自己几眼，心生轻视几分。哪怕今时不同往日，可什么时候说狂言、撂狠话、做骇人眼目心神的壮举，与什么人，在什么地点什么时候，得我陈平安说了算。仙人韩玉树不行，化名“陈隐”的斐然更不行。

刘茂显然在刻意压境，跻身上五境当然很难，但是如果刘茂不故意停滞修行，今夜他就该是一位有望结金丹的龙门境修士了。按照文庙规矩，中五境练气士是绝对当不得一国君主的，当年大骊先帝就是被阴阳家陆氏供奉怂恿，犯了一个天大忌讳，差点就能瞒天过海，结局却绝对不会好，会沦为陆氏的牵线傀儡。所以刘茂当下的这个观海境是一个极有分寸的选择：既是纯粹武夫，又早就有修道底子的三皇子殿下，堪堪跻身洞府境，太过刻意、巧合，若是龙门境，跌境的后遗症还是太大，如果表现出有望结成金丹客的地仙资质、气象，姚近之又会心生忌惮，所以观海境最佳，跌境之后折损不多，温补得当，够他当个三五十年的皇帝了。

姚仙之喝了一大口酒，用酒壶轻轻敲打膝盖，骂了一句娘，然后肩头一个歪斜，缓缓站起身，走到窗口推开窗户，抬头瞥了眼天色，说道：“陈先生，果然要下雨了。”

“以后要不要祈雨，都不用问钦天监了。”陈平安丢出一壶酒给姚仙之，笑道，“府尹大人帮观主去院子里边收一下晾在竹竿上的衣服，观主的道袍和两名弟子的隔得有些远，大概是黄花观的不成文规矩吧，所以叠放在正屋桌上的时候也记得将三件衣服分开。正屋好像锁了门，你先跟观主讨要钥匙，然后在那边等我，我跟观主再聊会儿。”

姚仙之从刘茂手中接过一串钥匙，一瘸一拐离开厢房，嘀咕了一句：“天宫寺那边估计已经下雨了。”

刘茂笑着摇摇头。这位府尹大人还是年轻，画蛇添足。高适真造访道观一事根本不值得在今夜拿出来说道。陈平安那几句鸡毛蒜皮言语带给刘茂的压力骤然消失。

姚仙之的恐吓，其实只是在提醒这位龙洲道人，大泉当真只有一个运道太好的姚近之，也只有一个再次路过的陈剑仙。

陈平安笑问道：“殿下这是觉得姚府尹很好笑？是觉得姚仙之当个瘸腿断臂的府尹大人可笑，还是觉得姚仙之在战场上活了下来，其实还不如早早给姚家祠堂添个灵位，更可笑？”

刘茂顿时心弦紧绷起来。下一刻，刘茂如腾云驾雾一般，然后双肩蓦然一沉，气机凝滞，一身灵气重如山岳，整个人不知不觉就坐在了椅子上。

陈平安一挥袖子，桌上那个已经空了的笔筒掠向刘茂，刘茂轻轻接住。这是个黄竹笔筒，浮雕有一幅古松隐逸高士图，是一件宫中旧物。

陈平安走向书架：“记得好像一国君主在每年正月里都会为一支金镶玉的御笔开封，用来辞旧迎新，这空笔筒是不是缺了什么？”

刘茂神色淡然道：“欲加之罪，何患无辞？陈剑仙，差不多就行了。既然如今形势在你不在我，打杀皆随意。”他一手捧拂尘，一手拿住笔筒，冷笑，“修了道法，哪怕尚未登堂入室，却有一事好，心如止水。陈剑仙今日拜访如果是为了打打杀杀，震慑人心，只管出剑便是，让贫道再次领教一番剑仙风采，好与两名弟子显摆一下。当然，前提是陈剑仙手下留情，打而不杀。”

陈平安环顾四周，从先前书案上的一盏灯火、两部经书，到花几菖蒲在内的各色物件，始终看不出半点玄机。陈平安抬起袖子，书案上，一粒灯芯缓缓剥离开来，灯火四散，又不飘荡开来，宛如一盏搁在桌上的灯笼。

陈平安在屋内随意散步之时，《黄庭经》和《灵飞经》便飘在身前，一左一右，自行翻书。

刘茂轻声感叹道：“陈剑仙如此疑神疑鬼，难怪能够成为如此年轻的剑仙。”

陈平安置若罔闻，双指并拢轻轻一抹，那两本已翻至尾页的经书便飘回书案缓缓落下。他笑道：“架上有书真富贵，心中无事即神仙。富贵是真，这一架子藏书可不是几枚雪花钱就能买下来的。至于神仙，就算了，我最多疑神疑鬼，殿下却肯定是心中有鬼……这本书不常见，竟然还是得到文庙许可的官本初版初刻？殿下借我一阅。”

陈平安将一本《天象列星图》收入袖中。涉及天象、地理两事的书籍都会被朝廷官府列为禁书,民间不可私藏。

陈平安在书架前停步,屋内无清风,一本本道观藏书依旧翻页极快。他突然用双指轻轻抵住一本古书,古书立即停止翻页。这是一套叫《鹖冠子》的善本,"言辞高妙"却"大而无当",书中所阐述的学问太过艰深晦涩,也非什么可以凭依的练气法门,所以沦为后世藏书家单纯用来装点门面的书籍。至于这部道家典籍的真伪,儒家内部的两位文庙副教主甚至都为此吵过架,还是书信频繁往来、打过笔仗的那种,不过后世更多还是将其视为一部托名伪书。

刘茂轻声叹息道:"哭泣同哀,欢欣相助,怪谍相止。"

陈平安嗤笑道:"不也教了你们君主南面之术,三皇子殿下怎么不学好?所以说,有钱人读书太多也不好,懂的道理越多,知道的道理就越少。"

陈平安突然沉默起来,因为他看到书架上还有《海岛算经》《算法细草》《数书九章》……他没想到刘茂竟然还是个痴迷术算一途的,瞥了某处图案几眼,只见满满当当的数字,把他看得云里雾里,可见刘茂功力不浅,比修行破境的本事高多了。

刘茂说道:"那几本书,不借。要是拿走,算你抢的,就更不用还了。"

陈平安抬了抬袖子,五六本术算典籍都落入囊中:"还,怎么不还?有借有还,再借不难。"

众多书籍的材质、文字内容,都看不出门道。陈平安还是不太放心,将刘茂那把拂尘驭到手中,掂量一番,再摇晃几下,最终将木柄一寸一寸捏碎。

刘茂板着脸:"不用还了,当是贫道诚心诚意送给陈剑仙的见面礼。"

陈平安将失去木柄的拂尘放回书案上,转头笑道:"不行,这是与三皇子殿下朝夕相处的心爱之物,君子不夺人所好,我虽然不是什么正儿八经的读书人,可那圣贤书还是翻过几本的。"

拂尘只是山下寻常物,已经碎去的木柄是如此,麈尾丝线也是。此物虽然不名贵,可到底是那位观主的心头好。

刘茂冷笑道:"陈剑仙过谦了,很读书人,当得起府尹大人的'先生'称呼。"

陈平安开始抬起手,轻轻拂过那些书,从一本本书当中随意炼字,同时说道:"倒是要感谢文庙禁绝山水邸报五年,不然如今我这名声算是彻底臭了。"

刘茂皱眉不已,道:"陈剑仙今天说了好多个笑话。"

陈平安缓缓而行,一个个文字被炼化撷取,又迅速消散在空中,随口问道:"我当年是不是说过,下一次见面,要你装作认不得我?"

刘茂摇头道:"忘了。"

"可能我记错了,是与刘琮说的。"陈平安点点头,"你还没有想明白,为何我会故意带上姚仙之?"

刘茂笑道："怎么，以陈剑仙与大泉姚氏的关系，还需要避嫌？"

陈平安打了个响指，天地隔绝，屋内瞬间变成一个无法之地。

刘茂大为错愕，出现了瞬间的失神。因为屋内出现了一个个青衫背剑客，神色各异，站在不同位置，异口同声，却是另外一个男子的嗓音："刘茂，你真是个扶不起的废物，早知道当时就该选择高适真。如果我是陈平安，或者陈平安的耐心不这么好，随意翻检你的魂魄跟翻书一样，那么你这会儿其实已经死了。"

刘茂欲言又止，只是瞬间就回过神，猛然起身，又颓然落座。

总算得到了答案。

陈平安收起笼中雀，微笑道："斐然兄真是半点不讲兄弟情谊和江湖道义。"

刘茂开始闭目养神，束手待毙。他确实有一份证据，但是不全。当年斐然在销声匿迹之前，确实来黄花观悄悄找过他一次。至于所谓的证据是真是假，刘茂至今不敢确定。反正在外人看来，只会是铁证如山。

刘茂突然睁开眼睛："真相如何，你猜得到？"

陈平安脚尖一点，坐在书案上，先转身弯腰，重新点燃那盏灯火，然后双手笼袖，笑眯眯道："差不多可以猜个七七八八，只是少了几个关键。你说说看，说不定能活。"

刘茂突然笑了起来，啧啧称奇道："你当真不是斐然？你们俩实在是太像了。越确定你们不是同一个人，我反而越觉得你们是同一个人。"

陈平安微笑道："咱们今夜没少聊闲话，可以说几句正经话了，殿下赶紧自救。"

刘茂却站起身，好像如释重负，大笑道："我如果完完全全听从斐然的安排，只要万一蛮荒天下打输了，重新丢掉了桐叶洲，我就该立即涉险逃离蜃景城，那么只要被我赶到那座重建的大伏书院，今天谁是阶下囚，就真不好说了。可惜我胆子太小，过于惜命了，修了道，反而怕死，如果是当年刚被囚禁那会儿，我会毫不犹豫就去赌命的，赌输了，无非丢了一条烂命而已，赌赢了，就可以为刘氏夺回这份江山家业。"

陈平安耐心极好，缓缓道："你有没有想过，如今我才是这个世上，最希望龙洲道人好好活着的那个人？"

刘茂点头道："所以我才敢站起身，与剑仙陈平安言语。"

陈平安一脸无奈："最烦你们这些聪明人，打起交道来就是比较累。"

刘茂一言不发，笑望向这位陈剑仙。

陈平安伸出一只手掌，示意刘茂可以畅所欲言了。

刘茂重新落座。事已至此，没什么好隐瞒的了，开始将斐然的谋划娓娓道来，说得极其详细。不是刘茂故意如此，而是斐然甚至帮他想好了大大小小数十个细节，包括如何安置某些"念头"，如何防止某位上五境仙人或是书院圣贤的"问心"。而且斐然明确告诉刘茂，一旦被术法神通强行"开山"，刘茂就会死，听得陈平安大开眼界。

陈平安一直竖耳倾听，只是插嘴一句："刘茂，你有没有想过一件事，比如中土文庙那边其实根本不会怀疑我。"

不等刘茂说话，陈平安就又说道："但这正是斐然的厉害之处。不着急，先等你说完，我再告诉你真相。反正在算计人心一事上，咱们这位斐大剑仙确实比你高了好几个境界。"

刘茂继续先前的话题。大致上，是大泉皇后姚近之联手藩王刘琮，派遣申国公高适真负责暗中串联近在咫尺的照屏峰妖族剑仙——癸酉帐斐然，再勾结驻扎在南齐京城的戊子帐，在桃叶渡达成盟约。两件契约信物，一件是大泉刘氏的传国玉玺，一件是文海周密的藏书印。而持印者，桃叶渡泛舟独行的青衫剑客，姓陈名平安，早在二十年前，此人就已经开始秘密铺垫这场谋划。

身为姚氏家主的兵部尚书姚镇不惜用十六万大泉刘氏精锐骑军、三十一万地方驻军的阵亡战死，暂时为家族赢得军心民心，作为姚近之称帝必须付出的代价。作为回报，此举会成为姚氏篡位的踏脚石，要以一座完好无损的蜃景城作为文海周密关门弟子周清高的观道之地，同时让蜃景城成为蛮荒天下设置在桐叶洲的陪都之一。

陈平安点头称赞道："真要给你办成了，老子就要一裤裆黄泥巴了。好个斐然兄，亏得我当年对他那么客气，就这么想要与我重逢啊。"

中土文庙为一个出身文圣一脉的年轻人专门昭告天下，解释澄清？只管解释去。文圣一脉从先生到弟子不是一个个孑然一身却能够力挽天倾吗？亚圣一脉在战事中，以婆娑洲醇儒陈淳安为首，却是毁誉参半，所以各大书院各大王朝不是要恢复文圣的文庙神位，位置还要高过亚圣吗？不是要将事功学问遍及天下吗？敢吗？只要是个有心人，难道不都会难免多想几分？退一万步说，勘验真相，比起看热闹起哄，哪个更轻松？尤其是陈平安以后的每个动作都会是引人侧目的一种风吹草动。更别提建立宗门，尤其是下宗选址桐叶洲了。所以对于陈平安来说，这笔买卖，就只有亏多亏少的差别。而此举最大的人心鬼蜮在于，哪怕先生文圣无所谓，二师兄左右无所谓，三师兄刘十六也无所谓，最希望文圣一脉能够开枝散叶的陈平安也最有所谓。而一旦陈平安有所谓，或者为之有所为，就会对整个文脉牵一发而动全身，上到先生和师兄，下到整座落魄山霁色峰祖师堂所有人。甚至这还会牵扯浩然天下与第五座天下的飞升城，更会重新扯起一场暗流涌动的"三四之争"。

总之这桩可有可无的买卖，斐然怎么都没亏。隐官大人万一真能够活着返回浩然天下，到时候亏多亏少，好像全看他的运气和造化了。所以这场"问剑"，早已重返蛮荒天下的斐然肯定不会输。

陈平安突然问道："当年桃叶渡，除了刘琮和高适真，就没有大泉王朝的外人了？"

刘茂摇摇头，忍不住笑了起来："就算有，斐然也不会告诉你吧。"

陈平安点头道:“有道理。”

刘茂说道:“至于什么藏书印、传国玉玺,我并不清楚如今藏在何处。”

陈平安双脚落地。藏书印?斐然你一个练剑的如此附庸风雅,莫不是又学我?

他突然记起方才翻看《鹖冠子》时,发现其《夜行》篇的一旁白处钤印有一枚私人印章,花鸟篆刻有“秉烛夜游者,小心火烛手”。那会儿陈平安误以为是刘茂或先前某位藏书人的钤印,就没有太过上心,反而觉得这篆文以后可以借鉴一用。此刻他又抽出那本书,翻到《夜行》篇,缓缓思量。

这不是个死局,甚至连问心局都算不上,因为陈平安轻易就能破局。

如果真是崔瀺的手笔,根本不会是这个线索明显的龙洲道人。准确说来,更像只是同道中人的斐然在离开浩然天下重返家乡之前送给隐官大人的一个临别赠礼。设身处地,陈平安觉得自己一样会为斐然来一场“接风洗尘”,恶心人不偿命。

斐然显然是押注陈平安只要返乡就会直奔落魄山,他也没有算到文庙会禁绝山水邸报,不然刘茂早就通过散布山上消息让自己立足于不败之地了,不但可以活命,甚至会得到大伏书院的庇护,在真相水落石出之前,刘茂都会性命无忧,伸长脖子给姚近之杀,大泉女帝都不敢动手。只不过刘茂终究是小觑了斐然的算计,所以始终都不清楚陈平安是剑气长城的最后一任隐官,更不清楚陈平安是文圣一脉的关门弟子。

斐然自然也不是要陈平安的性命,可能是不太想,也可能是想但做不到,所以他只是借助浩然天下的人心,在一个“名”上针对陈平安,动点手脚。桐叶洲所有对大泉眼红的复国之王朝,以及大泉王朝内部所有对姚氏女帝心怀不满的读书人,以及浩然九洲所有看热闹不嫌事大的山上修士,甚至是亚圣一脉的儒家子弟,都会有意无意地推波助澜。

陈平安双指抵住钤印文字处,轻轻抹去痕迹,然后搓了搓手指。

竟有一阵清风拂起,印泥碎屑出现一连串的文字,每个文字刚刚现世便倏忽消逝,陈平安哪怕瞬间就重新祭出笼中雀,依旧未能挽留那些文字,显然斐然是用了独门秘术,并且将剑气蕴藉其中。

刘茂已经被陈平安禁锢魂魄,所以未能看到一个字。

这些文字,差不多算是一封信,开篇很是温情:“隐官大人,一别多年,甚是想念。”

然后就有些杀机四伏了:

“竟然能见此信,隐官大人可谓天纵奇才,当之无愧。更让我佩服之事,还是以隐官大人如今的境界之高,依旧愿意在水不没膝的浅水烂泥塘,耐心极好,见微知著,谨慎依旧。斐然在此由衷预祝落魄山下宗选址桐叶洲一事,开门大吉,始终顺遂。

“先前替你故地重游,大有物是人非之感。你我同道中人,皆是天涯远游客,难免物伤其类,故而临别之际专程留信一封。

“书页当中为隐官大人留下了一枚价值连城的藏书印，刘茂不过是代为保管而已，凭君自取，作为赔礼，不成敬意。至于那方传国玉玺藏在何处，以隐官大人的才智，应该不难猜出，就在刘琮某处神魂当中，我在这里就不故弄玄虚了。”

倒数第二句：“我是甲申帐木屐，希望以后能够在蛮荒天下与隐官大人复盘问道。”

一枚印章从《夜行》篇当中如水落石出般缓缓浮现，好像是担心陈平安不去触碰，印章开始自行旋转起来，好让隐官大人将那些篆文看得真切。

陈平安瞥了一眼印章，脸色阴沉。边款篆文颇多，为“手积书卷三百万，天寒地冻我自娱。他年饱餐神仙字，不枉此生作蠹鱼”，底款为“饥不果腹老书虫”。

他娘的，是那个号称藏书三百万的文海周密的一枚私人藏书印！

这封书信的最后一句，则有些莫名其妙：“为他人秉烛照亮夜路者，易伤己手，自古而然，悲哉君子。今日持印者亦然，隐官大人小心飞剑，三、二、一。”

天宫寺，大雨滂沱。

高适真低头看着纸上那个大大的“病”字，以笔锋极其纤细的鸡距笔横抹而出，反而显得极有气力。他叹了口气，轻声道：“当年在山上，我与那个年轻人寻仇，你为何始终藏掖不出手？这就罢了，后来在桃叶渡，那个青衫背剑客独独对你刮目相看，好像还有些忌惮，就更加验证了我心中所想，你绝对不是什么金身境武夫。所以这些年来，我其实一直对你怨气不小。”老人抬起手，揉了揉枯瘦脸颊，“只是生气归生气，知道说开了，像个三岁孩子耍气性，非但没用，反而会坏事，就忍着了。总不能两手空空，除了个祖传的大宅子，已经什么都没了，到头来还失去一个能说说心事的老朋友。”

裴文月点头道：“看出来了。这些年，我其实一直在等老爷问这个问题。”

高适真抬起头，极有兴趣，问道：“答案呢？”

结果老管家来了一句：“没什么可说的。”

老国公爷愣了半天，哈哈大笑，竟是也不再询问此事，有些感伤：“记得我们第一次见面就是在这天宫寺，那会儿你我都还年轻。如今我老了，你呢？”

裴文月说道：“不好说。山上山下，说法不同。如今我在山下。”

高适真点点头，抬起笔，轻轻蘸墨。

裴文月想了想，瞥了眼窗外，微微皱眉，然后说道：“老话说一个人夜路走多了，容易撞见鬼。那么一个人除了自己小心走路，讲不讲规矩，懂不懂礼数，守不守底线，就比较重要了。这些空落落的道理，听着好像比孤魂野鬼还要飘来荡去，却会在某个时刻落地生根，救己一命。比如当年在山上，如果那个年轻人不懂得见好就收，决意要斩草除根，那他就死了。就算他的某位师兄在，可只要还隔着千里，一样救不了他。”

高适真有些意外，一手卷袖准备落笔抄经，抬起头：“老裴，你这样的一个人，怎么乐意在一个小小国公府待着当下人?”

裴文月答道:“一趟远游,出门在外,得在这蜃景城附近完成与别人的一桩约定。我当时并不清楚到底要等多久,总得先找个地方落脚。国公爷当年身居高位,年纪轻轻,有佛心,我就投靠了。”

高适真大笑不已:“我有佛心? 老裴啊老裴,你什么时候学会说笑话了?”

裴文月摇摇头:“一个钟鸣鼎食的国公爷,一辈子根本就没吃过什么苦,当年见到你,正是意气风发的岁数,却始终能把人当人,在我看来,就是佛心。有些事情,正因为老爷你不在意,觉得天经地义,自然而然,外人才觉得难能可贵。所以这么多年来,我悄无声息地替老爷挡住了很多……夜路上的鬼。只不过没必要与老爷说这些,说了,便是个不定禅,有系舟,我可能就需要为此离开国公府,而我这个人一向比较怕麻烦。”

高适真疑惑道:“老裴你不是纯粹武夫,而是深藏不露的练气士吧?”

裴文月破天荒扯了扯嘴角,好像在会心而笑,给出一个答案:“我其实用剑,剑术还行吧。”

高适真问道:“有无上五境?”

裴文月依旧说话含糊:“老爷这话就问得俗了。”

高适真神采奕奕:“是否剑仙?”

裴文月摇头道:“用剑之人,江湖行走,剑客而已。其实我也算不得什么山上人。”

高适真知道这个老裴是注定不会泄露身份了,于是转去问道:“姚近之又没有修行,为何能够如此驻颜有术?”

裴文月说道:“她姑姑,那个曾经在边境当客栈掌柜的姚九娘,其实是浣溪夫人,一只九尾天狐。而姚九娘的最根本一尾,其实就是姚近之。”

高适真恍然大悟:“如此说来,她和宝瓶洲的赊月都是中土文庙的一种表态了。”

裴文月突然站起身,打开屋门,拿起那把油纸伞,好像要出门去。但他就只是站在门口,透过雨幕遥遥望向蜃景城方向。

好像是蜃景城那边出现了变故,让裴文月临时改变了想法:“我答应某人所做之事,其实有两件,其中一件就是暗中护着姚近之,帮她称帝登基,成为如今浩然天下唯一一位女帝。此人为何如此,他自己晓得,大概就算是天晓得了。至于大泉刘氏皇族的下场如何,我管不着。甚至除了她之外的姚家子弟,起起伏伏,还是那么个老理儿,命由天作,福自已求,我一样不会插手半点。不然老爷以为一个金身境武夫的磨刀人,加上一个金身破碎的埋河水神,当年真能护得住姚近之?”背对着申国公的裴文月摇摇头,“就算姚近之藏有后手,与那玉圭宗关系极大,但是她那会儿终究羽翼未丰,心性不够,手腕不够狠辣,只会被伺机而动的刘茂黄雀在后。当年在桃叶渡,陪着老爷去见那个……陈隐,他以心声与我聊过几句。我答应了他一件事,他护住蜃景城和姚氏,押注以后某个人会不会画蛇添足，自找麻烦。现在看来，一个人太过聪明了，果然……有病。当然，这些都是那个陈隐的算计，所谓的画蛇添足，我看未必。不过对我而言，是无所谓的事情，反正不是杀人。”

高适真脸色微变。难怪刘茂在当年那场滂沱夜雨中没有里应外合，而是选择袖手旁观。一开始他还以为刘茂在兄长刘琮和姚近之之间两害相权取其轻，刘茂担心就算扶龙成功，事后落在刘琮手上，下场也好不到哪里去，所以才选择了后者。如今看来，是时机未到？

裴文月神色淡漠，但是接下来一番言语，却让老国公爷手中的那支鸡距笔不小心甩了一滴墨汁在纸上：“夜路走多容易撞见鬼，老话之所以是老话，就是道理比较大。老爷没想错，一旦她的龙椅因为申国公府而岌岌可危，老爷你就会死的，更何谈一个鬼鬼祟祟不成气候的刘茂。但是国公府里边依旧有个国公爷高适真，神不知鬼不觉，道观里边也会继续有个痴心炼丹问仙的刘茂，哪天你们俩该死了，我就会离开蜃景城，换个地方，守着第二件事。”

裴文月摇摇头，微笑道：“那刘茂，当皇子也好，做藩王也罢，这么多年下来，他眼中就只有老爷和少年。我这么个大活人，好歹是国公府的大管家，又是明面上的金身境武夫，他依旧是要么装没瞧见，要么看见了还不如没看见。我都不知道这么个废物，除了投胎的本事好些，还能做成什么大事。那个陈隐选择刘茂，恐怕是故意为之。现在的年轻人啊，真是一个比一个脑子好使，心机深沉了。”

高适真抬起头，借着桌上灯光，竭力凝神定睛望去，看着那个越来越陌生的老管家，只有一个晦暗不明的背影。

哪怕裴文月打开了门，依旧没有风雨落入屋内。一年到头都不苟言笑的老人，今夜起身前，始终坐姿端正，不会有半点僭越姿态，气息沉稳，神色平淡，哪怕是这会儿站在门口，依旧像是在拉家常，是市井富裕门户里的一个忠心耿耿的老奴在跟自家老爷聊那隔壁邻居家的某个孩子没什么出息，让人瞧不起。

高适真突然释然，笑道：“强者擅长谨慎认可，弱者喜欢盲目否定。”

裴文月点点头：“老爷这句话说得不俗。天底下自以为是的聪明人都喜欢拿一杀万，玩儿呢？”

高适真犹豫片刻，深吸一口气，沉声问道：“老裴，能不能再让我与那个年轻人见一面？”

裴文月摇头道：“多劝一句，老爷还是死了这条心吧。”

高适真脸色惨然：“为何？”

“他不是个喜欢找死的人。就算老爷你见了他，一样毫无意义。”裴文月道，“那个年轻人成长极快，如今变成了很多走夜路之人容易撞见的……鬼。运气好，双方擦肩而过；运气不好，就撞见了。比如今夜的刘茂。”

天底下最大的护道人终究是每个修道人自己，不但护得最多，而且护得最久。除道心之外，人生多万一。

神仙难救求死人。

高适真依旧死死盯住这个老管家的背影。

裴文月说道：“有句话我忘记说了，那个年轻人比老爷你的平常心更长久。再容我说句大话，剑客出剑所斩，是那人心鬼蜮，而不是什么简简单单的人或鬼。如此修行，大道太小，剑术自然高不到哪里去。只不过……”他说到这里，不再言语。

高适真在这一刻，呆呆望向窗外：“老裴，你还要做的另一件事，能不能说来听听？如果坏了规矩，就当我没问。”

“可以讲。”裴文月点头道，“我在等我的一个不记名弟子重返蜃景城，再按照约定，将我所学剑术倾囊相授。”

“当年那个姿容俊美的外乡贵公子？”

“直接说男不男女不女就是了，那孩子长得确实好看。”

“如果我没有记错，当年在府上，那人一登高远眺就双脚站不稳。这样的人，也能与你学剑？对了，那个姓陆的年轻人到底是男是女？”

“难说。”

高适真听到这两个字，神色无奈，摇摇头：“你们这些山上人啊，到底是怎么回事？”

“那家伙的其中一个师父，大概能解答老爷这个问题。”

“我大概是等不到了吧。”

裴文月不再言语，只是点点头。山上修士随便闭关打个盹，山下人间兴许稚童已白发了。

高适真突然发现老管家抬起持伞之手轻轻一抹，最终一把油纸伞就只剩下了一截伞柄。他站起身，来到屋门口，轻声问道：“这是？”

裴文月说道：“递剑。”

雨幕依旧，寺庙依旧，京城依旧，道观依旧，皆无任何异样。只是黄花观的一侧厢房内，陈平安同时祭出笼中雀和井底月，同时一个横移，撞开刘茂所在的那把椅子。然后陈平安稍稍歪斜，整个人瞬间被一把剑穿破腹部，抵在墙壁上。

陈平安面无表情拔出那把剑，竟然就只是一把伞。

都不用陈平安用剑气或是拳意将其震碎，那把伞柄长剑自行消散化作齑粉。

陈平安身形一闪，循着一丝剑气痕迹，缩地山河，快若奔雷，直奔京城之外的天宫寺。

在陈平安赶到之前，就已经有一个白衣少年破开雨幕，转瞬即至，大怒道：“终于给我找到你了，裴旻！好好好，不愧是曾经的浩然三绝之一，白也的半个剑术师父！”

化名裴文月的老管家看着那个白衣少年，早已向前跨出数步，走出屋子，隔绝天地，摇头道：“半个而已，何况青出于蓝而胜于蓝。”

崔东山跳起来就是一口唾沫：“不然我来送死啊，嗯？呀？哦？老王八蛋，敢偷袭我先生，活腻歪了不是？他娘的，知不道老子的师伯是谁？专程在海上找了你一百年的左右左大剑仙！晓不晓得老子还有个师伯是谁？刘十六！白也的至交好友！快给老子跪下磕头认错……”

浩然天下的老皇历，曾有三绝：邹子算术，天师道术，裴旻剑术。除了龙虎山天师府依旧凭借历代大天师的道法屹立于浩然山巅，其余两人早已不知所终。

崔东山突然闭嘴，神色复杂。先生已经炼化龙君那一袭灰袍作为剑鞘，而剑鞘所藏之剑是以四大仙剑之一太白最为锋芒的一截剑尖炼化为长剑。

礼尚往来，同样是打破对方一座小天地，一剑破开天幕，直接问剑裴旻。

第五章

山不转水转

再无雨水扰人，静谧小天地中，裴旻和崔东山的头顶夜幕率先出现了一粒如日悬空的白光，然后一条雪白剑光划拉而下，虽然极其纤细，声势却如一条壮观瀑布从天上倾泻人间。

裴旻的剑气小天地一破而开，四周天地屏障如一面琉璃镜被人猛然摔地，瞬间就崩碎四散开来。滂沱大雨重新倾盆而落，天宫寺的雨幕依旧春雷震动，电闪雷鸣，声势惊人。

裴旻一身黑衣，崔东山身穿白袍，虽然没有雨水近身，但是每一次雷电交织，都清晰映照出两人位于禅房外的身形。

未见剑仙，剑光先至。

一袭青衫飘然落地，站在天宫寺的山门外，一手持剑，一手轻轻抵住腹部伤口，神色淡然道："东山，退回来。"

崔东山赶紧应了一声，一个蹦跳，一个落地，就直接退出天宫寺，站在了先生身旁。

先前他是故意一语道破裴旻身份的，嗓门不小，自然是希望先生在赶来的路上能够听在耳中。一场夜雨，问剑天宫寺，最好稍稍讲究个分寸，与裴旻在剑术上分出胜负即可，不要轻易分生死，哪怕气不过，真要与这老家伙打生打死，也不着急这一时一刻的，必须先余着。只是没想到这个裴老贼竟然看穿了他的心思，早早以剑气造就一座小天地，隔绝了他的传信。所幸先生只是一剑打破裴旻的剑术天地，并未直接在寺内切磋剑法，那么他就不多说什么了。先生做事，确实极有分寸。

陈平安轻轻抖了个剑花，丝丝缕缕的剑气，流光溢彩，如有人手持一盏灯笼夜游古寺，所有剑气带起的剑光最终却被束缚在剑尖。陈平安抬起一手，递掌向前，一步后撤，脚尖脚跟凌空："你我不如问剑在外，免得打搅国公爷抄经。"

崔东山忍不住小声提醒道："先生，这个老家伙姓裴名旻，就是中土神洲的那个裴旻，教过白也几天剑术的。点子硬，很扎手，千千万万小心些。方才我一口气搬出了两位师伯、一位人间最得意，都没能吓住他。"

崔东山依旧言语无赖，只是极少如此神色凝重。如果今夜只是裴旻与先生各换一剑，会点到即止，崔东山就不多说什么了，可是看先生神色，再看那裴旻的气象，都不像是各报名号然后各回各家的江湖架势。

在浩然天下专门记载那剑仙风流的老皇历上，曾经象征着人间剑术最高处的裴旻正是左右出海访仙百余年的原因之一。不与裴旻真正打上一架，分出个明确的第一第二，什么左右剑术冠绝天下的说法，都是虚妄，是一种完全不必也不可当真的溢美之词。

陈平安隔着长达数里的漆黑雨幕凝神屏气，收拢众多繁杂的心念，盯住裴旻：他藏得可真深，当年自己竟然半点都没往旁处、高处想，始终只当是一个申国公的贴身扈从。难怪能跟那个斐然搅和到一块去，原来是同道中人。

陈平安此刻不敢有丝毫视线偏移，依旧是在问拳先听拳，细致观察裴旻的气机流转，微笑道："扎不扎手，先生很清楚。"

不扎手，也不会被一把伞剑先破笼中雀小天地，再钉在墙壁上。若非被陈平安一拳砸中，那把伞就该是往心口上戳去了。

以伞作剑，此剑竟然好似一位仙人的一步跨越山河，毫无征兆地从天宫寺出现在黄花观的厢房窗外。陈平安当时确实有点措手不及，情急之下，只好以负伤为代价，救下那把伞剑真正想杀的龙洲道人。陈平安很清楚，定是自己那把笼中雀，招来了远在天宫寺的裴旻的注意。

一把本命飞剑笼中雀，唯一的麻烦就在这里。与人厮杀在一个小天地当中，陈平安能够占尽天时地利，再配合一把剑化千万的井底月，便得人和。但是笼中雀一旦现世，对于置身战场之外的上五境修士而言，本身就是一种极大的震慑和提醒，当真就像是夜幕当中有人秉烛夜游，一盏烛火的明暗，打招呼的声响大小，全看上五境修士的眼力和耳力好坏了。所以陈平安在黄花观内并未完全施展笼中雀的本命神通——对付一个尚未成地仙的观海境观主，太过大材小用。

裴旻一言不发，一步跨出，随手一抓，雨水与自身剑气凝为一把无鞘长剑，碧绿莹然，光如秋泓。陈平安那只虚抬未曾落地的右脚随之结结实实踩在道路泥泞中，裴旻身形出现在十数里之外的山野，陈平安如影随形。

在这之前，陈平安以心声与崔东山言语，交代了一件事。

天宫寺和蜃景城某些境界够高的练气士，就感觉到有两道撕开夜幕长达十数里的璀璨剑光，仿佛两条游弋高空的蛟龙，最终一闪而逝，消失在两处对峙山巅。

在那之前，更有一道气势如虹的剑光划破天幕，如刀切豆腐一般，轻轻松松就切开了天地雨幕。剑气极长也极近，分明就是起于蜃景城，落在了京城外的天宫寺方向。无论是双方展现出来的剑气，还是那份浩大剑意，都让蜃景城一小撮侥幸感知到此事的地仙倍感惊悚，一个个心神摇曳，要么开始捻诀敛息，藏身自保，要么匆匆将嫡传喊到身边，披上法袍，符箓结阵，如临大敌，让那些年轻谱牒仙师一个个脸色惨白，误以为又有一场妖族作祟的灭国大战即将开启。

还有几位见势不妙的地仙，凭借大泉礼部颁发的关牒信物，匆匆忙忙御风离开了蜃景城，朝那两处京畿山巅相反的方向一路远遁，怕就怕两位不知名剑仙的倾力出剑，一个不小心就会殃及整座蜃景城的池鱼。不谈城池割裂碎如纸篾，凡夫俗子身魂尽碎，只说那沛然剑气混淆城中灵气，便是大火烹煮无数练气士的处境。油锅之内，管你是鱼是龙，下场都不会太好。

一把笼中雀，一个小天地，笼罩住两座山头相隔数里的对峙双方。

裴旻沦为一只笼中雀，面对一位当家做主的“老天爷”，对方还是一位剑仙，依旧浑不在意，反而饶有兴致，再次看了眼那个年轻剑修手中长剑，觉得很熟悉，又有些陌生——到底是一把不再完整的仙剑太白了。

裴旻沉默之余，一直在细细感知四周天地的剑气流转。天地有序，星罗棋布，万象森严。好个剑气小天地，已经有了一份无漏的大道雏形。老人轻轻点头，毫不掩饰自己的赞赏神色，终于开口说了第一句话：“好佩剑，好飞剑，都要珍惜。”

选择此地作为出剑处，两山对峙，相隔不远却也不近，是裴旻有意为之，就是想要试探一下这个年轻剑修的小天地到底能够涵盖多大的真实天地。京城黄花观那边，显然是这个陈平安在藏拙，说不定先前连那腹部挨了一剑给钉入墙壁都是一种示弱。

双方不再言语，问剑只在剑术上，裴旻也就不再客气。

两山对峙的天地高空处，两道剑光在天地间一记磕碰，出现了一个略微倾斜的“一”字。看似是各自递出一剑，陈平安先行出手问剑，裴旻就好整以暇地以剑接剑，最终双方剑光极有默契地落在相同处。事实上，裴旻与陈平安是一瞬间各自出剑十二次，一次比一次更快，剑气更重，但是剑光轨迹都保持在第一剑的路线之上。裴旻依葫芦画瓢。

剑光消散，双方剑意余韵依旧无比浓厚，充斥天地八方。陈平安不再出剑，身形也不见了。裴旻依旧纹丝不动，心中微微讶异：这门剑术颇为不俗，气象很新，竟然能够不断叠加剑意。只不过十二剑是不是少了点，若是能够积攒出二十剑，自己说不定就需要稍稍挪步了。

剑光来势如雷电，去势也快，两剑共同写就的那个“一”字却足够斩杀数位被天地压胜的元婴地仙了。

裴旻手腕一拧，剑光一闪，随便一剑递出，身侧方向有凌厉剑光横切天地，将一道无声无息的隐蔽剑气打散。

先前一剑光彩夺目，但是裴旻出剑极其精准，剑气刚好相互抵消，只存剑意。但是这一剑来时悄然，被裴旻一剑拦阻后，却声势浩大，剑气粉碎四溅如一场滂沱大雨，大地之上的山林间出现了数以万计的细密沟壑，剑痕遍布山上山下。一条山林溪涧好像被纵横交错的双方流散剑气同时切割成数百截横竖不定、大小不一的水田。

裴旻看了眼手中雨水所凝长剑，剑身已经断为两截。终究只是寻常物，到底不如那把以太白剑尖炼化的古怪长剑来得锋锐无匹。

只是两截断剑被剑气牵引，自行缝补如初，重新变成一把剑光清亮的莹然长剑。如果不是为了表明剑修身份，以裴旻的境界，根本无须展现出持剑姿态。

裴旻有些好奇，天地间何物能够炼化太白剑尖？一大块斩龙台勉强可行，但是过于笨重，何况品秩也不够高。而且太白剑尖哪里还需要凭借斩龙台去磨砺，这就跟一位飞升境大修士还需要几枚雪花钱去添补人身小天地的灵气湖泽一般。

裴旻说道：“再让你出一剑，三剑过后，再来接我三剑，接得住就不用死。”

他说完就突然笑了起来，心想：年轻人这就有些不厚道了。因为小天地当中，如清明节有人上坟撒黄纸一般，约莫有一千八百张黄纸符箓飘飞。陈平安倚仗“天时在我”，刹那之间就以剑气一一为其点睛，符胆天幕犹如悬挂一条星河，然后一个骤然下沉，只是剑气符箓之间相互牵引，如一幅落笔繁密的钦天监星象图。

陈平安身形隐匿在一处，以心意驾驭那剑阵狠狠砸向山巅的持剑老者。

他其实就站在裴旻所在山头的山脚，只不过天地有别，咫尺天涯，身在笼中雀中，距离远近，不可以常理揣度。其实只要陈平安胆子够大，都可以站在裴旻身边，事实上却会相隔千百里。但是陈平安还是担心，万一裴旻察觉到了蛛丝马迹，不去管那剑阵，莫名其妙就找到了自己的藏身之地，选择一剑破万法，开天地，无视光阴长河，瞬间压制住笼中雀，而山巅山脚这份间距，陈平安也有避让一剑的余地。

与此同时，陈平安始终古怪行事，预留了几个心念在别地数处，好像一个个虚无缥缈的远游阴神，躲在幕后“凝神”观察裴旻的出剑，断定裴旻能够凭借这点细微“心念涟漪”，然后递出下一剑却落空。

如果不是被宗师喂拳多了，在剑气长城又见多了剑仙，不然任何一个寻常剑修，光是面对裴旻这个名字，都不用裴旻真正递剑，就会不由自主地道心失守几分。就像一个练气士跑去跟龙虎山大天师切磋雷法，难免心虚，除非是符箓于玄和火龙真人。

裴旻一手负后，持剑之手轻轻震碎手中雨水长剑，一挥袖子，雨水剑气四散，以自己所立之处为圆心铺开，横向隔绝那个年轻人的小天地。剑气流散如湖水涟漪阵阵，最终出现一面巨大镜面搁放在人间。裴旻随手就将笼中雀小天地上下一分为二，绝天地神通。

虽然已经找到了那个年轻人的真正藏身之所，只是先前说了先领三剑，裴旻还不至于出尔反尔，就故意当是毫无察觉，看着那剑符结阵与剑气镜面相互间再问一剑。

又是一门比较新颖的剑术，就是过于花哨了点。符纸底子太差，使得符箓品秩高不到哪里去。虽然其中十数种符箓连裴旻都猜不出大致的根脚，但这剑符大阵也还是属于瞧着好看那类，意思不大。

又不是战场，剑修之间的捉对厮杀一味求大求全，那个年轻人到底图什么？是不是太不珍惜最后一次出剑机会了？还是说年纪太轻，剑术造诣，技止于此？

星河坠地，湖面抬升，两者撞在一起。

在剑气长城，剑修齐狩其中一把本命飞剑跳珠有望成为仙兵品秩，一旦齐狩的剑意和灵气能够一口气支撑起三千六百把跳珠，齐狩就能够验证那位白玉京道家圣人的大吉谶语——“坐拥星河，雨落人间”。

当年在城头，陈平安就以符箓主动为齐狩的这把飞剑增添攻伐威势，以剑与符结阵，花点钱，就好像能为飞剑白白多出一桩本命神通。

在一次次乘坐渡船远游途中，陈平安除了小心翼翼炼太白剑尖为剑，炼化那团灰袍棉布为剑鞘，精心打造出一把佩剑，画符和练拳也没有片刻懈怠。因为承载大妖真名的缘故，陈平安始终被浩然天下的大道压制，故而他的拳是醒也练睡也练，剩下的画符一事就成了炼剑之外的重中之重。本来陈平安是打算将这座符箓剑阵作为见面礼送给正阳山或者清风城的。

一处预留山巅原地的心念，飞剑初一突兀现身，急急掠去，剑光一闪，直指对面山顶的裴旻。另外一处宛如阴神出窍的心念，一把有雷电萦绕的飞剑却是长掠去往裴旻的东北方位。第三处心念隐匿地点，飞剑如一枚松针划破长空，从裴旻身后赶往山顶，剑尖指向老人后脑勺。

不但如此，那座星河剑阵与剑湖只撞碎了半数，天地倒转，一幅山河画卷就像被人随意翻转出褶皱，半数星河剑阵直接从天地远方浮现，看似极其遥远，再一个灵巧鱼跃，缩地山河，与那伞柄如出一辙，铺天盖地，瞬间就将裴旻笼罩其中。

面对半座星河剑阵和三把本命飞剑，裴旻只是单手掐剑诀。但他也不再刻意拘着一身磅礴剑气，山顶之上，剑气之盛，如一轮大日蓦然跳出东海到人间高处，剑光刺眼，轰然扩大。

星河剑阵被一冲而碎，果然，那把好像跑错了方向的雷电交织的飞剑是真的跑错了，并未近身。两把剑尖分别指向裴旻心口、后脑的飞剑，其中那把剑光雪白的是障眼法，一闪而逝，去往别处，唯有那把好似细微松针的飞剑，的的确确，不知死活地靠近了山巅，不改路线轨迹，结果一头撞入那剑气光亮当中，如一颗钉子嵌入墙壁。

裴旻驾驭剑气，双指并拢，将那把飞剑稳固在原地，无奈摇头：果然是俱芦洲恨剑山的一把剑仙仿剑。裴旻心中不再疑惑，因为那把名为古翠的剑仙本命飞剑，也就是指尖这把飞剑的所仿飞剑真身，当年就是被他亲手一剑斩碎的，所以今天见到这把飞剑，裴旻才会有些古怪。

飞剑松针微微颤动，裴旻笑了笑，微微加重手指力道，将其粉碎：古翠没就没了，不该因为一把仿剑沦为后世笑谈。再将那崩碎的剑意剑气重新凝聚，好似古翠重见天日。裴旻说道："第一剑，接好了。"

裴旻所在山头已经荡然一空，都被那座星河剑阵撞烂了。老人悬空而停，将天地间仅剩的一点残余灵气再次凝为一把长剑。第一剑，不过是学那剑仙最喜欢的飞剑取头颅，其实比较含蓄，可手中第二剑只要递出，力道就会稍微大一点了。

这个被一把飞剑神通拘押起来的小天地已是渐渐趋于一个最为针对练气士的无法之地。先前陈平安叠剑十二为第一剑，不是不知天高地厚，要吓唬一位曾经独占浩然剑术鳌头的前辈，也不是炫弄剑术，而是要用最快的速度耗尽小天地的灵气。至于为何不是凭借老天爷身份，一祭出飞剑就鲸吞灵气，还是谨慎使然。在裴旻看来，这是明智之选，不然陈平安就会先主动吃裴旻一剑。裴旻不介意一道精粹剑意在年轻人的人身小天地内循着经脉驿路游山玩水，见门敲门，涉水蹚水，转瞬游弋个千百里路途。

作为山上四大难缠鬼之首的剑修，再眼高于顶，也不得不承认，剑修终究还是练气士，一样需要天地灵气，厮杀之时，尽量会先用身外天地的既有灵气。

而裴旻也到底不是那位传授过几手剑术的人间最得意，老人既没能合道十四境，也无法学那白也，心中诗篇不用尽，天地灵气就会源源不竭。裴旻一直很可惜白也不是真正的剑修，只是持剑太白却没有温养出一把本命飞剑，不然裴旻不觉得那个心比天高的文海周密能够得逞。

山脚处的陈平安一闪而逝，天地间如有松涛阵阵，一抹仿佛凝聚了天下青松全部古意的苍茫剑气先是出现在山脚，然后开始跟随随意跨越天地山河的陈平安。暂时成为裴旻飞剑的古翠如临阵倒戈一般，按照老者的心意所指，一次次倏忽现身，神出鬼没，始终跟随陈平安的缩地山河，有几次甚至还未卜先知，早于陈平安抵达落脚点，如果不是陈平安同样未卜先知，就要主动一头撞上那把飞剑，自己寻死一般。最终，从松针碎为古翠的飞剑与初一撞在一起，后者剑身极为坚韧，只是剑尖磨损，前者却已崩散。但这却是飞剑初一跟随陈平安远游至今，第一次受损如此严重，剑尖几近折损。

咦，年轻人这么快就看破了真相，知道为何会被一把飞剑追着跑了千万里？裴旻微微讶异，突然转身随手递出第二剑。

陈平安竟然舍弃那把长剑不用，只以剑鞘作剑，一剑遥遥劈斩而下。

裴旻不得不稍稍眯起眼，互换一剑。二人剑术，大道至简。一人竖剑，剑光直下。一人横剑，剑光如山岳横亘。

裴旻手中剑碎，但是身形依旧丝毫不动。这一剑，气力不弱啊，不太像是个玉璞境的剑修，都可以搬动一座与山水气数牵连的小国山岳了吧。

裴旻也懒得继续凝气为剑，双指并拢作剑，往一处轻描淡写般轻轻一戳。

他是真的有点烦了。年轻人手段太多，心思太细，让这场问剑显得太不爽利。递三剑，接三剑，然后一个倒地不起，生死全部听天由命，不就完事了？

裴旻身后山头，躲无可躲的一袭青衫被迫现出身形，右手攥紧剑鞘，左手双指抵住剑鞘一端，被剑光撞击，人与剑鞘一路向后倒滑。

剑光太过迅猛沉重，如一记铁锤擂白纸鼓面，最终陈平安仍是两条胳膊往身前弯曲一靠，手腕、胳膊、肩头皆有一连串清脆碎裂声响起。剑鞘狠狠砸在陈平安胸口，一袭青衫向后倒飞出去，仍是伸手一抓，山巅处的太白剑尖所炼长剑回归剑鞘，以此抵消那道剑光的后劲。剑光炸开，一件青衫法袍破碎不堪，年轻人一张脸庞，尤其是双手，更是渗出无数条细密血痕。

陈平安终于止住一退再退的身形，左手持剑鞘，拇指抵住剑柄，身形佝偻，本该握剑的右手依旧捂住原本已经止血的腹部伤口，鲜血从指缝间渗出。

剑心止水，拳意巍然，也算是一个山水相依的古怪格局。一个能够将止境武夫宏大拳意融入剑术的剑修，确实不常见。

裴旻完全没有乘胜追击的意图，因为毫无必要。好歹给这个年轻人一个喘气的机会。

不愧是位底子极好的止境武夫，体魄坚韧异常，加上又是能够天然反哺肉身的剑修，还喜欢身穿不止一件法袍，擅长符箓，精通一大堆不至于完全不实用的花哨术法……又是个不喜欢自己找死的年轻人，难怪能够成为数座天下的年轻十人之一，还能凭外乡人身份担任剑气长城的隐官。一般人对上了，难杀不说，还很容易就会阴沟里翻船。关键这小子是个吃过一次亏就长记性的，竟然明白了自己为何那么容易找出踪迹——是那把太白剑尖炼化而成的长剑让陈平安露了马脚。此剑剑意太重，裴旻作为一位登顶浩然剑道之巅的老剑修，自然对白也的剑术和佩剑太白不陌生。

先前那白衣少年在天宫寺禅房外应该与陈平安提及过自己的身份，为了不占便宜，方才祭出飞剑，自己有意压在了仙人境。年轻人将错就错，故意分开长剑和剑鞘，选择只持剑鞘，近身一剑直直斩落，最终将危机转化为一次不是什么机遇的机会。

裴旻与陈平安对视，后者一脚蹬地，右手握剑却未拔剑出鞘，主动近身来接裴旻第三剑。

裴旻到现在为止，都还没有真正出剑。他虽然不是那位人间最得意，却也是一个飞升境剑修，而且拥有惊世骇俗的四把本命飞剑！

裴旻摇头笑道：“总不能笃定我不会杀你，就一直这么有恃无恐吧？这种喜欢挨揍的习惯，以后改改。”

那个生性谨慎的年轻人还是选择人与剑分开行事，长剑与持鞘陈平安再次一起消失。只是陈平安却没有选择递出先前相仿一剑，而是心念分散八方，天地间起剑无数，驾驭八条飞剑长河，浩浩荡荡涌向裴旻。

裴旻点点头：剑多就是了不起。年轻人的第二把本命飞剑配合第一把飞剑的本命神通，确实看上去比较天衣无缝。不过在自己这儿，就只是看上去了。

裴旻想了想，终于祭出本命飞剑神霄。整个小天地变成一座雪白雷池，千万条雷电长蛇如飞剑肆意绽放，依旧是以一对一，以飞剑对飞剑。

裴旻自己则缓缓飘落在溪涧旁，一路上，飞剑井中月都被裴旻一身剑气撞开，裴旻蹲在水边，伸手掬起一捧水，掂了一下重量。

一个笼中雀小天地，不光是整条溪涧之水，所有水雾都被拘押在手，这就是裴旻另外一把本命飞剑水仙的天赋神通，让裴旻能够像一只光阴长河当中的水鬼，在有心设置的座座渡口畔随心所欲游走无拘束。除了有一层天然限制——这极其消耗裴旻的灵气和心神，而且其实最为忌惮笼中雀这般的小天地。但是年轻人境界不够，天地不够牢固，看似无漏，终究不算真正的无懈可击。

当裴旻一步跨出，真身留在原地，出窍阴神则来到一处光阴渡口，双指为剑，朝山脚处一袭青衫之人的后背轻轻一戳。

真实天地当中，陈平安一个心生感应的身形倾斜，然后一个踉跄，莫名其妙从后背处出现一个窟窿，既无半点剑气，也无丝毫剑意，陈平安如果不是灵光乍现，恐怕就要被一记指剑洞穿心窍了。不会死，但是会少掉半条命，武夫体魄留下一个巨大的后遗症，至于练气士境界会不会跌，要看那半条命的运气。

然后天幕处出现了一道剑气光柱将其笼罩其中，陈平安连人带剑砸在山顶之上，最终山崩地裂，整座山头都炸开，大地之上出现了一个巨大坑洼——是裴旻的第三把本命飞剑一线天。

大坑当中已经失去了陈平安的踪迹，但是一道道笔直一线的剑光在天地间出现，显得有些杂乱无章。每次剑光现身，末端都有一袭青衫左手持剑，出剑不停。

在渡口处的裴旻阴神忍不住感叹一声：看来是个走惯了光阴长河的，不然不会躲这一剑。第一剑，好像是那十二剑重叠？

裴旻阴神就在三座心神预设的光阴长河渡口递出了十二道指剑。年轻剑修敢在自己这边抖搂那心念分神的手段，那么自己就有样学样，用以还礼。年轻人的本命窍穴，搁放五行之属的本命物，加上储君之山的气府，差不多刚好让自己轻轻敲门一遍。

裴旻始终压境在仙人，其实已经够欺负一个晚辈的了。

这个年轻人，靠着一个飞剑小天地，一副止境武夫的体魄，以及熟稔光阴长河，加上左手持有那把足够锋锐的仙兵长剑，大体上已经救下自己三次。

在裴旻准备收起神霄、水仙和一线天三把本命飞剑的时候，毫无征兆，一剑赶至，而且来得有点不太讲道理。

是一把无人持剑的剑尖太白所炼之剑，直奔干涸河床旁的裴旻真身，自斩笼中雀小天地，所以一往无前，势如破竹。

裴旻阴神退出光阴长河，归窍真身，想了想，没有选择避让锋芒，而是伸出一根手指，抵住那把长剑的剑尖。

一团剑光轰然绽放，以至于整个小天地都变成雪白一片。

一袭青衫在裴旻身后递出一拳，结果迎头撞向裴旻尚未收起的三把飞剑。他躲过神霄，却被水仙割破脖颈，又被一线天从拳头进入穿透整条胳膊，最终从肩头处刺穿。

身为止境武夫，陈平安这一拳竟然最终静止悬停在裴旻的身后一尺处，因为裴旻的第四把本命飞剑就悬停在陈平安眉心处，只有一寸距离。

飞剑静止，只是剑尖所指，陈平安原本就鲜血模糊的整张脸庞好像被一盆剑气清水冲洗了一遍，再无半点鲜血，但是眉心出现了一个极其细微的窟窿。

裴旻缓缓转身，笑道："是觉得以命换伤不划算？"

陈平安收拳，抬起手掌，抵住眉心。心念微动，长剑与剑鞘同时画出一条弧线，分别绕过裴旻，朝陈平安飞掠而来，最终长剑归鞘，被陈平安右手握住。与此同时，化剑无数的那把井中月最终归拢为一剑一闪而逝，返回本命窍穴，只是笼中雀依旧不曾收起。

裴旻问道："知道我为何在此，为何出剑，为何留力？"

陈平安点点头。

裴旻终于有些理解当年与邹子的那个约定了。陆抬以后需要打杀之人其实一直不曾远在天边，两次都始终近在眼前。陆抬拥有那两把占尽先手、后发优势的飞剑，确实仍然不够，还得加上自己传授剑术。而眼前这个年轻人，今夜问剑，除了那没头没脑的一剑，估计是想要回礼，未尝没有事先演练一场的念头。

裴旻也不介意此事，就顺水推舟，大致给出了四把本命飞剑的剑术，至于能学走几成，要看陈平安的本事。要是一个本事不济，死了，或是重伤跌境，就怨不得别人了。

如果裴旻真要杀陈平安，天宫寺那边一个仙人境的白衣少年可以拦，但是注定拦不住。之前裴旻就与高适真说过，千里之外，某人都会救人不及。而这个某人，当然就是陈平安的师兄，左右。

陈平安放下抵住眉心的那只左手，突然做了一个古怪动作，结合一门指剑术，学那裴旻的剑气流转，双指并拢，轻轻一戳。

裴旻摇摇头："几分形似而已，后来的剑修陆舫都学不好，何谈其他武夫。"

那个剑术造诣还可以的痴情种勉强算是裴旻的一个不记名弟子，裴旻不愿多教他剑术，他曾经专程为了这门指剑术去过一趟藕花福地。

陈平安心中了然。藕花福地镜心斋的指剑术享誉天下，看来这门剑术的老祖宗就是裴旻了。当然，两者威力有天壤之别，镜心斋的福地武夫只是学到了些皮毛。

裴旻抬起手，将手心一捧凝为拳头大小的溪涧流水重新倒入，然后问了个问题："陈平安，你是个哑巴？"

除了在天宫寺的大门口，年轻人说了句客气话，之后一场架打下来，他竟是从头到尾一个字都没说。

陈平安摇摇头，裴旻微微一笑，陈平安立即悬剑在腰侧，抱拳道："剑客陈平安，见过浩然裴旻。"

先自称剑客，对方的名字也喊了，却也还是个分量不轻的尊称、敬称。

裴旻双手负后，缓缓走在溪畔，陈平安默默跟上，落后半个身形，呼吸浑浊，脚步不稳。身上伤势实在太多，而且绝对不轻。如果承受同样程度的伤势，裴旻未必能够像自己这样行走。

裴旻突然道："故意拖延时间，是想要通过你的学生，从高适真嘴里撬出点线索？"

陈平安反问："前辈为何会与托月山百剑仙之首的斐然搅和在一起？"

裴旻同样反问："你难道不该好奇斐然为何在你看完密信之后再让我递剑？既然一切谋划都已水落石出，一个龙洲道人，杀不杀，还有区别吗？至于斐然为何如此，我倒是真的有些奇怪了，你们两个到底是什么关系？"

陈平安松了口气："没什么关系，只是在战场内外打过两次照面。"

裴旻点点头："原来是为了确定我与斐然约定的具体内容。怎么，担心我是蛮荒天下的细作？"

陈平安说道："斗胆问剑，就是确定此事。"

裴旻惊讶道："你有信心在我剑下逃命？"

陈平安没有给出答案。说自己年少无知，不够真诚。调侃一句吹牛不犯法，极有可能会多挨一剑。干脆什么都不说。何况这会儿，随便说句话都会浑身绞痛，这还是裴旻有意无意，并未遗留太多剑气在陈平安小天地内的缘故。所以陈平安还能忍着疼，一点一点将那些稀碎剑气抽丝剥茧，然后都收入袖里乾坤。

先前在寺庙门外与崔东山交代之事，就是留心自己收起笼中雀小天地后的一支玉簪，一定要迅速将其收入囊中。若是笼中雀破碎，同时又无玉簪掠空，就让崔东山什么都别管，只管逃命，争取以最快速度往南，尽早与姜尚真会合。

所以崔东山在天地隔绝之时，就会立即飞剑传信姜尚真。密信内容肯定不多，大概就是一句话，类似“速速赶来问剑裴旻”。到时候陈平安如果还有一战之力，就可以走出崔东山暂为保管的那支玉簪，联手崔东山和姜尚真。哪怕已经身负重伤，陈平安终究给自己留了一线生机。

其实先前这一战，只说险象环生的问剑过程，其实还不算是真正的凶险，陈平安只怕裴旻万一真是那文海周密留在桐叶洲的棋子，或者与那仙人韩玉树是同道中人，一个不管不顾，直接以飞升境剑修境界选择倾力一剑斩杀自己。

裴旻愿意先以一把伞问剑黄花观，看似没有太重的杀心，可在陈平安看来，要归功于崔东山的现身，让裴旻心生忌惮。而崔东山又一语道破对方身份，接连拎出左右、刘十六和白也三人，摆出一副求死架势，更是一记神仙手。崔东山就是明摆着告诉裴旻，他们二人今夜是有备而来。所以说，下棋一事，无论是自己落子天宫寺外，还是明知面对裴旻，一样能够算计人。这个学生在棋术一道，都是自己这个先生的先生了。

裴旻叹了口气：“知道你还是半信半疑，也很正常。我这个人比较怕麻烦，倒不是担心你去文庙告状，而是约定还没完成，不好随便离开此地。不妨与你说件事情，我勉强能算是陆抬的师父，之一。那孩子身为剑修却恐高，其实不是装的，是因为他年少时在陆氏藏书楼秘境中得到一部我撰写的剑谱。所谓剑谱，其实就是里边藏有四把本命飞剑的四道精粹剑意。那孩子傻乎乎问剑一场，跌境不说，道心都受损了，不然换成一般的剑修，有他那资质，加上陆氏家底，早就是一位元婴剑仙了。”

陈平安说道：“明白了。前辈的行踪，不会流传开来。”

一个年轻晚辈如此识趣，反而让裴旻有些于心不忍。

陈平安却说道：“我知道陆抬，就是那个同为年轻十人之一的剑修刘材。有人想要针对我，而且手段极其巧妙，不会让我一味吃亏。所以没关系，我可以等。不是等那刘材，而是等那个幕后之人。”

藕花福地镜心斋的指剑术是小事，但是小事加小事，尤其是加上一个“陆抬的师父，之一”，线索逐渐清晰，终于被陈平安提起了一条完整脉络。

大泉王朝，浣溪夫人姚九娘，天然狐媚的女帝姚近之。浩然天下中土神洲，在白也和裴旻共同所在的那个王朝也有一座天宫寺，曾经也有皇后祈雨天宫寺的典故，而裴旻在那里还曾经留下过一桩典故。

当年在家乡小镇，因为一片槐叶飘落，陈平安选择遇姚而停。在桐叶洲误入藕花福地之前，先逛了一圈类似白纸福地的古怪秘境。而在更早的飞鹰堡，那个施展了障眼法的汉子的的确确是露过面的，与出门的陈平安擦肩而过，那会儿陈平安只是觉得有些古怪，却未深思，可哪怕深思了，那时的他也根本想不远。

看来与裴旻一样，天宫寺的存在本身就是一种“打招呼”，是一种不算提醒的提醒。

好像是那个年少时赠送糖葫芦的汉子，在很多地方，事先都与陈平安埋好了伏笔，只看陈平安愿不愿意，能不能多想几步，是否长了记性，确信那匪夷所思的种种万一，就真处处是那万一。

当年与陆抬二人结伴游历，陆抬曾经开玩笑，因为瞧不起陈平安的那只养剑葫，陆抬亲口说过他有一只养剑葫的老祖宗，所以后来听闻年轻十人，陈平安才会将其与剑修刘材联系起来。

陆抬、裴旻，距离观道观入口处并不算远的桐叶洲大泉王朝，姚近之同样是天宫寺祈雨过后顺利称帝……都是细细碎碎的零散线索。就像当年游学路上，一本江湖演义小说，李槐只对那些大侠惊心动魄的打杀场景感兴趣，小宝瓶却对那些在书上都没能说上一句话的小人物，以及那些如飞鸟劝客声的山山水水更感兴趣。其实两者皆可，可翻书可以如此随性，书外的人生路上，尤其是登山修行，陈平安就不得不瞪大眼睛，生怕错过一字了。

裴旻没来由问道："与你师兄左右学了几成剑术？"

陈平安老老实实回答："不到一成。"

在裴旻剑气小天地被先生随便一剑打碎，先生又跟随裴旻去往别处后，崔东山先飞剑传信神篆峰，然后重返禅房院外，翻墙而过，大步向前，走向那个站在门口的老人，大泉王朝的老国公爷。他似是被那道剑光吓得不轻，呆头鹅似的杵在门口不敢挪步。

崔东山双手叉腰，离着禅房门口还有十余步，怒道："你瞅啥?！儿子看爹两行泪啊？那还不给我哭！"

高适真笑了笑。没有老裴护着屋门，风雨飘摇，老人已经感到有些寒意了。

崔东山一个拧腰蹦跳，落在距离禅房只差五六步的地方，背对高适真，指向自己先前所站位置，抬起袖子，自顾自骂道："我瞅你咋的?！爹看儿子，天经地义！"

然后，当他转过身，高适真看到那张脸庞，一个神色恍惚，身形一晃，不得不伸手扶住屋门。

崔东山打了个响指，撤去那张高树毅脸庞的障眼法，笑嘻嘻道："老高啊，你是不知道，我与姓高的，那是贼有缘分。"

高适真沉声道："他会有你这样的学生？有些玩笑，开不得。"

崔东山使劲点头道："意外不意外？老高你气不气？"言语之间，竟然又变成了高树毅的脸庞。

高适真眯起眼，一手撑在门上，一手攥拳在身后："觉得好玩，就继续。"

那个"高树毅"捶胸顿足："害得老高一大把年纪了，白发人送黑发人，树毅大不孝，果然该死啊。"

高适真冷声道:“很好玩吗?”

“高树毅”嘿嘿一笑,一步横移,走出一个白衣少年,但那个“高树毅”仍留在原地。大雨滂沱,就那么砸在他的身上,使他很快变成一只落汤鸡。他沉默无言,神色哀伤,就那么直愣愣地看着高适真。那眼神里边,有愧疚、埋怨、怀念、不舍、哀求……而崔东山则继续一步一步横移,晃晃悠悠,不断远离他。

心如刀割的高适真低下头,喃喃道:“恳请仙师收起术法。”而后缓缓抬起头,侧过身,神色黯然,“仙师进屋坐。”

崔东山却笑问道:“当真不多看几眼?机会难得,过了这村就没这店了。”

高适真摇摇头,率先转身走向屋内落座。

崔东山就让“高树毅”移步,站在窗口。

进了屋子,坐在裴旻先前所坐的椅子上,崔东山伸长脖子,看了看纸上那个大大的“病”字,点点头:“老高你确实是该来这寺里治一治自己的心病。”

崔东山双手搭在椅子把手上,开始晃荡椅子,不断“挪步行走”。

相传,裴旻掷剑入云,剑光透空,落剑别洲,可与日月争辉,令人神往。

高适真说道:“此处是佛门清净地。”

崔东山笑道:“心定了,哪里不是佛门清净地?只是个心不定倒还好说,入寺烧香有用,禅房抄经也有用。可若是一个人心坏了,任你在菩萨脚下磕头不停,灵山依旧远在天边不可求。更怕一个人心坏而不自知,祈福消灾不灵验,反而会埋怨菩萨们不帮忙,你说该怨谁才算讲理?”

高适真说道:“仙师你想问什么?到底想要什么?只管开口。”

崔东山停下动作,双手环胸,两只雪白大袖垂下,换了个姿势,身体倾斜,手肘抵住椅子把手,再单手托腮:“只管开口?是不是等到你那位老管家一回来,就轮到你只管开口了?大泉申国公府的国公爷真是一代不如一代,窗外那个不如屋里这个,屋里这个又不如坟里躺着的那些。”

高适真开始闭目沉默。

崔东山哈哈大笑起来:“高老哥真生气啦?犯不着。”

窗外那个年轻人开始伸手拍打窗户,如敲心扉,不断在雨声中念叨着一句心声:“不要死。”

高适真忍不住老泪纵横,抬头痴痴望向窗口。

崔东山一挑眉头:有点意思,这个老高演技不错啊。可他还是担心先生那边的战况,就没心情与高适真比拼演技了,叹了口气道:“行了行了,屋里屋外的,都别假装伤感了。当年高树毅的尸体是被带回了蜃景城的,所以国公府偷偷摸摸为高树毅塑造金身一事是板上钉钉,你藏又藏不住。以后跟我打交道多了,你就晓得糊弄我其实比糊弄鬼还难。”

高适真瞬间眼神冷冽，转头死死盯住那个“信口开河”的白衣少年。

当白衣少年不再玩世不恭的时候，一双眼眸就会显得格外幽深：“只是我比较奇怪一件事，为什么以国公府的底蕴，你竟然一直没有让高树毅以山水神灵之姿重见天日，没有将其纳入一国山水谱牒？当年等到高树毅的尸体从边境运到京城，哪怕一路有仙师帮忙聚拢魂魄，可魂魄残缺还是必然的，所以神位不会太高，二等江水正神或是储君之山的山神都是不错的选择。”

高适真其实是有话可说的，但是绝对不能讲。因为当年在那个雨夜的小山之上，少年剑仙曾经说过一句话，让他极为忌惮：

“高树毅这样的人，我希望他下辈子投胎别再碰到我，不然我再杀他一次。”

高适真为防万一，就根本不敢让高树毅的残余魂魄塑金身、建祠庙、享香火。但是要说让高树毅去当那身份隐蔽的淫祠神灵，高适真又舍不得，更怕陈平安哪天重游故地，再循着蛛丝马迹又将高树毅的金身打碎，那就当真等于是下辈子投胎再杀一次了。

崔东山轻轻捻动手指，一脸可怜兮兮地望向高适真。对方心神转动如流水，其实却被一位仙人沉浸其中，如泛舟而游，翻检心念如翻书，高适真依旧恍然不觉。

只是崔东山有些埋怨先生，当年这种壮举，这等豪言，都不与学生说一句，藏藏掖掖的做啥子嘛。

崔东山其实哪怕不动用神通，很多事情都一样猜得到，但是奇了怪哉，当先生在身边时，自己这个当学生的就比较惫懒，不爱想事情了。

崔东山打了个哈欠，坐起身伸了个懒腰，笑眯眯道：“国公府密室里边的那盏油灯，我回了蜃景城，帮高老哥添油啊。”

高适真猛然起身：“你敢?!”

崔东山举起双手：“好好好，我不敢，我不敢。”

高适真颓然落座。

崔东山则站起身，走到屋门口，斜靠屋门，背对高适真，双手笼袖，淡然道：“如果先生今夜吃了亏，又给我逃了命，我肯定让你给高树毅做伴。”

高适真呆呆坐在椅子上，大汗淋漓，只求裴文月一定要活着返回天宫寺。

崔东山笑道：“回了。”

一把笼中雀缓缓收起。是先生独有的善解人意了。

很快，陈平安就与裴旻并肩现身。只不过陈平安留在了天宫寺山门口，裴旻则直接出现在了禅房外的院子里。

崔东山转过头，笑容灿烂道：“高老哥，回见啊。”然后走出禅房，一步来到寺庙门外。

陈平安脸色惨白，却笑道：“没事，伤重，却没有伤及大道根本。”

崔东山点点头，以心声言语道："姜尚真肯定在赶来的路上了。只要我们三人联手，大可试试看。"

陈平安摇摇头："不至于。先回黄花观，路上跟你说细节。不过等会儿进入蜃景城的山水阵法，你来出手。"

离去之前，陈平安面朝天宫寺，低头双手合十，行了一礼。

崔东山只好跟随先生，有样学样，在山门外礼敬佛法一次。

二人御风极慢，陈平安详细说了先前那场裴旻压境在仙人的问剑的过程。

崔东山竖耳聆听，默默记在心中，见先生不再言语，就小声问道："先生当年就觉得这个站在高适真身边的老管家不对劲？"

陈平安摇摇头："看不出深浅，没太在意。"

当年陈平安既不是剑修，武道境界也不够，只记得有个站在申国公身旁的撑伞老者气势沉稳，所以误认为是一位大隐隐于朝的武学宗师。

崔东山感叹道："先生做事，还是这么喜欢以礼待人。换成我，就我这随大师姐的小暴脾气，呵，早就对那裴老儿耍上一通王八拳了。江湖技击，年轻人乱拳打死老师傅。打不死他，也要吓死他。"

陈平安忍不住说道："如今就算你、我，再加上姜尚真，对付一个裴旻，胜算还是极小，我们仨能够活着逃命都算我们赢了。"

"换命有换命的打法，逃命有逃命的路数。"崔东山点点头，又摇摇头，双臂环胸，哼哼道，"今天是这样，可最多再过个百年，还是就咱仨，都不用全部出马，任何两个联手，一个只需要远远护阵，都能打得裴旻逃都没处逃，只能跪在地上嚷嚷'老子不是剑修啊，更不是那挨千刀的裴旻老贼啊，我跟他半点不熟嘞，所以你们肯定找错人喽'。"

陈平安无奈道："慎言。"

崔东山"哦"了一声，转而拊掌赞叹道："不管怎么说，今夜问剑，裴旻愿意祭出全部飞剑，足可见这个老东西剑术高，眼光更高。尤其是那比水鬼更鬼的水仙，裴旻绝对是轻易不出手的。虽说杀力最大的还是最后那把专门用来斩杀山上剑修的破境，可依然是祭出水仙的次数最少。好个深谋远虑的裴老贼，打得一手好算盘！若是今夜问剑只出了一把神霄，或是加上那把一线天，都太小气了，传出去不好听，等到将来先生天下无敌了，裴旻就没脸说自己当年与先生实打实切磋过剑法。如今四剑齐出，以后裴旻跟人吹起牛来就底气十足了。指点剑术能出四剑？那肯定是拼了大半条老命，铆足劲与那陈大剑仙倾力问剑一场啊……"

陈平安越发神色萎靡，轻声道："给你一通胡扯得都犯困了。"

崔东山立即闭嘴，不再打搅先生休息。

禅房里，高适真踉跄走向裴旻，伸手攥住他的手臂，颤声惨然道："老裴，求你救救树毅！"申国公府其实早已挑好了一条江水和一座高山，两者相邻。

裴旻看着这个可怜的老人，没有挣开，只是感慨道："你有没有想过，如果你不是始终忌惮陈平安的那句话，高树毅当年在地方上一旦封正山神，开辟府邸当了什么山神府君，不在京畿之地，早就再死一次了。哪怕依附了妖族军帐，或是成功投靠那斐然，苟且偷生，可如今再被姚氏和书院翻旧账，真能活？不管如何，做人做鬼，都要惜福。"

高适真脸色阴沉，咬牙切齿道："什么陈平安，他就是斐然！"

陈平安是不是斐然，对于你们父子而言，如今还重要吗？其实半点不重要。已经连个"一"都守不住了，还想着所求更多，枉费自己故意由着陈平安不撤去小天地，双方在那边散步闲聊许久。

裴旻想着，叹了口气，后退一步，一闪而逝，只留下一句话："既然已经上了岁数，就多想一想那几句老话。仁至义尽，好自为之。"

黄花观。

今夜一场大雨下得很是吓人，刘茂只是连人带椅子被那么一推，就差点当场散架，呕血不已，摇晃起身，椅子碎了一地。

屋内留下了一把飞剑悬停在空中，刘茂认得那是陈平安的本命飞剑。

防人心，同时可以护着正屋的姚仙之。

刘茂瞥了眼墙上的那摊血迹。大局已定，陈平安还不至于演戏到这个份上，不然刘茂就要觉得这位剑仙不是脑子太好，而是太无聊，脑子有坑。

如果说有无一把本命飞剑，是将剑修与练气士区分开来的一道分水岭。那么一位陆地神仙能否轻松掌观山河，就是他资质好坏、术法高低的试金石。而能否施展袖里乾坤，则是玉璞境修士与中五境金丹、元婴这地仙两境一个比较明显的区别所在。那么除开三教和兵家分别坐镇书院、道观、寺庙和战场遗址，以及练气士坐镇仙门祖师堂的山水阵法之外，一位上五境练气士能否构造出一个大道无缺漏的完整小天地，境界高低其实决定不了此事，有些天资卓绝的玉璞境可以，但有些飞升境大修士反而不行。

刘茂作为曾经的大泉皇子，对于修行一事，还是知晓一些山上内幕的。他起身后的第一件事，竟然是走到书架边，仔细调整每一本书的细微位置，确定都恢复如常了，心里边才好受些。但他是当真心疼那几本术算典籍，于是瞥了眼那堆碎椅子，心里边又有些不得劲了。他想打扫，只不过扫帚和簸箕都在两个弟子屋内，至于搁放在什么地方，他从未注意过。这就不由得想起那个陈平安竟然会留心竹竿晾衣，这么一对比，刘茂便有些颓然。自己输给此人，一步一步陷入对方精心设置的圈套，确实在情理之中。

处心积虑，辛辛苦苦当个一肚子坏水的人，结果还不如个好人聪明，这种事情就比较无奈了。刘茂从未如此提不起半点心气，这种心境，都不是什么精疲力竭了，哪怕当年被名义上的父皇、事实上的兄长刘臻过河拆桥，一道矫旨就将自己赶到了这荒废的黄花观，都不曾如此灰心丧气，还会想着刘璜坐稳龙椅后，迟早有一天会记得他的有用。后来换了件衣服还没几年的刘璜偷偷掏空国库，竟然跑路了，之所以没有带走姚近之，按照斐然当年的说法，好像是兄长看似与姚近之是天作之合，实则命里犯冲？那么到底是谁在当年篡改和遮掩命理，就变得极有意思了。姚氏高人？刘琮？申国公高适真？

刘茂也不管那把飞剑听不听得懂，说了句“放心，我不跑”，然后推开窗户，喊道：“府尹大人，正屋里边有酒，带几壶过来，咱们聊聊。”

姚仙之起身来到正屋门口：“陈先生呢？”

刘茂说道：“有事先去忙了，让你等他。你要是担忧自己的处境，觉得陈先生是不是被我宰了，可以先回，我不拦着。”

姚仙之讥笑道：“三皇子殿下不去天桥底下摆摊说书，真是浪费了。”

他说完犹豫了一下，转身去偏屋翻箱倒柜找到了酒水，一手拎着两个酒壶，快步走下台阶，来到厢房，进了屋子，瞥了眼墙壁上的血迹，不动声色，丢了一壶酒给刘茂。

刘茂接过酒壶，微笑道：“既没有跟我拼命，也不着急喊人进来，府尹大人比我想象中还是要沉稳几分的。”

姚仙之冷笑道：“我只是相信陈先生，就你这点脑子，都不够陈先生一巴掌拍的。”

刘茂打开酒壶，抿了一口酒。太多年未曾饮酒，此刻只觉得辛辣，难以下咽。他咳嗽两声，用手背擦了擦嘴角，背靠书案，笑问道：“府尹衙门里边，老油子不好对付，软钉子不好吃吧？”

姚仙之只是喝酒，不答话。刘茂脑子不好，也只是在陈先生面前，在落单的自己这儿，姚仙之觉得很好使。

刘茂好像跟一个老朋友在酒桌上闲聊，笑呵呵道：“刚当府尹那会儿，是不是也曾有过雄心壮志？起先确实也挺顺风顺水的，结果吃过一次没头没脑的大亏？最后你发现自己确实不占理，然后衙门上下一下子就气氛诡谲起来了？姚仙之，你知道自己最大的问题在哪里吗？”

姚仙之打定主意，你说你的废话，老子只管喝我的酒。

刘茂自问自答：“你太看重姚氏子弟的这个身份了，你越看重，那些个公门中修行成了精的家伙就越知道如何拿捏一个府尹大人。你越是不与沙场武将姚仙之拉开距离，你就越不适应没有刀光剑影、瞧着一团和气的官场。不过我也知道，这些就只是让你觉得憋屈，真正让你心里发慌的，是一些个沙场袍泽的所作所为。你知道很多事情是他们不对，但是你根本不知道该怎么劝，该怎么开口，该如何收场……”

姚仙之抬起头，脸色阴沉，怒道："给老子闭嘴！"

刘茂微笑道："其实官场上的为人处世之道，皇帝陛下是可以教你的，凭她的聪明才智，也一定教得会你，只不过她太忙，而且你瘸腿断臂，又年龄相仿，所以她才会太忙。这样一个管着京城巡防事务的府尹大人，虽说办事不力，但是皇帝陛下会很放心。别瞪我，姚近之未必是这么想的，她只是靠一种直觉这么做的，根本不需要多想。就像当年，刘臻到底是怎么死的，你们爷爷又是怎么被刺杀的，她一样不需要自己多想。长久的好运气，加上始终的好直觉，就是气运。

"另外，那个姚岭之教你还不如不教。跟江湖豪杰相处她还凑合，到了官场，一样抓瞎。这个娘儿们，人是好人，就是傻了点。可惜挑男人的眼光不行，嫁了个书生意气的绣花枕头，听说有副好皮囊，还是个探花郎？结果跟着李锡龄一起瞎起哄，故意处处针对你，以此邀名，在一干清流官员当中好占据一席之地？傻不傻，害得李锡龄都根本不敢重用他，李锡龄需要的，是个站在姚府尹身边的自己人。如此一来，在你之后的下任府尹，他只管可劲儿往外推，双手加双脚，只要这小子能推掉，算我输。

"嗯，竟然没瞪我，看来你也是这么想的。甭管好人坏人，总之所见略同，咱俩碰一杯，走一个？"刘茂举起手中酒壶，面带笑意。

姚仙之不再喝酒，只是斜眼看着这位龙洲道人："你这家伙要是肚肠没烂透，当个京城府尹还真绰绰有余。"

刘茂扯了扯嘴角，伸出双指，拉了拉身上那件朴素道袍："府尹？你最仰慕的陈先生是怎么称呼的我？三皇子殿下。你这从一品的郡王能比？文臣、武将、江湖，我是独占一份的。你别忘了，我在离京走那趟北晋金璜府之前，是谁耗费足足三年，带着人走南闯北，在幕后帮助我们大泉编撰了那部多达四百卷的《元贞十二年大簿括地志》？"说到这里，刘茂自己抬臂高举酒壶，朝向窗户，然后默默喝了一口酒，像是在遥敬当年的那个刘茂。那个曾经的三皇子殿下，精通术算，痴迷堪舆，私底下还会与兄长约定，将来一定要让藩王刘茂为大泉王朝编撰出一部部流传千古的鸿篇巨著。

姚仙之疑惑道："你突然跟我聊这么些祖坟冒烟的敞亮话，是要补救什么？陈先生对你起了杀心？不至于吧，你如今就是个废物啊。"

刘茂啧啧道："以前还真不知道你是个会聊天的。太多年没见你了，所以印象中一直就是个愣头青。"

眼前这个络腮胡的邋遢汉子，曾经是一个眼神明亮的少年。刘茂就这么沉默起来。

姚仙之突然说道："来的路上，陈先生问了些你的往事，说那部《大簿》编撰得极好，还说他不相信是刘茂的手笔。"

刘茂笑了起来，仰头灌了一口酒。

人这辈子，痴心人，怕在酒桌上欢颜痛饮时，一个不小心，就把某个人记起来。

人这辈子，也最怕哪天突然把某个道理想明白。

刘茂说道："姚仙之，你有没有想过，终有一天，你也好，我也罢，都是陈平安某本书上一笔带过的人物，当书越来越厚，我们就越来越无足轻重。"

姚仙之摇摇头："你差不多就是这样了。我跟你不一样，陈先生今天可以为了我爷爷急匆匆赶来蜃景城，将来哪天等我老了，陈先生那会儿哪怕再忙，还是一样会赶来找我，陪我喝上最后一顿酒，我在信上说让陈先生带什么仙家酒酿，陈先生肯定就会带什么，你怎么比？你懂什么？"

刘茂笑着点头，沉默片刻，问道："是不是这么一聊，心里好受多了？"

姚仙之憋了半天，才骂了句娘。

刘茂刚要大笑，结果发现剑光一闪，那把飞剑消失无踪。他转过头去，看到窗口倒垂着一张"白布"，还有颗脑袋挂在那儿，让他愣了半天。

陈平安双手笼袖跨过门槛："不承想龙洲道人还挺会聊天。"

刘茂如释重负，打了个道门稽首："贻笑大方了。"

崔东山爬过窗户来到屋内，陈平安点点头，崔东山一拂袖子打散障眼法，出现了那方十分十分值钱又极其极其烫手的藏书印。

崔东山神采奕奕，盯着那方一路辗转到此的私人印章，小心翼翼先以飞剑金穗画出十数座金色雷池，层层叠叠，最终结为剑阵，这才将这方曾经藏书三百万的"老书虫"印章收入袖里乾坤。崔东山以心声言语道："先生，我可能需要走一趟功德林了，刚好姜尚真赶来，就让他陪着师父返乡。"

陈平安问道："这么着急？不一起先回落魄山？"

崔东山点头道："很急。不过先生放心，我会尽快赶去落魄山会合。在这之前，我可以陪先生去一趟姚府，然后先生就可以去接大师姐他们了。再着急赶路，蜃景城这边，我还是要帮着先生收拾好残局，反正至多半天工夫就可以轻松摆平，无非是这个龙洲道人、水牢里的刘琮，再加上个没了裴旻坐镇的中国公府。"

刘茂原本已经放心许多，不知为何，见到这个神神道道的白衣少年后，就又心弦紧绷起来，一如见到造访黄花观的陈平安之时。

崔东山突然转头瞪着刘茂，一手使劲旋转袖子，大怒道："你傻了吧唧瞅个啥？小臭牛鼻子，知不知道大爷我见过臭牛鼻子的老祖宗？我跟他都是称兄道弟的，平辈好哥们儿！所以你快点喊我老祖宗！"

刘茂转头望向陈平安，陈平安竟然直接带着姚仙之走了，撂下一句："你先聊完这一场，我跟府尹大人一路走回姚府，你稍后跟上。"

崔东山挺起胸膛，朗声道："得令！"

等确定先生走远了，崔东山轻轻点头，从袖子里边摸出一只通体翠绿、指甲盖大小的蜘蛛，屈指一弹，蜘蛛就如一支箭矢般射到了对面窗户上，迅速结出一张大网。

刘茂瞥了一眼，额头立即就渗出了汗水。因为那张蛛网隐约之间有寸余高的曼妙女子身穿红裙、彩带飘摇，一个个身形缥缈掩映云雾中，婀娜多姿，眼神迷离，最终化作一缕缕青烟，渗透窗户，去往对面厢房熟睡的刘茂的两个徒弟的梦中。

崔东山再一把抓住刘茂的胳膊，微笑道："这就送你入梦？"

刘茂虽然不清楚被那春梦蛛的蛛网萦绕一场，具体的下场会如何，依旧一身冷汗，硬着头皮说道："仙师只管问话，刘茂知无不言言无不尽。"

崔东山扯了扯嘴角，轻轻一拽，就将刘茂的魂魄从皮囊中拽出。

刘茂以心声道："不要牵扯他们，恳请仙师换一种法子。"

崔东山摇摇头："相信我，你事后只会更加后悔的。"

刘茂说道："至少现在我不会后悔。"

崔东山看着他，他无奈地喊了一声："老祖宗。"

崔东山笑骂道："道长真是机智得可怕啊。"一挥袖子，那张碎了一地的椅子重新拼凑出原貌。

崔东山一屁股坐在椅子上，踢了靴子盘腿而坐，先招手收起了那只春梦蛛，沉默许久，再突然问道："你知不知道我知道你不知道我知道你不知道我不知道？"

刘茂目瞪口呆。

黄花观外边。

既然陈先生好像要散步回去，姚仙之就跟隐藏在黄花观附近的大泉谍子借了两把雨伞，二人撑伞并肩而行。

在他们刚好走到姚府大门口的时候，崔东山已经出现在陈平安身边，以心声笑道："先生，我总算见着那个斐然了，许多个细节，刘茂果然自己都记不清楚，真是个骑龙巷左护法的记性。然后我去了趟水牢，见了那刘琮。当我施展障眼法，在水牢外边的廊道里一边搔首弄姿转啊转，一边放了串响屁，刘琮差点没把一双狗眼瞪出来，估摸着以后再见着某个姑娘，那仰慕之心和爱恋之情都要大打折扣了。惜哉惜哉，连累人间又少了半个痴情种。当然了，学生不敢耽误正事，从刘琮那边得了传国玉玺，就又偷偷放在了黄花观某个地方。"

陈平安伸手揉了揉眉心——除了伤口疼痛，也确实头疼崔东山的作为——问道："他们俩都没疯吧？"

崔东山笑嘻嘻道："怎么可能，学生是治好了他们的失心疯才对。等到先生离开姚府，我会再两头各跑一趟，好趁热打铁。"

姚仙之偷偷打量那个奇奇怪怪的白衣少年。

崔东山突然一个身体前倾，弯腰再抬头，眼神哀怨道："府尹大人，你别这样，我是个爷们儿。"

姚仙之就再也不看他了。

三人走入姚府后，陈平安突然说道："东山，你的手段一直比我的弯来绕去，更能立竿见影，很难学啊。"

崔东山却摇头，一本正经道："学生只是擅长摧破某事和捣烂人心，先生却恰恰相反。是学生应该学先生才对，其实更难学。"

陈平安笑着伸手按住崔东山的脑袋，使劲晃了晃："就当你这句话不是溜须拍马。"

崔东山笑得眯起眼。

姚仙之虽然不知道他们俩在聊什么，只是惊讶为何陈先生会有这么个学生，难道跟当年那个鬼精鬼精的黑炭小丫头一样，都是陈先生在路边捡的？

一想到那个叫裴钱的小黑炭，姚仙之就忍不住翻白眼。天底下竟然会有那么浑身机灵劲儿的小姑娘，话里话外，言行举止，全是心眼儿。当年她只是屁大年纪，就能把狐儿镇几个江湖经验老到的老吏给拐到沟里去。事实上，后来一路北游，姚仙之也没少吃亏，比如差点就信了陈先生是她爹，只是因为有些难言之隐，所以双方关系暂时不便公开。这还不算什么，裴钱还帮姚仙之看手相，说自己是个苦命人，因为天生开天眼遭了老大的罪，总能瞧见那夜游神枷鬼魅游街、山神娶亲活人回避之类的。走过仙桥的时候，身上需要携带一枚仙家铜钱才可以不喝那碗汤……总之说得环环相扣，如果不是陈先生拧着裴钱的耳朵把她扯远，然后她站在远处，双臂环胸，一边挨训一边眼珠子急转，差点就让先前一直小鸡啄米的姚仙之想要掏出所有积蓄给她作为算命的报酬。

如今姚仙之再想起这些，真是不堪回首啊，竟然给一个小姑娘骗得团团转。不知道小黑炭跟在陈先生身边，这么多年来有没有稍微改改——肯定会的吧，毕竟是跟在陈先生身边。

到了姚府，崔东山在得知柳柔的那封飞剑传信后犹豫了一下，在先生的几张符箓之外，又毕恭毕敬地从先生那边"请出"了一本《丹书真迹》，直接翻到最后几页，再掏出三张金色符纸，不到一炷香工夫，就画出了三张同样需要消耗阴德的符箓，一左一右张贴在病榻两边床栏高处，最后一张则贴在屋门外。

崔东山与姚仙之开门见山道："我和先生的符箓能够让姚老将军不伤半点元气地睡个一年半载到两年。在这期间，如果能够等到一枚品秩足够的丹药，清醒过后，姚老将军可以再约莫延寿半年，最多七个月，最少五个月。但是这枚丹药，有没有，什么时候送到，先生和我都不做保证。事先说好，姚家得自己花钱买，而且一文钱都不能少。不是先生和我不舍得花这个钱，这是规矩，是为姚老将军好。"

姚仙之眼眶通红，站在原地，嘴唇发抖，说不出话来，只是紧握拳头，望向那个白衣少年，用拳头在心口处重重一敲。

一直坐在椅子上的陈平安缓缓起身，拍了拍姚仙之的肩膀："我希望你还是能够当这个府尹，仙之，好好考虑一下。如果再熬一两年，确实是做不来，到时候你再做什么决定，我都支持。"

姚仙之转过身，擦了擦脸，立即转过头，笑道："其实来的路上我就想好了，不去边关了，老子还真就在府尹这个位置上趴窝不动了！不过我也事先说好，陈先生的下宗供奉位置，得帮我留一个。"

陈平安微笑点头。

看着眼前这个笑脸和煦的青衫男子，姚仙之突然又红了眼睛，使劲皱着脸，颤声道："陈先生，其实我也怨过你，埋怨当年你怎么不留下来。我知道这样很没道理，可就是忍不住会这么想。不喝酒，心里难受；一喝酒，就会这么想，更难受……"

陈平安轻声道："不也熬过来了，对吧？以前能咬牙熬住多大的苦，以后就能安心享多大的福。"

姚仙之点点头。

陈平安说道："我得赶回金璜府那边，北去天阙峰，我可能就不来蜃景城了，要着急回去。等到姚爷爷醒过来，我肯定会再来一趟，到时候见面，你小子好歹刮个胡子。本来相貌挺周正一人，愣是给你折腾成注定打光棍的样子。"

姚仙之笑道："我少年那会儿，模样确实比陈先生差不了多少。"

陈平安笑道："那还是有些差距的吧。"

崔东山点头道："就跟现在差距一样大吧。"

拂晓时分，崔东山带着陈平安悄悄去了趟京城钦天监。

陈平安与柳柔聊完事情后，双方离别在即，陈平安突然向柳柔作揖行礼，直起腰后，笑道："下次拜访碧游宫，不会忘记带礼物了。"

柳柔吓了一大跳，作揖还礼后，笑哈哈地摆摆手，然后使了个眼色给陈平安，压低嗓音道："晓得的，晓得的，祠庙烧香嘛。"

崔东山一脸好奇。

陈平安瞥了眼崔东山，后者立即带着先生离开蜃景城，先一路往南，到了那条云舟渡船，结果发现裴钱他们几个都已经在上边等着了。

裴钱脸色古怪，见那大白鹅也在，就忍住没说啥。

崔东山笑嘻嘻，裴钱斜眼笑呵呵，崔东山立即收敛笑意，突然瞪大眼睛，转头骂道："周肥兄你不仗义啊！"

这个家伙竟然就在渡船上，极有可能比预期更早就赶到了，确定那场雨夜问剑没打生打死后，就鬼鬼祟祟跟在自己和先生附近，始终没露面。崔东山很快就想明白其中玄机，肯定是这条云舟藏着一座极为隐蔽的山水阵法，自然不能让这位姜氏家主直接跨越半洲之地，但是绝对可以让姜尚真在离开云窟福地之后一路更快北游。

比姜尚真的一片柳叶斩仙人和风流韵事更出名的，大概就只有此人的逃命本事了。当一个练气士在金丹境的时候就能够从高出自己一境甚至两境的敌人眼皮子底下逃命，其实可以说明很多事情。而这位玉圭宗的“老宗主”当年能够独自一人肆意游走一洲山河，不断积攒战功，一直东逛荡西晃悠，出剑不停，却始终安然无恙，蛮荒天下几大军帐甚至连一场像样的截杀都没有，更能说明姜尚真的神出鬼没难缠到了某种境界。同样是仙人境，而且崔东山的仙人境极有含金量，却一样没能察觉到姜尚真的行踪。

姜尚真出现在渡船一间屋子的观景台上，趴在栏杆上懒洋洋道：“在你们离开天宫寺没多久我就赶到了，崔老弟猜不到吧。见你们俩晃悠悠去了蜃景城，我就吃了颗定心丸，跑去寺庙里边烧香了，再陪着国公爷一起抄写经书。好家伙，我是一宿没合眼啊。”

高适真接连遇到陈平安、崔东山和姜尚真，其实挺不容易的，绝不比刘茂轻松半点。

崔东山笑道：“保护好我先生啊。”

姜尚真微微歪头，学裴钱斜眼，埋怨道：“净说些废话，都快不像我认识的崔老弟了。”

裴钱看了眼他，扯了扯嘴角。

崔东山一个箭步跨上栏杆，身形一旋转，两只雪白大袖疯狂画圈，就此远游离去。

他要重返蜃景城，事了就会携带一方藏书印去往百多年不曾踏足的中土神洲。

好在他总算没忘记先丢出那个死鱼眼的小姑娘孙春王，孙春王离开崔东山的袖里乾坤后依旧面无表情，直接就盘腿坐地，开始温养飞剑。

姜尚真来到陈平安身边，正色道：“看样子动静不小，那裴旻的剑术如何？”

先前收到崔东山的飞剑传信，姜尚真吓了一大跳。信上说：“快来蜃景城，一起宰了裴旻，首席供奉板上钉钉了……”

姜尚真没有任何犹豫就开始赶路，想着只要打完这一架，老子就算铁了心不当那落魄山首席供奉，年轻山主还好意思不挽留？只不过姜尚真没想到自己会白跑一趟。

陈平安想了想，说道：“极高。”

裴钱小声问道：“师父受伤了？”

陈平安笑道：“没事。对了，你们怎么不等我，就离开金璜府了？”

裴钱看了眼姜尚真，姜尚真识趣走开，然后竖起耳朵，打算偷听心声。都不是外人，自家人客气个啥。但他感觉那个年轻女子一直盯着自己的背影，只好转头道：“保证不听就是了。”

陈平安带着裴钱去了屋子，裴钱落座后，聚音成线，说道：“师父，你猜我见到了谁？”

陈平安想了想，笑道：“当年刺杀姚老将军的那位？眼眸长，嘴唇薄，长相比较……刻薄。至于他的本命飞剑，如一般人的长剑差不多，比较古怪，剑光鲜红。”

裴钱叹了口气：“师父，你咋就不能让人意外一次啊，哪怕假装猜不出来也好啊。”

陈平安揉了揉脸颊，不过很快笑了起来：“你能忍住没出拳，是对的。除此之外，师父很想再跟他正儿八经问剑一场。对了，过个一两年，我还会走趟桐叶洲，到时候带上你。”

裴钱使劲点头。

姜尚真在船头轻轻点头，听闻此言，大为佩服。不愧是落魄山的大师姐，功力不减当年。

裴钱双臂搁放在桌上，小声说道：“师父，其实之所以没打起来，还有个原因，是大泉王朝的皇帝陛下到了松针湖，金璜府郑府君收到了飞剑传信，不知怎的，郑府君都不讲究那官场忌讳了，主动问我们要不要去水府做客，因为那位水神娘娘在密信上说她很想见一见我们呢。”

陈平安“嗯”了一声：“其实当年我们也没帮上什么大忙，郑府君和柳湖君其实不用这么念旧。”

裴钱想了想，恍然点头道：“是啊，还是他们夫妇太客气了。那杯酒，咱们就先余着呗。”

姜尚真感慨不已。见风使舵墙头草，谁说的？站出来，他周首席到了落魄山第一个不答应！

师徒二人就此沉默。

裴钱突然怒道：“周肥？！”

姜尚真一溜烟跑到廊道门外，轻声道：“裴姑娘，有何吩咐？”

裴钱突然听到师父的心声言语，便与门外那个王八蛋说道：“没啥吩咐，就是到了落魄山，我一定大力支持你当那次席供奉，谁敢昧着良心反对此事，我第一个不答应。”

姜尚真呆若木鸡。

陈平安笑着打开门，姜尚真已经瞬间想出了七八种补救之法，所以胸有成竹，落座后，笑问道：“大师姐，咱们是喝茶，还是喝酒？”

裴钱却突然站起身，眼神诚挚，朝姜尚真抱拳告辞。

姜尚真在裴钱轻轻关上门后，转头对陈平安感慨道：“山主，你收了个好弟子，让我羡慕都羡慕不来啊。”

陈平安无奈道：“差不多得了，裴钱不吃这一套。”

姜尚真依旧自顾自说道:“不过话说回来,还是裴钱眼光最好,小小年纪就能跟你一起远游两洲,能吃苦,又懂事。”

廊道上,裴钱翻了个白眼:你可拉倒吧,当年在桐叶洲,吃苦?我吃的栗暴最多,八十多个呢……算了,记不清了。

陈平安走到窗口旁,忍着笑,轻声道:“周肥,咱们很快就又要见到陆老神仙了。”

姜尚真会心一笑:“山不转水转的,陆老神仙见着咱们俩肯定乐坏了。”

第六章 老了江湖

落魄山。

今天的黑衣小姑娘因为昨夜做了个好梦，所以心情贼好，难得跑到一条溪涧边，解开小辫子，将脑袋探入溪水，然后站起身，学那大白鹅的步伐，又学那裴钱的拳法，绷着小脸，然后呼喝一声，在一块块石头上旋转飘荡，将手里边攒的瓜子壳当作那飞剑，嗖嗖嗖丢掷出去，丢完收工——又是无敌手的一天嘞。她一路飞奔回岸边，扛起金色小扁担，手持行山杖，大摇大摆去往山脚看大门。

这大半年来，她一个人巡山的时候多了一个爱好，就是大半夜结束看门后，会一路飞奔到霁色峰祖师堂，然后倒退而走，返回住处睡觉。

今天在山脚，坐在小板凳上看完大门，黑衣小姑娘看了眼黑漆漆的天色，将小板凳放回原位后，就又跑去霁色峰了。等到她倒退走到台阶边的时候，陈灵均就好奇地问道："小米粒，你到底弄啥咧？"

周米粒腮帮子鼓鼓的，不说话，只是倒退而走。

陈灵均嗑着瓜子："右护法，干啥锤子嘛，给我说道说道。"

周米粒咧嘴一笑，而后又赶紧抿起，继续一边倒退行走一边嗓音闷闷地道："我在想着让光阴长河倒流嘞。你想啊，我以前巡山都是往前走，日子就一天天往前跑，对吧？那我要是每天都往后退……呵！我这么一说，你晓得为啥了吗？你就又不晓得了吧！我每天巡山步子跨得多大，这会儿步子多小？都有大讲究哩。"

陈灵均愣了愣，笑问道："有用不？"

周米粒抬起持行山杖的那只手挠了挠头："就我一个好像没啥大用哩。"

陈灵均收起瓜子，走到她身边："那我陪你？"

周米粒摇头晃脑，开心坏了，喊道："景清景清景清景清！"

夜幕中，陈灵均陪着周米粒一直走到了竹楼。

周米粒将绿竹杖和金色小扁担都放在桌上，盘腿坐着小声问道："明儿还一起不？"

她说完挠挠头，嘿嘿笑了笑，大概是觉得陈灵均不会答应，谁知陈灵均点头道："我喜欢睡懒觉，明儿你去门口喊我，记得多喊几声啊。"

周米粒就又喊了一连串的"景清"，然后趴在石桌上，皱着眉头，喃喃道："好人山主是不是觉得咱们山上的右护法没啥用，有些丢人，所以就不乐意回家了啊？我想来想去，好人山主很喜欢你们每个人啊。景清，如果你陪我再走几天，还是没啥用，我就去哑巴湖了，说不定我一回家，好人山主也就跟着回家哩，对吧？"

一阵清风悄然拂过落魄山，一个温醇嗓音在周米粒身后响起："我觉得不对呢。"

周米粒竖起耳朵等了会儿，感觉没后续动静了，就也没转头，叹了口气，可怜兮兮地望向陈灵均，压低嗓音道："景清，我在做梦哩，肯定是我刚在山门口打盹睡迷糊了……"

陈平安之所以没有继续开口言语，是在按照那本《丹书真迹》上边记载的山水规矩，到了落魄山后，就立即拈出了一炷山水香，作为礼敬"送圣"三山九侯先生。当陈平安默默点燃香火之后，青烟袅袅，却没有就此飘散天地间，而是化作一座袖珍山岳，如同一座落魄山显化而出的山市，只不过其上唯有陈平安一人的青衫身形。

陈平安差不多跨越了半洲山河，等于是暂借一位飞升境大修士的神通，迅速赶到了落魄山，当下还能逗留一炷香工夫，之后还要重返渡船，再继续赶路北归返乡。当下陈平安当然是真身至此，不过却是被一道玄之又玄的三山符箓拖拽而来。

依旧是青衣小童模样的陈灵均张大嘴巴，呆呆望向周米粒身后的老爷，然后狠狠给了自己一巴掌，力道大了些，打得自己一个翻转，差点踉跄倒地。

陈平安一步跨出，先伸手扶住陈灵均的肩膀，再一脚踹在他屁股上，让这个扬言"如今北岳地界，落魄山除外，谁是我一拳之敌"的大爷落座原位。

周米粒揉了揉眼睛，蹦跳起身，都没敢也没舍得伸手轻轻一戳好人山主，怕还是在做梦。她双臂环胸，紧紧皱起疏淡的两条眉毛，一点一点挪步，一边围绕着那个个儿高高的好人山主行走，一边哭得稀里哗啦，一边眼眸又带着笑意，小心翼翼问道："景清，是不是咱俩合力，天下更无敌，真让光阴长河倒流了？不对哩，好人山主以前可年轻，今儿瞅着个儿高了，年纪大了，是不是咱们脑袋后边没长眼睛，不小心走岔路了……"

陈平安弯腰按住她的脑袋，笑道："不是做梦，我是真回了，不过一炷香后还要返回宝瓶洲中部稍稍偏南的一处无名山头，但是最多一个月，就可以和裴钱他们一起回家了。这不着急来看你们，就用上了一张新学的符箓。”

周米粒一把抱住陈平安，哭喊道：“你带我一起啊，一起去一起回。”

陈平安有些无奈，揉了揉小姑娘的小脑袋，始终弯着腰，抬起头，挥挥手打招呼，笑道：“大家都辛苦了。”

大管家朱敛、掌律长命、北岳山君魏檗都察觉到了那份山水异样气象，联袂赶来竹楼一探究竟。

朱敛笑道：“公子更有男人味了，浩然天下的仙子女侠们有眼福了。”

一袭雪白长袍的长命施了个万福，嫣然笑道：“长命见过主人。”

魏檗感慨万分，打趣道：“可算把你盼回来了，看来是小米粒功莫大焉。”

陈平安都没办法挪步，周米粒就跟当年在哑巴湖差不多，打定主意赖上了。

陈灵均终于回过神来，立即一脸鼻涕眼泪地扯开嗓子喊了声“老爷”，跑向陈平安，结果给陈平安伸手按住脑袋轻轻一拧，一巴掌拍回凳子，笑骂道：“好个走江，出息大了。”

陈灵均立即有些心虚，咳嗽几声，有些羡慕周米粒，用手指敲了敲石桌，一本正经地道：“右护法大人，不像话了啊，我家老爷不是说了，一炷香后就要神仙远游，赶紧的，让我家老爷跟他们仨谈正事。哎哟喂，瞧瞧，这不是北岳山君魏大人嘛。原来是魏兄大驾光临啊，有失远迎，都没个酒水待客，失敬失敬了啊。唉，谁让暖树那丫头不在山上呢，我与魏兄又是不用讲究虚礼的情分……”

魏檗微笑点头。

陈灵均呵呵一笑：瞧把你能耐得，一个不比碗口大多少的北岳山君，在大爷这落魄山，你一样是客人，晓不得知不道？以后那啥披云山那啥夜游宴，求大爷去大爷都不稀罕。

陈平安一回家，陈灵均腰杆子立马就铁骨铮铮了，见谁都不怵。

周米粒终于舍得松开手，蹦蹦跳跳围着陈平安，一遍遍喊着“好人山主”。

哈，好人山主这趟回家没有背个大箩筐呢，那也就是说，没有一个陌生的小姑娘站在箩筐里边哩。

陈灵均立即站起身，用袖子使劲擦了擦石凳，还低头弯腰呵气吹灰尘，笑脸灿烂道：“老爷，这里这里，这儿坐……”

周米粒也没落座，跑去拿起了绿竹杖和金色小扁担，站在陈平安一旁，陪着陈灵均一起当门神。刚好三个空位，就留给朱敛、长命和魏檗坐。

陈灵均和周米粒各自掏出一把瓜子。周米粒是好人山主这边一半，其余三人均分剩余的瓜子；陈灵均是先给了老爷，再分给老厨子和长命，等到了魏檗面前就没了。陈灵均还故意抖了抖袖子，空落落的，歉意道：“真是对不住魏兄了。”

魏檗继续微笑，暂且忍他一忍。

陈平安笑道："渡船还在宝瓶洲中部偏南的一个山头悬停，除了我，船上还有在云窟福地凑巧遇上的裴钱，陪我一起回来的姜尚真，以及我从剑气长城带回的九个剑仙坯子。孩子们年纪都不大，估计以后都要先安置在拜剑台练剑修行，你们如果有谁想要收弟子的，自己挑去。嗯，姜尚真以后就是咱们落魄山的首席供奉了，不过一个月后霁色峰祖师堂议事的时候，你们尽量让此事稍微曲折一些，好事多磨嘛。

"我离开剑气长城之后，是先到造化窟和桐叶洲，之所以没立即赶回落魄山，还来得晚，错过了很多事情，其中原因比较复杂，下次回山，我会与你们细聊。在来的路上也有些不小的风波，比如姜尚真为了担任首席供奉，在大泉王朝蜃景城差点与我和崔东山一起问剑裴旻。不用猜了，就是那个浩然三绝之一的剑术裴旻。所以说，姜尚真为了这个'板上钉钉'的'首席'二字，差点就真板上钉钉了。这都不给他个首席，说不过去，天底下没有这么送钱还要送命的山上供奉。这件事，我事先跟你们通气，就当是我这个山主一言堂了。"

陈平安语速极快，神色轻松。终于不用使用心声言语或是聚音成线了。

朱敛与魏檗相视一笑。姜尚真这样的供奉，天底下独一份，上哪儿找去？确实得好好珍惜。至于一言堂不一言堂的，山主说了算。

长命笑眯起一双眼眸。能够重新见到隐官大人，她确实心情极好。

陈平安转头望向老厨子："朱敛，所有当下在外不忙正事的，都召回落魄山，暂定一个月之后的霁色峰议事，最好都在。至于具体的日子，你和魏山君挑个黄道吉日。"

朱敛笑着点头："公子返山就是最大的事，什么忙不忙的，公子不在家，我们都是瞎忙，其实谁心里都没个着落。"

陈平安忍住笑，伸出大拇指，嘴上却说道："狐国搬迁一事，做得不厚道了。"

朱敛立即点头道："公子不在山上，我们一个个做起事情来，下手难免没个轻重，江湖道义讲得少了，公子这一回家，就可以正本清源了。"

陈平安视线偏移，望向越发丰神俊朗的魏檗："劳烦山君飞剑传信彩雀府米裕，再让咱们这位米大剑仙去披云山，从北岳山水谱牒上边抹掉'余米'这个名字，投靠落魄山。咱们落魄山马上要提升为'宗'字头，所以需要一位剑仙坐镇。除此之外，我还打算在桐叶洲北部地带选址下宗。我个人建议由曹晴朗担任下宗宗主，你们如有异议，当然可以再议，这件大事，我不会一言决之。"

陈平安瞥了眼那团从浓转淡的香火青烟山市，起身歉意道："我得立即赶回去了，一个月后见。"

结果发现三人都有些神色玩味。

陈平安笑着给出答案："别猜了，半吊子的玉璞境剑修、止境武夫气盛境，面对那个压境仙人的裴旻，只有些许招架之力。”

陈灵均抹了一把辛酸泪，惋惜道：“低了，比预期低了。不像话，太不像话，老爷教我好生失望，不比以前那么英明神武了……”

陈平安瞥了眼青衣小童，他立即止住话头，叹了口气，垂头丧气道：“老爷要骂就骂吧，我晓得自己在俱芦洲那趟走江对不住老爷。”

陈平安却伸手按住陈灵均的脑袋笑道：“你那趟走江，我听崔东山和裴钱都详细说过，做得比我想象中要好很多，就不多夸你什么了，省得尾巴翘得比咱们魏山君的披云山还高。”

陈灵均猛然抬头，嬉皮笑脸道：“老爷不是怕我跑路，先拿话诓我留在山上吧？”

陈平安面朝竹楼，深深看了一眼二楼，背对悬崖，后退几步，然后轻轻抱拳，无声道别，脚尖一点，身形后掠，坠入一片过路的崖外白云中，整个人倏忽间凝为一粒芥子，金光一闪，缩地山河，转瞬间便消失不见。

朱敛缓缓站起身，一只手掌抵住石桌，会心笑道：“恍若隔世，美梦成真。”

魏檗说道：“先宗门，再下宗，你们接下来又有的忙了。”

长命笑道：“按照山主的脾气，挣了钱，总是要花出去的。”

陈平安一离开，陈灵均立即转身弯腰，伸出双手将桌上一堆瓜子迅速往魏檗那边一个“搬山”，抬头谄媚笑道：“魏大山君，招待不周，嗑瓜子啊，我家老爷余了好多。”

魏檗笑道：“这不好吧，我哪敢啊，毕竟是外人。”

陈灵均痛心疾首道：“谁昧良心将魏山君当外人？哪个？真是反了天！”

约莫三炷香工夫过后，陈平安就走过了“心中观想”之三山。距离渡船不远处的一座小山头是最后点香礼敬的，最北边的家乡落魄山则在中间，而他率先礼敬之山，是第一次独自出门南下远游期间路过的小山头。如果陈平安不想返回渡船，无须重新与裴钱、姜尚真碰头，依次往北点香，就可以直接留在落魄山了。

此刻从小山头御风重返云舟的船头，陈平安一个踉跄止住身形，赶紧一手抚额，一手贴住腹部。这两处伤口，全他娘的拜裴旻所赐。

裴钱立即看了眼姜尚真，后者笑着摇头，示意无妨。

这艘从老龙城新建仙家渡口动身的云舟渡船，在获得一封大骊王朝礼部颁布的山上关牒后，一路往北，其间并无任何停留，直到此地。此处是中岳以南的一处地界，距离中岳的储君之山并不遥远，所以距离位于宝瓶洲中部的彩衣、梳水两国也不算太远。

陈平安深吸一口气，闭目养神片刻，睁开眼睛，对裴钱说道：“等你跻身了止境，师父就传授你这道三山符。”

当时在姚府，崔东山装模作样，焚香净手，只差没有沐浴更衣，毕恭毕敬“请出”了那本李希圣送给陈平安的《丹书真迹》。最后陈平安与崔东山请教了书上一道符箓，位于倒数第三页，名为三山符。修士心中起念，随意记起曾经走过的三座山头，以观想之术造就三座山市，修士就可以极快远游。

此符最大的特点是持符者的体魄必须熬得住光阴长河的冲洗，体魄不够坚韧的就会消磨魂魄、折损阳寿，一旦境界不够还强行远游，就会血肉消融，形销骨立，沦为山市中的孤魂野鬼，而且又因为是被拘押在光阴长河的某处渡口当中，神仙都难救。除非有那文庙圣贤愿意消耗自身功德、修为，又有迹可循，比如知晓三山的准确地点，或是靠着祖师堂一盏长命灯，才能将其残余魂魄从光阴长河当中打捞起来。所以李希圣在此符一旁空白处有详细的朱笔批注："若非九境武夫、上五境剑修，绝不可轻用此符。止境武夫、仙人剑修，宜用此符三次，裨益体魄神魂，利大于弊多矣。三次最佳，不宜过多，不宜跨洲，此后持符远游，空耗命理气数而已，若是滥用此符，每逢近山多灾殃。"

此符除了运转符箓的门槛极高之外，对于符箓材质的要求反而不高，唯一的"回礼送圣"，就是务必将三山走遍，烧香礼敬三山九侯先生。一本《丹书真迹》，越到后面，李希圣的批注越多。科仪精妙，山水忌讳，都讲解得十分透彻、清晰。崔东山当时在姚府张贴完三符后，有意无意提了两嘴，说《丹书真迹》的书页本身就是极好的符纸，结果挨了先生一顿训斥，崔东山便退而求其次，说先生可以炼字。所炼之字，当然是读书人李希圣的那些亲笔批注。崔东山哗啦啦翻书页之时，一眼瞥过，一千两百多个字，足够支撑起一场供奉一千两百多个神位的罗天大醮了。

陈平安对此不置可否，此事成与不成，将来先问过李希圣再说。

如果炼字一千两百个是为落魄山凭空多出一座护山大阵，陈平安没什么好犹豫的。但是陈平安有个想法，希望以后太平山重建，能够拥有这么一座山水阵法，这里边涉及道统的香火传承。太平山老天君、女冠黄庭、李希圣，而陈平安只是做了件类似牵线搭桥的事情，所以陈平安必须先问过李希圣。

裴钱眼睛一亮，点头道："那我抓紧，争取快些，不让师父久等。"

陈平安欲言又止。算了，没法多聊。一般的纯粹武夫，想要从山巅境破境跻身止境，是什么抓紧就有用的事情吗？就像陈平安自己，在剑气长城逛荡了多少年，都始终不觉得自己这辈子还能跻身十境。事实上也确实如此，从早早跻身九境，直到离开剑气长城，在桐叶洲脚踏实地了，才靠着承载真名侥幸跻身十境，中间相隔了太多年，这也是陈平安在武道某一境上停滞最久的一次。

最早在云笈峰的时候，崔东山私底下与陈平安有过一场闲聊。

"先生，大师姐自创拳招了，而且极有气势，名气更大。"

"好事啊。"

"三招。皑皑洲雷公庙悟出一招，以八境问拳九境柳岁余，气魄极大。宝瓶洲陪都附近的战场，第二招杀力极大，一拳打杀个元婴兵修。与曹慈问拳过后又悟一招，拳理极高。这些都是山上公认的，尤其是与大师姐并肩作战过的那拨金甲洲上五境、地仙修士，如今一个个替大师姐打抱不平，说曹慈也就是学拳早，岁数大，占了天大的便宜，不然咱们那位郑姑娘问拳曹慈，得换个人连赢四场才对……”

“好的……”

外人很难想象，“郑钱”作为某人的开山大弟子，但其实陈平安这个当师父的，就没正儿八经教过裴钱真正的拳法。真正一板一眼、好好指点弟子的拳招、拳桩、拳理，好像从来没有过，一次都没有。

姜尚真轻声说道：“总共才三次机会，实在太难得了，山主这次还是稍稍急了。不管如何，剩余两次，以后最好拿来逃命。”

陈平安摇头笑道：“你不是纯粹武夫，不晓得这里边的真正玄妙。等我人身小天地的山川稳固之后再来用此符，才是暴殄天物，收益就小了。不过剩余两次，确实是要珍惜再珍惜。”

这道三山符，崔东山当然学了，陈平安还传给了姜尚真。既是仙人境又是剑修的姜尚真就现学现用，在青虎宫里边当即画了三张金符，跑了一趟太平山、照屏峰和天阙峰，神清气爽，说天底下竟然还有如此“温补神魂”的符箓，真真怪事，妙不可言。

在天阙峰，衣锦还乡归故里的陆老神仙见着了“昔年好友”陈公子和姜老宗主，热泪盈眶，感慨不已，说能活着，还能重逢，那这天底下以后就没啥过不去的坎了。

天阙峰青虎宫如今只剩下个空架子，值钱家当都给搬空了。好在陆雍那趟逃难宝瓶洲因祸得福，什么都挣着了：山上的名望、实打实的神仙钱、文庙记录在册的一笔功德、与大骊铁骑的香火情。可以说，也就是陆老神仙回家迟了，不然大泉王朝的那场桃叶之盟，到底谁当那山上君主，还真不好说。

陆雍当时一听说陈公子需要一炉坐忘丹送给蒲山云草堂的叶芸芸，立即拍胸脯保证：“屁大点事情，其实一封信送到青虎宫就可以了。等我翻翻皇历，回头挑个日子立即开炉炼丹，清境山独有的山水灵气还是有些的。”

姜尚真当时跷着二郎腿喝着茶水，说：“陆老哥，别忘了是一炉啊。”

陆雍眼睛一眨，立即埋怨道：“啥，就一炉坐忘丹？那多不得劲。好事成双，不炼个两炉，筋骨都伸展不开。既然那黄衣芸是陈公子和姜宗主的朋友，那就是青虎宫的头等座上宾了。回头两炉丹我亲自给黄衣芸送去，绝不让她多跑一趟。蒲山要花钱买？开什么玩笑，真不把我陆雍当成是陈公子和姜宗主的朋友啊！”

其间陈平安拿出那方早就备好的印章，送给老神仙作为谢礼。

陆雍双手接过印章后，一手掌心托印章，一手双指轻轻拧转，感叹不已：“礼太重，情意更重。”

然后转头与陈平安埋怨道："陈公子，下次再来天阙峰，别这样了。礼物好是好，可如此一来，就真像是做客一般，陈公子分明是回自家山头啊。"

裴钱坐在一旁听得一愣一愣的：陆老神仙确实会聊天，一如当年，风采依旧。

到最后，陆雍好像才后知后觉地望向那个扎着丸子头的年轻女子，依稀可见她当年的几分眉眼。

陆雍记得很清楚，当年陈平安身边跟着个黑炭小姑娘，那会儿他就觉得她十分古怪了。隔断山上山下的天阙峰护山大阵是一座云海，登高之时身陷其中，除非是陆雍这般的元婴，不然哪怕是金丹客都要如坠云雾，看不清任何景色。可那个黑炭小姑娘就一直拿着根行山杖，拾级而上的时候笃笃笃敲击台阶，不断四处张望，要么就是偷偷打量陆雍，而每当陆雍转头或是刚要转头，小姑娘就立即随之转头，那会儿陆雍就笃定古灵精怪的小丫头是一棵修道的好苗子。

问题还不只这个，陆雍越看她越觉得面熟，只是又不敢相信真是那个传说中的女宗师郑钱。名字都是个"钱"字，但毕竟姓氏不同，所以陆雍不敢认。一个在中土神洲连续问拳曹慈四场的女宗师？陆雍真不敢信。可惜当年在宝瓶洲，无论是老龙城还是中部陪都，陆雍都无须赶赴战场厮杀搏命，只需在战场后方潜心炼丹即可，所以只是遥遥瞥见过一眼御风赶赴战场的郑钱背影，当时就觉得那一张侧脸有几分眼熟。

陈平安笑道："陆老哥，实不相瞒，我这个弟子，每次出门在外，都会化名郑钱。"

陆雍赶忙起身，竟是郑重其事地打了个道门稽首："眼拙了，是贫道眼拙了，见过郑……裴大宗师。"

裴钱只好起身抱拳还礼："陆老神仙客气了。"

姜尚真看着道破天机后满脸笑意的年轻山主。在那一刻，陈平安就像个书香门第的长辈，一场科举落幕后，与某个久别重逢的官场好友来了那么一句"家中晚辈顽劣不堪，才考中榜眼，前途一般，不成材啊。"

而这些事情，陈平安这个当师父的也好，姜尚真这个外人也罢，现在与不与裴钱说，其实都无所谓。裴钱肯定听得懂，只是都不如她将来自己想明白，因为落魄山和下宗接下来就该轮到一大拨孩子的成长以及某些年轻人的迅猛崛起了。

离开天阙峰之前，姜尚真单独拉上那个惴惴不安的陆老神仙闲聊了几句，其中一句"桐叶洲有个陆雍，等于让浩然天下修士的心目中多出了一座屹立不倒的宗门"，说得那位差点死在异乡的老元婴竟然一下子就泪水直流，好像年少时喝了一大口烈酒。

按照约定，云舟渡船缓缓去往宝瓶洲东南方向，姜尚真交给陈平安一枚渡船大阵枢纽印符。先前姜尚真正是靠这个才能极快赶到蜃景城，只不过此举比较吃钱，陈平安就没打算收下。谁知姜尚真将其随手丢出渡船，陈平安赶紧抓在手中，再让姜尚真和裴钱护着渡船和所有孩子，他头戴斗笠、背剑在后、腰系养剑葫，深吸一口气，单独御风去往彩衣国。

故地重游。第一次充满了阴煞气息，宛如一处人烟罕至的鬼蜮之地，第二次就变得山清水秀，再无半点煞气。如今这次，山水灵气好像稀薄了许多，所幸熟悉的老宅依旧在，还是有两尊石狮子镇守大门，依旧悬挂了春联，张贴了两幅彩绘门神。

在这个夕阳西下的黄昏里，陈平安扶了扶斗笠，抬起手，停了许久，才轻轻敲门。

开门之人不是那个熟悉的老嬷嬷，而是杨晃，身边跟着妻子莺莺。

陈平安抬手按下斗笠，杨晃刚要说话，给莺莺立即攥住袖子，他便没有开口言语。

陈平安很快摘下斗笠，笑道："杨大哥，嫂夫人，好久不见。"

进了屋子，陈平安自然而然关上门，转过身后，轻声道："这些年出了趟远门，很远，刚回。"

杨晃叹了口气，点头道："难怪。"

莺莺一脚重重踩在开口还不如闭嘴的丈夫脚背上，而后笑道："我去拿酒，你们先喝着，再帮你们烧几个佐酒菜。"

陈平安笑道："如果不介意，我来烧菜好了，我厨艺还可以的。"

杨晃大笑道："哪有这样的道理，信不过你嫂子的厨艺？"

莺莺又是悄悄一脚，这一次还用脚尖重重一踱，杨晃就知道自己又说错话了。

一个外乡人，一个伥鬼，一个女鬼，主客三位一起到了灶房。

陈平安熟门熟路，开始生火。熟悉的小板凳，熟悉的吹火竹筒。莺莺去拿了几壶存了一年又一年的自酿酒水，杨晃不好自己先喝上，闲着没事，就站在灶房门口。挨了妻子两脚过后，他就不知道该如何开口了。

陈平安坐在小板凳上，手持吹火筒，转头问道："杨大哥，老嬷嬷是什么时候走的？"

杨晃说道："好些年了。不过还好，除了惦念你怎么总也不来，没什么牵挂。走之前还叮嘱我和莺莺，不要忘记年年酿酒，怕你哪天来了喝不够。"

陈平安说道："那我回去的时候多带些酒水。"

杨晃犹豫了一下，才道："别多想，都还好。"

陈平安点点头，突然站起身，歉意道："还是让嫂子烧菜吧，我去老嬷嬷坟上敬香。"

小坟头离宅子不远也不近。老妪当年说过，离太远了，不舍得；离得太近，犯忌讳。

在孤零零的坟头，陈平安上了三炷香，直到今天看了墓碑，才知道老嬷嬷的名字，不好也不坏的。

杨晃原本还有些担心陈平安，但是从头到尾，就像杨晃先前自己说的，都还好。

回了宅子，桌上还是白碗，不用酒杯。陈平安喝酒还是不快，跟杨晃都不是那种喜欢劝酒敬酒的，但是双方都没少喝，一般不喝酒的莺莺也坐在一旁，陪着他们喝了一碗。

陈平安一边小口喝着酒，一边与杨晃聊天拉家常，问了些昔年刘郡守和其子刘高华的事情。原来那位刘郡守在官场平步青云，先前都做到了彩衣国的户部尚书，如今已经告老还乡了。刘高华这家伙辛辛苦苦考了个同进士出身，但是后来仕途不顺，就干脆辞官，继续游山玩水，等到一打仗，反而靠着祖荫主动为官，去了彩衣国兵部任职，后来更是去了大骊陪都的六部衙门任职，官不大，但是按照惯例，一个大骊朝廷的六品官就等于藩属国的三品大员了。刘老尚书前些年一直想着刘高华回彩衣国朝廷任职，去户部先当个侍郎，不说什么报效故国，好歹捞个一门父子两尚书的官场美誉，只是刘高华死活不乐意，把老尚书气得不轻。至于老尚书的大女儿，后来嫁了个穷书生。小女儿刘高馨的运气就差了些，当年成为神诰宗的嫡传弟子，可惜在大战当中差点被打断长生桥。因为战功，她得以保留宗门嫡传身份，养伤后就下山回到家中，虽然境界跌得厉害，年纪轻轻就一头白发了，可在彩衣国还是挂了个供奉头衔。

陈平安将这些都一一记下，不知怎么的，聊到刘高馨，就聊到了同样是神诰宗谱牒出身的杨晃自己，然后就又无意间聊到了老嬷嬷年轻那会儿的模样。陈平安想了想，神色恍惚，无法想象。

这一顿酒喝了足足一个时辰，陈平安没醉，其实喝酒还没他多的杨晃倒是醉了个七荤八素。

这一夜，陈平安在熟悉的房间内休歇了几个时辰，在后半夜起床穿好靴子，来到一处栏杆上坐着，双手笼袖，怔怔抬头看着天井。云聚云散，偶尔收回视线望向廊道，好像一个不留神，就会有一盏灯笼迎面而来。

大清早，陈平安返回屋子，背剑戴斗笠，养剑葫里已经装满了酒水，还带了好多壶酒。

陈平安与夫妇二人告辞，说要去趟梳水国剑水山庄，请他们夫妇一定要去自己家乡做客，在大骊龙州一个名叫落魄山的地方。杨晃答应下来，说一定会去。

昨天在酒桌上，杨晃喝酒再多，还是没聊自己曾经去过老龙城战场，差点魂飞魄散的事，就像陈平安始终没聊自己从剑气长城来，差点回不了家。

大概正因为这样，双方才会一次次在酒桌上喝酒，还会约下次再喝。

陈平安没有直接去往剑水山庄，因为按照当年的说法，整个山庄都会搬去与古榆国接壤的一处青山绿水间，山庄原址则会变作梳水国仅次于五岳的一座山神府，而宋凤山的妻子柳倩会就地晋升为那座山头的山神娘娘，神位品秩不高，但是属于梳水国的正统封正，纳入礼部山水谱牒。而且按杨晃的说法，宋凤山这些年剑术精进极多，已经成为仅次于松溪国青竹剑仙的江湖魁首。但是老庄主宋雨烧已经不问世事很多年，因为如今再没什么剑水山庄了。如果杨晃不是与神诰宗还有些关系，都不清楚宋雨烧的归隐处，更不清楚这位梳水国老剑圣的孙媳妇竟然能够摇身一变成为坐镇一方山水气数的神祇。

在去往梳水国北境的山神庙之前，陈平安先御风赶路，悄然飘落在地，扶了扶斗笠，青衫背剑，走在了彩衣国和梳水国接壤的一条山野小路上，只是没想到原先的破败古寺也已经变成了一座崭新的山神庙。

陈平安收敛气息，走入香火平平、香客寥寥的山神庙，有些无奈。大殿供奉的金身神像与那韦蔚有七八分相似，只是容貌稍稍成熟了几分，再无少女稚气。山神娘娘身边还有两尊矮了许多的侍奉神女，陈平安瞧着也不陌生，忍不住揉了揉眉心。混到这个份上，韦蔚挺不容易的，算是实打实地步入仕途，并且官场升迁了。

陈平安翻山越岭无数，再礼敬各地山水神灵，也当真不愿意在这儿给知根知底的韦蔚烧香，就打算转身离去，然后直奔北边另外一座山神庙。

记得那女鬼韦蔚曾经埋怨这个世道，人难活，鬼难做。不知道如今当了享受人间香火的山神娘娘，会不会觉得轻松些。

一地山水气象正不正，陈平安还是看得出来个大概的，所以就没有“叙旧”的想法了。只不过这位山神娘娘一看就是个不善经营的，香火寥寥，再这么下去，估摸着就要去城隍庙赊账了。

陈平安没有走入大殿，只是在门槛外边看了一眼，就直接离开。只是当他刚走出祠庙大门，便涟漪阵阵，凭空出现一个祠庙陪祀神女，梳高椎髻，身材高挑，身穿一件云雾升腾的华美彩衣，若是给那些过路的落魄书生瞧见，大概就要觉得是书上所谓的神女青睐了。

陈平安停下脚步，笑道：“恭喜。”

那个从山野鬼物变成山神侍女的高挑女子越发确定对方正是那个特别喜欢讲道理的年轻剑仙，赶忙施了个万福，战战兢兢道：“奴婢见过剑仙。我家主人有事外出，去了趟督城隍庙，很快就会赶来。奴婢担心剑仙会继续赶路，特来相见，叨扰剑仙。希望剑仙可以让奴婢传信山神娘娘，好让我家主人快些赶回祠庙，早些见到剑仙。”

陈平安摇头道：“算了，我只是路过，就不打搅你们韦山神清修了。”

韦蔚肯定是在县城隍那边有借不还，府城隍求过多次，吃了闭门羹，只好求到了一州阴冥治所所在的督城隍那边。

高挑女子都带了些哭腔：“剑仙前辈若是就此别过，我和姐姐定会被主人责罚的。”

陈平安问道：“先前寺庙遗留神像如何处置了？”

高挑女子愣了愣，说道：“回禀剑仙，我家娘娘都小心归拢起来了，说以后好拐骗……请求某个自家山神祠里边的大香客花钱重新修缮一座寺庙。”

陈平安点点头，笑道：“山神娘娘有心了。”

拐骗？陈平安一听就是那韦蔚的行事作风，所以归拢破败佛像一事多半是真。

陈平安缓缓而行，在祠庙外一棵青松下的青石长凳上落座，摘下斗笠，指了指青石长凳另一端，笑道："坐下聊。"

高挑女子赶紧施了个万福："奴婢万万不敢，剑仙自己休歇就是了。"

美色什么的，自己和主人在这个剑仙面前先后吃过两次大苦头了。亏得自家娘娘隔三岔五就要翻阅那本山水游记，每次都乐和得不行。反正她和另外那个祠庙侍奉神女是看都不敢看一眼，她们俩总觉得凉飕飕的，一个不小心就会从书里边掠出一把飞剑，剑光一闪就要人头滚滚落。

陈平安没打算等那韦蔚赶回山神祠，想了想，缓缓道："我看先前两个烧香的人是梳水国路过此地的士子吧。你们这边是两国边境接壤，官道就在祠庙地界内，多有商贾过路，山水景色也秀美，还有不少荒诞离奇的山水故事。如今世道太平，照理说走江湖的武林中人、钱囊鼓鼓的游客肯定不少，山神祠这边的香火不该这么差才对。"

科场功名、官场顺遂的文运，江湖扬名的武运，财源滚滚、美好姻缘、祛病消灾、子嗣绵延，一地山水神祇显灵之事无外乎这几种。

高挑女子脸色尴尬，小心翼翼酝酿措辞，才颤声回答道："我家娘娘暗中栽培过几个江湖少侠，武功秘籍都丢了好些本，没奈何都没谁能混出大出息，至于文运、姻缘什么的……我们山神祠好像天生就不多，所以我家娘娘总说巧妇难为无米之炊。至于那些个商贾，娘娘又嫌弃他们满身铜臭，关键是每次入庙烧香，那些个男人的眼神又……反正娘娘不稀罕理会他们。"

陈平安笑道："那我倒是有个小建议。求那些城隍暂借香火稳固一地山水气数，终究治标不治本，不是什么长久之计，只会年复一年消磨你家娘娘的金身以及这座山神祠的气运。只要韦山神在梳水国朝廷还有些香火情就行了，都不用太多，然后精心挑选一个进京赶考的寒族士子——当然，此人自身的才情文运、科举制艺本事也都别太差，得过得去，最好是有机会考中进士的——在他烧香许愿后，你们就在他身后暗中悬挂你们山神祠的灯笼，不用太过节省，就当孤注一掷了，将地界所有文运都凝聚在那盏灯笼之内，帮助其夜游入京。与此同时，让韦山神走一趟京城，与某位庙堂重臣事先商量好，会试能考中同进士出身就抬升为进士，进士名次高的尽量往二甲前几名靠，本身在二甲前列的就咬咬牙送那读书人直接跻身一甲前三。到时候他还愿会很心诚，文运反哺山神祠就是水到渠成的事情了。当然，你们要是担心他……不上道，可以事先托梦给他提个醒。"

高挑女子先是听得神采奕奕，两眼放光，突然又哭丧着脸，急得直跺脚："剑仙前辈，怕就怕这样有才气的读书人根本不会来我们山神祠烧香啊。"

陈平安有些无奈。你和你家山神娘娘是做啥出身的，自己心里没数？打家劫舍去啊，山水辖境内县城、府城找不着合适的读书种子，祠庙神女夜游地界，多天经地义的事情，在那大小驿站守着，随时准备半路抢人啊。何况你们如今又不是害人性命了，明摆着是给人送文运去的天大好事，以前做得那么顺畅，曾经来那古寺跟点卯似的，次次能遇到你们，如今反倒连这份看家本领都生疏了？山神祠如此香火不济，真怨不着别人。

陈平安只好用相对比较委婉，同时不那么江湖黑话的言语又与她说了些诀窍。高挑女子听得频频点头：懂了懂了，茅塞顿开，这位剑仙前辈果然学究天人，除了不是那么怜香惜玉，真是处处都好。

陈平安站起身，道："最后说几句，烦请帮我捎给韦山神。这种山水官场的走捷径，可一可二不可三，你让韦山神多多思量，真想要既能造福一方，又功德圆满金身无瑕，还是要在'正本清源'四个字上下苦功夫。许多看似亏本的买卖，山神祠也得诚心去做。例如那些市井坊间的积善之家并无半点余钱，哪怕一辈子都不会来祠庙烧香，你们一样要多多庇护几分。天有其时，地有其才，人有其治。山水神灵，灵之所在，在人心诚。圣贤教诲，岂可不知。"

高挑女子施了个万福，感激涕零道："剑仙前辈的墩墩教诲，奴婢定当铭记在心。"

陈平安犹豫了一下，还是没忍住，帮她纠正道："谆谆教诲，谆谆，以后多读书。"

高挑女子顿时涨红了脸，羞赧得恨不得挖个地洞钻下去，所幸那位年轻剑仙重新戴好了斗笠，一闪而逝。

在梳水国北境，陈平安见到了宋凤山、柳倩夫妇二人，但是宋老前辈竟然出门远游去了，去什么地方，什么时候回，都没个准。

陈平安得知宋老前辈身子骨还算健朗之后，虽说此次未能见面，少了顿火锅就酒有些遗憾，可到底还是在心底松了口气，在山神府留下一封书信就要离开。不承想宋凤山竟然一定要拉着他喝顿酒，陈平安怎么推托都不成，只好落座喝酒，结果喝得眼神越发明亮，两鬓微霜的宋凤山就趴桌上不省人事了。陈平安有些愧疚，那位曾经的大骊谍子、如今的山神娘娘柳倩笑着给出了答案，原来宋凤山曾经在爷爷面前夸下海口，说别的不能比，可要说酒量，两个陈平安都不如他。

陈平安起身告辞，笑道："这顿酒就别与宋老前辈说了，省得宋大哥下次躲我。"

柳倩微笑道："陈公子，不然我与爷爷说，你们俩打了个平手？"

陈平安大手一挥："不行，酒桌上，亲兄弟明算账。"

柳倩突然说道："陈公子，只要爷爷回了家，我们肯定会立即传信落魄山的。"

陈平安点头道："到时候我会立即赶过来。"

柳倩轻声道："爷爷这些年几次出门走江湖都没有带剑，好像就只是出门散心。"

陈平安有些疑惑，柳倩欲言又止。

陈平安说道："没什么不可以说的。"

柳倩以心声言语道："爷爷一直不相信陈公子会在那场战事的首尾始终销声匿迹，所以爷爷很担心你是出了意外。"

陈平安愣了愣，笑道："知道了知道了，宋老前辈肯定是既担心我，又没少骂我。"

他扶了扶斗笠，以心声说道："等宋老前辈回了家，就告诉他，剑客陈平安，是那剑气长城的最后一任隐官。"

柳倩呆滞无言。哪怕是她的丈夫宋凤山，都只听说过倒悬山和剑气长城，却不清楚剑气长城的隐官意味着什么。而她因为是大骊死士出身，才得以知道此事，又因为身份，不可轻易说此事。

柳倩问道："陈公子，那么……隐官陈十一？"

陈平安笑着点头："就是垫底的那个。"

柳倩想了想，问道："我把凤山喊醒，你们再喝几壶？"

陈平安无奈道："余着好了。"

最终柳倩看着那个大步离去的背剑青衫客，都忘了送一程。她只是想着，等爷爷回了家，晓得此事，又得吹嘘自己的眼光独到了吧。

这么多年来，爷爷其实既担心，又挺伤心的，因为对于爷爷来说，好像自己不在江湖了，可只要那个年轻人身在江湖，江湖就还是那个江湖。行走江湖，会翻老皇历，会讲老规矩，会懂老讲究，这样的老江湖里边，始终有个让老人心心念念寄予厚望的年轻人。有次爷爷拉着凤山和她，爷爷吃火锅都没下几筷子就喝高了，说那小子只要活着，自己就没啥好生气的，所以千万别不敢来喝酒、吃顿火锅，给一个老头子骂几句算得了什么。

一座偏远小国的武馆大门口，一袭青衫大半夜使劲敲门。

一个身为馆主嫡传弟子的再传弟子的年轻人睡眼惺忪地跑来开了门，没好气道："找谁？"

如今大骊的官话，其实就是一洲官话了。

背剑男子笑道："找个大髯游侠，姓徐。"

年轻人白了他一眼："武馆没啥大胡子游侠，我家馆主倒是姓徐。你这是……问拳？上门切磋的话，明儿再来。大半夜的，没这样的江湖规矩。还有，说好了啊，我那祖师馆主已经金盆洗手了，要论拳脚功夫，你得找我师父。而且劝你别冲动，我师父是出了名的拳头重，尤其是鞭腿，飒飒的，一腿下去，碗口粗的硬木都给你踹断，你别以为背了把剑就了不起！对了，这把剑啥材质啊，精铁铸造？几两银子买的？能不能给我瞧瞧？"

那人摇头道："我找徐大哥喝酒。"

年轻人给气得不轻："又是大胡子，又是徐大哥的，你到底找谁？"亏得自己的馆主祖师爷是个读过书的，武馆上下几十号人个个耳濡目染，不然老子都不晓得"大髯"是个啥。

那人笑道："找徐远霞。"

年轻人堵在门口："你谁啊，我说了祖师爷已经金盆洗手，退出江湖了！"

没办法，听师父私底下说，自家祖师爷当年刚开馆立足那会儿，与人问拳切磋，就没赢过几场，所以早年唯一捞到手的就是个"逢拳必输徐大侠"的江湖绰号。亏得师父和几位师伯师叔拳脚功夫比较过硬，用江湖同道的说法，就是拳脚不凌厉，挨打很本事，所以好歹是把武馆的名号给立起来了，这些年武馆生意还不错。可是祖师爷拳脚不行，收徒弟也一般，唯独吹牛的本事独一份，说他在还很风流倜傥的当打之年，在江湖里遇到两个朋友，那才算得到他的拳法真传，一个拳快，一个拳慢，搁在咱们这边的江湖，能从山脚打到山顶，那些个飞来飞去的山上神仙都拦不住——毕竟是师父，或者是祖师爷，又是管着钱袋子的馆主，老人家说啥就听啥，还能如何。

深夜犹春寒，上了岁数的人睡眠浅，一个满头白发、身形佝偻的老人就披了件厚衣衫站在演武场上，怔怔望向大门，喃喃道："陈平安？"

陈平安踮起脚尖，抬起手使劲挥了挥，一个闪身，从侧门就跨过了门槛，快步走向徐远霞，徐远霞大笑着走向他，一个转身，胳膊环住他的脖子，气笑道："你小子才来？！"

陈平安给他拽得身体稍稍歪斜，抬起手，想要轻轻拍打他的后背，只是犹豫了一下，便搁放在了昔年大髯游侠的肩膀上。

武馆门外，裴钱、姜尚真，再加上一个死皮赖脸的白玄，三人都是偷偷摸摸过来的，就没进去。

看大门的那个年轻武夫看了眼门外那个长相很像有钱人的中年男子，就没敢嚷嚷，再看了眼那个丸子头女子，就更不敢说话了。

白玄轻声问道："裴姐姐，这家伙谁啊，敢这么跟曹师傅不客气，曹师傅好像也不生气，反而胆子小小的，都半点不像曹师傅了。"

裴钱轻声道："是我师父很敬重的一个江湖朋友。"

白玄疑惑道："曹师傅都很敬重的人？那拳脚功夫不得高过天了？可我看这武馆开得也不大啊。"

裴钱笑着没说话。

姜尚真已经斜靠门口，双手笼袖，笑眯眯问道："这位小兄弟，你有没有师姐或者师妹啊？"

年轻人叹了口气，摇摇头，大概是给勾起了伤心事，一不小心就说出了真相："以前本来有两个师姐，可是我师父一喝酒就发酒疯，只要见着女子就哭，怪瘆人的，就把她们给吓跑了，祖师爷他老人家也没辙。"

姜尚真恍然点头道："那你师父与我算是同道中人啊。"

年轻人疑惑道:“都喜欢发酒疯?”

姜尚真笑道:“你小子挺会聊天啊。”

年轻人眼角余光打量了一眼那门外女子,大声道:“我是读过书的。”

白玄小声道:“裴姐姐,这小子对你有意思。好家伙,这份眼光,硬是要得!”

裴钱低头,微笑道:“白玄,你怎么还不练拳?”

白玄双手负后,摇头晃脑道:“不着急啊,到了落魄山再说呗。曹师傅可是都讲了的,我要是学了拳,最多两三年就能跟裴姐姐切磋。还说以前有个同样姓白的,也是剑修,在裴姐姐你面前就很英雄气概。曹师傅让我不要浪费了这个好姓氏,争取再接再厉。”

裴钱点点头:“你跟那个白首确实挺像的。”

白玄嗤笑道:“他像我才对吧。”

裴钱笑道:“反正都差不多。”

白玄总觉得裴钱话里有话。

姜尚真瞥了眼白玄:小小年纪,确实是条汉子。

武馆内,酒桌上。

这辈子喝酒,除了在倒悬山黄粱福地那次,几乎就没怎么醉过的陈平安竟然在今夜喝得大醉酩酊,喝得桌对面的那个老人都以为自己还是豪气干云的大髯刀客,对面那个酒鬼还是少年。

清源郡仙游县城内的小武馆凭空多出了一大拨大大小小的客人,县城夜禁竟然没有半点消息,不曾记录在册,县衙得了消息后,大清早的就急哄哄跑上门,与武馆索要通关文牒。这等事情,县太爷与徐老哥交情再好,衙役也不敢睁只眼闭只眼,出了任何纰漏可都是要掉脑袋的,一大串,从县太爷到太守,一直往上走,都会被追究,有些人丢了官帽子,比丢脑袋差不到哪里去。所幸武馆没有让他们难做人,一个年轻县尉接过了三份样式不同寻常的关牒,侧过身,仔细翻阅过后,毕恭毕敬地还给了那个年轻女子。眼前这女子还好,江湖人,其余两份关牒竟然都是大骊户部定制、礼部颁发的山水关牒,那么年轻都尉就心中有数了,别说是身边带着九个孩子,便是九十个,在这清源郡仙游县都可以随便“仙游”。

陈平安难得起床这么晚,日上三竿才走出屋子,刚出门伸了个懒腰,就看到裴钱在六步走桩,气定神闲。小胖子程朝露和两个小姑娘在一旁跟着走桩,程朝露走得认真,两个小姑娘不过是闹着玩。姜尚真则双手笼袖蹲在台阶上,看着那些不知道是看拳还是看裴钱的武馆男子。

昨夜与那自称读过书的年轻人一番攀谈,没花一文钱就晓得了他那师父与某位山上仙子的恩怨情仇,听得姜尚真唏嘘不已,连说不应该不应该。

陈平安才出门，就被徐远霞拎着两壶酒堵了回去，说是以酒解酒最回魂，天底下最解酒之物永远是下一杯酒。

陈平安无可奈何，只得回屋子陪着。屋里有酒杯，桌上还有几本翻阅不多、看着很新的书，儒家圣贤书、道家典籍、文人笔记都有。

一间留给朋友的屋子，这么多年来，给一个走惯了江湖的老人收拾得干干净净，整整齐齐。

徐远霞听了些陈平安在桐叶洲的山水事，问道："彩衣国胭脂郡沈城隍那边，路过时可曾入城敬香？"

老人既希望年轻人没忘记这些江湖礼数，又想着万一年轻人不小心忘记了，自己就有机会念叨几句了。

陈平安轻轻抿了一口酒，放下酒杯，说道："当然。"

徐远霞点点头，好像真没什么想说可说的了，就开始默默喝酒。

陈平安问道："真不跟我一起去落魄山看看？"

徐远霞笑着摇头："不去。回头你和山峰一起来看我，走江湖做大哥的，得讲面子。"

话是这么说，事实上老人是要提着一大口心气才能等着两个还很年轻的朋友来找自己喝酒。

陈平安就不再多劝。

徐远霞提醒道："你这趟回乡肯定会很忙，所以不用着急拉着山峰一起来喝酒，你们都先忙你们的。争取这十几二十年，咱们三个再喝两顿酒。不然每次都是两个人喝，大眼瞪小眼的，少了些滋味，到底不如三个凑一堆。说好了，下次喝酒，我一个打你们两个。"

陈平安调侃道："一个打两个？但凡有一小碟佐酒菜，都说不出这样的醉话来。"

徐远霞瞥了眼被陈平安挂在墙壁上的那把长剑，没来由想起一句"十年不见老仙翁，壁上龙蛇飞动"。只不过词句是好，却不太应景。

徐远霞收回视线，开玩笑道："你是知道的，我生平最仰慕苏子词篇。以后你如果有机会能够见到苏子他老神仙，记得一定要帮我说一句，一本随身携带多年的《苏子词集》，替一个名叫徐远霞的江湖游侠节省了好些佐酒菜的钱。"

陈平安笑着点头道："没问题，以后真要见着了那位苏子，我还要求着他老人家将徐大哥那几篇打油诗评点一二。若是那位前辈好说话，我就死皮赖脸请他帮你写那山水游记的序文。不过酒桌上说话，一贯是先把牛皮吹出去，当真不当真，就看徐大哥的酒杯深浅了。"

徐远霞晃了晃手边的酒壶，感觉没剩下多少，便伸手覆住酒杯，笑道："老规矩？"

陈平安也笑着点头："先余着。"

徐远霞沉默片刻,见陈平安始终没个动静,疑惑道:“你小子还不动身赶路?”

好不容易从剑气长城返回了浩然天下,这都多少年没回落魄山了,这小子肯定着急赶路。就像陈平安方才说的,酒桌上先把牛皮吹出去。昨夜那顿酒,陈平安喝高了,醉得一塌糊涂,说话嗓门不小,只是酒品真不错,非但不发酒疯,反而神采奕奕,比没喝酒的人还眼神明亮。年轻人说了一些让徐远霞感觉很惊心动魄,又很……心神往之的事情。一开始徐远霞都误以为这小子真是那千杯不醉的海量,谁知一个毫无征兆,砰一声,这小子的脑袋就磕到桌子上,醉得不省人事,鼾声如雷了。

陈平安愣了一下,笑骂道:“我他妈就不能在这里多待几天?难道武馆都已经穷得揭不开锅了?好酒不够了,茶水总有吧。”

年少时总想着以后喝酒一定要喝最好最贵的酒,但其实,什么酒水上了桌,一样都能喝。岁月不饶人,等到买得起任何酒水的时候,反而开始多喝茶,就算喝酒也很少与人痛饮了。

徐远霞大笑道:“好说!”

接下来几天,徐远霞带着陈平安他们逛了逛仙游县,城外那处深山中的仙家门派也游历了一趟。主要还是那个名叫周肥的男人,不知怎么与徐远霞的一位亲传弟子相当投缘。那弟子名叫郭淳熙,就是被青梅竹马伤透心的那个。三十好几的人了,还是打光棍,成天恨不得把自己浸泡在酒缸里,不然郭淳熙会是徐远霞嫡传弟子当中最有出息的一个,这辈子是有希望跻身五境武夫的,在一个小国江湖,也算一位足可开山立派的武林泰斗了。周肥私底下找到徐远霞,说郭兄弟是有些山上香火情的,打算带着郭兄弟出门散心一趟。他会些相术,觉得郭兄弟一看就是个山上人的面相,在武馆讨生活,白天习武敷衍,晚上在酒缸里梦游,屈才了。徐远霞信得过陈平安的朋友,就没拦着,让周肥只管带走郭淳熙。

那个山上仙家名为青芝派,开山祖师是位观海境的老仙师,据说还有个龙门境的首席供奉,而郭淳熙心心念念的那个女子如今不但是青芝派的祖师堂嫡传,还是下任山主的候补人选之一。青芝派的掌门仙师其实最清楚仙游县老馆主徐远霞的功夫深浅,因为徐远霞早年为了郭淳熙,曾悬佩法刀登山讲过一番道理。青芝派掌门也算讲理,没有当真如何棒打鸳鸯,只不过最后那女子自己心不在山下了,与郭淳熙有缘无分,徐远霞这个当师父的还闹了个里外不是人。

陈平安没有带着裴钱,让她留在武馆看着那些孩子。只有白玄双手负后,跟着他们一起登山,在徐远霞身边学曹师傅一口一个“徐大哥”。徐远霞知道他们都是来自剑气长城的孩子,所以格外好说话,也一口一个“白老弟”,让白玄对徐远霞的印象格外好,还私下约定以后他就是武馆的记名客卿了,要是有人砸场子,就传信落魄山,论吵架,论拳脚,论剑术,他都是一把好手。

姜尚真默默记下白玄喊了几遍“徐大哥”，徐远霞回了几句“白老弟”，自己回头好跟大师姐邀功不是？

至于那个头发乱糟糟、满脸络腮胡的郭淳熙，莫名其妙地身上穿了件周肥送给他的新衣服，青地子，织山水云纹，据说是什么缂丝工艺，反正郭淳熙也听不懂，轻飘飘的，穿着跟没穿差不多，让郭淳熙十分不适应。只是脚上还穿着一双弟子帮忙缝补的皮靴，袖子不短，又不敢随便卷起袖子，怕坏了讲究，让汉子双手都不知道该往哪里放了。

徐远霞当然晓得那是一件山上法袍，只是品秩高低就看不出了，聚音成线询问陈平安，陈平安答道：“是件出自云窟福地十八景之一刻色坊的法袍，仙女缂丝，春水云纹，在桐叶洲山上很有名，又是从周肥手里拿出来的，所以怎么都该有个法宝品秩吧。给周肥施展了仙家障眼法，又压下了法袍独有的通经断纬‘抽丝’神通，不然郭淳熙穿不上的。一旦周肥撤掉术法，青芝派这会儿的山水灵气，若是祖师堂阵法拦不住，一下子就要少掉半数，都被法袍抽取在身，融入那些经线当中了。”

徐远霞越发好奇：“你这朋友要做什么？”

听这意思，这件法袍若是给练气士穿在身上，本身就是一件攻伐重宝了？

陈平安笑着给出真相：“周肥做事随心所欲，经常会吃饱了撑的，我们习惯就好。”

徐远霞说道：“淳熙这家伙就是个境界不高的纯粹武夫，在你们这些家伙眼中可算不得什么习武天才，他接不住这份山上机缘吧？”

陈平安说道：“徐大哥你就放心吧，周肥做事情极有分寸。”

就像当年在俱芦洲救下的孩子，被姜尚真带到书简湖真境宗后，在玉圭宗的下宗谱牒上取名为周采真。大概是周肥的周，郦采的采，姜尚真的真。之后两任宗主，从剑仙韦滢、仙人刘老成，到玉璞刘志茂、元婴李芙蕖，再到金丹剑修隋右边，都对这个孩子照顾有加。整个规矩森严、天才辈出的书简湖宫柳岛，这么多年来，修道资质可谓不值一提的周采真却是当之无愧的宠儿。只不过小姑娘性情比较乖巧，至今还未离开过书简湖，倒是经常去找田湖君和青峡岛一个看门女子谈心。

一个原本没有丝毫修道资质的孩子，硬是给姜氏祠堂祖传仙诀、真境宗嫡传道法、一大堆神仙钱、山上福缘给堆出了个洞府境。陈平安得知后，与姜尚真由衷道了一声谢，姜尚真回了句“别骂人”，让陈平安心怀愧疚，说首席供奉一事，若下次在霁色峰祖师堂商议时起了波澜，自己这个山主一定会力排众议。

姜尚真当时看着眼神格外诚挚的陈平安，再想到裴钱先前所谓的次席供奉，以及陈平安急匆匆回过一趟落魄山，没来由就想起一句“好事不怕多磨”，再想到“小钱能使鬼推磨，大钱能让磨推鬼”，姜尚真就立即心定几分。

至于孩子为何姓周，在山上是有讲究的。姜尚真化名“周肥”，并且是用这个名字在落魄山担任的记名供奉，纳入了霁色峰的山水谱牒，那么这就意味着周肥再不是一个空落落的化名，那个孩子跟随姜尚真姓周而不是姓陈，就等于姜尚真代替陈平安接下了所有因果。

一行人沾徐远霞的光，青芝派不但通行无阻，门房还传信祖师堂，说是徐老馆主登门拜访。

远亲不如近邻，青芝派与徐远霞关系还不错，一位年轻时候喜欢远游的六境武夫，毕竟不容小觑。只不过随着徐远霞的年纪越来越大，原本一些个小道消息的分量也就越来越轻，所以祖师堂得到了传信后，都没有打搅掌门坐忘清修，只让一个嫡传弟子露面接待：洞府境，甲子岁数，亦是山主候补之一的修道天才，掌门亲传，名为蔡先。

若是登山途中，徐远霞是敬陪末座的恭敬架势，那么青芝派掌门就肯定舍得“出关断修行”了。可既然是徐老武夫带头，其余人等都是陪着登山的路数，自然就没这份待遇了。

蔡先站在山顶台阶上“恭迎”贵客，徐远霞远远就抱拳：“见过蔡仙师。”

蔡先面带笑意，拱手还礼：“徐馆主。”

蔡先其实一直在打量徐远霞身边那拨人，至于那个换了一身光亮行头的郭淳熙，则一瞥带过。不用多看，俗子衣锦，也别上山。

郭淳熙身边是个眼眸狭长的英俊男子，一身紫色长袍，绸缎质地，倒像是个豪阀出身的世族子弟。

还有个青衫长褂的儒雅男子，笑容和煦，先前在徐远霞抱拳的时候，男子跟着抱拳了，却未开口言语。

另一个眼睛都不是长在脑门而是长在天上的白衣小屁孩双手负后，徐远霞抱拳他没动静，等到青衫男子抱拳，他才不情不愿地跟着抱拳。

到了山顶，一大片堪舆精准的仙家府邸云烟缭绕，仙气缥缈，陈平安环顾四周，姜尚真笑着以心声言语道：“怎么，暗藏玄机？”

陈平安答道：“没有。只是一朝被蛇咬，十年怕井绳，担心藏着个类似裴旻的世外高人。”

姜尚真无奈道：“哪跟哪啊。”

陈平安笑道：“姜老宗主不就站在这里了吗？”

姜尚真揉了揉下巴：“有理。”

青芝派今天竟然有一场镜花水月，是两位仙子的一场亭中弈棋，不过距离不近，在临崖处，离着数里山路。

蔡先本想着煮一壶山茶就可以送客下山了，只是瞥了眼那个郭淳熙就改变了主意，邀请一行人去崖畔观景台做客，只是说了一番山水规矩，切记不能闯入那镜花水月的“眼帘”当中。

蔡先说得仔细，说离凉亭最少要有九十步远，一行人就照着规矩，沿着一条山脊的林荫小径，视野豁然开朗后就早早停步，远远瞧见了那处悬匾额“高哉”的小凉亭。

有亭翼然，危乎高哉。高哉亭，陈平安觉得这名字不错。

取名字这种事情，无论是宗门帮派的名字，还是飞剑命名、山水崖刻，后来人就是吃亏，跟作诗写词是差不多的道理。

陈平安忍不住以心声问道：“浩然天下取名高哉亭的亭子，别处有没有？”

姜尚真笑道：“没有一百，也该有几十个吧。”

陈平安点点头：那我就不客气了，反正霁色峰上已经有了座山水亭，不差一座高哉亭。

陈平安看了眼郭淳熙，中年汉子神色恍惚，瞪大眼睛，怔怔看着凉亭内一个下棋的年轻女子。

陈平安收回视线，重新望向那座凉亭。其实他有些讶异，因为凉亭内与青芝派谱牒女修对弈的山上仙子是道门女冠装束，头上却不戴道冠，而是别有一支梅花样式的发簪，篆刻有“青梅观观青梅”一行小字。

陈平安听说过那南塘湖的青梅观，是一个不大的道门仙家。他曾经在家乡的西边大山道路上遇到过一个名叫周琼林的女修，当时她跟在衣带峰的宋园、刘云润身边。陈平安还清楚地记得双方分开后，裴钱对她的印象很好，说她的心湖间住着许多衣衫褴褛、瘦骨嶙峋的可怜孩子，因此她对着一只空空如也的大饭盆十分伤心。

姜尚真眼尖，立即察觉到蛛丝马迹：“山主认得那位姐姐？咱们要不要打招呼？”

陈平安摇头道：“不认得，只是听说过南塘湖青梅观。”

姜尚真笑道：“青梅观，小门派，整个南塘湖都没了，何谈一座不长脚的小道观。所幸伤亡不大，所以这些年道观出身的仙子姐姐们一个个就再难养尊处优清净修行了，不得不云游四方，辛苦化缘，惹人怜惜。我在书简湖当宗主那会儿，还买过青梅观用来观看镜花水月的一棵梅树。可惜了，再见不到‘梅花低伸手，化妆美人面’的景象了。”

陈平安无奈道：“一整棵梅树？”

姜尚真点头道：“必须啊，每次道观镜花水月开启，别人丢一枚小暑钱才能有的待遇，我只需要丢枚雪花钱就有了，多划算的买卖。”

陈平安笑道：“丢完雪花钱，被喊几声哥，再哗啦啦丢小暑钱？”

姜尚真无奈道：“反正也不是经常看那青梅观的镜花水月，我这袖里乾坤装了几百件呢，很忙的。一年到头都要小心翼翼，力求雨露均沾，不让任何一个姐姐受了冷落，山主以为很简单啊，比起闲暇时候的修行更耗心神。”

闲暇才修行，挣钱花钱才是正业……这种遭雷劈的话也就姜尚真说得出口，关键还是真话。

陈平安当下还不清楚，姜尚真早年还通过镜花水月，“只”花了一枚谷雨钱，就在青梅观里边买下了一棵梅树。所以每次只要化名“周深情”的周大哥一开口，青梅观的仙子姐姐就都笑语嫣然，要去某棵千年梅树下驻足片刻，挽枝点额，不然何来的“梅花低伸手，化妆美人面”一说？

陈平安突然转头，笑望向那个青芝派极会察言观色的“蔡洞府”，问道：“蔡仙师，如何才能够观看此山的镜花水月？”

蔡先笑道：“购买一株青玉灵芝即可，价格不贵，五枚雪花钱，按照如今山上市价，约莫等于山下的六千两银子。既然你是徐馆主的朋友，就不谈那神仙钱折算成白银的溢价了。购买此物，我们会赠送一本山水册子，专门讲解镜花水月一事。”

蔡先想了想，补了一句：“只不过我身上并未携带青玉灵芝，你们如果真感兴趣，回头我再带你们去灵芝堂看一看。除了青玉灵芝，其实还有不少比较珍稀的山上灵器。除此之外，还卖一些个小巧玲珑的手把件，文房清供，都是我们门派独有的青芝玉精心炼制、雕琢而成，价格有高有低。”

姜尚真笑了笑。这个蔡洞府还是个比较会做人的，一个中五境的修道天才，并未如何气势凌人，都知道主动给人台阶下了。难怪郭淳熙会输给他，不光光是山上山下的云泥之别而已。

那位青芝派同样是洞府境的谱牒女修，弈棋间隙看了一眼这边，与郭淳熙客客气气点头致意，再与蔡先明眸一笑，不是一双携手御风的神仙道侣，没有那样的秋波流转。青芝派这种小仙家，两个年纪轻轻的洞府境，将来谁当掌门，都是自家囊中物，估计现任掌门也会乐见其成，不然换成其他两个祖师堂嫡传，争来争去还要伤和气，万一哪个负气而走，更是伤筋动骨。不过看样子，那位仙子与蔡先还没生米煮成熟饭。其实意外还是会有的，比如前者破境太快，成为青芝派历史上的首位龙门境修士，到时候她这掌门就又要山顶瞧不起半山腰了，与当年她入山便瞧不起山外的郭淳熙如出一辙。可惜那位观海境老神仙架子大，没露面，不然就能瞧见郭淳熙身上那件法袍的不同寻常，事后便会变得极有意思了，比如女修下山返乡探亲，路过仙游县城的武馆，落魄不已的昔年青梅竹马邋遢汉子竟然重提心气，出门远游，不见踪迹了……回山之后，掌门又问起，女子越想越玄妙，越想越思念，从此患得患失，一个差点已经彻底忘记的名字重新在心头打转不停……罢了，就当是郭兄弟抛媚眼给瞎子看了，山上悠悠，不急一时，总有再见时。

姜尚真看了眼那女子的气府光景，跻身金丹比较难了，但是成为龙门境修士确实希望很大。对于青芝派这样的偏隅仙家而言，能够找到这么一个修道坯子，已经算是祖师堂青烟滚滚了。只不过姜尚真还是伤感更多些，凉亭弈棋的另外那人，青梅观那个不认识的小姑娘挣钱太不容易了，都需要来青芝派这种小山头镜花水月。

既然与自家山主有旧，那么姜尚真就悄悄丢下一枚小暑钱，再以心声在镜花水月的山水禁制当中密语一句："认不认得周大哥啊？"

青芝派那女子一头雾水，只是难免欣喜。整整一枚小暑钱的灵气涟漪，小小凉亭咫尺之地骤然间灵气沛然，让人如醉酒一般。而那青梅观年轻女冠更是雀跃不已，放下手中棋子，猛然起身，面朝崖外，施了个万福，然后开口问道："周深情？周仙师?!"

姜尚真刚想回她一句"喊什么周仙师，喊周大哥"，就挨了陈平安一记手肘，只得又丢了枚小暑钱，换了句："周大哥今儿有事先走，下次再聊。"

陈平安微微皱眉，疑惑道："这山上的镜花水月，若是稍稍宽松几分，不也算一种山水邸报？"

姜尚真笑道："这还是大骊朝廷开创的先河。其实最开始的时候，浩然天下的山水邸报和镜花水月都被禁绝了，但是宝瓶洲这边不管文庙的规矩，率先重启镜花水月，只不过取了个折中的法子，不可谈论那场战事，不然就会被各国朝廷礼部记录在册，再被大骊修士找上门，谁都吃不了兜着走，既然大战都落幕了，没理由遭这罪。当然，也有些头很硬的山上仙家不太当回事，觉得一个山河已经减半、版图还会继续缩减的大骊王朝肯定自顾不暇，至于最后的下场嘛，很不意外。那大骊宋氏也当真阴险，秘密处置了一大拨不守规矩的仙家势力，偏偏不着急昭告一洲，等到凑齐了五十家才发出消息。中土文庙那边不但没有问责大骊，干脆就有样学样了。"

陈平安脑海中蹦出两个词语：粘杆，钓鱼。

姜尚真感慨道："宝瓶洲山上都说这是大骊陪都礼部老尚书柳清风的手段，这个家伙也是个半点不给自己留退路的。但根据真境宗那边传来的幕后消息，其实是大骊京城刑部侍郎赵繇的主意。从骊珠洞天走出去的年轻人，尤其是读书人，确实都心狠手辣。不过这就更显得柳清风的铁石心肠了。"

陈平安点头道："我其实早就认识柳清风了，极务实，很厉害，走的是内圣外王兼霸的路数，毫无书生意气，绝大多数时候甚至都不像一个儒家子弟。如果柳清风是修行中人，赵繇是没多少机会当国师的。其实读书人很多的想法都太过空泛，没个渐次阶梯可走，两手空空，根本支撑不起某个奇思妙想。柳清风完全不一样，他很擅长造势，甚至都不是借势。我当年还能离开避暑行宫去倒悬山春幡斋的时候，专门留心过柳清风的官场事迹。"

姜尚真叹了口气："能被你这么称赞的读书人，当然厉害。"

凉亭弈棋依旧，那青梅观年轻女冠与青芝派女修一边下棋，一边以心声言语，说起了那位"周深情"的一掷千金，以及与青梅观的香火情，听得后者心神震动：世间竟有如此将神仙钱当银子开销的大修士？莫不是一位境界高入白云间的陆地神仙？

陈平安一行人就此离开青芝派山头，在下山之前，陈平安掏出十枚雪花钱，买了两株青玉灵芝，到了山脚交给徐远霞。

徐远霞笑道："我要这玩意儿做什么，武馆那点家当，都看不起两次镜花水月。"

陈平安解释道："真要有急事，寄信太慢，就去青芝派山头开启镜花水月，我会第一时间赶来。"

徐远霞气笑道："难不成你在落魄山，就每天守着青芝派的镜花水月？你一个山主，不嫌磕碜啊？"

陈平安说道："我当然不会每天亲自盯着，会有人留心就是了。好歹是一山之主，供奉客卿还是有几个的。"

徐远霞问道："那你这是盼着我有事？"

陈平安一想也对，确实不吉利，只得收起青玉灵芝，想了想，转手就丢给姜尚真："你好这一口，送你了。"

姜尚真收入袖中，没客气。

武馆这边还有走镖的挣钱营生，众人骑上几匹矮马，白玄大概是觉得马背烫屁股，就一个起身，双手负后，站在了姜尚真身后的马背上，不等曹师傅开口，就说只要路上遇到人，他肯定乖乖落座。白玄突然伸手一拍姜尚真的脑袋："周老哥，策马狂奔一个，四条腿都慢悠悠的，比小爷两条腿走路还慢了。"

姜尚真笑道："你咋不趴在地上走路？"

自己多少年没骑马走江湖了？姜尚真仔细想了想，约莫有几百年了吧。果然还是托山主的福啊。

白玄恼羞成怒，弯腰伸手环住姜尚真的脖子："狗胆！怎么跟小爷说话的?!"

陈平安和徐远霞两骑在最前边，陈平安转过头，白玄立即松开手，抹了抹姜尚真的脑袋，再双手一拍姜尚真的脸颊："骑马慢些，满脸灰尘，周老哥都不英俊了。"

姜尚真笑道："白玄，你以后也是个能靠脸吃饭的。落魄山如果有了镜花水月，再过个几十年百来年，估计你就是扛把子了。"

白玄冷笑道："小爷可丢不起这脸。"

陈平安闻言又转过头望向白玄，白玄立即心知不妙，火急火燎道："曹师傅，咱们做人可不能太掉钱眼里啊，纳兰小财迷、姚小迷糊、贺呆子、虞小道长，他们做这个多合适啊，我跟那斗鸡眼还有死鱼眼都不成的，哪怕是程朝露那个小厨子，也比我们仨强啊。"

陈平安转回头，没理睬那个喜欢给人取绰号的小兔崽子。

与姜尚真并驾齐驱的郭淳熙突然说道："周大哥，你和陈平安都是山上人，对吧？"

不是山上修士，也拿不出那么多的神仙钱。两件山上宝物，一万两以上的银子，眼睛都不眨一下就送给了青芝派，郭淳熙真没有想到自己师父会有这样的江湖朋友。

姜尚真从袖子里摸出一株青玉灵芝，抛给郭淳熙，以心声笑道："带上这个，以后可以当份见面礼。你去一个名叫书简湖宫柳岛的地方，找到一个名叫李芙蕖的老娘儿们，说你与一个名叫周肥的家伙是好哥们儿，以后就让她带你上山修行。再告诉她一句，如果五十年内你没有跻身洞府境，就算我看人眼光太差，也怪郭兄弟你福缘不够，到时候就让她打死我们兄弟两个算了。郭兄弟，你敢不敢去？”

郭淳熙慌慌张张地接过了那六千两银子。他都没能从师父那边学来江湖上秘传的聚音成线，不是师父不教，是他学不来，也不想学，除了喝酒说些混账醉话，他其实连与人说话的兴致都没有。

郭淳熙笑了起来：“有什么敢不敢的，能不能再活个五十年都不好说，我这辈子也没正儿八经走过什么江湖，去过的最远的地方就是隔壁郡城，武馆走镖都不喊我，因为喝酒误过事。确实也该学一学师父，趁着腿脚还利索出去看看，活人不能被尿憋死。”

姜尚真笑着点头：“事先说好，书简湖此行，山水迢迢，意外多多，一路上记得多加小心，要是在半路上死了，我可不帮你收尸。”

郭淳熙爽朗笑道：“都死了好些年，老子还怕这个？”

白玄瞥了眼他，竖起大拇指。家乡那边，其实有好多郭淳熙这样的酒鬼。

陈平安以心声询问姜尚真：“玉圭宗和云窟福地，加上真境宗，除了明面上被你们掌控的山水邸报，还有多少？”

姜尚真笑道：“很多，不下十份。说句不要脸的话，当年如果不是我，神篆峰祖师堂根本不乐意花这个冤枉钱。”

陈平安点头道：“云窟福地掌控的山水邸报回头借我用一用，当然要清爽算账，每次让那些山上的笔杆子写邸报，到时候都记账上，十年一结。至于宝瓶洲和俱芦洲，我自己铺路好了。”

姜尚真问道：“关键时候，找人骂你？”

陈平安笑道：“不然？”

姜尚真道：“分寸不好掌握啊。”

陈平安说道：“天底下最好讲的，不就是公道话？”

姜尚真感叹道：“我先前捣鼓的那些山水邸报就恰恰少了这‘公道’二字真言啊。”

陈平安笑着回了一句：“害人之心不可有，防人之心不可无。”

沉默片刻，姜尚真笑了起来：“你们这些读书人！”

某些山水邸报配合某些镜花水月，是可以聚拢很多藏都藏不住的山上修士的，放任几十年百余年好了。在这期间，只要落魄山稍加留心，记录那些义愤填膺的言语，就可以顺藤摸瓜，将大大小小的谱牒山头随随便便摸个底朝天。

养鱼。

能够与年轻山主这么心有灵犀，你一言我一语，并且想法极远都不碍事的，姜尚真和崔东山都可以轻松做到。

秘密扶植起几份“容我说句公道话”的山水邸报，同时关注将来宝瓶洲山上各色的镜花水月一事，陈平安其实当下连心目中的负责人选都有了——骑龙巷草头铺子的目盲老道贾晟，还有落魄山上的账房小夫子张嘉贞。不过陈平安有些怀念当年的避暑行宫，其实隐官一脉的剑修个个是此道高手，哪怕亲自上阵写山水邸报都是信手拈来的，林君璧、顾见龙、曹衮、玄参……等到宗门和下宗事了，确实是要走一趟中土神洲了。

回了县城武馆，陈平安从墙上摘下那把佩剑背在身后，坐在桌旁的徐远霞站起身。

陈平安刚要说一些早就酝酿好的腹稿，不承想老人笑着摆摆手，走到他跟前，伸手理了理他的衣襟，轻声笑骂：“臭小子，你以为我徐远霞这辈子就只是为了跟你们俩喝酒而活着的？回到家乡，这么些年，难道每天就眼巴巴等着你们俩来看我啊？没有的事！开设武馆，与江湖朋友饮酒喝茶，跟官府打点关系，白天传授弟子们拳脚功夫，晚上修订山水游记，忙得很。人来世上走这一遭，活到了我这把岁数，能活就活，该走就走。”

陈平安欲言又止。徐远霞后退两步，笑着点点头。陈平安这家伙的模样还挺周正，是比张山峰那小子英俊几分。

老人最后说道：“三轮明月下的蛮荒天下有多少客死他乡的剑客，不也是一个个说走就走？想一想他们，再回头来看徐远霞，就不该磨磨唧唧像个娘儿们了。”

陈平安双手抱拳：“徐大哥，多保重。”

白发老人挺直腰杆，重重抱拳：“山高水长，一路顺风。”

第七章 无边风月

一行人步行离开仙游县城，在山水僻静处，姜尚真抖了抖袖子，先将那拨孩子都收入袖里乾坤，再与陈平安和裴钱御风去往那条云舟渡船。

其实渡船离青芝派山头不过三百里，只不过仙人障眼，就凭那位喜欢清净修行的观海境老神仙，估计瞪大眼睛找上几百年都不成。

渡船此行北去，自然会路过那条在云林姜氏家门口入海的大渎。

陈平安走到船头，俯瞰那条蜿蜒如龙的大渎。

姜尚真和裴钱来到身边，裴钱轻声道："师父，那个王朱好像在海底某处秘境内闭关，有破境的迹象了。"

陈平安点点头。

稚圭作为世间唯一一条真龙，汇集无数气运在身，早年还是仙人境瓶颈的时候就可以当半个飞升境看待了，所以才能与那绯妃捉对厮杀一场，在老龙城战场还能挨了袁首的倾力一棍都只是受点皮肉伤，却不曾真正伤及她的大道根本。

姜尚真趴在栏杆上唏嘘不已："如果不是还有个渌水坑青钟夫人得到文庙封正的雨师一职，统率所有陆地之上的蛟龙之属，分去了一部分浩然水运，不然王朱这小娘儿们一旦出关跻身飞升境，就真要无法无天了。"

陈平安眼神晦暗不明，说道："她一向擅长趋利避害，何况对她的天然压胜之人只会走一个又来一个，反正不管是谁，肯定一直都会有的。"

姜尚真说道："就数你那条泥瓶巷让人走得最提心吊胆。不谈山主，就说宋睦，如今就在陪都，他的婢女更是一条即将跻身飞升境的真龙。祖宅在那边的老曹家，曹曦、曹峻一门两剑仙。顾璨在白帝城这会儿也混得风生水起，据说前些年第二次下山历练，追着一个野修出身的玉璞境讲了好几年的道理，每天边厮杀边絮叨，差点没把人逼疯，最后竟然陪着顾璨一起回了白帝城。"

陈平安问道："不是那玉璞境野修忌惮白帝城，或是早就垂涎白帝城的道法？"

姜尚真摇摇头："还真不是，就只是道心熬不过顾璨。"

陈平安默不作声。只说耐心一事，其实当年三人当中，一直就是年纪最小的顾璨最好。

一想起曾经的小鼻涕虫就想起刘羡阳，想起刘羡阳就立即想到一个不认识的赊月，瞬间岔开念头，去想那个对刘羡阳好像有点想法的司徒龙湫。想起了这位玉笏街的龙门境瓶颈剑修，就难免想起剑气长城的新旧各五绝，继而又想起包括裴旻在内的浩然三绝，再想起崔瀺的浩然锦绣三事。一想到这个"辛苦护道问心局"的大师兄，陈平安就立即回转心念，重新想那五绝……

阿良的"赌品最好""唾沫洗头"，老聋儿的"是人就说人话"，陆芝的"国色天香"，米大剑仙的"自古深情留不住"，司徒龙湫的"我发誓是真事"，顾见龙的"容老子说句公道话"，董黑炭的"花钱如流水"，王忻水的"打架之前我可以，打架之后算我的"……陈平安也趴在栏杆上，清风拂面。

姜尚真突然说道："念头一事，要注意了。一旦真正显化为心猿意马，等于是半个化外天魔。我虽然没有经历过这种事情，但是上了山的傻子都知道，很麻烦的。"

陈平安点点头："在改。"

这是在剑气长城太久遗留下来的后遗症，修力还稍微好点，修心一事，自古就是双刃剑。陈平安又不想走杨凝性的斩三尸路数，太过靠近道门。但是曾经有一位山中僧人与陈平安明确说过，研习佛法，并非逃禅。有了这句话，陈平安就要放心许多。所以之前与姚仙之询问那位"年轻"僧人是否住锡桐叶洲某座寺庙，其实就是陈平安想要主动寻求破解之法，最好是能够帮助自己直指本心。牛头禅一脉的佛法，只是一句"青青翠竹尽是法身，郁郁黄花无非般若"还是不够，哪怕陈平安借此延伸悟出、在云窟福地黄鹤矶岸边道出的另外一句"莲花不落时，般若花自开"，依旧是不够。

陈平安突然抬头看了眼天幕，再低头顺着那条大渎，一直往宝瓶洲中部望去，说道："我走一趟大渎祠庙，在陪都附近会合。"

姜尚真说道："山主的甩手掌柜当得出神入化了。"

裴钱问道："我跟师父一起？"

陈平安摇头笑道："御剑极快，你跟不上。"

裴钱点点头。

陈平安伸出双指，向前一抹："走。"

长剑出鞘，风驰电掣，直冲云霄。

陈平安双膝微蹲，一个冲天而起，整条云舟渡船都随之一沉，竟是直接下降了数十丈，坠入一大片云海中。

裴钱仰头望向师父一闪而逝的方向，很快就竭尽目力也不见踪迹，挠挠头："确实跟不上。"

姜尚真笑道："剑仙的意气，止境武夫的体魄，倾力御剑，你毕竟还是山巅境，能跟上就奇怪了，不然你师父如何能够问剑裴旻。"

裴钱好奇问道："如果你当时赶上了我师父的那场问剑，再加上小师兄？"

师父是玉璞境剑修、止境武夫，姜尚真是从飞升境跌境的仙人境剑修，小师兄是仙人境瓶颈。

师父就不用多说半句了，其余二人都极其擅长厮杀与……逃命。术法、神通、法宝，以及压箱底的本事更是极多。如果那裴旻不是剑修，只是一位寻常的飞升境练气士，裴钱都根本不用问这么个问题，落在师父三人手里，不是被活活打死，就是被慢慢耗死。

结果姜尚真说了与崔东山几乎如出一辙的言语："保命有保命的办法，拼命有拼命的打法。"

裴钱趴在栏杆上眺望远方："姜宗主，谢了啊。"

姜尚真望向远方，笑道："谢我赶去蜃景城？"

裴钱摇摇头："感谢你的云窟福地，让我早些遇到了师父。"

姜尚真叹了口气。自己能够跟上年轻山主的念头，还真追不上裴钱的想法。

裴钱神色淡然："姜宗主，以后如果有你不适合出手的人，与我说一声，我去问拳。但是你必须保证不告诉我师父，以及师父万一事后知道了也不会太生气。"

姜尚真笑容灿烂道："一言为定！"

裴钱笑眯起眼。

姜尚真突然鬼鬼祟祟地问道："我怎么听说刘幽州对你有那么点想法啊？"

裴钱一脸疑惑，然后摇摇头："不会吧。谁这么缺心眼，瞎传消息，我跟他只是在雷公庙见过一次，都没聊天。反正瞧着傻了吧唧一人。"

裴钱是真心觉得这种事情不可能，喜欢她做什么，又长得不好看。

对于皑皑洲刘氏，裴钱唯一的印象就是有钱，独自游历大端王朝的时候，裴钱就切身体会到了这件事。至于那个刘幽州，当时他身上的竹衣法袍瞧着贼值钱。

天幕处，一袭青衫御剑悬停，陈平安双手笼袖俯瞰人间。

可惜如今的宝瓶洲，再无文庙圣贤坐镇天幕。

陈平安一步跨出，身形坠向大地，长剑自行归鞘。

离着大渎祠庙还有十数里，一袭青衫飘然落地。

官道上车水马龙，陈平安走在大渎之畔，撤去障眼法，转头笑道："失礼了，许先生。"

身边凭空出现一个横剑身后的男子，微笑点头道："我就说谁的胆子这么大，敢这么从天上直不笼统掉下来。"

墨家游侠，剑仙许弱。

陈平安作揖行礼，许弱抱拳还礼。

二人一起走向齐渎祠庙。

陈平安问道："林守一还当着庙祝？"

许弱摇头道："不赶巧，林守一刚卸去祠庙职务，回了山崖书院，马上就要担任副山长了。"

陈平安问道："山崖书院的新任山长也有了？"

许弱"嗯"了一声。陈平安已经递过一壶月色酒，许弱自然而然接过酒壶，喝了一口，说了句"好酒"，道："是观湖书院的一位大君子。陈平安，你不会有芥蒂吧？"

陈平安笑道："这话从何说起，没有的事。"

许弱将陈平安一路送到齐渎祠庙门外的广场上，半开玩笑地以心声道："你我之间，喝酒就好，最好别问剑。"

陈平安笑着点头："很难。"

许弱转身离去。在一般人眼中，这位墨家游侠就只是个懒散汉子。

陈平安正了正衣襟，独自走向祠庙大门，又突然停下脚步，转头望向一行三人。

熟人居多：曾经的泥瓶巷邻居宋集薪，如今的大骊藩王宋睦；杏花巷马苦玄；还有个不认识的年轻地仙，是剑修无疑，但是身上的武运有点不同寻常，可能是那个被马苦玄说成是"一个半朋友"里边的半个朋友，真武山剑修余时务。此人好像还被誉为宝瓶洲的"李抟景第三"，因为"李抟景第二"的称号曾经落在了风雪庙剑仙魏晋的身上，只不过听说如今魏晋已经是大剑仙了，这个原本是称赞魏晋练剑资质极佳的说法好像变成了骂人，就只好旧事不提。

马苦玄啧啧道："第三场架让我等了二十多年，陈平安，你可以啊。"

陈平安转过身，面对那三人，笑眯眯道："年轻候补之一，我可惹不起。"

余时务停下脚步，举起双手："神仙打架，别捎上我。"

宋睦与此人并肩而立，点头道："一样。"

马苦玄依旧向前走去，眼神炙热："蛮荒天下的赊月，青神山的纯青，少年姜太公许白，一个年轻十人之一，两个候补，我都领教过了，一般般，很一般，名不副实，只配分胜负，不配分生死。”

陈平安笑道：“那我就跟你分胜负？好像刚好三场都是。先说好，事不过三，好好珍惜最后一次机会。”

马苦玄停下脚步，双手十指交错，轻轻下压：“去哪里打？”

陈平安说道：“今天就算了，之后是去真武山还是落魄山，都随你。”

马苦玄微笑道：“不如就在这里？”

陈平安沉默片刻，蓦然而笑，双手笼袖，重复先前那半句：“今天就算了。”

宋睦走向陈平安：“介不介意一起？”

陈平安没说话，最终二人一起走向祠庙大门，拾级而上，跨过门槛。

他真正忌惮之人不是马苦玄，而是那个打定主意作壁上观的余时务。但他也不是忌惮这个年轻剑修的修为境界，而只是习惯了担心山上的万一就是一万。

马苦玄和余时务留在了门外，后者微笑道：“分胜负的话，好像打不过。”

马苦玄知道余时务的脾气，还真不是含沙射影或者煽风点火，这半个朋友，要么不说话，要么说实话。

早年马苦玄刚去真武山那会儿，最讨厌的，就是这个口无遮拦的余时务，只不过在山上待久了，反而讨厌不起来。如果按照辈分，年纪不大的余时务还是马苦玄的师伯祖。简单来说，余时务就是真武山山主的师伯，至于小小年纪，怎么来的辈分，属于天上掉下来的。许白当年之所以会去往真武山，就是跟着那两位分别姓姜、尉的兵家老祖先后莅临下宗风雪庙和真武山。而余时务喊那两位中土神洲的兵家祖师爷，都只是一声“师伯”“师叔”。

一场裹挟两座天下的大战过后，风流总被雨打风吹去，落幕之人无数，同时争渡、崛起之人也极多。但最终是谁独占鳌头，马苦玄还没跟那个家伙打第三场架，是自己还是他，不好说，但是马苦玄已经可以肯定，绝对不会是赊月、纯青和许白了。至于身边的余时务，身为一个练气士却太过依赖武运了，而且胃口太大，只能靠等，哪怕兵家为了应对那场大战得了文庙的默许，破例给了余时务两份武运，依旧还差两份才能补齐，如今大战都已落幕，这家伙就只能继续干瞪眼了。估计这些都是那只绣虎的算计，中土文庙和两位兵家祖师爷都只能捏着鼻子认了。

马苦玄和余时务走到大渎水边，马苦玄嚼着草根，双手抱住后脑勺，余时务坐在一旁感叹道：“陈平安好像看出我的根脚了，不愧是一位登顶武道的止境武夫。”

马苦玄笑道：“又不是十一境。”

余时务劝道：“马苦玄，听我的，这一架，真别打。”

马苦玄后仰倒去，跷起二郎腿，扯了扯嘴角，道：“你真以为我不找他，那家伙就不来找我？”

余时务疑惑道:“你一直不喜欢讲家乡事,我以前也不好奇这些,难道你跟陈平安有解不开的恩怨死结?”

马苦玄吐出那根嚼烂的野草,开始闭目养神,没有给出答案。有些老皇历,翻是翻不过去的,得有人去撕掉。

缓缓走在祠庙内,宋睦笑问道:“那三本书什么时候还给我?”

先前二人都各自请了三炷香,祠庙内人头攒动,处处都显得有些拥挤。

陈平安说道:“我又没拿。”

宋睦气笑道:“陈平安,做人能不能敞亮点?”

当年齐先生留给宋集薪六本书,其中三本儒家书籍:《小学》《礼乐》《观止》,三本杂书:术算《精微》、棋谱《桃李》、文集《山海策》。宋集薪当初与婢女稚圭一起离开骊珠洞天,跟随宋长镜去往大骊京城,在泥瓶巷宅子里边留下了前三本,只带走了三本杂书。

陈平安说道:“我确实没拿,如果书本长脚了,你自己找去。提醒一句,问问身边人,别灯下黑。”

宋睦将信将疑。

陈平安说道:“那三本书,如今在大骊市价多少,我不清楚。当年市价多少,是你不清楚,所以有没有,其实一直没两样。那本《小学》,当年连同大骊、大隋和黄庭国在内,我找到了总计八个版本,最贵的六十五文,是在红烛镇,最便宜的三十六文,是在大隋京城。我没必要拿你的书,书上写了什么,我在二十多年前就倒背如流了。如果大骊陪都的《小学》价格还是比别的地方更贵,那么我奉劝你一句,你这个当藩王的,以后走夜路小心些。”

宋睦叹了口气,随即笑道:“你的话好像比以前多了些。”

这个曾经的泥瓶巷同龄人就是个挨打不喊、吃苦不喊,喜欢成天当哑巴的闷葫芦。

陈平安跨过齐渎祠庙的大门后就不再双手笼袖,神色淡漠:“也看地方。”

宋睦突然故意说道:“要不要我帮忙清场?好歹是个藩王,这点能耐还是有的。那位庙祝其实已经认出我了,我与他打声招呼去?”

果不其然,那个青衫背剑的昔年邻居明显忍了忍,还是一个没忍住,以心声骂道:“你他妈的脑子是不是有病?”

只不过陈平安很快就沉默下去。

宋睦笑了起来:“跟以前好像也没啥两样,先前差点就要认不出来,这会儿好了,还是很熟悉。”

在祠庙主殿外的广场上,陈平安停下脚步,转头问道:“要不然等你先说完?”

宋睦摇摇头:“没了,跟你聊这么多,你烦我也烦,敬香过后,各走各路。”

祠庙内熙熙攘攘，来这里虔诚烧香的香客很多。

宋睦率先点燃三炷香，只是面朝大殿，作揖敬香，拜了三拜，就将左手香火插入一座大香炉。至于去往大殿内磕头礼敬，无论是宋睦的大骊藩王身份，还是曾经的学生身份，都不合适，也不需要。

而右手持香的陈平安点燃香火后，往三个方向各自拜了三拜，与宋睦恰恰相反，唯独没有面朝主殿祭拜神像，以右手将香火轻轻插入香炉，走到主殿正前方，头别玉簪的一袭青衫作揖后久久不起。

祠庙门外的那条大渎，人间年复一年的春风融融，故而又是一年杨柳依依，草长莺飞。年复一年的春风去又回，第一次离乡远游时的十四岁草鞋少年，在这一次的远游又归乡时，不知不觉就走过了四十岁。

龙须河畔的铁匠铺子，刘羡阳今天依旧晒着太阳。

他没有跟随师父去往京畿之地，依旧留在这里每天偷懒，睡觉，坐椅子上打盹，嗑瓜子，再打盹，又睡觉，周而复始，唯一的例外，就是陪着那个圆脸的棉衣姑娘闲聊几句。圆脸姑娘喜欢发呆，不太喜欢说话，坐在屋檐下，为了与刘羡阳划清界线，两人椅子中间摆满了小竹椅和小木凳，只有在刘羡阳大骂某人的时候，圆脸姑娘才会点点头。所以刘羡阳就奇了怪了，这个脾气好到了一定境界的赊月姑娘，对那马苦玄都不怎么记仇，为啥对陈平安那么苦大仇深的，感觉差点就要扎草人了。

其实龙泉剑宗的祖师堂都已经搬走了，但刘羡阳还是愿意在这里躲清静。

这些年，小镇和西边大山变化挺大的，除了自家宗门北迁，杨家铺子后院也没人了。于是陈平安那小子就成了龙州地界最大的地主，山头大半归他，山下大半归了那董水井。只可惜董水井辛苦赚钱，到最后竟然还是没能抱得美人归，得知某个消息后，与赶回家乡的林守一，俩失魂落魄的可怜虫狠狠喝了一顿酒，先是相互骂，然后一起骂俱芦洲的某个读书人，好像是花翎王朝姓韩的，不知道怎的就成了李柳的夫君。然后林守一和董水井再相互对骂，连酒杯都摔了，因为当时刘羡阳就坐在酒桌上蹭酒喝。

等到李柳跟她爹娘再加上夫君一家四口从俱芦洲返回家乡小镇，董水井和林守一反而屁都不敢放一个了。早先在酒桌上说得好好的，一个比一个英雄好汉，一个扬言要用钱活活砸死那个姓韩的王八蛋，一个口口声声说只要见着了那个姓韩的，就要按在地上往死里踩。亏得刘羡阳好心好意与那个姓韩的一番称兄道弟过后，就立即给董水井和林守一各自飞剑传信一封，结果他娘的连个回信都没有。

所以第二封信就懒得寄了，因为刘羡阳其实一眼就看出来了，那个大病一场的李柳好像是在断绝红尘，偿还某种山上的债。只是那个读书人也丝毫不介意这些，好像有个道侣名分就心满意足了。

痴情种啊，真是同道中人啊，所以一来二去的，刘羡阳就跟那个俱芦洲一等一的世族子弟当了朋友。于是读书人就又知道了有两个名叫董水井和林守一的家伙随时随地都会套他的麻袋，在小镇这边人生地不熟的，每天都战战兢兢，不太敢出门，偶尔壮起胆子来找刘羡阳，说这种不可强求的随缘事情真心怨不得他。

怨是真怨不得，理是这么个理，只是你韩澄江明明是个文弱书生，说这话的时候，嘴巴别咧那么大啊。于是刘羡阳觉得这种事情还是三个当事人坐在一张桌上说开了比较好，换了措辞，寄出去第二封信，与那俩伤心人说了，韩澄江打算跟你们打开天窗说亮话，要在酒桌上碰个头，再加上他刘羡阳这个只劝酒不劝架的和事佬，刚好四个凑一桌。

可惜董水井只是绕路来了铺子这边喝了半天的闷酒，最后摇摇晃晃离开，只说不欺负一个手无缚鸡之力的读书人。林守一后来也偷偷来了，坐在竹椅上闷不作声，嗑了半天的瓜子，最后与刘羡阳问了几句关于韩澄江的事情，也一样没敢去小镇最西边的那座宅子，只说他没脸揍一个下五境练气士。

化名余倩月的圆脸姑娘赊月虽说两次都坐得远远的，可她其实一直竖起耳朵听。她觉得那个韩澄江挺不错的啊，修为境界什么的，跟女子喜不喜欢一个人关系又不大。不过她也觉得董水井和林守一确实挺可惜的，只是既然那么早就喜欢李柳了，早就该说的，喜欢谁挑明了，哪怕对方不答应，好歹自己说了，还会继续喜欢对方，万一对方答应，不就相互喜欢了吗，怎么看都不亏。她越想越觉得自己有道理，只可惜自己对那男女情爱没啥兴趣，可惜了这么个好道理。

今天她坐在一头的竹椅上，吃着些从压岁铺子打折买来的糕点，头也不转，含糊不清道："刘羡阳，要是那个家伙回了家，你真能跟他好好讲道理？他也会听你的？"

刘羡阳刚刚睁开眼睛，笑道："余倩月，跟你说几遍才肯信啊，天底下，除了宁姚，就只有我能让他打不还手骂不还口，真不吹牛。"

赊月叹了口气：得嘞，你们这些读书人的话，果真还是信不得。

要说打不还手，赊月勉强能信刘羡阳几分，可骂不还口……就这刘羡阳，就那陈平安？

刘羡阳问道："你既然这么怕他，怎么还留在这儿？"

赊月当然有自己的道理，缓缓道："书上不都说，天底下最危险的地方就是最安全的地方吗？"

刘羡阳无奈道："你还真信啊？"

赊月呵呵一笑，不再说话。你也真信啊，这么傻憨傻憨的，还能让那家伙骂不还口？你刘羡阳怎么不骗鬼去？

刘羡阳靠着椅背，抬头望向天幕。那本祖传剑经，开篇有那"百年三万六千场，拟挈乾坤入睡乡"的说法,他一开始没当真,后来才发现很是货真价实。百年之内,只要修行之人足够勤勉,是真能在梦中远游那三万六千次古战场的。置身其中,刘羡阳的心神随同梦境越走越远,就像沿着那条光阴长河一直走到源头。

刘羡阳前些年之所以与阮秀有那场问答,就在于刘羡阳认出了她,以及李柳,还有杨老头。无数的远古神灵一尊尊相继陨落在战场上,但有那么十数位,不但始终屹立不倒,甚至绝大多数好像都能够察觉到刘羡阳的存在,只是都没有太在意,或者无法在意。其间有那浩浩荡荡遮天蔽日的蛟龙,身躯庞大,游走在璀璨星河当中,结果被一位高坐王座的巍峨存在蓦然现出法相,伸手攥住一颗鲜红星辰,随意碾压打杀殆尽。

又曾经在一处战场上,其中一个金光夺目、身形模糊的高大持剑者身边盘腿坐着一个披挂金色甲胄的魁梧巨人,在神灵与大妖皆尸骸遍地的战场上随手斩杀大妖,随手抵挡那些仿佛能够开天辟地一般的神通。那两尊至高神灵,前者甚至饶有兴致地望向刘羡阳,好像在与他说一句:"小家伙,真是不怕死,可以不死。"

持剑者伸手拦住了那名就要起身的披甲者,下一刻,刘羡阳就被迫退出了梦境,大汗淋漓,以至于每天练剑从不停歇的刘羡阳,唯一一次,整整半个月,每天就睁大眼睛,连眼皮子都不敢合上,就为了让自己不打盹不入睡不做梦。

刘羡阳望向那座神秀山,赊月叹了口气:"想那些做什么,与你又没啥关系的。"

刘羡阳苦笑道:"怎么没有啊,差点就跟宋搬柴一起……"

赊月瞪眼道:"找死啊,可以想,能说吗?真不怕那因果牵扯啊?万一,我是说万一啊,下次还能再见面,她一根手指头就碾死你这种小金丹……"她赶紧停下话头,大概是觉得自己这个说法比较伤人,摆摆手,满脸歉意地改口,"金丹,剑修,还是瓶颈,其实很厉害了啊。"

刘羡阳点点头,双手揉了揉脸颊。大师姐哎,秀秀姑娘哎。

吃掉某个"李柳"的阮秀,打碎一座飞升台,又开启另外一座飞升台,由她率先开天与登天。她身边站着一个蛮荒天下的文海周密,单独一人,与她并肩而立。在那之后有数位跟随,最后又有数十位剑修。

龙泉剑宗,神秀山,崖刻"天开神秀"四个大字,常年云遮雾绕,那么从人间抬头望去,就是"秀神开天"。而那个变得很陌生的青衣女子登天之后,她双手绕后,缓缓解开那根马尾辫,最后看了一眼人间,就此离去。

宋睦站了一会儿就转身默默离开,就像他自己说的,两个泥瓶巷当邻居多年的同龄人其实没有太多好聊的,打小就相互看不顺眼,从来都不是一路人。只是估计两人都没有想到,曾经只隔着一堵院墙,一个大声背书的"督造官私生子",一个竖起耳朵偷听读书声的窑工学徒,更早的时候,一个是衣食无忧、身边有婢女操持家务的公子哥,一个是经常饿肚子，还会偶尔帮忙提水的草鞋泥腿子，会变成一个浩然第二大王朝的权势藩王，一个剑气长城的隐官大人。

宋睦忍不住抬头看了眼天色。不知道当年那些曾经洒落在泥瓶巷里的阳光和月色，会不会觉得那趟人间远游不虚此行？

宋睦缓缓而行，与陈平安不告而别，原本像是一棵生长在稻田里的稗草，路人不会多看几眼，可因为当邻居的关系，约莫十年的打交道，所有的童年、少年光阴都给了那栋宅子，那条狭窄小巷，宋睦实在看得烦了。时至今日，事到如今，好个自小刺头深草里，而今渐觉出蓬蒿，与他又有什么关系？

不承想陈平安长揖起身后，喊住了宋睦，宋睦转头问道："有事？"

陈平安走到他身边："大渎祠庙有没有给香客住宿的屋舍，有的话，你帮我要一间。"

自己赶路快，姜尚真那条云舟渡船估计最早也要明天正午时分才能赶到大骊陪都附近的仙家渡口春风渡。

宋睦点头道："看在老龙城藩邸某本崭新册子的分上，我帮你开这个口。"

老龙城战场曾经因为一拨古怪妖族修士，伤亡意外地大，大骊藩邸的文秘书郎翻检了无数大骊档案秘录都未能找出对方的根脚，最后是凭借一本并未记载出处的册子迅速勘验出了'梦魇'和'窃脸人'的身份，得以扭转战局，不然大骊修士的战损会极大。后来那本册子，宋睦传令下去，老龙城当天就刊印出来数千本，广为流传，参加过老龙城战事的山上修士几乎人手一本。再后来，凭借这部详细记载了百余种妖族旁门修士的册子，各洲找出了不少隐匿在山野市井的狡猾妖族。一本无名册子，被后世修士誉为《搜山录》，虽无法媲美更早的那幅《搜山图》，但也能够为后者查漏补缺。

陈平安只当不知道什么册子。

宋睦看着这个面无表情的昔年邻居，大概是这副模样瞧着太像小时候了，他就忍不住来气，习惯性就非要嘴贱多说几句，啧啧笑道："好像每次跟你聊天，都是这么面瘫没个表情，死鱼眼，闷葫芦，几棍子打不出个屁来……"

约莫是察觉到对方的忍耐极限，宋睦话锋一转，笑容诚挚几分，道："不过你运气算不错的了，按照附近几条巷子老人们的说法，脾气随你爹，模样随你娘。还有，落魄山宋山神的事情，在山神祠庙搬迁之前，魏山君始终没有怎么为难他，最后还给了棋墩山这块风水宝地，让宋山神重建祠庙，就当我再欠你一个人情。至于你认不认，以后要不要讨要，都是你的事情，反正宋睦很承情。"

陈平安说道："早这么会做人，也不至于挨那顿打。"

宋睦下意识伸手揉了揉脖子："别说得这么轻描淡写啊，差点给你掐死了好不好。那件事确实是我做得不地道了，这会儿我与你道个歉。我知道你这个人最记仇，说好了，这笔旧账咱俩就当两清了。"

宋集薪曾经胡乱编撰了个风水说法，拐骗陈平安去龙窑当了学徒讨生活，让陈平安打破了一个誓言。陈平安知道真相后，差点在泥瓶巷里掐死宋集薪。黝黑精瘦的少年，瘦竹竿似的身材，力道却大得惊人，养尊处优好似贵公子的宋集薪在鬼门关打了个转，在那之后，其实气不顺很多年。只不过回头来看，就算当年陈平安铁了心要杀他，死是肯定不会死的，因为负责盯着泥瓶巷的大骊谍子死士其实就在一旁偷偷看着。在大骊国势风生水起之前，在皇叔宋长镜带他去廊桥敬香之前，早年在宗人府谱牒上先从“宋和”篡改为“宋睦”，再被抹掉名字的宋集薪是绝对死不成的。

陈平安点头说道：“我跟你本来就没什么死仇，两清了是最好。”

宋睦犹豫了一下，问道：“那你跟大骊怎么算？”

陈平安说道：“头顶三尺有神明，脚下每步在理上。”

宋睦一笑置之，带着陈平安找到那位庙祝，说了自己身边这个山上朋友打算借住一宿的事情。庙祝当然不敢与一位藩王说个“不”字，祠庙内的香客屋舍再紧俏无缺，想想法子，还是能够腾出几间来的。

如今的齐渎庙祝是一个早年在大骊山崖书院求学的练气士，百岁高龄了，依旧精神矍铄，龙门境修士，算是山崖书院最早的一拨求学士子。老人并非大骊人氏，所以当年主动游学大骊就显得十分特立独行。在那段岁月里，北方大骊依旧是一洲公认的蛮夷之地，而大骊王朝的本土文豪硕儒在当时是出了名的谦虚，以能够与卢氏王朝、大隋的读书人诗词唱和为荣，去信极多，回信极少。哪怕自家就有那绣虎崔瀺、书院山长齐静春，依旧不愿在文章一事上如何搭理两人。当时文坛士林还有许多广受称道的说法，比如卢氏山河的日落景象冠绝一洲之北，大隋的半轮月犹胜大骊圆月……所幸大骊铁骑的马蹄声大，这些个文绉绉的说法，边关风沙大，马蹄一踩，风一吹，也就散了。

得到祠庙的确切答复后，宋睦转头看了眼陈平安，笑道：“那我可就不管你了，真要有事，现在就说，之后想要去陪都藩邸找人，就得按照山上规矩走。怎么样，还有没有要聊的？”

陈平安先与那庙祝作揖致谢，再对宋睦露出个笑脸：“看在你聊了不少泥瓶巷的分上，我跟你就没什么好聊的了。”

宋睦也不介意有个外人在场会不会失了颜面，与陈平安打趣道：“几场夜游宴，让我的私人钱袋子元气大伤，所以你将来那场庆典大礼我就不去了。”

陈平安笑道：“人到不到是没关系的，陪都藩邸的礼不能不到。”

宋睦摇摇头：“财迷依旧。”

陈平安说道：“这种话，你一个打小兜里就哐当响的人说不着我。”

庙祝大为震惊，实在不清楚这个瞧着很是面生的青衫剑客到底是何方神圣，竟然有幸能够与藩王宋睦如此相熟，听着好像不是一般的言语无忌，难道是骊珠洞天的某位“老乡”？比如齐渎上任庙祝林守一与藩王就有几分身为同窗的私人情谊，说话聊天也不太官场。只不过林庙祝说话再不讲忌讳，还是没有眼前男子随意。

宋睦来大渎祠庙烧香的次数屈指可数，三年都摊不上一次，每次都喜欢微服私访，不喜欢摆排场，整个宝瓶洲一人之下万人之上的藩王今天竟然亲自帮人讨要一间屋舍，就更是破天荒的事情了。

如今大骊庙堂形势微妙，皇帝陛下诸多举措，山上山下，极得人心，被忙着修订官史的各国藩属朝廷众口一词，誉为千古一帝。但其实谁都心知肚明，始终身在战场第一线的藩王宋睦与山上仙师的香火情更多，尤其是宋睦与大骊铁骑的关系更好。

而且还有一个小道消息，皇帝宋和是绣虎崔瀺的弟子，藩王宋睦却是齐静春的学生，但是这对亲兄弟的行事风格好像与两位先生刚好相反。皇帝宋和让一洲山河如沐春风，藩王宋睦在战事中杀伐果决，坐镇陪都这些年依旧铁腕，雷厉风行。中岳山君晋青一次触犯禁忌，竟然只是一道出自藩邸的申饬，就让一位大山君亲自来祠庙谢罪，以至于有了个“山与水低头”的说法。

庙祝不敢久留，说了屋舍地址，给了一把钥匙就离开。

宋睦说道：“走了。”也不奢望陈平安会送一路。

不料陈平安说道：“送你到门口。”

宋睦一脸受宠若惊的神色：“太阳打西边出来了？”

陈平安说道：“看在你没有让齐先生失望的分上。”

宋睦翻了个白眼：“别，欠着好了。”

陈平安却没好气道：“不送，你求不来；要送，也拦不住。”

宋睦抖了抖袖子，最终双手笼袖，笑望向这个家伙：“这么锋芒毕露啊，这可就又不像你了。”

陈平安伸手绕后，摘下所背长剑，吓了宋睦一大跳，直接破口大骂道：“你他妈的要干吗？陈平安，要干架也别欺负人啊。”

陈平安斜瞥了眼大骊藩王，提剑在手，准备悬佩在左侧腰间，只是略作犹豫，便换成了右侧。这个看似很多余的动作，更是看得宋睦眼皮子直打战：他娘的，陈平安是个不易察觉的左撇子！当年很多时候，比如看陈平安坐在门口双手拉坯，连宋集薪都会忘记此事。

陈平安说道：“马苦玄还在大渎水边，我去找他。跟你，犯不着。”

宋睦立即从袖中拈出一枚金色材质的传信符箓，笑嘻嘻道：“那你们俩好好聊，好好叙旧。放心，有我在，陪都这边绝不干涉你们两个切磋。”

陈平安说道：“别紧张，打声招呼而已，打不起来，你不用刻意提醒城头上的那位道门仙人。”

宋睦皱眉道:“在掌观山河,我们的言语都给听了去?”

陈平安摇头道:“看了,没听,藩王的面子大。”

宋睦恢复笑意,收起符箓。二人并肩而行。

陈平安说道:“你倒是跟以前一个德行,喜欢翻脸不认人。”

宋睦气笑道:“陈平安,差不多就可以了,今天你说了一箩筐的怪话,我都在忍。”

陈平安说道:“我听了你将近十年的怪话都没觉得是在忍。不过最后说句不太中听的大实话,你就是个窝里横的主,吵架的本事也就只能在我这边抖搂威风,根本比不上那几位高手。”

宋睦半点不恼,反而哈哈大笑,一个不小心嗓门有点大,结果就挨了陈平安一记手肘,疼得他龇牙咧嘴的。

泥瓶巷顾璨的娘亲,小镇西边李槐的娘亲,杏花巷老妪,再加上小镇卖酒的黄二娘。这四大宗师大概能算是家乡小镇淳朴民风的集大成者,是前辈。顾璨、李槐、宋集薪、马苦玄、陈平安,大概都算是这条道路上的晚辈。当骊珠洞天的年轻一辈纷纷走出家乡后,不知多少外乡人都领教过这些年轻人这门本事的高低了。

宋睦揉了揉肋部,感慨道:“很是怀念。”

陈平安犹豫片刻,还是说道:“还没到忆苦思甜的时候,阳关大道上的厮杀,无非是靠熬靠拼,死则死,活就活。此后夜路,越在高处,越不好走,你悠着点。京城那边,前有柳清风,后有赵繇,一个很厉害,一个对你很熟悉。不管如何,记得先给自己铺条退路,至于退路是往上去还是往回走,总之是条退路就成。”

宋睦“嗯”了一声,轻轻点头,突然转过头,轻声问道:“不如?”

陈平安摇摇头:“免了。出了祠庙,我都不认识你。”

不如你陈平安来当那大骊新国师?

算了,我陈平安不认识什么藩王宋睦,今天只是在祠庙里边与齐先生的弟子之一,一个不讨喜的邻居宋集薪随口说几句心里话。

到底是当了多年的邻居,打哑谜一般的问答,双方都心知肚明。

宋睦却神采奕奕,伸手抓住陈平安的胳膊,压低嗓音道:“不着急,我能等!”

陈平安手臂轻轻一震,将他的手臂弹开:“贪大求全的臭毛病以后改改。”

到了祠庙门口,只差一步就要跨过门槛,宋睦突然说道:“记得公私分明,别给他人任何机会。”

陈平安右手拇指已经悄然抵住剑柄:“你别忘记是右手香,左脚迈。”

宋睦笑着用左脚迈过门槛,走出齐渎祠庙,下了台阶后,转身望向那副对联。

陈平安如出一辙,再次与他并肩而立。

宋睦问道:“还有那空白匾额,有没有想法?你要是有,我可以做得悄无声息,滴水不漏。”

陈平安默不作声。

宋睦轻声道：“各洲山顶其实都知道齐渎供奉之人是谁，也都知道主殿神像如今只是摆设，相信很快就会有人与大骊建言，换成更加名副其实的稚圭，毕竟她是世间唯一一条真龙。而稚圭什么脾气，你很清楚，她是肯定不会拒绝的，甚至觉得天经地义。关键这里边，稚圭也有几分不愿让他人染指齐渎祠庙的心思。当然，她更有与齐先生怄气的私心在，我都没法跟她说理。到了那时，估计皇帝陛下推托一两次后，就会点头了。话说回来，你早早与稚圭解契，不赚那份水运，其实是对的，收益是大，后患却也不小。”

陈平安点头道：“以后只要是针对我们文圣一脉的手段，不管是台前还是幕后，陈平安和落魄山都接。当然，你也别闲着。”

宋睦微笑道：“无法想象，我们两个还有并肩联手的一天。”

陈平安“嗯”了一声：“是挺糟心的。”

宋睦哑口无言。他沉默片刻，想起一事，神色凝重起来：“要小心一拨别洲远游的练气士，遇到了就最好绕路。这伙人除了领头护道的两个老人，其余年纪都不大，身份极为特殊，行事更加隐秘，好像不太喜欢御风，而是喜欢用两条腿跋山涉水。俱芦洲有些留在宝瓶洲的剑修先前就吃了大苦头，这会儿还不知道他们的踪迹，凭空消失了。要知道，其中还有一位玉璞境剑仙。而且这件事，大骊山上山下，连我在内，知道的不到五人，其余都没资格知道。我之所以清楚这个，还是对方与我们大骊宋氏‘打招呼’了，算是与一位东道主客气几分，免得俱芦洲丢了十数位剑修，让我们瞎找。不过你遇到他们的可能性，不大。”

陈平安想了想，点头道：“如果没有猜错，应该是由中土文庙领衔，连同阴阳家和术家的练气士，正在重新制定光阴刻度，以及确定长短、重量和容积等事。这是大战过后，浩然天下的头等大事，需要有人走遍九洲山河，才好动手重制昔年礼圣确定下来的度量衡。谁要是在这种时候一头撞上去，不是找死是什么？在文庙吃几年牢饭，都算文庙很讲理了。”

浩然天下如今的天时是不稳固的，除了与蛮荒天下相互牵连造成的影响之外，还与浩然天下自身天道的某种“缺漏”有关，所以陈平安才会猜测用来精准确定度量衡的那几件重器都已经出现些许偏差，而他们的失之毫厘，就等于完全作废。

至于谁能够造成这种大道折损，根本都不用猜，是那托月山大祖，以及文海周密，除此之外，任何一只王座大妖都做不到。而这种大道无形的深远影响，浩然天下的山巅练气士，境界越高，体会越深。

宋睦啧啧称奇，笑道：“不愧是当隐官的，这都能够猜到。”

二人转身缓步，陈平安问道：“马苦玄这么瞎闹腾，都没人管管？”

赊月、纯青、许白，一个年轻十人、两个候补。

马苦玄这个人虽然行事乖张，但至少不说大话，所以那三位肯定都在马苦玄手上吃了苦头。赊月好像不太擅长厮杀，至于竹海洞天的纯青以及那位少年姜太公，陈平安没接触过，不好说。可按照当年那份都传到了城头的山水邸报，后边两位年纪太轻，又好像都不是走惯了江湖的，输给马苦玄，其实不算奇怪。

宋睦说道："战功太多，随便挥霍。何况马苦玄招惹别人的本事，别人不知道，你我还不清楚？山上切磋，又是同辈，还没分生死，旁人看热闹还来不及，劝个什么？如今马苦玄在宝瓶洲都可以横着走了，真心崇拜他的年轻修士更是不计其数。不喜欢他那种跋扈作风的，恨不得他喝口凉水就呛死，走路崴个脚就跌境；喜欢他的山上年轻人，恨不得他明天就是仙人境，后天就是飞升境。"

陈平安笑道："其实也就是没碰到曹慈或者斐然，不然马苦玄立马要改名字去了。"

宋睦道："马苦玄在那边等你？"

陈平安点头道："都已经把余时务支开了。"

宋睦疑惑道："你为何改变主意？"

陈平安说道："因为他还是不死心，没把'事不过三'当真，所以故意留在大渎水畔等我。还是你最懂他，挑衅人这种事情，马苦玄确实很擅长。也就是你脾气好，不然这么多年的大眼瞪小眼，搁我忍不了。"

宋睦有些无奈。一骂骂俩，好嘛，你们俩打去。

他走向远处一辆并不张扬的马车，车夫是大骊陪都的头等供奉。

转头望去，年轻藩王发现那个家伙还站在原地，好像是在等自己上车。

宋睦笑着挥手作别，心中有些古怪，再一想，便释然了，毕竟是多年邻居和……半个同门——"我们文圣一脉"嘛。又一想，宋睦的脸色变得古怪起来：按照辈分，他娘的，陈平安算不算自己的小师叔？这样的一个人，怎么就成了文圣的关门弟子？宋睦坐在车厢内，开始好好思量这个问题。

没有跟陈平安当过邻居的人根本无法想象这个泥腿子是怎么个想钱想疯了的，一天到晚，一年到头，反正上不起学，读不起书，就只有两件事，挣钱、省钱。而按照泥腿子当年的那个说法，没钱之人，省钱就是挣钱。记得陈平安说完这句话之后，稚圭在院子里掸被子，宋集薪坐在墙头上晃荡着一只钱袋子，问陈平安年关了要不要借钱买春联、门神，陈平安当时说不用。

这家伙经常进山采药，而且只会用最低价卖给杨家铺子，从不讲价。乡里乡亲，只要有事，打声招呼，陈平安就会帮忙，庄稼活、大半夜抢水、红白喜事，每逢守灵肯定会到天明，亲人都熬不住去睡了，少年还一个人坐在那儿。

每次年关帮忙杀猪，出力不小的少年按照乡俗上了桌，都只吃一大碗米饭，夹一筷子肉就离开饭桌。有人杀鸡，若是有那不要的鸡毛，都会先打声招呼，捡起来带回家做成鸡毛掸子、毽子。

砍柴烧炭，因为担心与青壮起冲突，想要烧炭就得多跑很多山路。年年都会有盈余，就一袋袋背出山、背回家，再背着走门串户，送给街坊邻居，还会说木柴不好，炭烧得差了，卖不出钱。如果有人留他吃饭，或是有老人还一些鸡蛋什么的，也不答应，随便找个由头就跑了。

找竹林挖笋晒笋干，一点一点搜集龙窑废弃的瓷泥，只是瞥见一眼邻居的文房清供，有事没事带着个小鼻涕虫一起去老瓷山翻翻检检，自己打造木框，拣选那些图案相对完整、相似的瓷片，拼凑瓷片做那挂屏。陈平安曾经询问宋集薪买不买，宋集薪当时其实挺眼馋一幅碎瓷皆是龙纹的挂屏的，不过当时小鼻涕虫嗓门震天响，说什么一幅挂屏买十个稚圭暖被窝都够了，这要都不买，简直就是让祖坟的棺材板都压不住了……听得宋集薪心烦。那小兔崽子踩在隔壁院子板凳上一边嚷嚷，一边擤鼻涕甩在宋集薪院子里，宋集薪就说这玩意儿太糙，送都没人要，靠这个赚钱就太昧良心了。在那之后，陈平安就不再去老瓷山捡破烂儿了，原本做好的几幅挂屏都送了人，刘羡阳、顾璨，还有些家里孩子在上学塾的街坊邻居都有。

十四岁之前，吃百家饭长大的窑工学徒好像就早早还清了所有年幼时欠下的人情。

不知为何，开始闭目养神的藩王只是想起了当年，自己有次带着婢女返回泥瓶巷，刚好看到草鞋少年站在他家门口，掏出钥匙开门之前，泥腿子迅速瞥了一眼邻居的门与墙，开了门，忍不住后退了几步，再看几眼。

宋睦有些小小的后悔。早知道当年就花几枚铜钱买下那幅瓷挂屏了，依稀记得，其实手艺挺不错的，还很用心，四季花草鸟雀都有。

记得小时候，宋集薪偶尔撇下稚圭，独自散步在外，回家晚了，宋集薪其实胆子不大，怕鬼，就会一边跑一边喊陈平安的名字。每天晚上总也不点灯的同龄人就会吱呀开门，遥遥应一声。

在陈平安去龙窑学烧造瓷器之后，宋集薪年纪大了，学了几个“子不语怪力乱神”的书上道理，就不这么闹了，也会觉得丢脸，加上也怕吵到稚圭。再更后来，双方闹了那么一场，估计就算一个乐意喊，一个也不会应了。

不过住在泥瓶巷另外一端的小鼻涕虫顶替了宋搬柴。顾璨不知为何，每次一个人去田垄趴着钓黄鳝，回家都喜欢绕路，非要穿过一整条泥瓶巷回家。小鼻涕虫腰悬一只竹编小鱼篓，一边跑一边可劲儿喊着陈平安的名字，陈平安只要在家，都会走出屋子，大多是站在院门口外边与顾璨聊几句。刘羡阳偶尔听烦了，会扯开嗓子骂几句“喊鬼呢”，顾璨停步之前就会回一句“喊你祖宗的名字呢，赶紧把那懒货王朱喊起床一起烧香，求求祖坟冒青烟”……宋集薪其实心知肚明，如果不是陈平安拦着，他家每天都要换春联、门神。他虽然不心疼那几个银子，但是谁不烦啊。

顾璨这个小王八蛋比陈平安记仇太多了，是真能咬牙不睡，辛苦熬到深更半夜，再跑来自己家门口丢石子砸窗户的。当年觉得可笑，事后越想越可怕的地方，在于每逢雨雪泥泞，巷子里边留下的一串鞋印是大人的，而且稍稍错开的两串脚印只出现在半条巷子。这意味着顾璨冒着雨雪天气出了自己家门后，是绕路到了小巷另外一边，再走向陈平安和宋集薪那边，砸完石子就沿着原路飞奔逃走。直到今天，宋睦都很好奇那双大人的鞋子是顾璨从谁家里偷来的，那个小鼻涕虫具体又是怎么“一路行走”的。要知道，那会儿的顾璨才四五岁啊。

如今的顾璨好像还不到而立之年，就成了白帝城城主的关门弟子，在中土神洲已经是出了名的“讲理之人”。如果说小时候的陈平安只是由不得他怕麻烦，所以习惯成自然，变得很不怕麻烦，那么顾璨的那份好耐心就真是天生的了。

宋睦哪怕今天与陈平安重逢，依旧觉得顾璨其实比陈平安更像是一个纯粹的修道之人，是天生的野修，或者说是天生的白帝城嫡传。而且宋睦笃定在未来百年内，顾璨一定会是中土神洲最出类拔萃的几个天才修士之一，或者没有之一？

宋睦想到这里，笑了起来，轻声道：“泥瓶巷是个好地方，我小时候不该怕鬼的。”

大渎水畔，马苦玄独自一人伸了个懒腰舒展筋骨，然后十指交错，静待一场苦等多年的问拳，不过如今大概可以换成问剑了。

半个朋友的余时务已经识趣地走了。余时务就这点最好，那些难听的好话，愿意说个一两次，却也不会多说，不会惹人烦。

背对齐渎祠庙大门的一袭青衫缓缓而行，天生左撇子的剑客悬剑在右，右手拇指抵住剑柄，不着急推剑出鞘。

这把长剑名为夜游，仗剑夜游，鞘外剑光，光亮如月。人间夜幕，剑客提剑，如持灯烛。

马苦玄以心声遥遥问道：“要不要我打造一座小天地？老规矩，画个圈，谁出去算谁输。”

陈平安一个微微弯腰，左手握住夜游，拔剑出鞘，一个前掠。

悄然无声，陈平安一人一剑，带着大渎畔的马苦玄，一起就此消失于天地间。

与马苦玄先后干架两次，一向都是陈平安沉默当哑巴，马苦玄絮叨个不停，今天过后，这个不太好的习惯，相信马苦玄肯定会改。

马苦玄置身于剑气茫茫、纵横交错的天地中，眯起眼，只见天幕处骤然间出现了一粒光亮。

在依旧静止不动的马苦玄和那天幕一粒剑光之间，天地震动，渐次矗立起一尊尊金身神灵，有些是货真价实的金身法相，有些是马苦玄的观想之物，总计多达十二尊。马苦玄则缩小为一粒芥子，如练气士阴神远游天外，遥遥可见那日月星辰。

在他人小天地中，自成一座小天地。

一剑直斩而下，原本笔直一线的剑光先后出现了十一次弯折，依旧是一剑斩开真真假假的十二神灵金身。

马苦玄嗤笑一声，一粒芥子身形竟是直接化作虚无。

但是在马苦玄身形消散后，笼中雀剑气小天地竟然开始自行扩大，因为浮现出了一处远古遗址，是一大片的星河，漩涡流转。隐隐约约，四扇高耸天门各在一方，掩映在星河璀璨当中。

其内还有一条极为瞩目的金色丝线，东西两边，日月高悬，又各自拖曳着一条螺旋状七彩光线的登天之路。

在席卷两个天下的那场大战之前，两座飞升台，一处是依旧保持相对完整的骊珠洞天螃蟹坊，一处是道路早已断开的蛮荒天下托月山，飞升之境就是那处三教祖师都无法彻底打破禁制的天庭，因为那边的“山水禁制”，那数以千万计的星辰皆是由一具具神灵尸骸分化而成，再与一条大道显化为“某种真相”的光阴长河相互牵连。

要论阵法，一处天庭遗址就是数个天下的阵法之源。

当年那场大战，曾经有相当一拨人族修士因为没有立即撤出，竟然在某一刻就各自形销骨立，塑造金身，最终在阵法牵引下，凭借自身蕴藉的某一类神性，自动与大道契合，迅速剥离人性，成为一个个崭新的神灵……然后这些神灵，一部分被拘押在兵家各大祖庭、宗门，一部分被剑修当场斩杀，哪怕金身彻底破碎，消散的魂魄却永久被拘押在了遗址当中，与大阵融为一体。

传闻佛祖是最后一位撤出此处遗址的，但是依旧未能真正打破禁制，因为哪怕只差丝毫，都是天壤之别，结果半点无异，看似沦为废墟的天庭，都会重归为旧的那个“一”。一旦神灵各归其位，得以“补缺”，甚至就会恢复大战之前的面貌。当时为佛祖护阵之人，至圣先师、道祖、兵家老祖、“年轻剑修”陈清都分别位于四扇破碎天门附近，撑开天地。

这些注定不会记载在书上的老皇历，都是阿良那次重返剑气长城与陈平安说的。

白玉京镇压的化外天魔，西方佛国镇压的鬼物，以及礼圣坐镇天外，很大程度上，就是防止有任何遗漏，被一些远古神灵余孽借机壮大势力。人族修行登顶难如登天，但无论是化外天魔还是鬼物，甚至是在天外的某些“新人”，只要被神灵拘押丢入遗址当中，只要大道契合，根本无须修行，瞬间就会是一个个天赋神通的崭新神灵，得以重新现世。而后世万年的数个天下之所以会有某些高位神灵转世为人，本身就是一种大道之争的“拦路”，力求哪怕有那万一，在遗址当中崛起的新神灵都无法占据某些位置关键的神位，尤其是那几个至高神位。

而礼圣与文庙圣贤，以及一小撮飞升境大修士，再加上各自“与己道合道”的诸子百家祖师，都会在礼圣“开门”之后，以一种种大道显化，打杀那些崭新神灵。

那是一场相互消磨的新旧大道之争，这就是为何诸子百家的老祖师几乎人人都在以学问证道，却偏偏在浩然天下极少露面现身的根源所在，因为他们需要在浩然“一吃饱”，就需要“尊礼循例”去往天外。所以昔年在剑气长城，阿良也好，师兄左右也罢，都对礼圣极为尊敬。阿良更是说过，天底下有四位是走哪里都吃香的，而且是人人由衷敬重。

一位是浩然天下最讲道理，同时又最会打架的礼圣。规矩重，道理沉，只落在所有的山巅高人身上，却轻在凡夫俗子肩头。而且谁不服气，在那中土文庙都极少出现的礼圣就会从天外重返浩然，亲自去那诸子百家的某座祖师堂与之讲理。

阿良说曾经还有位诸子百家的老祖宗给逼急了，大骂礼圣是以内圣之名行霸道之实，结果给不言不语的礼圣直接拽向天外，然后结结实实聊了三十年，问道一场。如果不是礼圣帮忙补全一家学问缺漏，点到为止，后者差点就要转入儒家当圣贤了。

再一位是那道祖首徒，白玉京大掌教。还有一位是西方佛国那地狱不空誓不成佛的菩萨。

陈平安让阿良不用讲第四个了，把辛苦铺垫半天的阿良憋坏了，最后悻悻然道：“不承想咱们那位老大剑仙，在你小子心目中如此没有地位。”

陈平安此刻持剑站在一道天门外，问道：“护道人不在身边就放不开手脚了？”

马苦玄的笑声响彻天地间：“先找到我再说，看看谁先耗光灵气。”

陈平安不着急递出第二剑，一手负后，单手拄剑，仰头望向那扇高耸入云的华美天门。

关于天庭遗址一事，避暑行宫没有任何秘档记录，给阿良勾起了兴趣，陈平安倒是还问过老大剑仙几句。老大剑仙给过一个不算答案的模糊答案，只说当年剑修分为两拨，一拨是他带头，觉得既然都没有神灵在头顶了，又吃不掉这块地盘，就索性彻底封禁起来，好歹还可以给后人一个机会。至少在这件事上，他陈清都，还有龙君和观照都是与三教祖师站在一边的。但是另外那拨剑修，还有兵家老祖，都觉得不该如此。一个是觉得功劳最大，一个是野心勃勃，认为惹来那些逃窜的神灵余孽疯狂反扑怕什么，来了更好，大不了来一场彻底断绝后患的玉石俱焚，什么天地崩碎个七七八八，什么光阴长河就此炸开，再无天地灵气，后世无法修行，大不了他们这一小撮登顶之人不管那几个天下雏形的地盘众生，死绝了又如何，由他们再换一处，休养生息个千年万年，到时候一样是人族为尊的格局。至于后世天地苍生就此断绝修行登高之路，还能省去许多大道的意外，天地大道更为有序稳固，天地隔绝，天人相分，连那道祖所担心之事都一并打消了苗头。

马苦玄的嗓音再次响起，充满了戏谑："选择在这里打，要分出胜负的话，你我就要真的分生死了。而且提醒你一句，天时地利都在我。我消磨些身外物，你却要消磨实打实的道行。在异乡拼了命才攒下个剑仙身份，怎么才回家没几步路，就不晓得好好珍惜了啊？打小穷怕了，一有钱就摆阔？那你跟那些只知道劝我多出几斤气力的山上废物好像没啥两样嘛。"

陈平安置若罔闻，只是借此机会，好好打量起那扇天门。

因为这处天地只是马苦玄的观想之物，所以很多细节都与陈平安所知真相有很大的出入，至于那些星辰和一条光阴长河，更是花架子吓唬人的摆设。

陈平安收剑入鞘，并且重新背在身后，说道："行了，整个观想遗址就是你，藏个什么，真以为我拿你没辙？今天这第三场还当是打个平手，下一场，该如何就如何，你愿意分生死，给你机会就是了。"

下一刻，陈平安祭出井中月，四座气势如虹的剑阵凭空出现，不计其数的飞剑宛如四条雪白星河，浩浩荡荡涌向四扇天门。

天地寂静片刻，马苦玄一粒心神显化身形，出现在陈平安身边，问道："就不怕我泄露你两把飞剑的根脚？"

陈平安说道："一码归一码，我们之间的恩怨且不去说，你这个人得势就张扬，动辄与人撕破脸，可最少还是个打落牙齿和血吞的人。说实话，我除了烦你，却不觉得你的作为有多恶心。早年在剑气长城，我遇到个脾气、性情跟你差不多的剑修，拜你所赐，跟他聊得比较投缘。"

马苦玄笑道："我收了个嫡传弟子，是纯粹武夫，资质还算不错，你以后给他三次问拳落魄山的机会，如何？"

陈平安点头道："可以，前提是他赢得过我的开山大弟子。而且他问拳裴钱，也算在三次机会之内。"

马苦玄应道："没问题。"他双手抱住后脑勺，懒洋洋的，"说实话，这个世道，可把我给恶心坏了。"

陈平安说道："你也没少恶心别人，没资格说这话。"

马苦玄爽朗大笑。

陈平安脚尖一点，身形后掠，马苦玄一粒心神随之后撤，二人始终并肩，一起望向那处高悬的远古遗址。

陈平安默默说道："无边风月，有道天地。"

马苦玄嗤笑一声："书最不值钱。"

双方几乎同时收起各自的小天地。

大渎水畔，马苦玄身形化作一道虹光，去往陪都城内。

陈平安背剑，步行重返大渎祠庙。

借住在屋舍内，陈平安借了几本圣贤书，都是那些不再被文庙禁绝的书籍。陈平安点燃桌上一盏油灯，一夜无眠，只是缓缓翻书，偶尔起身，推窗远望，凉风拂面。

在陈平安乘坐渡船，从桐叶洲跨海进入宝瓶洲地界后，心境中的日月，那些原本在太平山山门口能够察觉，却始终无法打开的二十四幅光阴画卷卷轴好像自动打开了山水禁制，一幅幅画面一览无余。

比如谷雨时节，一行乡野采茶客走入春山，其中一名少女身姿纤细，动作娴熟。突然一个风吹人晃，如一枝被春风拂动的柳条儿，少女蓦然抬头望向一座山头，有大蛇盘山，眼眸幽幽，大如两口天井，张嘴一吸，一山采茶客，无论男女老幼，都化作白骨坠地。

秋季，一大片的金色，一个年纪轻轻的官员坐在田垄边与一个老农笑语。下一刻，一阵狂风吹过，麦穗飞扬，粒粒如飞剑，所有村野好似一张薄纸挨了一场大雨似的，变得稀烂。

夜间，一栋豪门大族的藏书楼中正亮着一盏盏灯火，突然，整座府邸都变成了鲜红色，一个脸色惨白、嘴唇猩红的妖族修士缓缓走入其中，每次打起响指，灯火旁、墙壁上、窗户上，就会炸开一大团鲜血。

一座仙家山头，一位老仙师带着一群孩子在堆雪人，顺便教训一个眉眼清秀、十分有灵气的少年。老人好像在说那山下祈雨一事："太守老爷为了祈雨，烧那纸扎的龙王，你瞎凑什么热闹，非要搬运溪水，真当自己是河龙王了啊？这是会沾染因果的！以后莫要如此意气用事了……"老人嘴上训着弟子，其实满眼都是骄傲。刹那之间，一条条剑光掠过，满地的无头尸体，有那老人，有那少年。

有那偏隅之地的帝王将相、文武百官、江湖武夫、山泽野修、小门小派的谱牒仙师纷纷赴死，死得慷慨壮烈，却注定死得寂寂无名。

全是那桐叶洲的风水人情，全是那桐叶洲的乱世惨况。所有"细微处"的美好和付出，都早已被汹汹大势碾压殆尽，整个桐叶洲都已经被盖棺论定，被一个个烂泥潭给淹没在历史长河当中。而陈平安曾经就是"天下大势"其中之一，他甚至是对桐叶洲印象最差的那拨山上修士之一。

崔瀺分明就是要让陈平安无法在桐叶洲心境轻松半点，让他连自欺欺人的余地都没有。二十四幅被碾碎的美好画卷不耽误有两百四十幅注定污秽不堪的丑陋画卷，但是你陈平安别忘了，无论是两百四十幅，还是两千四百幅，你终究无法否认那二十四幅画卷的存在,而一洲山河,又何止是这么点“不该死”?

崔瀺就是要让陈平安亲眼见证桐叶洲山上山下那些大大小小的美好。整个浩然天下其余八洲修士,连同桐叶洲修士本身,都觉得桐叶洲是一个糜烂不堪的烂摊子,但是唯独你陈平安做不到。

下宗选址桐叶洲?极好。那就与骄纵跋扈的宝瓶洲、俱芦洲修士一个个好好相处!而这两洲,一个是你的家乡,与你落魄山会有千丝万缕的关系,一个是浩然九洲当中你最为敬重的剑修最多之地。

愿意讲理?喜欢讲理?既然当了文圣一脉的关门弟子,回了家乡,更成了拥有下宗的一宗之主,不再只是那剑气长城的隐官大人,就让你陈平安在那谁都可以不讲理的桐叶洲逆势而为逞英雄,让你一人一次讲个够!

但是道理不讲还不行,因为陈平安会是文圣一脉最被注目的那个读书人。文圣一脉在儒家,在文庙,在浩然天下的地位被抬升得越高,既是隐官,又是宗主,既是文圣一脉关门弟子,更必然是一位道德圣贤的陈平安就会横空出世,水涨船高,一点点被高悬天上,无数的赞誉,由衷的,夹杂着恶意的,光明正大的赞誉,鬼鬼祟祟的溢美之词,一切的一切,就都是那载船之水。

所以陈平安很清楚,为何先生会选择“躲”在功德林,两耳不闻窗外事。

所有光阴画卷,陈平安只有一幅没有全部看完,每次打开都很快合拢,不敢多看。今夜也不例外。

那是一条跟泥瓶巷差不多宽窄的陋巷,一个根本不知道在桐叶洲何处的偏远僻静之地,小小雨巷中,有个小姑娘撑起一把小小的油纸伞,一蹦一跳,油纸伞就跟着一高一低,一歪一斜。

陈平安骤然间退出心神,再一次合拢光阴画卷。他双指重重拈住一张书页,深吸一口气,又轻轻松开指尖,干脆合上书。

陈平安起身走到窗口,双指并拢轻轻抵住窗口,喃喃自语:“我知道,这是要我与你的棋局对弈。你绣虎棋术高,因为你人都不在了,只剩下桐叶、宝瓶、俱芦三洲棋盘的残局而已。”

而后又轻声道:“齐先生,崔瀺这个大师兄当得太欺负人,小师兄你不管管?”

天地寂静,长夜无声。陈平安自问自答:“我保证这次大师兄会输。”

崔瀺这一次,其实希望师兄输师弟赢,希望再不像那场书简湖问心局,大骊国师赢得毫无滋味。只不过想要在一局棋盘上赢过绣虎,难度可想而知。

陈平安其实在经历过剑气长城的战事之后,可以接受再多“强者”的生生死死,但是唯独面对那些“弱者”,无数个好像曾经泥瓶巷的自己、刘羡阳、小鼻涕虫,陈平安会觉得大势之下,无数个“弱者”的离开依旧不对,依旧不行,所以他直到如今都不敢看那心湖间的最后一幅画卷。好像不看那结果，那个撑伞的小姑娘就会一直在小巷里走下去，活下去。或者可能她已经回到家中了，收起了那把小小的油纸伞，会有家人闲坐，会是灯火可亲，会有一家团圆。

哪怕不谈什么人心，只说在桐叶洲某些断人财路的事，山上山下都是不共戴天之仇，涉及切身利益的得失，说不定陈平安和下宗的某个选择，会在某一天，与玉圭宗神篆峰，与那韦滢产生冲突，最终使得老宗主姜尚真、供奉周肥，必须做出某个绝对无法皆大欢喜的选择。这也是为何陈平安会临时改变主意，从一言堂，认定曹晴朗担任下宗宗主，变成落魄山上的那句“若有异议，当然可以再议”。其实陈平安不是信不过曹晴朗，而是曹晴朗终究依旧太年轻，而他做出的有些抉择，会让他的本心太早不堪重负。

陈平安知道那份滋味的不好受，而有些苦头，当真就只是苦头，毫无裨益，而且熬不过去就是熬不过去。所以陈平安已经有了决定，下宗宗主的位置可以先空悬，让曹晴朗先继续在莲藕福地再修心个十数年。

当了太多年的甩手掌柜，陈平安也想要将功补过，就当是个“不是不报时候未到”好了。下宗虽然暂时不设宗主，自己也不会太过露面，只让某个副山主一开始就摆出“来你们桐叶洲只为和气生财”的凶狠架势，比如……崔东山。反正为自己的先生分忧，也是当学生的题中之义。

不知不觉，已经天明。

陈平安眯起眼，窗外远处，站着一个笑意盈盈却眼神凌厉的年轻女子。

真龙，王朱，飞升境。

梳水国，深夜。

已经关了门的山神祠庙内，一个脚穿绣花鞋的少女听完了那高挑侍女的言语，双手负后缓缓踱步，认真思量一番后，点头，以拳击掌，沉声道：“读书人就是花头多，我要是多读几本书，也肯定想得出这么个小法子。挑选个读书种子，汇聚多数文运，毕其功于一役嘛，多简单的路数，我会想不到?！至于半路截胡、套麻袋啥的，那就更是咱们的老本行了，闭着眼睛都能做成。”

一个体态丰腴的侍女使劲点头，溜须拍马了几句。

山神韦蔚先听完好话，这才气不打一处来，一拳狠狠砸在那女子的胸脯上，打得后者踉跄后退。

韦蔚大骂道：“不长脑子，光长这儿了。陈平安大驾光临，你都敢不露面与一位年轻剑仙行个礼？架子比天大了。你怎么不去当个山君府君？在我这儿，多委屈你啊！”

那丰腴侍女噤若寒蝉，都不敢还嘴半句，只是揉了揉胸口。

韦蔚还是恼火，就又踮起脚尖，一把扯住那高挑侍女的耳朵重重一拽，训斥道：“你也是个蠢货，都不晓得留那个最是怜香惜玉的陈平安做客？知道一位来自大骊王朝的年轻剑仙在咱们梳水国意味着什么吗？意味着你家娘娘稍微与他沾点光，揩点油，再求他留下一幅墨宝什么的，那咱仨以后就可以在梳水国随便飘荡了。”

骂完人，发完火，韦蔚叹了口气，松开手指，看着两个貌似恭敬、实则欢欣的傻子，无奈道：“我是与梳水国朝廷有些香火情，可是你们以为那剑仙就只是拉了咱们一把？”

看着面面相觑的两个光吃香火不出力的笨蛋，韦蔚翻了个白眼，然后双指并拢，指了指自己的眼睛，再指了指那高挑侍女，再猛然攥紧拳头，嘴上嚷着“轰隆隆”，跟打雷差不多，苦笑道：“你们想一想，陈平安一个剑仙，来咱们这儿几次了？”

高挑侍女怯生生道：“三次了。”

韦蔚怒道：“不到三十年，一位年轻剑仙就光顾了一座小小山头足足三次，这说明了什么？说明肯定还会有第四次！你以为他开口第一句话为何是问那寺庙神像咋个安置？你要是说错了……要是我们山神祠做错了，你看他会不会走，信不信就算你赶他走，他都会留下来陪我聊几句！他就是个笑面虎，袖里藏刀，暴起杀人都不打商量的狠人……要不是我未卜先知，知道他肯定还会走这一遭，早早妥善保存好了那些破烂石头，这会儿咱仨还能不能说上话，估计都不好说了哦。”

高挑侍女小心翼翼道：“会不会是娘娘想多了？他这趟做客咱们祠庙，看着挺和气的，半点剑仙架子都没有。”

门外的古松凉荫里，青衫剑仙坐在石凳上，笑容和煦地与她说着话，还邀请她一起坐下聊呢。

韦蔚斜了高挑侍女一眼，高挑侍女立即闭嘴。

韦蔚一挥袖子，大门打开，她坐在门槛上，双手托着腮帮，开始想事情。

山神地界，囊括一个半郡，约莫管辖着六县山水。韦蔚以往不爱与那些文庙武庙的神祇打招呼，个个官帽子不大，却眼高于顶。她最多是与矮她一头的县城隍打打交道，后者更识趣些。

韦蔚最后说道：“你们两个去那几座县城隍庙仔细翻检所有的功德簿子。咱们自家地界内，所有的读书种子，也就是有希望当秀才贡生的，都一一记录在册，就照那位剑仙说的去做，细水长流嘛……还有那些所谓的积善之家——唉，心疼心疼，真是心疼死我了——你们也分些阴德灵光，藏在他们张贴的门神里边。大忙帮不上，咱们这会儿家底太薄，先帮点驱散煞气、阴风的小忙吧。等到那个进士老爷金榜题名，来咱们祠庙还愿，添了好些文运，再从长计议。陈平安有一点说得没差，如今不比以往，做不得一锤子买卖了，只要能够开个好头，到底是要看得长远些。”

除了忌惮一位吃饱了撑的会经常串门做客的剑仙，韦蔚之所以愿意如此“听命行事”，归根结底，当然还是有利可图，而且风险极小。韦蔚觉得长久以往，如果按照陈平安所说的去做，确实有希望旱涝保收，能够有朝一日将一地山水经营得当，躺着享福。当了山神，想着开辟府邸，再想一想那五岳山君的储君山神，人生就有了盼头嘛……不然那陈平安如果就只是扯道义、功德什么的，她韦蔚大不了继续混吃等死，下次再与他碰头，她就躺地上装死，陈平安总不能真的就飞剑斩头颅吧？

不过韦蔚不得不承认，她怕陈平安，那是真怕。这些年来，她的内心深处会想着那个年轻人死了也好，省得以后再来吓唬自己。只是她转念一想，又觉得那个年轻人真要死了，好像会有些可惜。

丰腴侍女有些跃跃欲试，轻声提醒道："山神娘娘，陈剑仙好像说过，咱们可以先托梦给过路的读书种子。"

韦蔚转过头，一脸嫌弃道："就你，还山神祠的神女？把你丢人堆里，走个路，别人是用手推，你倒好，用大腚儿撞。你觉得那个读书人瞧见了你，把你当啥？运气好，把你当只山野狐魅；运气不好，他梦游祠庙还以为是逛那啥呢，保不齐他的第一个念头就是赶紧看钱袋子里边的银两够不够。"

韦蔚指了指那个高挑侍女："就你了。咱仨就你刚好是读过几本书的，跟读书人可以多聊几句……"

高挑侍女有些脸色尴尬，可打死也不敢说之前那茬，只在心中默念了几句"谆谆教诲，是谆谆"。

韦蔚猛然起身，然后笑颜如花，"哎哟喂"一声："宋老前辈来了啊。"

一个白发老人双手负后，缓缓走向山神祠："聊你们的，我就是故地重游，随便逛逛，今夜不翻皇历。"

韦蔚抱怨道："宋老前辈的庄子一搬走，害得附近的山水武运凭空没了，不光是我这儿的小小山神庙那叫一个苦不堪言，所有过惯了大手大脚日子的城隍老爷们可都开始抠抠搜搜，紧巴巴地过日子了。"

宋雨烧瞥了眼祠庙匾额，视线下移，望向殿内那三尊金身神像，笑道："花了不少银子吧。"

韦蔚伸手掩嘴而笑："苦兮兮的日子，凑合着过呗。好在又不是什么神仙钱，家底多多少少还剩下些。"

宋雨烧坐在那条青石长凳上打趣道："是不是现在才发现梳水国四煞之一不太好当？差点给一个淫祠山神掳走当压寨夫人，不承想如今成了山神娘娘其实更不好当？"

韦蔚轻轻摇头："好当得很。"

宋雨烧嗤笑一声。一地山水气运，老人是老江湖，大致看个多寡还是可以做到的。就这座山神祠庙，不出百年，就会饿得一位山神娘娘金身遭不住风雨剥蚀。

韦蔚双手负后，走下台阶，脚步轻盈，笑嘻嘻道："宋老前辈，我先前是刻意藏拙呢，懒得动弹罢了,我这会儿与您说一番自己的盘算?"

宋雨烧点头道:"愿闻其详。"

听完韦蔚的谋划之后,老人起先颇不以为然,尤其是那山水官场捷径,剑走偏锋,绝非长久之道。只是当韦蔚文绉绉冒出个"正本清源",尤其是那句"山水神灵,灵之所在,在人心诚",听得老人无言以对。宋雨烧看着这个胸有成竹的山神娘娘,愣了半天,疑惑道:"韦蔚,你怎么像是突然长脑子了?"

韦蔚扬起脑袋,哈哈大笑,抹了抹嘴,摆摆手:"雕虫小技,不值一提,我这还只是发挥了三四成功力。"

宋雨烧起身笑道:"如此最好,以后我就不来这边逛荡了。"

年轻时候觉得只不过几步路的山水路程,人一老,就远了。

韦蔚看着那个身形佝偻的白发老人,叹了口气,收敛笑意,实诚说道:"实不相瞒,这个法子是陈平安教我的,我哪里想得到这些。"

宋雨烧"嗯"了一声,点点头,神色自若,淡然道:"早就猜到了。"

老人转身离去。

高挑侍女来到韦蔚身边,感叹道:"宋老前辈果然料事如神。"

韦蔚笑骂道:"他猜到个屁,你没发现他上山晃悠悠的,下山就开始飞奔吗?"

宋雨烧没有直奔自家山神庙,而是回了昔年庄子临近的那座小镇,找到了那家酒楼,坐在老地方。

掌柜的已经换了人又换了人,是孙子辈在操持生意了。火锅食材其实也有些偷工减料,都不用下锅下筷子,宋雨烧就知道再不是当年那个滋味了。只是他也没多说什么,本就没什么好说的,反而希望这家火锅味道不那么地道了的酒楼以后生意可以更好些,说不得等到哪天挣够了钱,就又重新讲究起来了。

那个年轻掌柜哪怕认出了宋雨烧这位与爷爷关系极好的梳水国老剑圣,但亲自将食材一一端上桌后,也难免有些心虚,就没好意思与老人攀关系,客套几句后,很快就走了。

宋雨烧没要两副碗筷,不过要了两只酒杯,一只酒杯放在桌对面,没倒酒。老人抿了口酒水,骂道:"臭小子竟敢躲我,喝西北风去吧你,眼馋死你。"

只是喝了几杯酒,老人还是忍不住站起身,去给对面的酒杯倒满了酒,重新落座,喃喃一句,含糊不清,也不知道是骂人的话还是什么。

宋雨烧突然转过头,笑道:"你们俩怎么来了?"是孙子宋凤山和孙媳妇柳倩。

二人落座,宋凤山笑道:"是韦蔚传信,收到信后,来的路上,柳倩跟我打赌,说爷爷你肯定会先来这边。我不信,所以我自罚三杯。"

宋雨烧没好气道:"想喝酒就直说。"

宋凤山喝着酒，柳倩涮着火锅，只是都不说话。

老人忍了半天，气笑道："说！你们是不是已经见过那小子了?!"

宋凤山与妻子相视一笑，然后宋凤山聚音成线，与爷爷说了一番话。

宋雨烧仔细听着，没喝酒，没下筷子，听完之后，默默夹了一大筷子，喝光杯中酒，望向桌对面空的位子、满的酒杯。

老人放下酒杯和筷子，左看右看，看了都很不错的孙子和孙媳妇，笑了笑，缓缓闭上眼睛，又睁开眼睛，最后看了眼空位置，有些视线模糊，轻声道："惜不能至剑气长城，不见隐官剑仙风采。"

宋雨烧重新拿起酒杯和筷子，大笑道："火锅就酒，江湖依旧！"

第八章
祖师堂内

婆娑洲，大海之滨的一座寻常山头，名副其实的结茅而已，勉强算是有了个修行之地，哪怕是下五境的山泽野修，其实都不会如此简陋。相邻的三间茅屋，却住着三位上五境：陆芝、邵云岩、酡颜夫人。前两位还是剑仙。

桐叶洲太平山有人祭剑之后，陆芝起身走出茅屋，眯眼远眺东南。

在邵云岩和酡颜夫人纷纷走出屋子后，陆芝说道："隐官回了。"

酡颜夫人脸色僵硬，邵云岩大笑不已。

容貌俊美的老剑仙齐廷济选择开宗立派的地点出人意料，既不是山河最为辽阔的中土神洲，也不是财神爷刘氏所在的皑皑洲，而是再无醇儒的婆娑洲。

齐廷济经常会来与陆芝闲聊几句，也不藏掖，明摆着是希望陆芝担任首席供奉，哪怕退一步，当个客卿都无妨。

陆芝自然不愿意当那供奉，至于没什么约束的客卿，其实在两可之间。

终究双方都是剑气长城的剑修，齐廷济在浩然天下的一次次出剑也确实不曾让人失望，尤其是陈淳安离开婆娑洲去往大海的最后一程，还是齐廷济独自一人为那位醇儒仗剑护道。最终陈淳安成功将大髯剑客刘叉留在了浩然天下，使得那只王座大妖未能返回蛮荒天下。

但是浩然天下，尤其是中土神洲，依旧对这位莫名其妙苟活、莫名其妙赴死的醇儒非议极多，觉得在大局已定的情况下，连一只飞升境大妖都不曾打杀、肩挑日月如同摆设的陈淳安在该死的时候不死，在能活的时候不活，不会雪中送炭，偏要锦上添花，简直就是惜命怕死到了一定境界，爱惜羽毛更是到了无以复加的地步，一场大战，除了勉强算是护住了婆娑洲那一洲山河外，再无建树……如今的蛮荒天下，哪怕多出个刘叉，又能如何？如果不是齐廷济在中土神洲为此出剑一次，只会更加怨声载道。

被齐廷济问剑之人在挨了一剑之后依旧骨头极硬，说就算刘叉在蛮荒天下收拢气运跻身了十四境又如何，那萧愻不一样是十四境剑修，不一样被左右赶去了天外战场，至今未归，始终去不得蛮荒天下。就算多出个刘叉，齐廷济真有本事，就重返剑气长城，再在城头上刻个大字……所以懒得多说的齐廷济就又赏了那修士一剑。

一个玉璞境，齐廷济却要递两剑，只能重伤，还不能杀，这让齐廷济返回婆娑洲找到陆芝后，破天荒没有劝她加入自己宗门，而只是默默喝酒。如果换成陆芝，大概会一剑砍死那个玉璞境，然后就干脆返回剑气长城遗址了。

能让陆芝在浩然天下愿意多聊几句的人其实就俩，也就是当下她身边这两位。其中酡颜夫人说话一贯拐弯抹角，大抵意思还是劝陆芝答应下来，当个客卿而已，又是同乡，于情于理都不该拒绝。邵云岩却坚决反对，有酡颜夫人在，邵云岩也不敢把话说得太过直接，担心自己独自出门的时候，一个不小心就莫名其妙挨一剑。所以邵云岩只说齐老剑仙剑术卓绝，自然不需要陆芝锦上添花，当什么客卿，若是当那首席供奉，倒是可以考虑。

“齐廷济说得对，他所在宗门得有个不太讲规矩的剑仙，我会答应他担任客卿。”陆芝说道，“邵云岩，你带着酡颜一起游历中土神洲，再绕去俱芦洲，最后才去见隐官。”

邵云岩点点头：“如此最好，不然意图就太明显了。”

至于陆芝当不当那客卿，邵云岩其实并没有太多想法，先前只不过是看不惯酡颜夫人的做派。

酡颜夫人试探性说道：“陆先生，我还是留在这里陪你好了？”

陆芝淡然道：“你们立即动身。”

酡颜夫人哀怨不已。她是真不愿意见那隐官大人啊，上次是少了一座梅花园子，这次呢？

邵云岩深吸一口气。既然他们知道隐官终于重返浩然天下，那么皑皑洲谢松花、金甲洲宋聘、俱芦洲郦采……所有走过剑气长城的浩然剑仙，凭借太平山那场祭剑，就都该知道此事了。

皑皑洲。

早年突然就答应当了刘氏供奉的女剑仙谢松花从刘氏祖师堂议完事后返回雷公庙。反正坐在椅子上打盹就能白拿一大笔钱，不拿白不拿。谢松花甚至专门提醒刘氏，但凡有议事，甭管大小，千万记得飞剑传信，只要她在皑皑洲，就一定赶到。她好歹是个正儿八经的供奉，得出力，哪怕没机会出力，也该建言献策。

按照一般的山上宗门，早腹诽不已了，但是皑皑洲刘氏，议事无论大小，还真就都会飞剑传信谢松花，次次变着法子给钱，多次过后，别说两位嫡传弟子练剑所需要的神仙钱，就连谢松花自己那份都不缺了。谢松花难免有些过意不去，这次离开刘氏祖师堂前，就问刘聚宝，刘氏到底有没有那种想砍又不方便砍的仇家，她可以代劳，悄悄往返一趟就是了，刘聚宝却说没有。

如今师徒三人差不多是把雷公庙当半个家了，沛阿香也根本无所谓，不冷清，又不至于太喧哗，其实还不错。就是那个女剑仙的有些话让人扛不住，什么阿香你长得这么俊俏，不找个男人真是可惜了。

今天谢松花御剑落在了雷公庙大门外，两个弟子正坐在台阶上翘首以盼呢。

沛阿香一见到谢松花，就立即起身返回庙内，谢松花玩笑道："想不想师父帮你们找个师娘啊？"

朝暮恍然道："原来师父不是女子啊？"

举形一脸无奈："原来你是个傻子啊？"

谢松花不再开玩笑，以心声言语道："师父带你们走趟宝瓶洲。"

竹海洞天，青神山。

纯青趴在栏杆上，双手托腮。

一名女子鬓发绝青，赤足行走，看着那个神游万里的唯一弟子，会心一笑。

曾经她也这般百无聊赖地趴在青竹栏杆上发呆，然后就蹦出一个更无聊的无赖，把脑袋搁在栏杆上，转头侧脸，眯起眼，一脸严肃，目不转睛，一开口就不是个正经人："这位姐姐，小心压塌了栏杆啊。不过没事，青神山如果找你赔钱，只管报上我的名字。记住了啊，我叫阿良，善良的良！"

等到她站起身，他也站起身，斜靠栏杆，笑脸灿烂："你该不会就是那位青神山夫人吧，不然姐姐长得这么好看，我要是那位山神娘娘，肯定嫉妒得抓心挠肝，容不得你当邻居啊，每天大半夜都要蹲你床头，拿竹签戳你的脸。倒也不会真戳，毕竟，哪怕是女子，瞧见了你，一样都会喜欢的……我觉得你多半不是那位山神娘娘了，知道原因吗？哈哈，很简单，我与她其实关系……嘿嘿，你懂的。"那汉子抬起双手，挤眉弄眼，拇指对戳，"这个，老相好。"

她当时问他："你找死？"

那汉子竟然满脸腼腆羞赧地瞥了眼廊道一侧的屋子，好像不敢正眼看她，微微低头，似笑非笑，欲语还休。

最后，那人御风逃窜时，抱着屁股。

纯青回过神，抬头问道："师父，那个阿良怎么莫名其妙就去了西方佛国？"

她微笑道："当了和尚才好。"

俱芦洲，彩雀府，山脚的茶铺。

掌律女祖师武峮对面有一个姿容俊美的白袍男子，姿态慵懒，坐没坐相，几乎是趴在桌上。

武峮无奈道："余米，你能不能收敛点？"

余米打了个呵欠，委屈道："武峮妹妹，咋个了嘛，我一句话没说，一个斜眼都没有，就在山上散个步，也不行啊？"

武峮递给他一杯茶，自己举起茶杯又放下，伸出手指揉了揉眉心："你就是个祸害，再这么下去，我们彩雀府的名声就算毁了。就算你不招惹她们，可那些涉世未深的小姑娘，爱美之心人皆有之，你又是个金丹剑修……"

说到这里，大概武峮也觉得怨不得这个来自落魄山的余米。这家伙确实太过好看了些，就算不招惹谁，可只要一个稀松平常的临崖远眺，或是大雪赏景，一袭白衣手持绿竹杖，又或是大雨滂沱，撑伞缓行，手拈桃枝……他娘的，余米没说话也等于说话了啊，关键还是那种无声胜有声……

余米更委屈，趴在桌上，用手指捻动茶杯："都说你们俱芦洲剑修如云，剑仙遍地都是，一抓一大把，我才斗胆用了个金丹剑修的名头，早知道就不打肿脸充胖子了，老老实实当我的观海境练气士。"

余米到了彩雀府之后，没有出手，所以武峮到现在为止，还是无法确定余米的真实境界。不过她可以确定对方不是什么观海境，极有可能是一个深藏不露的元婴剑修。

余米好像对那个赵鸾很在意，却不是那种男女之情，反而就像一位长辈在为晚辈护道。如此一来，府主的得意弟子柳瑰宝好像就有些不得劲儿了。柳瑰宝与赵鸾原本关系极好，如今就有些小小的别扭了。

柳瑰宝冷着脸，从山下走来茶铺，将一封密信放在桌上。

余米眼睛一亮，双手合十，念念有词，然后才拆开密信，差点当场热泪盈眶，一个没忍住，转头对柳瑰宝感激涕零道："柳姑娘，大恩大德无以为报，以后谁敢欺负你——孙府主除外，武峮姐姐除外，俱芦洲所有地仙除外——你大大方方与我说一声，我保管打得对方……"

柳瑰宝就只是直愣愣看着他。最欠揍的，不就是你自己吗？

余米知道这姑娘眼中的答案，却依旧装傻扮痴，只是不再言语，小心翼翼收起那封来自披云山的密信，站起身，深吸一口气：总算可以回了。

这余米不是旁人，正是用化名在彩雀府担任挂名客卿多年的米裕。

突然有三名剑修御剑而来，武峮和柳瑰宝赶紧起身。

来人竟是女宗主郦采，身边跟着她的两个嫡传——极其年轻的金丹境剑修陈李以及只好相对年轻的龙门境剑修高幼清。

陈李以心声笑道："这不是米大剑仙吗，风采更胜往昔啊，都快闪瞎我的一双狗眼了。"

听听，多熟悉，不愧是剑气长城的小隐官，你都没办法回骂。

米裕还真就喜欢这些，太久违的感觉了。

郦采与那两个彩雀府女修打完招呼，聊完客套话，与米裕以心声说道："我不去宝瓶洲，就有劳米剑仙护送他们俩去落魄山了。"

米裕说道："我得先去趟云上城，带上赵树下。"

郦采摆摆手："你就算带上彩雀府所有女修，我也不管你。但是事先说好，敢勾搭幼清，我砍死你。哪怕你不勾搭，只要幼清对你有想法，我一样砍死你。"

米裕笑道："郦剑仙有所不知，有些姑娘，我一看她们看我的眼神，就知道她们是不是对我有意思了。"

郦采啧啧道："你这死不要脸说假正经话的样子，是你那把飞剑的本命神通吗？"

米裕微笑点头，然后问道："真不见见那位周供奉？"

郦采大骂道："死没良心的王八蛋，他滚来见我才对。"

米裕使劲点头："在理！"

宝瓶洲。

大骊王朝的新科榜眼，一个姓曹的翰林编修突然告病，悄然离开京城，在一座仙家渡口乘坐渡船去往牛角山渡口。除此之外，一个个落魄山谱牒嫡传、供奉、客卿，以及与落魄山交好的观礼之人都开始纷纷启程。

云舟渡船上，姜尚真坐在栏杆上笑道："还以为你会连打两场架。"

陈平安摇摇头。

当时在齐渎祠庙内，他与王朱只是隔着窗户，屋里屋外远远闲聊了两句。

王朱问了个问题："为何解契？"

陈平安反问一个问题："你想好了，真要当这齐渎公？"

结果双方都没有给出答案。王朱重回大渎之水，继续闭关去。

云舟渡船缓缓停靠在牛角山渡口，但是陈平安已提早离船，落在了一条山间小路上，最终走到了那两座小坟头前，跪地磕头，然后取出一只只小袋子，开始为坟头添土。

已经不惑之年的青衫男人在坟前倒了一壶酒后，单膝跪地，弯着腰，低着头，在心中默默言语。最后男人微微颤声，皱着脸，轻声笑道："爹，娘，不要担心啊，除了离家有些久，在外边这些年，其实都很好。"

陈平安在原地沉默许久，等到他起身缓缓下山，已经是暮色四合。他稍稍绕路，去了趟曾经的神仙坟，远远看了一眼，等再走路回到泥瓶巷一端时，已经是深夜时分。

掏出一串钥匙，打开院门，再打开屋门，抬头看了眼门上贴着的"春"字，进入屋内，陈平安点燃桌上一盏灯火，趴在桌上，原本想要守夜，却一个不小心，就那么熟睡过去。

都不知道睡了几天几夜，等到这天的拂晓时分，陈平安坐起身，虽然有些睡眼惺忪，不过还是缓缓起身，发现门外只有一个裴钱在。

裴钱笑道："我拦着暖树姐姐和小米粒，让她们在霁色峰山脚等着师父呢。"

陈平安笑着点点头："是今天？"

裴钱使劲点头："都到了，连小师兄都赶来了，这会儿估计还趴在地上打盹呢。"

如果不是魏檗施展了山水禁制，估计这会儿，整个北岳地界都察觉到自家霁色峰的异样气象了。

陈平安关好屋门和院门，站在泥瓶巷内，说道："跟上。"

一袭青衫扶摇而起，一袭黑衣尾随其后，飘然落在霁色峰的山门口。

从莲藕福地返回的暖树施了个万福，喊了声"老爷"。周米粒一个咧嘴，笑得簸箕大了，怎么都合不拢。

陈平安眯眼而笑，一手一个小脑袋，轻轻揉了揉，微笑道："走，上山去。"

当头别玉簪的一袭青衫现身台阶顶部，才发现霁色峰祖师堂外竟然站着数十人，有自己的学生、弟子，落魄山供奉、客卿，以及各自的再传弟子，当然，还有朋友们。比起第一次，今天的霁色峰祖师堂多了太多人。

陈平安缓缓向前，最终停下脚步，一时间有些神色恍惚。

裴钱带着暖树和周米粒快步向前，走向人群，再一起转身面朝陈平安。

山风阵阵拂过，一袭青衫背剑，大袖飘摇。

面对着眼前众人，山主陈平安猛然抱拳致礼，对面众人肃然回礼。

陈平安率先跨过祖师堂大门。

霁色峰祖师堂内悬三幅挂像：文圣、齐静春、崔诚。

一袭青衫站在最前方，双手持香。

陈平安身后，是他的学生崔东山，弟子裴钱，学生曹晴朗。

落魄山掌律长命，账房韦文龙。

山巅境武夫朱敛，远游境卢白象，金丹境瓶颈剑修隋右边，远游境魏羡。

陈灵均，陈如初，石柔。

落魄山护山供奉、右护法周米粒。

蒋去，张嘉贞。赵树下，赵鸾。

岑鸳机，元宝，元来。真名周俊臣的阿瞒。

仙人境剑修姜尚真。远游境巅峰种秋。玉璞境瓶颈剑修米裕。元婴剑修崔嵬。

记名供奉：

目盲道人贾晟，赵登高，田酒儿。披麻宗元婴修士杜文思，金丹剑修庞兰溪。

狐国之主沛湘，元婴水蛟泓下，棋墩山云子。

九个剑仙坯子：何辜，于斜回，程朝露，纳兰玉牒，姚小妍，虞青章，贺乡亭，白玄，孙春王。

观礼之人：

刘羡阳。李二，李柳，韩澄江。林守一，于禄，谢谢，董水井。

北岳山君魏檗。太徽剑宗刘景龙，弟子白首。龙泉剑宗开山大弟子董谷。鳌鱼背刘重润。老龙城范二，桂夫人、弟子金粟，孙嘉树。浮萍剑湖嫡传陈李、高幼清。春幡斋剑仙邵云岩，倒悬山梅花园子酡颜夫人。书简湖真境宗李芙蕖、周采真。披麻宗财神爷韦雨松。彩雀府府主孙清，弟子柳瑰宝。云上城徐杏酒，记名供奉桓云。皑皑洲剑仙谢松花，弟子举形、朝暮。风雪庙大剑仙魏晋。指玄峰袁灵殿。金乌宫元婴剑修柳质清。中土神洲郁狷夫，邵元王朝林君璧。

今天的霁色峰祖师堂内，剑修极多，武夫极多，而那个站在最前方的山主，远游归来的陈平安，既是剑仙，也是止境武夫。既是宝瓶洲落魄山的山主，也是曾经剑气长城的隐官，更是浩然天下文圣一脉的关门弟子。

很快，整个浩然天下就会知道，那个隐官陈十一，叫陈平安。

众人跟随山主陈平安敬香拜挂像，作揖三拜，然后各自按照礼敬顺序，插入香炉。陈平安作为东道主，还需要与每一位观礼之人还礼致谢，光是此事，就耗去了足足三刻钟。

三幅挂像下，一桌两椅，一张空悬，一张属于陈平安。陈平安始终没有落座，一袭青衫的男子背朝挂像，面朝祖师堂大门，与上香的众人一一还礼。三十六位观礼客人，要么与陈平安微笑点头致意，哪怕言语也极为言简意赅，最多轻轻道贺一声，没有谁会在这种关头与他过多寒暄客套。

在谱牒上姓名为陈如初的暖树因为担任山水唱诵的香使女官，所以得以站在山主陈平安身边。她需要喊出观礼上香客人的名字及宗门山头，最后跟随山主一起与那位客人还礼。

陈平安率先落座，主客双方随之纷纷落座，井然有序。

今天霁色峰祖师堂的座椅分为三种，第一种当然是有资格参与霁色峰祖师堂议事的，属于在落魄山祖师堂已经拥有了一张“雷打不动”的座椅，除了陈平安，还有崔东山、裴钱、曹晴朗。此外，朱敛、周米粒，隋右边、卢白象、魏羡，周肥、种秋、郑大风，陈灵均、陈如初也在此列。当然，这类椅子会在今天增添几把，例如长命、韦文龙，米裕、崔嵬、沛湘、泓下。

第二种是虽然列入祖师堂山水谱牒，但是按照辈分属于再传的嫡传弟子，例如岑鸳机、元宝、元来等人。再就是一般的供奉、客卿，例如骑龙巷贾晟师徒三人以及披麻宗杜文思、庞兰溪等人。而记名客卿，按照山上旧例，可以算是半个自家人。只是在落魄山这边，旧例之外又有新规矩，半个就是一个了。

最后便是那三十六位来自浩然各洲的观礼客人。

后两种椅子，只会在今天这样的日子搬出，供人落座。

陈平安独自一人坐在挂像下的椅子上，望向刚刚从中土神洲赶回宝瓶洲的学生崔东山，点点头。

崔东山破天荒将一袭雪白法袍换成了儒士青衫，站起身，轻声道：“裴钱，曹晴朗。”

裴钱和曹晴朗同时起身。

陈平安一样站起身，崔东山将从文庙取来的玉牒、金书，分别递给裴钱和曹晴朗，刚要挪步前行，将一件从文庙请出的礼器交与先生，陈平安却轻轻摇头，只是从袖中取出了一摞书。崔东山会心一笑，也就无所谓这点规矩礼仪了，霁色峰祖师堂内都是自家人，没人会去文庙碎嘴。

金书玉牒，投书于天，化作一股清气，埋牒在地，与山水气运相融，分别用以昭告天地、一洲山河。

中土文庙赠送一件礼器，供奉在宗门祖师堂。陈平安也没有坏了这个规矩，只是却添了自家先生的著作，一并供奉起来。

曹晴朗从崔东山手中接过金书，朗声诵读内容。不过百余字，都是照搬一套古老礼制的文字。

裴钱接过玉牒后，有样学样，读了遍玉牒上边的文字内容。

无论是落魄山谱牒还是观礼之人，都早已再次起身，这些都是不可避免的繁文缛节。

宣读完毕，曹晴朗和裴钱并肩走出祖师堂，一个御风往高处去，一个去往山脚。

片刻后，两人在大门外碰头，一起返回祖师堂，先后说了一句“礼毕”，而后陈平安和崔东山分别将一摞书和文庙礼器搁放在桌子上，陈如初便嗓音清脆道：“礼成！”

宝瓶洲落魄山自即刻起，就已经跻身浩然宗门之列。

今天的祖师堂聚会，所有观礼之人所观之礼，当然就是落魄山的提升宗门之浩然头等大礼。

浩然天下的仙府山头想要跻身宗门，如果没有上宗的运作，一般流程，就是由祖师堂所在王朝的皇帝陛下先向中土文庙举荐，提升为宗门候补，在坐镇一洲天幕的某位陪祀圣贤认可之后，再交由中土文庙审查、勘验。文庙正副三教主、三大学宫祭酒负责一同批复此事，最终交由礼圣决断。七位儒家圣贤，只要其中有一人不点头，就休想跻身宗门。当然，历史上也曾有六人都已点头，唯独礼圣不点头的情况，只不过这种情况在万年历史上只出现过两次。

书简湖真境宗因为上宗是桐叶洲玉圭宗，又有荀渊的巧妙筹划，就其实与大骊宋氏皇帝关系不大。这是有些坏规矩的，所以姜尚真和韦滢先后两任下宗宗主，无论个人的性情、境界、手腕如何，在书简湖当家做主时都显得极为隐忍，重视与大骊铁骑的关系修缮，力求入乡随俗，将功补过。

而阮邛的龙泉剑宗以及昔年的宗门候补正阳山和清风城，三者就都需要大骊王朝皇帝宋和的举荐，最终也都顺利成了宝瓶洲的宗门。据说正阳山甚至已经着手筹备下宗多年，只是中岳山君晋青对此事始终态度模糊，大骊宋氏庙堂那边，宋和与宋睦之间也好像有些异议。宋和的意思，是正阳山的战功虽然不太够，但既然正阳山已经借来包括神诰宗、云林姜氏和老龙城在内的众多势力，就不妨顺水推舟，再扶持正阳山一把。但是本该与正阳山关系更为亲近的宋睦却说正阳山哪怕缝缝补补，在大骊山水功劳簿上凑齐了足够的战功，依旧缺了一大笔功德，哪怕宋氏举荐给了中土文庙，一样极有可能被打回，批复以“再议”二字。今时不同往日，已经是太平盛世了，不应该将正阳山喂得太饱，容易让其余宗门候补山头心怀怨怼，认为大骊王朝太过偏心。

宋睦在寄往京城御书房的那封密信的末尾写了一句话：除非正阳山的剑修敢去蛮荒天下开疆拓土，凭此战功积攒功德。

不管如何，落魄山终究是成了“宗”字头山门。

就当下这一刻而言，落魄山还会是浩然天下最“年轻”的宗门。

陈平安轻轻松了口气，抬手虚按两下，笑道：“都坐都坐，今天都是自家人，接下来我们都随意些，只要别袒胸露腹，或是脱鞋子盘腿坐，就没什么讲究了。”

在所有人都落座后，陈平安才坐下，笑望向落魄山右护法，轻声道：“米粒，端茶。”

“得令！”周米粒左右肩头一晃，赶紧滑下有些显大的椅子，挺直胸膛。

小姑娘满脸涨红：总算轮到自己露面了！她今天可是又多出了一个官职，茶水官！负责给祖师堂所有人端茶送水，多有面儿！暖树姐姐和景清都只是帮忙打下手的茶水副使嘞。周米粒这样想着，他们开始给所有人分发茶水，陈灵均负责从方寸物当中取出茶水，一手托一个茶碗，周米粒和陈如初负责递茶给人。

刘羡阳从周米粒手中接过茶水的时候，笑呵呵道：“哑巴湖的大水怪，名气真要比天大了。”

周米粒瞪了眼刘羡阳:我又不是那种计较虚名的。只是小姑娘一个没忍住,满脸笑容。刘羡阳伸手去揉她的脑袋,周米粒赶紧拿脑袋撞开,快步去给下一位客人恭谨端茶。

陈平安只是象征性喝了一口茶水,就放下茶杯。

落魄山的山水谱牒抬升一个大台阶,从原本的大骊礼部归档,变成了被中土文庙记录在册,显然有意无意绕过了大骊。没有向大骊宋氏讨要那份举荐,落魄山只是飞剑传信京城礼部,算是与大骊朝廷说了有这么件事,打过招呼而已。

观礼一事,陈平安其实只能算不陌生,因为只有一次,就是他早年游历青鸾国,路过青要山的金桂观时,那会儿身为金丹地仙的老观主张果要收取九名谱牒弟子。而登山之人,除了山泽野修,山上的谱牒修士观礼次数本都不该如此少。

相较于金桂观,霁色峰祖师堂哪怕是跻身“宗”字头这样的大典,都办得简单得不能再简单。同样是跻身宗门的仪式,清风城和正阳山几乎都是从早办到晚,其间只是“请出”金书玉牒和文庙礼器这一件事听说就耗费了两个时辰。那个祖师堂唱诵官每每还会用上类似道门青词宝诰的拖腔,极缓极慢,而那不过百余字的金书玉牒在礼官捧出诵读之前,都会有各类兴师动众的庆贺仪式作为铺垫。例如正阳山剑修的联袂祭剑,用以祭奠祖师堂历代祖师,还要营造出六到九种不等的祥瑞气象,再通过山水阵法以及开启的镜花水月传遍一洲山上仙家。此外,光是提供给观礼贵客的仙家茶水、山上瓜果,以及沿途栽种奇花异草,仙鹤灵禽齐鸣在天,祖师堂礼制处都精心筹备了月余光阴,为此消耗的神仙钱更是以谷雨钱计算。而落魄山这边,就是清茶一碗待客而已。

刘羡阳莫名其妙跌了一境,但是无论本命飞剑、体魄神魂、气府经脉,都没有任何损伤,就只是一粒元婴,有等于无,极其古怪,阮邛才会答应让他留在铁匠铺子养伤。他笑眯眯地望着陈平安,每次视线交会,陈平安都摆出一副身正不怕影子斜的表情。

北岳山君魏檗是宝瓶洲历史上第一位上五境山君,如今又是首位等同于仙人境的大山君,所以前些年披云山又办了一场名正言顺的夜游宴。大战落幕后,各有战功捞到手,大骊多有封赏,所以各路谱牒仙师、山水神祇原本干瘪的钱袋子又鼓了起来,北岳地界不至于砸锅卖铁,哀鸿一片。

太徽剑宗上任宗主韩槐子战死于剑气长城,掌律老祖黄童战死在宝瓶洲中部战场,以至于如今整座宗门就只有宗主刘景龙这一位上五境剑仙,他的弟子白首结丹后得以开峰,成为翩然峰新任山主。白首今天觉得有些奇怪,因为剑气长城的九个小屁孩里边有个叫白玄的小家伙总瞅自己,好像跟自己很熟的样子。

金乌宫柳质清、云上城徐杏酒都坐在刘景龙附近,两人都找刘景龙喝过酒,如今刘景龙享誉两洲的酒量,他俩功劳不小。再加上之后女剑仙郦采、老武夫王赴愬等人的推波助澜,算是有了定论——刘剑仙要么不喝,只要开喝,酒量就无敌。所以这次登门做客,刘景龙既是为落魄山道贺,也要与陈平安道谢。

龙泉剑宗的开山大弟子董谷,也就是刘羡阳的大师兄,如今是元婴境,却非剑修,他的师妹徐小桥则是金丹境剑修。另一个师弟谢灵是元婴境剑修,同时精通符箓、阵法,跻身宝瓶洲年轻十人之列,而且这些年中,名次不断提升,如今已经超过了风雷园元婴剑修刘灞桥。

宝瓶洲年轻十人之首是真武山马苦玄,其他榜上之人除了谢灵、刘灞桥,还有隋右边,以及云林姜氏的元婴修士姜韫和观湖书院那个当过三次君子、在“君子”“贤人”两个头衔上来来回回乐此不疲的周矩。剩下的四人,则是在大战当中崛起的新面孔,例如马苦玄的师伯、兵家修士余时务。

宝瓶洲还有候补十人,其中有正阳山的一个少年剑修,是个剑仙坯子,名为吴提京,在正阳山跻身宗门之时被正阳山山主收为关门弟子。

董谷坐在魏晋一旁,毕竟风雪庙算是龙泉剑宗的“娘家”,而魏晋如今又是当之无愧的宝瓶洲剑修第一人,董谷在魏晋面前自然十分恭敬。而在山上一向清高到孤僻的魏大剑仙对这个山泽精怪出身的龙泉剑宗大弟子也算破例了,言语虽然不多,但是带着几分笑意。要知道,魏晋是出了名的不会与人客气,哪怕是回到风雪庙,他也一样只去神仙台。先后两场问剑天君谢实,在剑气长城和宝瓶洲两处战场问剑大妖都是一言不发,唯有递剑而已。

孙氏家主孙嘉树和桂夫人的唯一嫡传金粟已经结为夫妻,也是一对山上道侣了。

趴地峰火龙真人的爱徒张山峰正在闭关,所以未能出席观礼。按照指玄峰袁灵殿的说法,小师弟张山峰此次是洞府境跻身观海境——当年青鸾国一别,张山峰都还不是中五境修士。

除袁灵殿外,张山峰的几个师兄,连同师父一起为他“护道”。也就是说,一位飞升境的火龙真人,以及白云一脉祖师,还有桃山一脉、太霞一脉,都在洞窟外为一个洞府境修士护道……这种事情,估计也就趴地峰做得出来。

不过所谓的护道,其实也就是几个师兄弟陪着师父他老人家一起唠嗑,摆好桌子,备好酒水,佐酒菜来几碟,瓜果一大盆,赏赏月色,看看风雨,静待师父的诗兴大发,打油诗来那么几首,然后一个个眼神真挚,拍案叫绝……袁灵殿看不惯那两个溜须拍马的师兄很多年了,尤其是这次,原本他都备好了笔墨纸砚,总觉得肯定可以扳回一局,不承想师父要他来落魄山观礼,没能派上用场。

李希圣带着书童崔赐正在游历流霞洲的天隅洞天;钟魁与骸骨滩鬼蜮谷的京观城城主高承在从蛮荒天下托月山重返浩然的亚圣护送下,跟随那个鸡汤老和尚一起去了西方佛国；白帝城城主的关门弟子顾璨如今身在扶摇洲，据说因缘际会之下，被他找到了一处小洞天秘境，正在闭关炼化；披麻宗宗主竺泉去了中土上宗；邵云岩与酡颜夫人联袂云游，来到了宝瓶洲。

邵剑仙当年让刘景龙和水经山卢穗一起帮忙带走春幡斋那串葫芦藤，结出的十四枚小葫芦最终瓜熟蒂落，春幡斋运道极好，其中竟然有十枚养剑葫。预期的七枚早已预定出去，如今邵云岩手上还有额外三枚品秩极高的养剑葫，此次来观礼的贺礼就是其中一对，寓意好事成双，同时算是帮了囊中羞涩的穷光蛋酡颜夫人一个大忙。不然酡颜夫人这一路走得惴惴不安，登山之前差点就要转头就走，打死都不敢见那位隐官大人了。邵云岩临时送她一枚养剑葫，她这才有胆子登山恭贺。

林君璧和郁狷夫是被崔东山"顺路"带来落魄山的，落魄山这次没有邀请春露圃修士。

趁着所有人都喝茶的间隙，陈平安与崔东山快速以心声言语，才知道这位学生这趟中土文庙之行确实很忙。

崔东山从桐叶洲大泉王朝动身，跨洲远游，先是去了趟功德林，见到了先生的先生，祖师老秀才，好得很，在那边与一个被誉为"天下儒者宗"的董老夫子，还有俱芦洲旧鱼凫书院的山长周密，仨臭棋篓子经常下棋。然后崔东山得了祖师爷的授意，先留下了那方藏书印，再得了祖师爷的口信，以及董老儿的一封书信，去礼记学宫找大祭酒。

而茅小冬辞去大隋山崖书院的副山长一职，进入三大学宫之一的礼记学宫担任司业一职，仅次于大祭酒。按照山上好事者以山水官场的算法，学宫司业一职低于大祭酒，却要略高于七十二书院的山长。

贤人君子，再"正人"君子、书院山长、学宫司业、学宫大祭酒、陪祀圣贤、文庙副教主、文庙教主，这就是儒家文庙相对比较按部就班的"官场进阶"了。

茅小冬带着李宝瓶、李槐，还有一拨学宫儒生一路南下，先后游历婆娑洲、雨龙宗、剑气长城，如今一行人应该身在剑气长城了，山水迢迢，所以错过了这场观礼。

崔东山与那学宫大祭酒一合计，就以礼记学宫茅司业的名义举荐落魄山提升宗门。崔东山还七弯八拐地找到了一位文庙老圣贤，辈分极高、功德极大的伏胜，于是手中就又多了一封举荐信。最后加上即将赶赴桐叶洲担任一座书院山长的周密，山长、司业、陪祀圣贤三封举荐信在手，再跑去中土文庙找到了副教主韩老夫子。

最终，三位正副教主和三位学宫大祭酒在文庙聚头议事，其中有两人希望"再议"，理由是既然落魄山的山主按照你崔东山的说法就"只是元婴剑修和九境武夫"，提升宗门，于礼不合，气得崔东山差点撒泼打滚，结果礼圣现身，只说了句"不用再议了"，那么自然就是不用再议了。

等到周米粒三个端茶，所有人又都喝过了茶水。

裴钱和曹晴朗已经搬了一套桌椅摆放在陈平安和长命的位置中间，是为提笔记录谱牒一事而准备，因为包括长命、米裕和韦文龙在内的一大拨谱牒修士，由于陈平安太多年不曾返回家乡，其实尚未真正记录在霁色峰祖师堂的山水谱牒上，是以今天就要补上。陈平安起身走向那张书案，笑道："山水谱牒记录名字一事，按照山上规矩，本该是掌律执笔。我们落魄山小门小户，先前都没来得及设置掌律一职，所以今天我先代劳，等到我亲自为长命在谱牒上记名，再让长命坐在这儿。"

虽然包括裴钱在内的陈平安三名嫡传在敬香之时的所站位置仅次于山主陈平安，但是落魄山的座椅安置，最为靠近陈平安那张"头把交椅"的却是长命和韦文龙，然后才是裴钱他们三个。

这就是山上规矩。

长命站起身，先与山主作揖拜礼，再与众人作揖致礼。

其实所有离着落魄山比较远的观礼之人都很好奇这位身穿一件雪白长袍、笑容和煦的女子到底是何方神圣，竟然能够脱颖而出，一举成为落魄山的掌律。

落魄山的掌律祖师分量到底有多重，在座观礼之人，哪怕是像老龙城女修金粟这样找了个好师父又找了个好丈夫、始终不太需要理会山上事的人物，一样心里有数，很有数。陈平安本来就是一个出了名喜欢讲道理的人，而落魄山的掌律祖师就意味着是落魄山上唯一一个在名义上"道理"与山主陈平安一样大，甚至某些关头还要更大的超然存在。

陈平安在落魄山谱牒第一页写下"掌律，长命"，然后笑着搁笔起身，换成长命接替落座掌笔，写下"泉府府主，韦文龙"。

韦文龙起身先与陈平安抱拳致礼，然后与众人行礼，最后抱拳不放，望向那位传道恩师——春幡斋剑仙邵云岩。

邵云岩大笑着站起身，执平辈礼，与昔日弟子韦文龙抱拳还礼。

按照山上规矩，霁色峰祖师堂内，与双方今天出了大门，礼数可以分开算。

邵剑仙是真没有想到自己这个修行资质一般的嫡传能够成为落魄山的账房先生，隐官大人的左膀右臂。

酡颜夫人瞥了眼满面红光的邵云岩，有些不是滋味。同样是倒悬山四大私宅，春幡斋大概是取名取得好，如今倒是最为春风得意了。

她立即收敛视线，正襟危坐，原来是那位年轻隐官笑眯眯望向了自己。

浩然天下四位夫人，如今落魄山祖师堂内竟然就有两位，梅花园子的酡颜夫人和桂花岛的桂夫人。

长命、韦文龙之后，是前不久刚刚从披云山辞去客卿职务的剑仙米裕。

之后是元婴剑修崔嵬，账房一脉的张嘉贞，符箓修士蒋去以及赵树下、赵鸾，还有裴钱的开山大弟子、绰号阿瞒的周俊臣。再之后是这些年都身在莲藕福地修行的元婴狐魅沛湘、元婴水蛟泓下、刚刚结金丹的云子，以及九个来自剑气长城的剑仙坯子。

在这之后，又有三桩礼仪。

第一桩，是将剑修郭竹酒的名字记录在祖师堂谱牒第二页，使她正式成为山主陈平安的嫡传弟子。

第二桩，一样是拜师，年轻武夫赵树下正式成为山主陈平安的又一位嫡传弟子。

即刻起，陈平安的嫡传弟子总计五人。

第三桩，周俊臣拜师裴钱，其实就等于同时成了陈平安的再传弟子。

拜师礼，需要弟子磕头，师父喝茶。

与裴钱各自收徒后，陈平安先后喝过了赵树下的拜师茶和周俊臣的拜祖师茶，放下茶杯笑道："诸位，我们落魄山聘请客卿一事，不如趁热打铁，今天都敲定下来吧？"

如果不是碍于山水规矩，陈平安这会儿已经让崔东山去关上大门了。

有些是身在文圣同一文脉之内的读书人，无须锦上添花，比如林守一、于禄、谢谢、董水井。

魏檗是北岳山君，刘景龙是一宗之主，刘重润是一岛之主，孙清是彩雀府府主，徐杏酒是云上城城主，于礼不合，只能作罢。

有些是生意往来的盟友，不用画蛇添足，免得混淆不清，难以明算账，例如范二、孙嘉树、韦雨松。

所以最终成为落魄山记名客卿的人选分别是邵云岩、酡颜夫人、桓云、谢松花、柳质清、李芙蕖。

魏晋和袁灵殿本来对担任客卿一事并无想法，结果都被陈平安给说服了。

说服魏晋不难，你魏大剑仙好歹接受过我师兄左右的剑术指点，这点面子都不给的话，说不过去。至于袁灵殿，是看在小师弟张山峰的面子上，加上本身就与陈平安相熟，就答应下来。

最后一个，是以心声与隐官大人言语，主动请求担任客卿的浮萍剑湖"小隐官"陈李。陈李与白首是差不多的感觉，不明白为何那个名叫白玄的剑仙坯子的眼神里边透着一股十分没道理的亲近。而白首又要比陈李更加识趣些，更有危机意识，觉得那个裴钱金字招牌一般的脸色和笑意越发让人毛骨悚然了。

白首打定主意要离白玄远一些，免得被殃及池鱼。要知道，裴钱第二次游历中土神洲去与曹慈问拳之前，再次路过俱芦洲太徽剑宗的时候，白首刚刚跻身金丹剑修，在翩然峰走不开，就刚好遇到了登山做客、久别重逢的裴钱。躲得过初一躲不过十五，不知怎的，裴钱与姓刘的聊着聊着就扯上了他。当时白首掂量了一下自己，又见她裴钱个儿挺高，可惜瘦竹竿似的，不像是个拳重的，就觉得自己不敢说稳赢，一战之力终究该有了，就大摇大摆与裴钱切磋了一场，结果就是裴钱负责一拳，他负责倒地不起、口吐白沫。等他晕乎乎躺床上醒过来，裴钱跟姓刘的随便找了个由头，已经跑路了。他当时悲从中来，卷起被子，继续蒙头装睡。

在陈平安已经心满意足的时候，李柳突然笑着以心声言语，说她也要担任落魄山的客卿，陈平安当然没法拒绝。

李柳虽然脸色惨白，一副大病未愈的模样，越发显得柔柔弱弱，可她哪怕跌境，依旧是一位仙人。

崔东山曾经说过，同境修士，李柳、姜尚真都是那种最为难缠的仙人。当然，还要加上一个当年的稚圭。比起一般意义上的大剑仙，比如许弱、魏晋，只会更加难缠。

沛湘的惴惴不安大概丝毫不输酡颜夫人，她担心今天这么大的一场观礼过后，人多眼杂，明天清风城就知道了她和整个狐国的踪迹。她不是害怕许浑来兴师问罪，一个玉璞境的兵家修士，就算来了，又能如何？落魄山要留客，估计许浑就不用走了。她只是担忧那许氏妇人的幕后之人的手段。

走江化蛟的泓下是第一次正式见到那位年轻山主，面对对她极为和善的陈平安，她的内心深处却泛起一种天然的敬畏。

都是堂堂元婴境大修士，座位相邻的沛湘和泓下发现对方好像都比自己更紧张，心境反而逐渐平静起来。

谈妥了客卿一事，落魄山观礼就告一段落。接下来，祖师堂还需要关起门来议事，涉及宗门机密，陈平安就送客到祖师堂大门，所有观礼客人都下榻在霁色峰半山腰的一大片仙家府邸当中，等到议事完毕，陈平安肯定还需要一处处宅子拜访过去。

落魄山拥有三座山峰，主峰集灵峰，也就是竹楼、山巅祠庙所在之处，这座建造有祖师堂的霁色峰其实是次峰。

因为是祖师堂议事，许多落魄山再传弟子、一般供奉一样需要离开，跟随观礼客人们一起下山。哪怕是陈平安嫡传的赵树下，因为资历不够，今天依旧无法留下。但是对于一个如今才四境的年轻武夫来说，依旧如梦游一般，直到现在还没有回神还魂，因为事先根本没有人告诉他，今天自己会成为陈先生的嫡传弟子。

赵树下转头对一旁的赵鸾轻声道：“鸾鸾，我不是在做梦吧？”

赵鸾身穿一袭彩雀府仙家法袍，笑道：“你打自己一拳，吃疼就不是做梦。”

赵树下叹了口气：“早知道这样，就该与陈先生说一声的，把我换成你多好。你如今都是龙门境了，我练了两百万拳，才跌跌撞撞跻身四境武夫。”

不承想赵鸾的一双漂亮眼眸却眯成了月牙儿，好像自己没有成为陈先生的嫡传弟子，她更开心些。

刘羡阳自然要与大师兄董谷同行，带上个风雪庙大剑仙魏晋。

桂夫人和酡颜夫人联袂而行，说着些女子之间的悄悄话。

邵云岩找到了刘景龙，自然而然就认识了柳质清、徐杏酒和老真人桓云，一行人其实都算俱芦洲同乡，谈笑风生。

陈李带着高幼清，还有举形和朝暮，这四个更早离开剑气长城的剑仙坯子，以及其余九个跟随隐官大人一起来到落魄山的孩子走在一起，还是一大拨同乡。

林守一在内的四名同窗并肩而行，走在他们前边的是李二、李柳和韩澄江。

刘羡阳与魏晋聊完，快步跑到林守一和董水井身边，一手搭住一人肩膀，然后笑嘻嘻地喊了声韩澄江。

韩澄江脸色僵硬，身体紧绷，转过头，与刘羡阳挤出一个笑脸，目不斜视。

林守一眯起眼，董水井扯了扯嘴角，韩澄江的额头立即渗出汗水。

其实花翎王朝是俱芦洲屈指可数的大王朝，而韩氏又是花翎王朝的“太上皇”，地位有点类似中土郁氏。韩澄江作为韩氏嫡出，其实也算出身浩然天下的头等钟鸣鼎食之家，只是人在异乡，人生地不熟的，心里难免没个着落。他倒是半点不介意吃腌菜喝劣酒，每天做些挑水砍柴的活计，反而乐在其中，只不过委实是被小镇唯一结识的好朋友刘羡阳给吓跑了。按照刘羡阳的说法，那林守一和董水井打小就是家乡的混世魔王，喜欢半路给人套麻袋，拽农田里拳打脚踢一顿。韩澄江不怕吵架，但是怕打架啊，要是鼻青脸肿地回了宅子，就算自己不觉得丢脸，可是丈母娘最好面子，街坊邻居更是一个比一个长舌，他能咋办？说是路上摔的？

等到李柳微微转头向后望去，林守一与董水井立即云淡风轻，移开视线。

孙清带着嫡传柳瑰宝，李芙蕖带着嫡传周采真，四人一起走在刘景龙那一行人的身后。

白首知道这里边的玄机。身后孙府主与那水经山的卢穗都是俱芦洲十大仙子之一，又都鬼迷心窍爱慕姓刘的。春幡斋邵剑仙又与卢穗的师父是有缘无分的半个道侣，所以这会儿先后两拨人，咫尺之隔，却杀机四伏。

范二、孙嘉树、金粟正与披麻宗的财神爷韦雨松谈事情。

魏檗、谢松花、袁灵殿、郁狷夫、林君璧分别来自四洲，倒是相谈甚欢。

石柔、阿瞒、贾晟、赵登高、田酒儿、张嘉贞和蒋去一起下山，这几人也算“同出骑龙巷一脉”。

贾晟抚须而笑，神清气爽。没法子，如今又升官了，拦都拦不住。落魄山供奉分出了三等，他是躺着躺着就享着了二等供奉的福。

到了半山腰的住处，霁色峰这片仙家府邸与落魄山后山那片鳞次栉比的建筑都是姜尚真掏的腰包，花了十多枚谷雨钱打造。每一处宅子都由朱敛亲自构图，亲自督造，不愧是在藕花福地编撰过一部《营造法式》的老厨子。相较于集灵峰竹楼附近的那片府邸，可谓后来者居上。但是谁都清楚，算不算落魄山真正的"老人"，还是得看在竹楼附近有没有一处确实不值钱的"小破宅子"。这就跟与落魄山熟不熟，就看嗑不嗑得上瓜子是一个道理。

所有观礼客人都发现原先走在路上闲聊的队伍几乎都不用如何分散，因为下榻处都相邻，所以大多继续拣选某处宅子，继续闲聊。

修道之士，山上各自修行，又来自浩然天下的四面八方，像今天这样相聚碰头的机会其实不多的。而这些，都是暖树与朱敛、韦文龙仔细商议过后的细致安排，光是用掉的草稿纸就填满了一个纸篓。

因为要参加祖师堂议事，暖树先前就将好几串钥匙交给了田酒儿和阿瞒。酒儿姐姐从来细心，别看阿瞒像个小哑巴，其实脑子很灵光的。

而阿瞒在山下只与掌柜石柔关系好些，在山上只会与暖树说几句话。哪怕到了师父裴钱跟前，他也依旧喜欢当哑巴。

在一座大院子里边，陈李斜坐石桌，看着双手负后的白玄。

陈李问道："白玄，你跻身观海境了没有？"

白玄如遭雷击，腹诽不已：你他娘的怎么跟小爷说话呢？你是剑气长城公认的小隐官咋了，跟在曹师傅身边混过几天啊？

高幼清有些替他打抱不平，埋怨道："陈李，没你这样欺负人的，白玄如今还没满十岁呢。"

举形坐在台阶上，膝上横着一根绿竹杖，笑着看热闹。他如今是龙门境剑修，瓶颈，比陈李低了一个境界。同样是谢松花嫡传的朝暮却还只是刚刚跻身观海境。

陈李一个斜眼，高幼清立即不说话了。

陈李又问道："先前在祖师堂里边，还有下山路上，你瞅个啥？"

白玄眼珠子一转，嬉皮笑脸道："仰慕小隐官的风采呗。"

陈李说道："以后好好修行。"

白玄忍住翻白眼的冲动，笑呵呵抱拳道："小事一桩。"

纳兰玉牒、姚小妍都与高幼清相熟，这会儿正一左一右蹲在高姐姐身边，眼馋那只据说是裴钱姐姐赠送的小竹箱呢。而虞青章和贺乡亭坐在了举形身边，用家乡话问着皑皑洲的风土人情。

剑气长城说大很大，剑修、剑仙实在太多；说小又很小，其实就那么点人。而且以前哪怕只是在家乡街巷打过照面的孩子，到了浩然天下，都会变得关系很好。

只有一个例外，就是已经率先挑选一间屋子，开始独自温养飞剑的小姑娘——孙春王。

雾色峰祖师堂内开始重新关门议事，多余的椅子都已经撤去，只留了两把空椅子给郑大风和郭竹酒，其余人等都已纷纷落座。

此刻在祖师堂内的十九人中，上五境练气士有五个：陈平安，长命，崔东山，姜尚真，米裕。远游境及以上武夫有六个：陈平安，裴钱，朱敛，卢白象，魏羡，种秋。元婴境修士有四个：陈灵均，崔嵬，沛湘，泓下。

这还是没算上郑大风和郭竹酒的规模，这样的一个宗门，已经不是一般意义上的庞然大物，如一条蛟龙盘踞幽深古井中，正在缓缓抬起头颅。

除了缺少一位飞升境坐镇山头，落魄山其实没有任何缺漏可言。

最重要的，是落魄山的谱牒修士都很年轻，境界却高得匪夷所思。

陈平安一手双指抵住茶杯轻轻旋转，开始闭目养神。分心无数，念头四起，并不去拘束。

沛湘和泓下这两个新面孔大气都不敢喘。

崔嵬其实也并不轻松，这位年轻山主到底是一人驻守剑气长城多年的那个隐官大人，还是数个天下的年轻十人之一，如今更是浩然天下的一宗之主了。

陈平安缓缓睁开眼睛，笑道："我很幸运，能够认识各位，并且成为同道中人。很荣幸，在座各位能够出现在这雾色峰祖师堂。"

祖师堂内寂静无声，落针可闻，只有周米粒拍掌却无声。

陈平安眼神温柔，等到周米粒停下动作，才继续说道："近期我们落魄山还是不会太过大张旗鼓，对外的说法就是米大剑仙脱离披云山山水谱牒，鼎力支持我们落魄山，所以才得以一举晋升了宗门，至于外界信与不信，我们管不着。"

米裕一脸呆滞。

姜尚真赞叹道："多亏了米剑仙，才能瞒天过海得如此水到渠成，不露痕迹。"

崔东山使劲点头："是啊是啊，米大剑仙不当这个首席供奉，于情于理都说不过去。"

姜尚真一个发愣，打了个哆嗦：啥玩意儿？先前那封密信上说好的板上钉钉首席供奉呢？说好的在你先生跟前一哭二闹三上吊呢？

陈平安笑眯眯道："所以今天要议的第一件大事就是落魄山的首席供奉人选。"

裴钱说道："师父，首席供奉谁来当我都没有意见，只听师父和掌律的意思。反正我建议周肥担任次席供奉，免得泄露了周肥的玉圭宗姜老宗主身份。"

玉圭宗的姜老宗主？就是那个身为桐叶洲人氏，却在俱芦洲扬名立万的姜尚真？

那个最终几乎可以算是凭借一己之力守住神篆峰的大剑仙？陈灵均眼皮子直打战，立即开始小心翼翼盘算以往周肥兄弟几次来落魄山做客，自己有无半点冒犯的言辞、举动。

泓下和沛湘更是脸色微白。姜尚真，玉圭宗上任宗主！桐叶洲力挽狂澜第一人！

周米粒张大嘴巴，赶紧转过头，对姜尚真投以最为诚挚的赞赏眼神。这个化名周肥的供奉很可以啊，只是瞧着也不显老啊，好大出息，不愧是姓周的人！

朱敛微笑道："周老哥当这个次席供奉很能服众的，谁不服，就是与我问拳。问拳我认输，但还是会坚持己见，除了周老哥，谁当次席我都不服气。"

卢白象附和道："姜老宗主终究事务繁忙，担任我们落魄山的次席供奉，虽说大为屈才了，但实在是没办法的事情。"

姜尚真哀怨不已，无奈道："我半点不忙的啊。不管是玉圭宗还是真境宗，我都不是宗主了啊。"

一直双臂环胸打盹的魏羡终于补了句："我是粗人，说话直接。周肥你一看就是一块飞升境的料，以后闭关少不了。首席供奉是一山门面所在，更需要时不时偷溜下山去打打杀杀的，落魄山不好意思耽误周老哥的修行。"

米裕听得那叫一个胆战心惊。祖师堂之内，肯定是他最希望姜尚真来当那首席供奉的。给他个谱牒供奉就行，别说首席，次席都不用。

曹晴朗微微讶异，不过仍是给出了自己的意见："我觉得姜老宗主担任首席供奉比较合理，再让米剑仙担任次席供奉。不过我们可以暂时对外隐瞒首席、次席两供奉的人选。"

姜尚真差点热泪盈眶：总算有人仗义执言了，果然还是要靠落魄山的这股清流，门风担当曹晴朗！

陈平安忍住笑，转头望向长命："分歧很大啊，掌律怎么说？"

长命起身说道："山主一言决之，长命只负责填补谱牒首席、次席一栏的空白。"

她走向那张并未撤去的书案，重新取出那本霁色峰祖师堂谱牒，摊放开来，刚好翻到供奉篇首席、次席两页空白。

崔东山两只雪白大袖耷拉在椅子把手上，煽风点火之后，就打定主意隔岸观火了。

一个臭不要脸铁了心要当首席，一个吓得剑心不稳打死不当首席。这种情形，果然只有自家祖师堂才会有了。至于姜尚真会不会埋怨他不厚道，他娘的，这是祖师堂议事，跟我崔东山有半枚雪花钱的关系吗？

陈平安突然笑着站起身，朝姜尚真一抱拳："恭喜周首席，以后有劳了。"

祖师堂内所有人，除了姜尚真，几乎都同时站起身，朝姜尚真抱拳致礼，道贺连连。其中，被人一口一个"剑仙""大剑仙"的米裕尤为真诚。

姜尚真抖了抖袖子，正了正衣襟，抱拳还礼，朗声笑道："承蒙厚爱，受之有愧，德不配位，受之有愧啊……"见陈平安微微一笑，他立即改口，"既然众望所归，无一异议，我就挪座椅了啊。"

姜尚真起身拿起椅子，屁颠屁颠就将椅子搬到了长命、韦文龙之后的位置上，与此同时，崔东山、裴钱、曹晴朗在内所有人都笑着跟着一起挪了位置。

姜尚真一屁股坐在椅子上，转身笑道："崔老弟，咱哥俩这就当邻居了啊。"

崔东山伸出手掌，姜尚真笑着轻轻击掌。

崔东山一把抓住姜尚真的手掌，轻声问道："红包？不人手一个，过意不去吧？"

姜尚真说道："一人两份，早就备好了的。"

裴钱揉了揉额头。

陈平安起身道："东山，打开整个小镇西边的山水画卷。"

崔东山打了个响指，祖师堂内浮现出一幅山脉起伏的堪舆图，云雾升腾，灵气流转，脉络清晰。

崔东山站起身，走到画卷边缘，伸出一根手指，画了一个小圈，将一块山河圈起来，缓缓道："包括披云山在内，总计六十二座山头。龙泉剑宗占据神秀山、挑灯山和横槊峰。此外，周边的宝箓山、彩云峰和仙草山其实都是落魄山的藩属山头，只是租借给了龙泉剑宗三百年。龙泉剑宗此后又买下了四座山头，大体上是围绕祖山。阮邛将祖师堂搬迁到京畿以北的旧山岳地界后，如果不出意料，以阮邛的脾气，会将这四座山头租借，甚至有一定可能，选择直接卖给我们落魄山，作为当年落魄山租借三山的回礼。"

崔东山开始在画卷上指指点点："先生买入了落魄山北边的灰蒙山，与魏山君将牛角山对半分。清风城许氏搬出的朱砂山，暂时租借给书简湖珠钗岛的鳌鱼背。这是蔚霞峰，这是位于最西边的拜剑台，以及位于最东边的真珠山，再加上陈灵均牵线搭桥买来的黄湖山。在先生远游期间，在朱敛的运作之下，我们落魄山又陆陆续续低价购入了香火山、远幕峰、照读岗。"

崔东山每次"指点"，大大小小的山根水运就会一一显化。他沉声道："除了龙泉剑宗，龙脊山有那斩龙崖，风雪庙和真武山肯定都不会放弃，我们也不去多想。至于在衣带峰上修行的那拨仙师，祖师堂谱牒其实位于梦粱国，与云霞山是邻居。前者在宝瓶洲属于二流仙家势力，而且比较垫底，只是与我们落魄山关系不错，所以一样不用多想。但是其余十余个仙家势力没什么香火情，我们也不欺负他们……"

说到这里，崔东山望向姜尚真，姜尚真就微笑道："买买买，卖卖卖，双方你情我愿，不就有了香火情？"

韦文龙说道："泉府账簿上，其实略有盈余。"

陈平安终于插嘴，笑问道："怎么个略有盈余法？"

韦文龙立即站起身，报了一笔账。

与骸骨滩披麻宗—春露圃—彩雀府—云上城一线的商贸，再加上新开辟出来的披麻宗—浮萍剑湖—龙宫洞天的第二条商贸路线，还要加上与红烛镇三江—董水井、老龙城范二、孙嘉树这第三条路线。此外，还有牛角山渡口、包袱斋的收入，以及上等品秩瓶颈的莲藕福地一大笔收入。所以韦账房所谓的"略有盈余"，是落魄山还清了一大笔债务不谈，账面上还躺着三千六百枚谷雨钱的现钱。关键在这之外，泉府账房里边还有六百枚金精铜钱。而一块莲藕福地与三条商贸路线的收益，还是源源不断的。

陈平安想了想，起身走到画卷边缘，道："总计六十二座山头，我们争取在百年之内，包含至少半数。简单来说，就是除了披云山、龙脊山、衣带峰以及龙泉剑宗占据的山头之外，其余所有被那十数个仙家占据的山头都可以谈，都可以商量。但是切记，既然是商量，就好好商量，强买强卖就算了，毕竟远亲不如近邻。能够连绵成片是最好，不成，就在宝瓶洲寻找几块藩属飞地。"

陈平安盯着画卷，自顾自缓缓道："宝箓山、彩云峰和仙草山不去说，落魄山是祖山所在，鳌鱼背已经租给了刘岛主，真珠山实在太小，牛角山是仙家渡口，泓下已经在黄湖山水底开辟水府，景清和暖树的龙王篓也在黄湖山炼化为山水大阵。那么现在空置的山头就有灰蒙山、朱砂山、蔚霞峰、拜剑台、香火山、远幕峰和照读岗。十年之内，开峰仪式就不去办了，七座山头，你们现在就可以挑选起来了。"

泓下起身颤声说道："山主，我已经搬去了莲藕福地，在那里占据了一条江河，理该让出黄湖山，水府送给……云子好了。"

陈平安抬起头，笑望向泓下，摇头道："不用，你的仙家机缘在黄湖山，于公于私你都不能让出。"

泓下还要说话，陈平安摆摆手："只管宽心，留下水府。"

泓下再不敢言语，赶紧施了个万福："谢过山主。"

姜尚真感慨万分。还说不是一言堂？要是在神篆峰祖师堂，得有多少人朝自己吐唾沫、砸椅子了？

陈平安轻声笑道："泓下，不用如此拘谨，祖师堂议事，你是一分子，是有椅子的。在这里，道理最大，谁敢出了祖师堂给你穿小鞋，你只管找我，我亲自帮你评理。"

崔东山点头道："是啊是啊。"

陈平安气笑道："我说的就是你，以后别有事没事就吓唬泓下。"

崔东山眼角余光瞥向泓下，泓下下意识望向陈平安，刚收回视线望向山水画卷的陈平安就只好又望向崔东山，崔东山也只好举起两只袖子。

一直沉默的隋右边说道："我想要拜剑台当作修行之地。"

陈平安摇头道："不行。"

隋右边皱眉问道:“为何?”

陈平安随便找了个理由:“别处宗门,金丹开峰,我们落魄山得是元婴。”

拜剑台,陈平安心中是有人选的:崔嵬领衔,九个剑仙坯子都留在那儿。隋右边不是剑气长城的剑修,不合适。

隋右边笑了笑,陈平安知道她为何如此,因为她破开金丹瓶颈其实不难,如果真想要跻身元婴,当年飞升台她就可以做到,只是不知为何,她故意停滞境界。

陈平安补了一句:“你先别着急下决定。”

陈平安一拂袖子,收起画卷,后退几步,站在椅子旁,一只手放在椅背上,说道:“落魄山之所以继续藏拙,原因有三。第一,我当了十几年的剑气长城隐官,躲躲藏藏的仇家有不少,不一定全是妖族。第二,我早年有两桩私人恩怨。第三,我作为文圣一脉的关门弟子,身份很快就会水落石出,到时候很多的麻烦光靠飞剑和拳头是不管用的。在这里,我先跟你们打好招呼,诸位都做好准备。当然,有我在,对方也不是那么轻松就可以得逞的。只是有需要各位出力的时候,我不会跟你们客气就是了。所以在这之前,我必须快刀斩乱麻,处理好手边的家务事,大骊宋氏、正阳山、清风城,主要就这三个。嗯,还要加上一个相对比较好处理的春露圃。所以我近期会亲自走一趟俱芦洲。”

陈平安望向沛湘,狐国之主立即主动站起身。

陈平安笑了笑:“沛湘,你安心留在莲藕福地,妥善处理狐国事务,天塌不下来。你既然成了我们落魄山的祖师堂供奉,一家人不说两家话,与清风城许氏的那点因果,我自会帮你斩断,不留半点隐患。但是事先说好,不用刻意为了讨好祖师堂,就去做些有损狐国利益的举措,完全没必要。我们落魄山与一般山头的风气还是不太一样,比较讲道理,这么多年相处下来,相信你应该心里有数。”

沛湘立即施了个万福。

陈平安点头致意,继续道:“接下来,就是商议落魄山下宗选址桐叶洲一事。”

陈灵均瞪大眼睛:啥?下宗都有啦?那下宗的首任宗主,自己有点当仁不让的意思啊。他咳嗽几声,刚要站起身,陈平安已经笑道:“怎么,景清大爷打算亲自走一遭桐叶洲?会不会大材小用了?”

陈灵均立即把屁股放回椅子,笑哈哈道:“不去不去,老爷说笑了,我细胳膊细腿的,在落魄山上的担子就很重了。”

陈平安犹豫了一下,还是直截了当说道:“我原本是打算让曹晴朗担任下宗首任宗主的,但是现在不单单是宝瓶、桐叶和俱芦三洲形势复杂,一旦我的两个身份显露,会有许多额外的意外针对下宗。”

崔东山笑道:“我来当下宗的副山主好了,过渡,过渡一下。”

说完又故作惊讶地“咦”了一声,身体前倾,伸长脖子望向米裕:“这下好了,又空出个下宗首席供奉来，米大剑仙，你说巧不巧？”

米裕刚通体舒泰没多久，这会儿就又如临大敌了，可怜巴巴地望向陈平安，苦着脸说道：“隐官大人，当官什么的，我真不成啊。哪怕让我不当什么首席供奉，却必须要做那首席供奉的事，我都认了！”

彩雀府那边，一个柳瑰宝不说，还有好些个眼神炙热的谱牒仙子就够让米裕忧愁不已的了。

陈平安笑道：“下宗的首席供奉可以暂定，回头再议，反正只要你跻身了仙人境，都好说。”

米裕松了口气。能拖一天是一天。

陈平安转头望向隋右边，以心声言语道：“在云窟福地，我见到你的先生，他如今化名倪瓒，在黄鹤矶当那撑船摆渡的老篙师，很早就离开了藕花福地，如今是玉璞境剑修，还有那江上斩蛟的事迹流传，你在玉圭宗修行之时，其实应该听说过。我们曾经逛过的骑鹤城，就是你先生‘飞升’离开家乡时留下的一处‘仙迹’。”

隋右边神色复杂，轻轻点头，双手攥紧椅子把手。

陈平安一拂袖，出现了一幅福地老君山的山河万里图。他先为众人大致说明了如今的桐叶洲山上山下形势，太平山、大泉姚氏、桃叶之盟、驱山渡、天阙峰……

种秋感慨道：“下宗选址桐叶洲，其实要比选址宝瓶洲更加难做人，因为一个不小心，我们就会与宝瓶洲和俱芦洲修士结仇。如今两洲修士南下渗透桐叶洲，势如破竹，很容易与他们起利益冲突。如果只是各自求财，井水不犯河水倒还好说，说不定还能顺势结盟，可若是落魄山还要求个‘理’字，难了。”

魏羡眯起眼，望向那幅山河画卷：“难？我看未必。选择下宗后，按山主的意思，快刀斩乱麻。比如俱芦洲，拿那琼林宗开刀；宝瓶洲，拿那老龙城范、孙之外的大姓开刀。只要刀子够快，旁人哪怕不挨刀，可只要不眼瞎，瞧见了，一样会觉得疼的。”

崔东山微笑点头，不过视线有意无意的，却是望向陷入沉思的曹晴朗。

曹晴朗沉默片刻，方道：“与其在各执一端各有各理的一团乱麻里搅和，不如听魏羡的，在两洲势力当中找两个全然不占理的，那么我们再来讲理，就很清爽了。旁人瞧见了刀子的锋芒，确实会跟着讲理许多，至少遇到我们，会主动选择绕道而行。但是我们如此……霸道行事，仍是不够，还需要合纵连横。桃叶之盟？我们也会。先生已经挑出了蒲山云草堂、天阙峰、大泉姚氏，其实再加上俱芦洲和宝瓶洲，从中各挑一个盟友，最好再与那皑皑洲刘氏打好关系，足够了！比如谢剑仙，既是皑皑洲刘氏的供奉，又是我们的客卿，是不是可以劳烦她帮我们捎话？不过千万千万不能让谢剑仙觉得为难，不然就得不偿失了，白白浪费先生一份极为可贵的香火情。”

崔东山拊掌而笑，周米粒听是没太听懂，反正跟着拍掌就没差了。

隋右边突然说道:“我可以担任下宗的首席供奉,等我元婴境。”

种秋笑道:“我可以陪着曹晴朗走一趟桐叶洲,曹晴朗先历练个几年,不着急当什么宗主。”

米裕见大局已定,就立即变了主意,笑道:“我可以给种夫子搭把手。”

曹晴朗、崔东山、种秋、米裕、隋右边,再加上一个暗中策应的姜尚真,几乎可以算是万无一失了。

陈平安问道:“莲藕福地?”

种秋笑着反问道:“山主?”

陈平安哑然失笑。

长命突然问道:“灰蒙山那边?”

在灰蒙山,其实还有三人隐居修行:化名邵坡仙的朱荧王朝余孽和婢女蒙珑,以及化名石湫的昔年俱芦洲打醮山渡船女修春水。

陈平安沉默片刻,点头道:“先送走观礼客人,我再去趟灰蒙山。如果他们自己愿意,就加入落魄山谱牒。”

长命不再言语。

陈平安坐在椅子上,双手笼袖,怔怔望向大门。

其实还有很多事情可以商议,例如莲藕福地、三条商贸路线、与大骊王朝的关系处理、账房那么多神仙钱的处置、山水邸报的扶植、主峰集灵峰山巅那座山神祠遗址能否打造为一座护山剑阵中枢……等到陈平安回过神来的时候,发现祖师堂除了自己,其他人竟然全走完了。

陈平安站起身,转身倒退而走,停下脚步,抬头望向那三幅挂像,没来由想起自己还是一个泥腿子的时候,在仗剑劈斩穗山之前,曾经无意间说过一句“打就打”。是与阿良闲聊过后,才知道在万年之前,早就有一个年轻剑修在水畔撂下过一句“打就打啊”。

陈平安笑了起来,转身大步走向祖师堂大门。

至于第二梦问心局的胜负手,陈平安在齐渎时其实就已经明白了,想要赢过大师兄崔瀺,就要先有我下棋能赢过绣虎的心气。

有此心,依旧未必能赢,可若无此心,肯定万事皆休。

一袭青衫背剑离去,微笑道:“我是清都山水郎。”

当青衫剑客跨过门槛后,阳光照耀下,所有等在外边的人都不约而同地齐齐望去。

无论是他们的先生,还是师父,或是山主,所有人都觉得那个走出大门的男人,恍若神人。

第九章
老子婆娑

先前陈平安在祖师堂里边打盹那会儿，门外众人就安安静静等着山主现身。

修道之人，休歇酣眠是头等大事。

人生不过“醒”“睡”二事，一辈子，来时大醒，去时大睡。

崔东山双手笼袖，瞥了眼双鬓霜白的姜尚真，微笑道：“日月磨蚁，老子婆娑。”

姜尚真笑道：“好个醉宿逆旅，挑灯看剑，问君有无不平事。”

米裕听得比较迷糊，吃了读书不多的亏，只是没来由想要假扮豪客，走一趟山下的江湖，白衣策马，好结识些活泼可爱的女侠。

崔东山开始转去埋怨曹晴朗在福地连中三元，到了大骊科场才是个新科榜眼，只当了个从六品的翰林编修，害得他这趟中土神洲的功德林之行都没怎么好意思跟师祖吹嘘：“文庙的董老儿、旧鱼凫书院山长周密这俩臭棋篓子看过你的几篇科举制艺文章后，评价都不算太高，师祖一个秀才功名的，还能怎么办，只好让董老儿和周山长帮你圈画批注——拿去。”

曹晴朗接过大骊礼部那几张“失窃”的答卷，哭笑不得。上边果真有董老夫子和周山长的朱批，圈画不少，批注极多，批评有，但是不多，更多还是极有讲究、分寸的溢美之词。

其实不光是曹晴朗的答卷，本届殿试一甲三名和二甲进士的答卷都被崔东山席卷一空，搬去了功德林。董老儿阅卷完毕之后，有句感慨：“云蒸霞蔚，鳞集大骊，济济一堂，山川之美。”

曹晴朗问道:“小师兄,我那翰林编修一职,什么时候辞去?”

其实参加大骊科举也不是曹晴朗的本意,是朱敛撺掇的,种先生也觉得可行,曹晴朗这才按部就班,一路考到了榜眼。好像文圣一脉,只说科举功名一事,担子全部落在了曹晴朗一人肩头,而曹晴朗也确实没有让人失望。大骊王朝哪怕归还了半壁江山,依旧是半洲士子在争抢着鲤鱼跳龙门,尤其是大骊朝廷开创先河的陪都会试、京城殿试两场,更是俊彦无数,无一例外都是一等一的读书种子,所以曹晴朗的这个新科榜眼分量极重。

崔东山笑道:“辞官做什么?回头小师兄帮你弄个编撰史书的差事,吏部考核也会帮你挡下。就当是一位翰林郎,先坐几年冷板凳。”

隋右边跟种秋站在一起。一个是毅然决然舍了武道转去修行练剑,立志以剑修身份仗剑飞升;一个竟然能够中途修习儒家神通,与书上圣贤道理相契,最终结金丹。都不是常人。

隋右边对种秋很是敬重,向他道贺:“种夫子以儒家书院的正人君子气象结金丹,难能可贵。”

种秋笑道:“但问耕耘,莫问收获。你我共勉。”

其实隋右边在他们家乡的先生,种秋是知道的。种国师历来看书驳杂,江湖秘闻、稗官野史,什么都看。那个读书人在藕花福地一直被视为儒圣一般的存在,同时还是玄之又玄的剑仙之流,反正文人笔记、野史上边的大抵路数,无非是张嘴一吐,一口剑丸,白光一闪,人头滚落。而种秋那个“文圣人武宗师”的说法,所谓“文圣人”,其实可以算是隋右边先生的后世模子。

卢白象问魏羡:“怎么还不收个弟子?”

魏羡答道:“等你的弟子收弟子,我再收。年纪小,辈分高,白占一份便宜。这要是还没出息,打死拉倒。”

裴钱突然说道:“老魏,你说那沙场厮杀,没有什么一字长蛇阵、龙门阵,不过是‘定行列,正纵横’六个字,最后各凭本事,乱刀杀来,乱刀砍去。以前我不信,总觉得你是在胡诌,等我去过了金甲洲,发现好像真是这样的。”

魏羡沉默片刻,揉了揉下巴:“这么有学问的话,我平常说不出,莫不是我喝酒后的言语?”

裴钱说道:“麻烦老魏你见好就收啊。”

卢白象哈哈大笑:“海量,海量。”

周米粒在与暖树窃窃私语,偷偷比拼各自袖子里的瓜子多寡。

陈平安走出祖师堂大门后,发现所有人都有些沉默,望向自己的眼神有些古怪。他左看右顾,并无异样,疑惑道:“怎么了?”

崔东山小声道："大师姐？"

言下之意，这种紧要关头，是该大师姐出马了。

裴钱疑惑道："干吗呢？"

崔东山哀叹一声，惋惜不已。可惜骑龙巷的那位贾老神仙不在场，不然开了个好头，门风一起，可就挡不住了。

陈平安快步上前，问道："等下咱们怎么安排，总不能闹哄哄一大堆人冲进去吧？"

朱敛笑道："还是公子决定好了。"

陈平安犹豫了一下："不好太闹腾，等下回礼，每处宅邸，一两人陪我登门就行了。先一起下山，到时候我点名。忙完正事的人，就可以先回了。"

其实小镇除夕夜有那"问夜饭"的习俗，家家户户都会走门串户，吃过年夜饭后，天黑之前，就会重新在桌上摆满酒菜，青壮汉子划拳，喝酒吃菜。孩子们不与大人们凑热闹，自己玩自己的，成群结队，去每家每户蹭糖和瓜子，还会带上个小布袋子。只要不是结仇的门户，孩子们都会一哄而上，喊着叔伯婶姨。上了岁数的老人，那晚都会坐在火炉旁，孩子们的称呼乱了辈分，喊高了还是喊低了，老人也不会去管。若是关系不好的街坊邻居，某些孩子就会在门外的巷子里等着。

按照小镇方言，"问"与"梦"两字同音，所以陈平安第一次出门游历的时候，还专门与李宝瓶讨论过这个问题，到底是问夜饭还是梦夜饭。

在那十余座客人下榻的宅邸当中，有两位剑仙在书房欣赏一副楹联。

绕屋梅花三十树，书架满眼两千书。

邵云岩赞赏道："满纸烟霞气，这才是仙家府邸。"

有个小财迷蹲在厅堂里边，绕着一对勾云纹太师椅缓缓转圈，这才发现椅子背后有那篆文，分别是"风和日丽""云开月明"。椅子是新的，字却极具古韵。

有两位夫人走在一处青竹廊道中，酡颜夫人抬头望去，有一串檐下铁马，作薄玉鸟雀数十枚，以青色纤细缕线悬挂于檐外，风起鸟飞，叮咚作响。桂夫人则望向廊外的一块风水石，铭刻有"峭壁孤立，若登天然"八字行草。大概是意犹未尽，有人又在右下角题刻了四个隶书小字"石即我也"。

一处宅子凉亭内，彩雀府柳瑰宝在煮茶，有一把底款"寒雨"的紫砂茶壶专门用来喝冰茶，花押"不言侯"。

一幅巨嶂山水悬在中堂，长达两丈，气魄极大，疑似天边仙家景，飞入此君彩屏里，一看就是中土那位山上丹青圣手的范氏手笔，细细再看还是如此，没有半点不对的地方，落款、钤印、花押，都是极好的佐证。可事实上，是那摘了围裙的老厨子回了自己书房，双手持笔不说，嘴里边再叼一支，落笔生花，随手画出，无非是案头几本购自红烛镇书肆的名家画谱而已。

霁色峰的三十六座待客宅邸，从法式图稿、山水格局，到所有细节，每一副楹联、字画的书写，每一件文房清供的拣选，每一把竹木椅子的打造，每一把茶壶的烧造，每一片竹叶书签，都出自忙里偷闲的朱敛之手。

霁色峰第一座宅邸，陈平安只是带着长命一起跨过门槛。

这拨观礼客人，是龙泉剑宗的董谷、刘羡阳和风雪庙的魏晋。而龙泉剑宗与风雪庙的关系，一洲皆知。

精怪出身的董谷对落魄山自然印象极好，而且价格昂贵的剑符一物就数落魄山购买最多。一个供奉周肥，一个长命道友，都跟上瘾似的。

陈平安与董谷礼节性寒暄一番，礼数周到。

至于刘羡阳，不需要说什么客套话，所以落座后，陈平安更多是与魏晋闲聊。

魏晋说他不会在落魄山久待，很快就会走一趟海外。妖族还有不少逃窜入海的漏网之鱼，正好拿来练剑。还说如今的浩然天下天时更迭，诸多仙家机缘应运而生，只说宝瓶洲就凭空出现了一座悬空湖泊，湖心岛屿上有祠庙一般的古老建筑，其上有三字匾额，"秋风"二字清晰可见，但是最后一字只余一半，是个"司"字。完整说法，多半是秋风祠了。但是寻访此地仙缘的练气士没头没脑进去、没头没脑出来，人人毫无收获，只知道里边栖息着一群虚无缥缈的社鼓神鸦，嘴衔落叶。

除此之外，南海之上还出现了一条至少是半仙兵品秩的仙家渡船，足可跨洲远游，规模极大，如雄城巨镇，渡船之上只有一个好似大道显化而生的古怪僧人。只是这条渡船行踪不定，能否登船只看机缘，但是登船之人全部如泥牛入海，无一人能够离开。在那之后，一个来自流霞洲的仙人女修葱蒨曾与一个中土剑仙联袂登船查探，不承想依旧无法将渡船留下，还差点被那个仿佛无境的年轻僧人"挽留"一百年，二人只能强行破开小天地，才得以重返浩然天下。

浩然天下与蛮荒天下接壤之后，这些仙家机缘如雨后春笋纷纷涌现。

陈平安对那秋风祠自然没什么兴趣，但如果落魄山有人下山历练的话，倒是可以去试试看，碰碰运气，反正不似那渡船凶险。

刘羡阳亲自将陈平安送到门口，猛然抡起胳膊。

陈平安一个低头、弯腰、前冲，行云流水。

第二座宅子里住着桂夫人和酡颜夫人，陈平安带上了裴钱和暖树登门致谢。

在那青竹廊道的长椅上，桂夫人喊了裴钱坐在她一旁，暖树也被她拉在身边，所以陈平安就只好单独坐在一边。

他与桂夫人聊起了青鸾国的金桂观，因为青要山上的老桂树是月宫种无疑，有点类似披云山青竹与竹海洞天的渊源。如今双方身份都已经水落石出，这些就不算什么忌讳了。

桂夫人微笑道："青要山的六棵桂树确实是出自我那桂花岛一脉，金桂观的开山祖师爷算是仙槎的不记名弟子，现如今的观主张果，按照辈分，能算是仙槎的三代弟子，小水桶都该是张果的师伯了。仙槎与范氏老祖有过一桩密约，又帮忙炼制竹篙，渡船得以安然驶过蛟龙沟，桂花岛就送了他几枝桂花。"

范家那位隐姓埋名的老舟子真名仙槎，早已舍了姓氏不要，自号星舟道人，算是白玉京三掌教陆沉的不记名大弟子。陆沉不认这个资质鲁钝的弟子，但是包括曹溶、贺小凉在内的其他嫡传却都认这位大师兄。

仙槎对桂夫人痴心不改，陈平安当年乘坐桂花岛渡船去往倒悬山，就领教过那人对桂夫人的痴情，双方还切磋过"道法"。

陈平安其实对仙槎那个不记名的弟子印象更好，不过要论名气，只是玉璞境的仙槎在浩然天下，却比飞升境还要大。跟白帝城柳赤诚是一个路数的修道之人，当然自家落魄山的陈灵均也不差了。

在金桂观内，一棵最为高龄的月宫种老桂下，石桌桌面被某位剑仙以剑气刻画为棋盘。当时联袂云游道观，临时起意的对弈双方，正是道人仙槎和风雷园园主李抟景。

桂夫人今天算是为陈平安解开了一个长久的"仙迹"疑惑，看来与那骑鹤城差不多。

陈平安看着裴钱，突然笑了起来。金桂观曾经有个好客的小道童，变着法子也要送给一个登山做客的黑炭小姑娘一把挺值钱的仙家桂枝伞。

裴钱疑问道："师父？"

陈平安笑道："还记不记得那个小道童？"

裴钱想了想，点头道："记得，跟在那个叫许伯瑞的年轻道士身边，是个烦人精。"

酡颜夫人有些羡慕桂夫人能够与这个心狠手辣的隐官大人如此言语无忌，只是想到邵云岩暂借给她的那枚养剑葫，酡颜夫人就略微心安几分——伸手不打笑脸人不是？

陈平安为何要将她安置在陆芝身边，无论是避暑行宫的初衷，还是隐官大人的用意，酡颜夫人都心知肚明，是希望性情直爽的陆芝到了浩然天下之后，自己能够帮着出谋划策。

桂夫人以心声问道："陈公子，月老红绳一事，是否知晓根脚？"

陈平安笑道："只听说柳七有本姻缘簿子，曾经是月老翻检之物，选中两人，再牵连红线，就是一对良人美眷了。能否白头偕老，要看那红线的长短。"

飞升境柳七的词写得很好，在山上流传极广，但是“柳筋境”为何而来，为何会有一步登天的仙缘，却并未在浩然天下传开，所以柳七在山上，尤其是山顶，是最被低估的修士之一。他从青冥天下返回浩然家乡之后，更证明了这一点，甚至没有之一。

传闻柳七在大海之上以三百六十五种术法拦下王座大妖仰止，完全碾压仰止的水法本命神通。最终再联手一位文庙副教主，将试图远遁的仰止成功拘押到了中土神洲一处秘境中。

有被低估的，就有被高估的，比如那“可以一人攻城，能够独自守城”的墨家巨子，以及一直不曾真正与裴旻问剑一场的左右。只不过墨家巨子在据守婆娑洲一役过后，以及左右与十四境剑修萧愻问剑多场之后，就不再属于被高估之列了，而是换成了拼了性命毁去肩头日月的醇儒陈淳安。因为哪怕如此，不说什么与刘叉换命了，好像刘叉甚至都未曾跌境，都只是将刘叉拦截在南海一处通往蛮荒天下的归墟之畔。

桂夫人正色说道：“要小心。”

陈平安点头道：“已经很小心了。”

桂夫人瞥了眼陈平安的手腕，陈平安笑道：“不一样。”

之后起身告辞，陈平安突然微笑道：“酡颜夫人，回头我再与你详细询问婆娑洲那边的战事。”

酡颜夫人脸色僵硬，点头答应下来。

第三处都是俱芦洲人氏，陈平安因此带上了曹晴朗、周米粒和陈灵均。周米粒来自哑巴湖，陈灵均是在俱芦洲走渎。

白首在门口亲自迎接好兄弟陈好人。只要裴钱不在，陈好人就是自己的好兄弟。

到了一处院落，陈平安一脚跨过门槛，就要收回脚，溜之大吉。

刘景龙、柳质清、徐杏酒围坐一桌，桌上摆满了酒水。

不承想白首得了师父的授意，已经关上了门。

陈平安无奈道：“喝酒可以，点到为止，不然醉醺醺待客，不成体统。实在不行，等我逛完，再来陪你们喝个痛快。”

刘景龙微笑道：“先喝，喝酒嘛，喝开了就都好说。”

陈平安转头望向曹晴朗，曹晴朗摇头道：“先生，你知道，我是不喝酒的。”

陈灵均把胸脯拍得震天响，立下军令状：“喝酒？先过我这一关！老爷你放心，我等会儿负责将刘先生他们背回屋子。”

老真人桓云与陈平安打了个道门稽首，陈平安笑着抱拳还礼。

双方最早相逢于云上城，一个摆摊卖符，一个慧眼独具，一切尽在不言中。

好聚又好散，山水又重逢。

陈平安与徐杏酒道了一声歉。错过了徐杏酒的婚宴不说，还错过了对方继承城主之位的山上庆典。

徐杏酒很是善解人意，笑道："今天与陈先生先喝一顿酒，回头在云上城再补上一顿酒。"他腰间悬佩长剑是落魄山赠送的那把法剑细眉，此刻他轻拍剑柄，"赠剑之恩，我找机会再与陈先生回敬一顿酒。"

陈平安只是装傻，转去与柳质清道贺。

相貌极其俊美的柳质清微笑道："跻身元婴境而已，不值得大肆宣扬，一顿酒。"

陈平安只是微笑，不言语。酒酒酒，酒你们大爷的酒，你们仨酒鬼自己喝去。

白首叹了口气，道："我就不如柳先生了，小小剑修，只是金丹开峰，那就半顿酒？"

陈平安说道："半顿酒？不够吧。我拉上裴钱陪你喝够一顿？"

白首一听到"裴钱"两个字就觉得脑壳开花，立即见风使舵，临阵倒戈，与师父几个大义凛然道："你们几个怎么回事，我这位好人兄弟今儿多忙，有那么多远道而来的客人要招待，喝酒耽误事。"

陈平安落座，坐在刘景龙和柳质清之间，与邵云岩问道："邵斋主，陆先生在婆娑洲可还好，有无开宗立派的意思？如果有，不嫌弃的话，我可以担任供奉。"

邵云岩笑着点头："陆先生虽然接连在数场战事中受伤，佩剑都已经换了三把，本命飞剑也有些折损，但是剑心砥砺极多，已经见着了瓶颈。"他叹了口气，没有遮掩，"只是陆先生没有开宗立派的念头，倒是已经答应齐老剑仙担任宗门客卿。"

陈平安点头道："齐老剑仙愿意在浩然天下扎根，是好事，又是凭着实打实的战功开宗立派，更是好事。陆先生答应担任客卿，于公于私，于情于理，都是应该的。邵斋主如果愿意跟随陆先生一起担任客卿，其实最好，于齐老剑仙的宗门而言，又是一桩雪中送炭。当然，这只是我的个人建议。"

邵云岩笑着点头，"既然隐官大人都这么说了，那我就好好考虑考虑。"

柳质清提醒道："都别光说话，喝酒。"

陈平安无奈道："好歹容我先把过场走完，在自家山头，我又跑不掉。"

柳质清微笑道："境界越高，酒桌上越尿。"

陈平安道："我、邵斋主、桓真人、杏酒、陈灵均，还有小米粒，喝你们两个，不跟玩儿似的？"

徐杏酒一头雾水。

陈平安提醒道："桓老真人如今是我们落魄山的客卿，我们俩又算是你和赵姑娘的半个月老，杏酒，你自己掂量掂量。"

徐杏酒叹了口气。

柳质清想了想："那就再加我一个？反正刘先生酒量好。"

刘景龙伸手覆在身前一只酒壶上："今天就算了。"

陈平安险之又险地离开此地，出了门，再带着米裕和崔嵬去往下一座宅子。

其实徐杏酒最后想要与陈平安说件心事，这位云上城新任城主满脸愧疚。陈平安却笑着以心声答复："别担心，是小事，喝你的酒，陪好刘剑仙。"

邵云岩好奇问道："景龙，怎么就放过他了？"

刘景龙开始喝酒，轻声笑道："天底下从来不缺酒水，只欠一场故友重逢。"

徐杏酒疑惑道："刘先生此说，好像有些答非所问。"

刘景龙抿了一口酒，无奈道："杏酒、质清，你们一个比一个讲义气，我能怎么办？"

见到徐杏酒忧心忡忡，刘景龙笑道："陈平安既然回了落魄山，肯定会妥善解决的，你还担心个什么？"

徐杏酒点点头，抓起一只酒壶："刘先生，那我先走一个！"

刘景龙揉了揉眉心。

在第四座宅子，米裕的感觉就是，好不容易从霁色峰祖师堂留下半条命，剩余半条命好像又悬乎了。而在宝瓶洲战事当中出剑凌厉的崔嵬好像比米裕还要心情沉重，跨过门槛之前，竟然先深吸了一口气。

郦采的两名嫡传陈李、高幼清，谢松花的两名爱徒举形、朝暮，这四个最早离开剑气长城的剑仙坯子的性情、飞剑、境界、家世，陈平安一清二楚。当然，还有九个年纪更小的孩子。

白玄双手负后："哟，这不是红颜知己遍及浩然九洲的米大剑仙嘛，久闻不如见面，这张脸果然就是飞剑啊，专克一切女子。"

米裕摆手道："过奖了，过奖了。"

陈李笑眯眯道："落魄山不开办镜花水月真是太可惜了。"

陈平安会心一笑。米裕、姜尚真、崔东山，此外还有山君魏檗、客卿柳质清。在自己那几件私事都尘埃落定之后，落魄山就把一场场镜花水月办起来？

米裕抖了抖衣襟——愿意为落魄山略尽绵薄之力。

纳兰玉牒看着崔嵬，崔嵬欲言又止。

崔嵬的传道恩师是宁府的纳兰夜行，而纳兰夜行确实出自太象街的纳兰家族，与家主纳兰烧苇还是平辈兄弟。只不过他俩早年有一桩各有对错的私人恩怨，纳兰夜行便脱离了家族，所以崔嵬与纳兰玉牒也算是有些七弯八拐的关系的。

纳兰玉牒仰起头问崔嵬："在家乡不出剑，在异乡才拼命出剑，为什么？"

气氛一下子就剑拔弩张起来，因为所有的剑仙坯子都想要知道崔嵬的答案。

崔嵬面无表情答道："以前是贪生怕死，想要活下去；到了浩然天下，想要活得更好,由不得我怕死。”

纳兰玉牒“哦”了一声,趴在桌上,把玩一块木质的福寿牌。

米裕轻轻拍了拍崔嵬的肩膀,以心声言语道:“孩子都还小。”

孩子们看待这个世界很纯粹,非黑即白,好坏分明。

崔嵬也以心声答道:“我不怪他们。孩子们能够这么问,才是剑气长城的剑修。”

陈平安岔开话题,笑问道:“孙春王呢?又在炼剑了?”

院子里好像只少了那个性情孤僻的小姑娘。

姚小妍使劲点头,忧心忡忡,压低嗓音道:“曹师傅,孙春王好像炼剑炼疯了,你劝劝她啊。”

陈平安无奈道:“回头我会让崔东山找她谈谈心。”

是崔东山造的孽,解铃还须系铃人。

陈李眼神光彩熠熠:“隐官大人,我很快就会是元婴!”

举形坐在台阶上:“啧啧啧。”

陈李斜眼道:“不服?”

举形道:“某人年纪比我大几岁,这种事情,我不服气也没办法啊。”

白玄斜眼道:“怎么跟小隐官说话呢,不知道陈李是出自我们天下独有的隐官一脉吗?”

不承想陈李说道:“就你是自封的,半个都不算。”

白玄立即翻脸,跳起来骂道:“陈李你这么牛气,怎么不压境跟举形干一架啊?”

陈李嗤笑道:“压境问剑有什么难的,你跟某人一起上?”

白玄想了想,摇头道:“我最近开始练拳了,暂时是纯粹武夫。”

高幼清看到陈平安后有些畏惧,不如其余剑修显得那么亲近,或者刻意表现得不在乎。她到底是岁数大一些,比九个更晚离开家乡的孩子其实要更加清楚“隐官”二字的含义。不说隔了一个天下的飞升城,陈平安就是萧愻之后的剑气长城最后一任隐官,在剑气长城是比刑官更手握大权的存在。

高幼清的哥哥是高野侯,而她仰慕的庞元济又出自避暑行宫隐官一脉,算是陈平安的下属?只是高野侯跟随那座飞升城去了第五座天下,庞元济好像去了西方佛国。

陈平安落座后,就像坐在了孩子堆里。米裕和崔嵬都站着。

陈平安沉默片刻,最后只说了一句话:“等到你们长大了,一起回剑气长城看看。”

至于飞升城,还有七十多年就会开门,每一个剑仙坯子都心知肚明,是一定要去那个天下的,到时候回不回浩然天下,到时候再说。

哪怕是贺乡亭和虞青章这样都未与隐官大人说过一句话的孩子都信得过他,只要有人愿意留在那里,相信隐官大人不会阻拦。

陈平安带着姜尚真和隋右边来到一座全是女子的宅子，里面住着彩雀府府主孙清和她的嫡传柳瑰宝，以及真境宗的李芙蕖和周采真。

当年托孙道长的福，陈平安离开那处险象环生的仙府遗址后小有收获，与彩雀府做了一笔大买卖。

因为刘景龙的关系，孙清有些笑容；又因为余米，她实在笑不出来——自己师徒二人好像都栽在了陈平安的朋友手里。私底下，孙清也会埋怨弟子喜欢余米那么个花花肠子做什么，学师父也好啊，刘景龙好歹是一位持身正派的君子。

昔年襁褓中的婴儿已经出落得亭亭玉立，周采真笑着喊了姜尚真一声“爹”。姜尚真笑脸温柔，拍了拍她的脑袋。

周采真再与陈平安施了个万福，喊了声“陈先生”。陈平安笑着点头，送了她一份见面礼，是个小木盒，里边装着十二张竹叶书签和一块陈平安亲手打造的天下太平无事牌——此物如今等同于落魄山的通关文牒了——还有一枚龙泉剑宗剑符。

周采真双手接过木盒，在她道谢后，陈平安犹豫了一下，笑问：“书简湖风景还好？”

周采真施了个万福：“陈先生，书简湖风景极好。”

陈平安说道：“以后出门历练，可以走一走俱芦洲。”

周采真犹豫了一下。其实她并不太愿意游历俱芦洲的那个“家乡”，不想去那座随驾城。只是好像自己这么说，显得太过性情凉薄。但她又不愿说谎，所以就有些局促不安。

陈平安笑道：“没事。愿意去，不着急；不愿意去，也没什么。”

周采真松了口气，悄悄瞪大一双眼睛，看着这位在书简湖有过很多故事的陈先生。

周采真每次去青峡岛做客，都会路过渡口那边的账房，只是一直锁着门。红酥姐姐、湖君姐姐她们说起陈先生都是不一样的说法。师父李芙蕖、现任真境宗宗主刘老成、升任首席供奉的截江真君刘志茂，还有隋姐姐，每个人说起陈先生也都是不一样的。

孙清抱拳，豪爽道：“陈山主，与你做买卖，亏不了。反正我们彩雀府能不能在未来百年跻身宗门，就全靠落魄山了，学那鳌鱼背的珠钗岛成为你们的藩属山头，也是可以谈的。到时候落魄山租借给我们几个供奉、客卿，好帮我们撑撑场面。彩雀府别的不说，就是女子多，落魄山修士只要凭本事……不是靠脸啊，谁能与她们结为山上道侣，我乐见其成，绝不阻拦！”

陈平安笑道：“好的。”可惜郑大风没在山上，不然这会儿都能流哈喇子。

米裕前些年化名余米去往以炼制法袍作为立身之本的彩雀府，为孙清她们带去了一件出自蛮荒天下金翠城的极佳法袍，光线映照下，金翠两色宛如一枚枚孔雀翎眼，有那“水路分阴阳”的美誉，就连王座大妖仰止的那件龙袍都用上了金翠城的炼制织造手段。所以凭借反复拆解这件法袍，彩雀府的法袍技艺百尺竿头更进一步，在包括太徽剑宗、云上城、龙宫洞天在内众多仙家的支持下，俱芦洲极多的山水神灵，尤其是城隍阁和文武庙的大小官差，例如那日夜游神，都对这件彩雀府法袍十分青睐。

最关键的是，彩雀府通过与披麻宗合作，再次为法袍锦上添花，在魏檗的牵线搭桥之下，彩雀府最后都与大骊王朝做成了一桩天大买卖，一次性与彩雀府定制了上千件法袍。这十多年来，连同府主孙清、掌律武峮在内，山上所有修士竟然就没几天在修行，全是当那纺织娘了。

这笔财源滚滚并且旱涝保收的山上大买卖，连那琼林宗都眼馋，心动不已，几次秘密找到彩雀府，想要从中分一杯羹。琼林宗许诺只要答应双方合作，会先给出一大笔谷雨钱作为定金，先后三次，一次比一次开价高，只是孙清都拒绝了。不说与落魄山是秘密盟友，她真要财迷心窍点这个头，她自己都没脸再去见刘先生。

孙清犹豫了一下，还是开门见山道："陈山主是打算把春露圃彻底晾着了？"

这次观礼，落魄山都没有邀请春露圃。事实上，如果不是那桩法袍生意，在俱芦洲，春露圃是仅次于披麻宗的落魄山商贸盟友，别说云上城，彩雀府都要靠边站。

陈平安摇头道："没有这样的打算，我会走一趟春露圃。"

孙清大大方方说道："清官难断家务事，陈山主自个儿烦心去，我是帮不上忙了。至于那个老婆姨，我懒得与她计较。"

陈平安笑着没说话。

落魄山三条商贸财路，其中两条都与俱芦洲牵连极深。一条是东南路线，起始于骸骨滩披麻宗，终点在大渎入海口的春露圃，只是稍稍有所延伸，与彩雀府和云上城都有关联。另外一条，路线从南往北，还是通过披麻宗，不过主要是与浮萍剑湖、龙宫洞天合作。涉及大大小小八十余座仙家山头，绝大多数，落魄山都不会直接与其对接，甚至许多小山头至今还误以为跨洲渡船的一次次货物南下是与北岳披云山和牛角山渡口联手，再凭此远销宝瓶洲南方。

在这期间，春露圃出现了两次大的分歧，一次是落魄山决定压价，减少利润，春露圃依旧不会亏钱，但是挣得极少，这使得春露圃祖师堂争吵不休，春露圃那位元婴境的山主还是希望落魄山能够更换一个更折中的价格，总不能一次次渡船往返，只挣那点根本不够看的蝇头小利。而照夜草堂唐玺、老金丹宋兰樵与他的传道恩师老妇人原本铁板一块共进退的三位盟友也出现了内部争执，唐玺与山主是一样的看法，只有一对师徒在祖师堂以撤掉座椅威胁春露圃，最终春露圃权衡利弊，还是不愿失去落魄山这条未来可期的财路，选择退步。

在那之后，落魄山一直有意无意提升云上城的商贸地位，加上彩雀府莫名其妙多出了只聚宝盆，好像只差一个上五境修士就可以跻身宗门，这让财大气粗却始终不是

“宗”字头的春露圃难免有些吃味。彩雀府按照定额分发给春露圃的法袍，本该最早卖完的春露圃反而不知为何积压颇多，其实这源于祖师堂的一场议事。春露圃与唐玺不对眼的那位财神爷说了不少云上城和彩雀府的怪话，老妇人也听得恼火万分，说彩雀府那帮花里胡哨的小娘儿们是在打发叫花子吗？当时祖师堂交椅最为靠后的宋兰樵倍感无奈：师父她老人家什么都好，就是经不住有心人的言语拱火，当面几句原本不该当真的好话，偏偏就能让师父什么都不管不顾。而且春露圃也确实希望通过师父与那位落魄山的年轻剑仙说几句“自家话”，好帮着春露圃多挣些神仙钱。在这件事上，唐玺反而与宋兰樵是一个心思，觉得老妇人不该如此，情分是情分，买卖归买卖。只是宋兰樵私底下说了没用，唐玺劝了反而被骂了个狗血淋头。而落魄山同样是念着那个老妇人与自家山主的关系，做出了两次不大不小的退让，只是春露圃依旧觉得不够。

还有不少的风言风语，比如落魄山帮助云上城打造出一座私人仙家渡口，春露圃竟然连这个都看不顺眼，飞剑传信落魄山，要求将那渡口搬迁到春露圃的一座藩属山头。写信人正是那个老妇人，收信人当然是陈平安。拿到那封信后，朱敛和魏檗相视无言，哭笑不得。

这些风波，陈平安都已知晓，所以才会亲自走趟春露圃，不过是顺路。

隋右边坐在李芙蕖身边。在书简湖，隋右边与第二任宗主韦滢势同水火是一宗皆知的事情。她与刘老成和刘志茂也都没什么交集，唯独与李芙蕖还算聊得来。

李芙蕖感慨万分。曾经那个青峡岛的年轻账房先生好像不过几个眨眼工夫就完全变成了另外一个人，气定神闲，游刃有余，并且与之相处，令人如沐春风。

孙清在陈平安告辞离去时突然道：“你该不会大闹春露圃吧？和气生财啊。”

陈平安忍住笑：“有数的。”

在陈平安离开后，孙清问道：“芙蕖、瑰宝，你们觉得这种事情不棘手吗？”

李芙蕖说道：“情理混淆在一起，又牵扯到各自山头和钱财买卖，其实很棘手。”

孙清说道：“那他怎么跟没事人一样？”

柳瑰宝说道：“师父，你难道忘记当年仙府遗址的过程了？陈山主这种人，天生就擅长解决麻烦事吧。”

孙清想了想：“我只记得他抱住竹子说‘错了错了’的样子。”

周采真好奇问道：“有山水故事吗？柳姐姐可以说吗？”

柳瑰宝便拣选一些能说的，与周采真大致说了遍那场凶险的仙缘之争。周采真听得神色别扭，怎么都无法将温文尔雅的陈先生与那个黑袍老者的形象重叠。

柳瑰宝忍俊不禁，打趣道：“陈先生挣钱特别凶。”

周采真摇摇头：“肯定是你们误会陈先生了。”

陈平安带着崔东山、魏羡和卢白象走到一座气氛极为微妙的府邸。这边有一条溪涧潺潺流过，两拨人凭栏而立：李二、李柳、韩澄江，以及林守一、于禄、谢谢、董水井。

于禄在看那溪鱼，打算亲手做一根钓竿。谢谢看到了崔东山后，就再无半点闲适神态了。

果不其然，在陈平安与李二抱拳称呼了一声“李叔叔”后，李二笑着点头，崔东山就立即跑到谢谢身边，踮起脚尖，伸长脖子，在她耳边大声嚷嚷道：“谢大金丹，谢大仙子！”

谢谢身体僵硬，心弦紧绷，一动不动。

于禄朝陈平安摆摆手：“我找根竹子去。”

他脚尖一点，翻过竹栏和溪涧，一个人跑去对面山中竹林忙碌去了。

陈平安与林守一说道：“先前去了趟大渎祠庙，当时你刚离开没多久。”

林守一笑着点点头，并没有显得如何热络，还是老样子。估计再过个几百年一千年，林守一还是这么个脾气。

陈平安与董水井说道：“回头去州城府上找你喝酒，请教生意经。”

董水井笑道：“有的聊。”

陈平安与李柳和那韩澄江抱拳，笑着没说话，不然林守一和董水井估计今天就要找自己喝酒。

李柳微笑点头，韩澄江规规矩矩作揖道：“见过陈山主。”

陈平安只得作揖还礼：“见过韩先生。”

林守一扯了扯嘴角，董水井眼不见心不烦，转身望向对面的竹林。作揖作揖，你这姓韩的怎么不直接弯腰到额头点地呢，那不是更有诚意？

然后陈平安与李二散步远去。

李二问道：“桐叶洲那边的动静？”

陈平安点头道：“是在太平山跻身的止境。”

李二欣慰道：“那么我在山上多留几天，喂拳可以不用束手束脚了。”

陈平安脸色尴尬，还是点头。

李二一巴掌拍在陈平安肩上，聚音成线道：“既然是李柳的意思，我这个当爹的没啥好说的，反正澄江的人品确实不错。不过有句话——其实我不该说——你回家太晚，你婶婶还是很惋惜的，总念叨如果你早些回，她是怎么都不会答应这门亲事的。”

陈平安硬着头皮道：“李叔叔是当老丈人的人了，确实不该说这个。”

李二笑了笑，一拳砸在陈平安肩头：“不该是什么喂拳，同境问拳才对。”

陈平安肩头一歪：“当然还是喂拳。”

止境三重楼，气盛、归真、神到。陈平安只是气盛，李二却已是神到。

李二说道：“只要你赢了我，是喂拳还是问拳，自然都由你说了算。”

陈平安苦笑无语。李叔叔的喂拳，真不轻。

崔东山留下来与谢谢叙旧，卢白象和魏羡找李二请教一些拳理。之后陈平安带着韦文龙拜访韦雨松、范二、孙嘉树和金粟。

范二就站在门口等着，陈平安快步向前，笑着抬手与他重重击掌。

范二与陈平安并肩而行，压低嗓音说道："我如今是武学五境的大宗师了，回头咱们练练手？"

陈平安犹豫了半天，只是说道："破境神速。"

在这边聊的都是生意事，不是没有香火情，而是交情其实就在生意里边。

真正的朋友，其实说一千道一万，无非就是双方关系大得过一个"钱"字。

在谢松花、袁灵殿面前，身为落魄山客人的魏檗其实尽了半个地主之谊。

陈平安带着朱敛和种秋登门还礼。

郁狷夫抱拳，林君璧先抱拳再作揖，两种称呼，两个说法："见过隐官大人，拜见陈先生。"

陈平安先点头致意，又只得作揖还礼，笑问道："曹衮、玄参他们可好？"

林君璧答道："都见过一次，比君璧更想念隐官大人。"

邵元王朝的林君璧如今在中土神洲不再只是声名鹊起的少年了，而是年轻一辈里的翘楚，每每谈及林君璧这个名字，总会给旁人惊艳之感：剑修境界、剑气长城的履历和战功、自身的才情、儒家子弟的文脉师承、邵元王朝的储相、出彩的皮囊、山上的仙家气度、高妙的棋术、清谈风流、为官务实……全是优点，简直就是一个无瑕之人。

陈平安提醒道："君璧，你还需熬过三关。元婴瓶颈的心魔，跻身上五境。担任邵元王朝的国师，静等骂名。"

林君璧神色凝重，静待下文。想必最后一关，会更加难过。

陈平安说道："还需要我多说吗？当然是赶紧找个媳妇，别打光棍啊。"他说着话，眼角余光瞥向一旁的女子。

郁狷夫气笑道："问拳？"

林君璧点头道："我押郁姑娘赢。"

只要隐官大人答应问拳，林君璧觉得自己赔钱看热闹都是赚的。

陈平安置若罔闻，对林君璧一本正经道："如今我棋力大涨，回头我让东山陪你下几局。"

林君璧一脸无奈：隐官大人这是什么道理？

陈平安又对郁狷夫道："郁姑娘，前些年多亏你照顾裴钱。"

郁狷夫摇摇头："金甲洲战场上，裴钱救过我不止一次。"

陈平安也摇头:“账不是这么算的,如果没有你,裴钱出门历练只会更加艰难。”

郁狷夫调侃道:“明算账的架势?”

谢松花说道:“家里管得严,有什么法子,郁姑娘你得体谅几分。”

陈平安很怕这个皑皑洲的女剑仙,匆匆告辞。

之后终于不算什么还礼了,带着沛湘和泓下去见了骑龙巷一脉。

贾晟这个龙门境的老神仙这会儿如开天眼,“看着”山主,唏嘘不已,抚须感叹道:“观山主气象,势重却气轻,气轻则清且贵。且不谈高耸入云的境界修为,只说为人处世之道,山主仿佛人与天地合,堪称出神入化了。”

陈平安无言以对。亏得这里没什么外人,都是自家谱牒上的嫡传或是再传。

元宝、元来、岑鸳机,赵树下、赵鸾,加上一个在这里说不上话的云子,化作人形后,是个眼眸狭长的黑衣青年。

陈平安提醒他:“云子,以后黄湖山就是你的修道之地了。泓下在先前的祖师堂议事,主动要求将水府转赠给你。再就是借着机会,你可以去与林君璧手谈几局,说不定可以帮你精进道心。”

最后一座宅邸,只有一个形单影只的珠钗岛岛主刘重润,陈平安带上曹晴朗和周米粒一起登门。

在那之后,魏晋和袁灵殿最早离开落魄山。

李二一家也下山去了,反正与落魄山离得近,祖宅就在小镇。

韩澄江下山的时候,脚步轻快了几分,觉得那个陈山主是个讲道理的读书人,自己终于不被刘羡阳坑了。

其余观礼客人都会在山上逗留几天。

其实对于浩然天下的一场宗门庆典而言,短短一天之内就能观礼还礼完毕,简直是个奇迹。一般来说,短则十天半个月,长则一两个月,都是很正常的事情。

比如说,一场庆典,竟然都没有几个上五境修士前来道贺,或是没有那仙人领衔观礼,简直就是个笑话嘛。而来的人里,一个不小心,谁的座椅位置靠后了,给落了面子,就是麻烦。

又比如,东道主还礼之时,竟然不是宗主亲自露面,或是连那掌律祖师、首席供奉都没有句话,只是个寻常地仙之类的负责还礼,就会让许多老山头的老谱牒觉得太过失礼,是被羞辱了。开启镜花水月后,很快就有自家山头飞剑传信,说那宗门不像话,竟然从头到尾都未能见到自家祖师的身影,倒是某某山头的谁谁露脸极多……

其实如果落魄山不是陈平安的落魄山,敢这么“随意”安排那些上五境修士的宅邸,只说还礼的先后顺序,就已经犯忌讳极多,就需要考虑袁灵殿是那火龙真人的高徒,林君璧是邵元王朝的未来国师，郁狷夫更是郁氏子弟……

之后俱芦洲几拨人约好一起返回。谢松花带着两名弟子，与郁狷夫、林君璧说要一起去找那秋风祠，刚好与范二、孙嘉树他们同路一程。

卢白象和魏羡都各自返回山头和军伍。

陈平安终于还是没能躲过酒，之前一天明月夜，安置好了徐杏酒，陈平安、刘景龙、柳质清三个人满身酒气地躺在屋顶一起看那天上明月。

崔嵬带着那九个剑仙坯子去了拜剑台修行。隋右边既然决定了将来要去桐叶洲下宗，就只是在那边要了那间茅屋，因为她相中了一个小姑娘，有意收取为嫡传。

不过白玄临时改变主意，腰间悬佩剑符，大摇大摆回了霁色峰，说要先学几天拳："练剑这种事情，小爷需要着急吗?"

林守一、于禄和谢谢对照读岗比较感兴趣，没跟陈平安客气，都要了一座私人宅邸。让他们惊讶的是，每座宅子的藏书竟然都颇为丰富。

陈平安也丝毫不掩饰自己的偏心，为李宝瓶留下了一座地理位置最好的宅子。

陈平安独自走了一趟灰蒙山，见到了邵坡仙和蒙珑，以及化名石湫的春水。

曾经的打醮山渡船少女看着那个再不是少年的青衫男人，笑着说她已经想通了，天底下没有什么过不去的坎。

说这句话的时候，年轻女子眼神明亮，手里攥着一只绣花钱袋子，轻轻扬起，晃了晃，说就不送给陈公子了。

陈平安只说了一句话："我们能把很多苦难熬过去，可这不意味着许多苦难临头是对的。"

石湫与他施了个万福。

之后陈平安回了落魄山，在账房翻看记录——习惯使然。

账房除了韦文龙还有张嘉贞，曾经那剑气长城的酒铺少年伙计，如今都是而立之年了。

曹晴朗在山门口与元来各自看书，岑鸳机继续走桩练拳，元宝陪着她。

看书的元来看那岑鸳机，元宝看那看书的曹晴朗。

落魄山上，一行人正在巡山。崔东山打头，两只雪白大袖甩得飞起，身后是有样学样的陈灵均，再之后是暖树、周米粒，以及一个来此点卯的香火小人儿。从高到低，成群结队。

米裕陪着姜尚真在看那镜花水月，朱敛身形佝偻，双手负后，在一旁凑热闹，有一搭没一搭地与姜尚真闲聊：

"下雨是乡愁的声音。"

"冬天的积雪是夏天落在贫家子身上的一件狐裘，好看是好看，就是穿着难熬。"

"多年以来,她始终在一处山中修道幽居,不来见我。"

"哪处山头?"

"我心中。"

听得米裕佩服不已:不愧是大管家和首席供奉。

陈平安离开账房后,再次远观山河,终于找到机会,发现刘羡阳晃荡去了小镇买酒,那把长剑夜游已经挂在了竹楼一楼的墙壁上。

陈平安立即去往河边的铁匠铺子,赊月正在嗑瓜子,假装不认识他。

陈平安坐在另外一边的小竹椅上,双指并拢,仿佛拈起一轮袖珍明月,笑道:"赊月姑娘,还给你,之前都是误会。"

剑气长城不打不相识,陈平安收下了赊月的见面礼:半成月魄。何况又不是蛮荒天下一轮明月的五成月魄,没什么好心疼的。

赊月立即如临大敌,转过头死死盯住这个隐官:"陈平安,你又要做什么?!"

陈平安无奈道:"我确实是将你误认为刘材了。"

赊月挥挥手:"拿走拿走。切磋道法,愿赌服输。"

陈平安抬起手,还是打定主意要将此物归还她。

赊月灵机一动,说道:"就当是落魄山跻身宗门的贺礼了。"

陈平安苦笑道:"礼太重了。"

赊月满脸怒容。

陈平安突然以迅雷不及掩耳之势收起月魄,刚刚正襟危坐,就被一个人勒住了脖子,把赊月看得目瞪口呆:刘羡阳可以啊,境界不高,胆子恁大啊。

刘羡阳笑道:"还敢送上门来?"

陈平安咳嗽道:"我来看看嫂子。"

刘羡阳一愣,手臂力道骤然一松,好让陈平安多聊几句。

赊月满脸涨红,猛然起身,打又打不过,骂又骂不过,气呼呼去了屋里。

刘羡阳搬了把椅子坐在一旁,小声道:"算你识趣。"

陈平安问道:"怎么回事?"

刘羡阳撇撇嘴:"多看了一眼。其实是好事,我随随便便就玉璞,心魔怕我才对,躲都来不及。"

刘羡阳丢了一壶酒给陈平安,两人一起嗑着瓜子喝着酒。

刘羡阳说道:"小鼻涕虫如今混得不差啊。"

陈平安点点头。白帝城城主郑居中、天下第一魔道巨擘的关门弟子,确实不是谁都能当的。

刘羡阳笑问道："是你的安排？"

陈平安后仰躺去："怎么可能。多半是绣虎的手段，我跟郑城主可没半点香火情。"

刘羡阳沉默片刻，问道："怎么说？是一人一个，还是都一起？"

陈平安笑道："那我挑正阳山好了，剑仙多。"

两人沿着龙须河畔往上游走去，经过石拱桥的时候，刘羡阳笑道："知道我当年为什么铁了心要跟阮师傅混吗？"

陈平安点头道："以前这儿有廊桥，每天黄昏来纳凉、闲聊的人很多，仅次于老槐树下，后者老人孩子多，这儿青壮多，姑娘也就多。"

刘羡阳揉了揉脸颊，惋惜道："可惜当年的小姑娘，如今岁数都不小喽，每次路上见着我，老姑娘身边带着小姑娘，瞧我的眼神都不正啊，要吃人。"

陈平安说道："别多想，她们只是怀疑你是山上修道之人，没觉得你是相貌英俊，不显老。"

刘羡阳是龙泉剑宗嫡传一事，家乡小镇的山下俗子还是所知不多。加上阮师傅的祖师堂搬去了京畿以北，刘羡阳单独留守铁匠铺子，北岳地界哪怕一些个消息灵通的，也最多误以为刘羡阳是那龙泉剑宗的杂役子弟。

刘羡阳感慨道："如此说来，果然还是余倩月与我登对些，天作之合，有缘千里来相会。"

陈平安笑道："她如今化名余倩月？花了心思的。"

赊月，余倩月。陈平安心思微动，念头一起，又是神游万里，如春风翻书，大肆翻检心念。

刘羡阳点头道："你嫂子她本就是个顶聪明的姑娘，不然也不会看遍两座天下的年轻俊彦，走过千山万水，独独挑中了我刘羡阳，然后就不走了。"

陈平安没搭话，突然坐在桥上，开始闭目养神。

刘羡阳蹲在一旁，沉默片刻，有些百无聊赖，忍不住问道："怎么了？"

陈平安双手撑在桥面上，双腿轻轻悬空晃荡，睁眼说道："我有过一桩甲子之约。原本以为会提前很多年，现在看来，只能老老实实等着了。其实到底能不能等到，我都不敢保证。"

刘羡阳点头："我早先从婆娑洲回到家乡，发现桥底下老剑条一没有，就知道多半跟你有关了。"

悬挂桥下的老剑条也好，身边的陈平安也罢，在外人眼中，都是习以为常的某些不起眼事物。

陈平安说道："应该是绣虎不知道用了什么手段斩断了我们之间的联系，等到我返回家乡，脚踏实地，真正确定此事，就好像又开始做梦了，心里边空落落的。以前虽然遇到过很多难关，可其实有那份冥冥之中的感应藕断丝连，哪怕一个人待在那半截剑气长城，我还曾通过个算计，与这边‘飞剑传信’过一次。那种感觉……怎么说呢，就像我第一次游历倒悬山，之前的蛟龙沟一役，我哪怕输了死了，一样不亏。不管是谁，哪怕是那白玉京三掌教陆沉，我只要舍得一身剐，一样给他拉下马。回头来看，这种想法，其实就是我最大的……靠山。不在于修道路上她具体帮了我什么，而是她的存在会让我安心。现在……没有了。”

人生道路上，无论是修道之士还是凡夫俗子，其实都会有某个心念作为自己的“靠山”。例如心善之人，笃定一个好人有好报，借此与世间一切苦难为敌。

彻底斩断陈平安与她的那一缕心神感应，这就是崔瀺造化窟三梦之后第四梦的关键之一。

陈平安好不容易在太平山凭借姜尚真的那句“太平山修真我”勘验“梦境”是真，结果等到了宝瓶洲，反而又开始难免犯迷糊。因为走了一路，剑气长城、造化窟、驱山渡、太平山、云窟福地、蜃景城、天阙峰……越往北，尤其是乘坐跨洲渡船到了宝瓶洲南岳地界，始终没有一丝一缕的心神感应。

陈平安是一直走到了宝瓶洲大渎祠庙，才真正打消了这份忧心的。修行炼剑，问剑在天，剑仙飞升。习武递拳，山巅有我，身前无人。这些都是陈平安自认为心中极为牢靠、透彻的道理。

与崔瀺“对弈”之后，陈平安是在齐渎祠庙翻书一宿才猛然惊醒，自己太过害怕那个书简湖问心局的国师崔瀺了，以至于哪怕崔瀺成了护道的大师兄，可只要崔瀺身在对面的棋局，陈平安就始终觉得自己只能求个少输，根本没奢望过不输，甚至还能赢过浩然三锦绣的绣虎。如此一来，陈平安还谈什么身前无人？所以崔瀺所谓的“灯下黑”，真没冤枉陈平安，破题之关键早就借此说破了，陈平安却依旧久久未能理解。

陈平安自嘲道：“等我从倒悬山去了芦花岛造化窟，再踏足桐叶洲，直到这会儿坐在这里，没了那份感应后，越走近家乡，反而越是如此，其实让我很不适应。就像现在，好像我一个没忍住跳入水中，抬头一看，桥下其实一直悬着那老剑条。”

刘羡阳后仰倒去，双手做枕头，跷起二郎腿，笑道：“你从小就喜欢想东想西，闷葫芦又不爱说话。活着返回浩然天下，尤其是离家近了，是不是觉得好像其实陈平安这个人根本就没走出过家乡小镇，其实一切都是个美梦，担心整个骊珠洞天都是一块白纸福地？”

陈平安双手笼袖，微笑道：“美梦成真，谁不是醒了就赶紧继续睡，希冀着继续先前的那场梦。当年我们三个，谁能想象是今天的样子？”

刘羡阳深有体会：“那必须的。在家乡祖宅时，老子每次大半夜给尿憋醒，骂骂咧咧放完水就赶紧飞奔回床，眼一闭赶紧睡觉，偶尔能成，可大多时候，就会换个梦了。”

陈平安说道：“小心被人假扮月老牵红线，乱点鸳鸯谱。我之所以如此提防正阳山和清风城，就在于某个躲在幕后的人手段娴熟，让人防不胜防。魏晋、李抟景，甚至还要加上刘灞桥，有人在暗中掌控一洲剑道气运的流转。桂夫人这次来观礼也提醒我了。”

刘羡阳笑道：“返乡之前，我就已经让人帮忙切断与王朱的那根姻缘红绳了。不然你以为我耐心这么好，眼巴巴等着你返回家乡？早一个人从清风城城外砍到城内，从正阳山山下砍到山顶了。怕就怕跑了这么一号人。”

陈平安微微皱眉：“那可能就要多加上一个风雷园黄河。”

风雷园李抟景，正阳山女祖师田婉。风雪庙魏晋，神诰宗贺小凉。

龙泉剑宗刘羡阳，泥瓶巷王朱。风雷园刘灞桥，正阳山仙子苏稼。

如果魏晋不是遇到了阿良，走了一趟剑气长城，如果刘羡阳不是远游求学醇儒陈氏，只是留在一洲之地，说不定真会被幕后之人玩弄于股掌之间，就像那李抟景。以李抟景的剑道资质，随便搁在浩然其他八洲，都会是毋庸置疑的仙人境剑修，但是身在宝瓶洲，李抟景却始终未能跻身上五境。年轻候补十人当中，正阳山有个少年剑仙坯子吴提京占据一席之地。

蛮荒天下的赊月，在浩然天下化名余倩月。中土神洲的裴旻，在桐叶洲给自己取了个裴文月的化名。风雷园李抟景兵解离世二十余年，正阳山就多出了一个少年剑仙吴提京？

李抟景，吴提京……正阳山是不是在提醒那风雷园黄河，“我是半个李抟景”？

这个躲躲藏藏的幕后之人行事作风依旧，真是够恶心人的。

跟杏花巷马苦玄这样的仇家恩怨分明，其实陈平安没太多负担，无论是分胜负或是分生死，该如何就如何。他是如此，马苦玄也是如此，清清爽爽。

陈平安原本是打算晚些再让“周首席”下山跑一趟的，比如等到自己动身赶往俱芦洲再说，好让姜尚真在山上多熟悉熟悉。只是一想到这个吴提京，又想到了刘灞桥，陈平安就立即改变主意，取出那只剑匣，直接飞剑传信落魄山霁色峰山巅的新建剑房，让姜尚真和崔东山现在就可以留心那个祖师堂谱牒名为田婉的妇人的动静了，绝不能让她偷偷溜掉。不过落魄山暂时只需要盯着她，不着急出手。

正阳山和清风城的祖师堂、祠堂谱牒，陈平安都已经翻检数遍，尤其是正阳山，七枚老祖宗养剑葫之一的牛毛，仙子苏稼的谱牒更换，少年剑仙吴提京的登山修行……其实线索不少，已经让陈平安圈画出了田婉。

再加上早年顾璨从柴伯符那边得到的消息，以及清风城许氏与上柱国袁氏的联姻，还有狐国的那桩文运谋划，极有可能，这个在正阳山祖师堂位置极其靠后、一向低三下四的田婉，就是清风城许氏妇人的秘密传道人。

一个正阳山祖师堂的垫底女修，根本无须她与谁打打杀杀，只靠着几根红线就搅乱了一洲山河形势，使得宝瓶洲数百年来无剑仙。

山上要不要修心？若陈平安和刘灞桥就只是早早问剑正阳山祖师堂以及清风城夫妇，估计那个兴风作浪的田婉会笑得不行。哪怕陈平安他们两个回过神来再问剑一场，田婉肯定早已不知所终，如此一来，那才是真正的恶心人了。若是设身处地考虑，陈平安都觉得那个田婉在打定主意离开宝瓶洲之前，多半会主动露出马脚，用来“提醒”自己和刘羡阳，再顺手搭上赊月，让刘羡阳疑神疑鬼。

陈平安还怀疑这个鬼鬼祟祟的田婉与桐叶洲万瑶宗的仙人韩玉树是一根绳上的蚂蚱。但他只是猜测，并无证据。

两人起身离开石拱桥，继续沿着龙须河往上游散步。

陈平安双手笼袖，突然一跃过河，然后跃回对岸，乐此不疲。

刘羡阳双手抱住后脑勺，始终懒洋洋走在河畔一边。

两人来到坑坑洼洼的青石崖上，刘羡阳找了个相熟的“座椅”坐下，陈平安坐在一旁，两人中间还隔着一个坑洼，是当年顾璨的宝座。

龙州地界，在大骊王朝是出了名的水运昌盛。铁符江、冲澹江、绣花江、玉液江四条江水水域广袤，不仅限于龙州，但是四尊水神的祠庙都建造在龙州地界。

刘羡阳说道：“这条龙须河，马兰花从河婆晋升河神，这么多年来一直没有建造祠庙，塑造金身神像。以前她怨念不已，等到那场大战过后，宝瓶洲中部以南数以千计的江河或被捣毁，或被迫改道，她就开始偷着乐和了，觉得升官当个过安稳日子的河神其实不差。”

真珠山是昔年真龙所衔“骊珠”所在，所以龙须河确实是名副其实的“龙须”，只是两条龙须一隐一现。隐的在那条小镇主街，龙须之上有螃蟹坊、铁锁井、老槐树，一直往曾经的东边栅栏门而去。

河伯河婆之流类似各处城隍辖下的土地公，是山水官场里边的浊流胥吏，在朝廷金玉谱牒上边极难抬升品秩和神像高度。毕竟水域和山头大小往往固定，地盘就那么大，不可能白白多出几分山水地界来。而历史上每一场往往绵延百年甚至数百年的江河改道，都会导致一大拨山水神祇没落，同时造就出一大拨崭新的神灵。山水神灵的神像、祠庙迁徙，要比山上仙府的祖师堂搬迁难太多。一旦江河改道，河床干涸，湖泊水位下降，江水正神和湖君的金身神像同样都会遭受“旱灾”，曝晒碎裂，香火只能够勉强续命，却难以改变大局。但是一场大战下来，宝瓶洲南方山水神灵消亡无数，大战落幕后，大骊各个藩属国的文武英烈纷纷补缺“城隍爷”和各地山水神灵。

陈平安说道：“杏花巷的马婆婆虽然喜欢骂人，但是心眼不坏，胆子很小，当年小镇里边数她最信鬼神之说。龙窑与她没什么关系，真正与我有仇的，是马苦玄那对贪财且一贯心狠的父母，所以马苦玄才会让他们搬去真武山地界，其实这本身就是一种表态，让我有本事去真武山找他马苦玄的麻烦。”

刘羡阳说道：“也就是你，换成别人，马苦玄肯定会带上马兰花一起离开。哪怕马苦玄不带她走，就她那胆子，也不敢留在这儿。而且我猜杨老头是与马兰花聊过的。”

陈平安点点头。

刘羡阳突然说道：“如果我没有记错，你好像一次都没有去过我们龙泉剑宗祖山？”

陈平安愣了愣，还是点头：“好像真没去过。”

刘羡阳犹豫了一下，问道：“陈平安，你是哪天出生的？”

陈平安说道：“五月初五。”

刘羡阳“嗯”了一声，丢了一颗石子到深潭里：“于五月丙午日中之时，天下长日之至，阳气极盛之时，郊之祭，大报天而主日，配以月。

“不管是宋和还是宋睦，在这里，就只有个泥瓶巷宋集薪，绰号宋搬柴。我在婆娑洲时曾经与一位许夫子请教说文解字，说那‘帝’字其实就是捆束的柴薪，还有那炼镜阳燧凭此与天取火，远古时代，规格极高。宋集薪这个名字肯定不是督造官宋煜章取的，是大骊国师的手笔无疑了。只不过如今藩王宋睦大概还是不清楚起先他是一枚弃子，借助那座宋煜章亲手督造、污秽不堪的廊桥，帮助大骊国运风生水起过后，在宗人府谱牒上早就是个已死的皇子宋睦，原本是要被大骊宋氏用完就丢的。”

“五月初五，搬柴，阳燧。”刘羡阳说到这里，转头望向陈平安，“我们仨，再加上这龙州水运，本来都是阮秀炼镜开天的‘天材地宝’。三者或魂魄或气运或皮囊，不管是什么，反正皆炼为一镜。你以为只有你觉得是在做梦吗？我也是这么觉得的。”

陈平安默不作声。

刘羡阳笑了笑：“只不过不管原因是什么，秀秀姑娘终究还是改变了主意，可怜了李柳，替我们挡了一灾。”因为李柳的所有神性都被阮秀“吃掉”了。

陈平安说道：“托月山曾是远古两座飞升台之一，但是老大剑仙联手龙君、观照打碎了道路，所以杨老前辈的那座飞升台就是唯一的登天之路。”

所以周密的谋划，其实最早就是盯住这座宝瓶洲飞升台。能够打下浩然天下是最好，可蛮荒天下若是输了，那么周密就找机会开天而去，成为旧天庭的新神灵。

文海周密，至高之一。

周密身后除了尾随有一小撮神灵转世的修士，还带走了数量更多的托月山剑修。所以战事后期，蛮荒天下的攻势才会显得毫无章法，三线并进，好像在破罐子破摔。托月山大祖才会舍了所有修为境界不要，也要打乱两座天下的光阴流水和所有“度量衡”。某种意义上说，那是两座天下的“大道天时”在迎头相撞。

刘羡阳叹了口气：“可惜杨家铺子再没老人抽那旱烟了，不然许多疑问，你都可以问得更清楚些。”

陈平安摇摇头:“事已至此,没什么好问的。”

刘羡阳无奈道:“咱仨就不去说了,都是这里人。关键是赊月姑娘,她怎么来的这里?你别跟我装傻,我先前说了,大报天而主日,配以月。‘配以月’!”

陈平安说道:“这是崔瀺在与文海周密对弈,与……秀秀姑娘问心。”

其实陈平安的这个猜测已经无比接近真相了。齐静春当年最后一次从大渎祠庙现身,与崔瀺合力狠狠算计了一把周密,之后齐静春说了,他原本是可以担任“门神”的,也就是他最早的设想,不是与崔瀺一起问道周密,而是为某个极大的万一而布局。他最早是选择身在飞升台大门口,拦阻任何人的开天和登天。但是齐静春最终选择了相信崔瀺,放弃了这个想法。或者准确说来,是齐静春认可了崔瀺在城头上与陈平安“随口提起”的某个说法:天下太平了吗?是的。那就可以高枕无忧了吗?我看未必。

在这中间,手握飞升台的青童天君杨老头,水神李柳的选择,以及金色拱桥上的那位“前辈”,在崔瀺的布局中,其实早就都有了各自的选择。只是这些秘密,除非有人能够重新开天,不然就注定成为一页无人去翻,也翻不动的老皇历了。

齐先生已逝,人间再无绣虎,杨老头则应了陆沉那句“公沉黄泉,公勿怨天”的谶语。

万年之后的又一场水火之争,李柳再次输了,而且这次直接失去了全部神性。其实这次李柳根本就没有出手,甚至在阮秀找到她的时候什么都没有说,也什么都没有问。选择剥离出所有神性的她当时望向那个好像已经剥离出所有人性的青衣女子,眼神有些怜悯。

在这之前,双方曾经在那“天开神秀”的崖刻大字当中有过一场不那么愉快的闲聊。“不太会做人”的李柳真真正正做了人,“脾气确实很好”的阮秀却开天而去了。

陈平安眼神幽幽,与那幽幽水潭对视。

刘羡阳说道:“问剑两地一事,不能只让你一个人出风头。你去清风城,祖传瘊子甲一事,虽说清风城有些强买强卖的嫌疑,可到底我是亲口答应的,我都不会想着讨要回来,把道理讲清楚就够了。讲道理你擅长,我不擅长,反正因为狐国一事,你小子与许氏结怨那么深,所以你去清风城比较合适,我去正阳山问剑一场好了。”

陈平安笑道:“那还是一起去吧。”

刘羡阳问道:“行啊,大概什么个时候,你事先跟我说好。毕竟是出远门,我好与你嫂子打好商量。”

陈平安说道:“暂时不好说,不过保证最多不超过两年。在这之前,我可能会走趟中岳地界,看一看正阳山在那边的下宗选址。”

刘羡阳一听这个就烦,站起身,急匆匆道:“我得赶紧回了,免得让你嫂子久等。”

陈平安跟着起身:“我也跟着回去?可以给你们俩下厨做顿饭,当是赔礼道歉了。”

刘羡阳伸手按住陈平安的脸颊，重重一推："滚远点。你小子几年没见，越看越像是那种'我那嫂子长得真好看，咱哥俩一定要当一辈子好兄弟'的人。我以后得防着你一点，不然又像今天，我才出门去买个酒，回家一看心凉半截。好嘛，你小子在学当年那个摆摊算命的王八蛋道士，给你嫂子笑眯眯看手相呢……"

陈平安歪着脑袋，黑着脸。

刘羡阳哈哈大笑，突然一把搂过陈平安的脖子，压低嗓音道："放心，当年你在泥瓶巷祖宅喜欢听墙根这种事，我跟谁都没说过。"

陈平安皮笑肉不笑道："谢谢提醒。"

回去的路上，刘羡阳耍了一套王八拳，左右张望一番，拿石头砸晕了一只欢快凫水的鸭子，偷溜下河，上岸后将那鸭子往袖子里一兜，然后撒腿狂奔，今晚宵夜佐酒菜就有了。

陈平安没眼看这个，去了趟小镇，一路往西走，找李二喝酒去了。妇人瞧见了登门做客的陈平安，长吁短叹，只说他怎么才来。

饭桌上，夫妇俩坐在主位上，韩澄江自然而然坐在李柳身边，陈平安就坐在李槐那个位置上。

韩澄江突然发现事情好像有些不对劲。莫不是那个当山上神仙的林庙祝以及财源广进的董半城都不是真正的威胁，眼前这个瞧着和和气气的山主才是隐藏极深的笑面虎，自己的劲敌？只是当陈平安笑着起身向他敬酒道贺过后，韩澄江立时又觉得自己定是以小人之心度君子之腹了。

酒桌上，李二一家人都没把陈平安这个外人当外人，所以就聊得比较随意。韩澄江本就不是喜欢多想的人，关键是那个陈山主只是与自己敬酒，并没有刻意劝酒，这让韩澄江如释重负。

按照刘羡阳的说法，一个外乡人陪着自己媳妇回她的娘家，在酒桌上得自己先走一圈，其他人再一一陪你走一个，两圈下来，你不去桌子底下找酒喝，就算被承认了。如果这都没本事走下来，以后上桌吃饭，要么不碰酒，要么就只配与那些穿开裆裤的孩子喝酒"随意一个"。

李柳第一次离开骊珠洞天，跟随爹娘去往俱芦洲狮子峰时，恰好读书人韩澄江就带着书童与他们一路跟随，其实这就是道缘。事实上，这一辈的韩澄江与兵解转世多次且次次生而知之的"李柳"早有宿怨，也有宿缘，而且还不是一次，是两次，一次在中土神洲，一次在流霞洲。所以李柳才会与其在这一辈结为山上道侣，韩澄江才会陪着李柳向着家乡去又返。昔年一去，如今一返，就是结缘再解怨解缘。只是原本双方约好了，会在李柳的小镇分道扬镳，此后有无再相逢，只看李柳会不会找他。

但是那个一路上横看竖看女婿不是太顺眼的妇人偏偏觉得结了亲没几天就撕毁

婚契好没道理，天底下哪有这样负心寡情的女子？反正谁都可以如此，唯独自家闺女不行，哪怕女儿婚礼办得潦草，只在狮子峰山脚小镇办了一场，韩家都没有一个长辈露面，让妇人给街坊笑话了很久，有婆姨还故意拿话挤对她，说:“你这个姓韩的上门女婿怎么看都不如当年那个在铺子里帮忙的陈姓年轻人嘛，模样俊，手脚勤快，与人相处有礼数，帮忙做生意既脑子灵光又为人厚道，要是你们家柳儿能与那人结亲，那你就真有晚福喽……”

有些最质朴的道理，妇人一向拎得很清楚，比如做人得本分，与街坊邻居相处，吵归吵，挠脸归挠脸，却不能背地里害人。至于女儿与人成亲，转头就不认婚约，那就更让妇人无法接受了:再是上山修习仙术的，还不是自己女儿？山上天大的道理，总大不过自己是你李柳的娘亲去吧。

陈平安这顿酒没少喝，只是喝了个微醺，韩澄江却喝高了，站在那儿摇晃着大白碗，说一定要与陈先生走一个。李柳嗓音柔柔的，让他别喝了，竟然都没拦住。

李二看着这个酒量不济的女婿，反而笑着点头:酒量不行，酒品来凑，输人不输阵，是这个老理儿。

第十章 压压惊

真珠山离李二的宅子不算远，从李二家出来后，陈平安缓缓走到不大的山顶，登高远眺小镇的夜色。灯火在福禄街和桃叶巷连绵成片，此外灯火依稀，星星点点。

随后，陈平安御风远游，去了趟州城。那里并无夜禁，陈平安递交了文牒，去城内找董水井。如今的董水井聘请了两个军伍出身的地仙修士担任供奉客卿，其实就是贴身扈从。这么些年来，盯上他生意的各方势力中，不是没有手段下作的人，花钱只要能够消灾，董水井眉头都不皱一下。也就是玉璞境不好找，不然以董水井如今的财力，是完全养得起这么一个供奉的。

不过董水井能够请到大骊随军修士出身的地仙担任自己的扈从，光靠砸钱还不行，还要归功于曹耕心与关翳然的牵线搭桥，以及董水井与大骊军伍的几桩"小买卖"。

曾经的督造官曹耕心和郡守袁正定早就是董水井的朋友了，大骊铁骑在书简湖的驻守将军关翳然后来转去了京城户部，包括老龙城孙家、范家，再往北到俱芦洲，都有董水井生意上的朋友，不论山上山下、庙堂江湖。董水井如今手上经营着十数桩生意，而且无论大小，都不起眼。

除了州城内的几条大街，将近两百间宅子、铺子，龙州境内的三座仙家客栈，都是这位董半城名下的产业。此外，他还有两座仙家渡口，一座在走龙道边上，一座在南岳地界，只不过都见不着"董水井"这个名字。董水井做生意的一大宗旨，就是帮朋友挣些既在台面下，同时又很干净的银子、神仙钱。

进了屋子，董水井笑问道："来碗馄饨？"

陈平安点头道:“惦念多年了。”

饭桌上,一人一碗馄饨,陈平安打趣道:“听说大骊一位上柱国、一位巡狩使,都争着抢着要你当乘龙快婿?”

董水井笑了笑:“真要答应下来,生意就做不大了。”

很多时候,某个选择本身,就是在树敌。

董水井停下筷子,无奈说道:“往伤口上撒盐,不厚道。”

陈平安笑着不再说话。

董水井说道:“大骊朝廷肯定很快就会派人来找你,我猜赵繇的可能性比较大。”

院子里边出现了一名老者的身形。

董水井转头笑道:“直接说事,这里没有外人。”

那名地仙供奉说道:“州城刺史府邸刚到了一拨贵客,没有走牛角山渡口。”

董水井点点头。

陈平安吃完了馄饨,放下筷子,起身笑道:“说谁谁来,董水井你可以啊。”

董水井说道:“既然我们都没吃饱,就再给你做碗馄饨解解酒,不用挪地方。”

陈平安想了想,就没有离开这栋宅子,重新落座。等到两人将第二碗馄饨吃完,就有客人敲门了。

董水井笑道:“你们随便聊,我避嫌,就不见客了。”

陈平安说道:“有你这样避嫌的?”

董水井说道:“其实还是沾你的光,让某些人识趣些,以后少盯着我兜里那几两辛苦银子。银子是不多,撑不死人。”

陈平安接过话头,打趣道:“但肯定比一碗馄饨烫嘴。放心吧,不谈私交,甚至不谈生意,我就冲今晚这两碗馄饨,都应该帮你捎句话。”

董水井笑着抱拳。

陈平安笑眯眯道:“对了,一直忘了说,我刚从李叔叔那边来。”

董水井叹了口气,走了。陈平安如果早说这话,一碗馄饨都别想上桌。

宅子不大,更无仆役,身为主人的董水井去了书房避嫌,将宅子让给了两拨客人,陈平安就只好自己去开了门。

来者有三,其一是大骊陪都礼部老尚书柳清风,公认是皇帝陛下掣肘藩王宋睦的最大臂助。这位来自青鸾国的年迈读书人身形消瘦,皮包骨头,但是眼神熠熠。

第二位是家乡就在骊珠洞天的大骊京城吏部考功司郎中赵繇。

还有一位是大骊京城礼部祠祭清吏司郎中,资历极深,负责所有大骊粘杆郎。

陈平安望向那个风烛残年的老书生,作揖道:“见过柳先生。”

柳清风笑着缓缓作揖还礼:“见过陈公子。”

各自直腰起身,陈平安笑道:“幸好巷子小,牛车进不来。”

柳清风会心笑道:“幸好路上没有郑钱挡道,附近也无水塘。”

赵繇以心声说道:“在飞升城,我见过宁姚一次,她很好。”

陈平安没好气道:“你谁啊,关你屁事。”

赵繇哑巴吃黄连,有苦说不出。这对天各一方的山上道侣怎么都这么欺负人呢?他突然道:“我见过你们女儿了,长得很可爱,眉眼相貌像她娘亲更多些。”

陈平安“哦”了一声,卷起袖子。下一刻,门外巷子瞬间就没了两人身形。

那个清吏司老郎中皱紧眉头,柳清风微笑道:“没事,出身同一文脉,师叔跟师侄叙旧呢。”

老郎中只好装傻。叙旧总不需要卷袖子抡胳膊吧?只是反正拦也拦不住,就当是同门叙旧好了。

片刻之后,陈平安独自返回,神清气爽的模样,笑着说那赵郎中已经告辞,先睡去了。

州城内,有个鼻青脸肿的青衫书生挂在树枝上,果真是昏睡过去了。

进了小巷宅子,陈平安和柳清风一路叙旧,只是相较于他和赵繇的,要更“见外”些。两人多是聊青鸾国的风土人情,也聊柳清山和狮子园。

柳清风的弟弟柳清山与师刀房女冠柳伯奇成亲后一直在远游,其间去过一趟倒悬山,有点像是省亲。山上拜师如投胎,柳伯奇的恩师正是驻守大门的那位倒悬山年迈女冠,与白玉京青翠城的“小道童”姜云生,以及剑气长城的剑仙张禄,一门之隔,就是两个天下。柳伯奇当年返回师刀房,柳清风首次游历倒悬山,避暑行宫那边是得到了消息的,只是陈平安当时没有露面。

落座后,陈平安笑道:“最早在异乡见到某本山水游记,我第一个念头,就是柳先生无心仕途,要卖文挣钱了。”

那位与冲澹江水神李锦有旧的老郎中是祠祭清吏司的一把手,清吏司与那赵繇的吏部考功司,以及兵部武选司,一直是大骊王朝最有权势的“小”衙门。老人曾经参加过一场大骊精心设置的山水狩猎,围剿红烛镇某个头戴斗笠的佩刀汉子。只是悬念不大,给那人单挑了一群。

老郎中在那之后,还曾带着龙泉剑宗的阮秀、徐小桥一起南下书简湖,最终在芙蓉山落脚,粘杆捕蝶捉蜓,追捕一个大骊本土出身的武运坯子。所以说,老话说得好,老人的老故事多。

他对这个落魄山的山主很不陌生,况且二十多年来,不管北岳山君魏檗的披云山如何帮着落魄山云遮雾绕,终究逃不开大骊礼部、督造衙署和落魄山山神宋煜章的三方审视。只是随着时间推移,宋煜章的金身、祠庙都搬去了棋墩山,督造官曹耕心也升官去了大骊陪都,加上飞升台崩碎,大骊礼部对落魄山的秘密监察也随着这场惊天动地的变故告一段落。而无论是两任大骊皇帝对魏檗的扶植和器重,选择吊儿郎当的曹耕心来担任密报可以直达御书房的窑务督造官,让宋煜章搬出落魄山,又都算是一种示好。所以年轻宗主落座后这句开门见山的调侃,让老郎中察觉到一丝杀机四伏的迹象:难道是打算与大骊秋后算账?

说实话,如果不是职责所在,老郎中很不愿意来与这个年轻人打交道,他身世履历太过复杂,行事风格太过谨慎。老郎中这么多年来,经常时不时就翻阅礼部密档,当作一碟佐酒菜,想要从陈平安的发迹过程当中找出个"理所当然"。可无论是陈平安在家乡当窑工学徒的那段惨淡岁月,还是后来在书简湖担任账房先生,老郎中都只看出了"失魂落魄"一语。可仿佛每次书页翻篇,陈平安就会悄无声息地再登高处。换成一般的年轻人,诸多位于山低处的陈年恩怨,意气风发时早就干脆利落解决了,结果这位年轻山主就这么一直余着,年复一年,偏不去动。

如今一座北岳地界的山头,与大骊宋氏的龙兴之地,按照山上仙家的说法,其实才隔了几步远,就在皇帝陛下的眼皮子底下悄然提升为宗门,而且竟然绕过了大骊王朝,合乎文庙礼仪,却不合乎情理。就像那鸡毛蒜皮一大堆的市井村野,一个忍气吞声了大半辈子的憨厚汉子突然有一天买了壶好酒,默然无语,痛饮一顿,满身酒气,夜间提刀而出。劣绅豪横和纨绔子弟鱼肉乡里还能让旁人提防,可一个老实人的暴起杀人如何预料?

桌上无茶也无酒,反正陈平安也是客人。

柳清风笑道:"如果真是我捉刀代笔,除去开篇几千字,一字不改,全部保留,其余都要大改。江湖偶遇,大说其艳,仿骸骨滩壁画城的丹青手笔,再仿云窟福地花神山,配以彩画美人十二幅。山上奇缘怪境多写曲折,浓墨重彩,着重一个'仙'字。与人厮杀,写其杀伐果决,绝不拖泥带水,侧重一个'狠'字。置身官场,夸其老到城府,为人处世滴水不漏,突显一个'稳'字。

"闲暇时,逢山遇水,得见隐逸高人,与三教名士袖手清谈,谈精诚,论道法,说禅机,无非一个'逸'字。教人只觉得虚蹈高处,群山为地,白云在脚,飞鸟在肩,看似缥缈,实则虚无。文字简处,直截了当,占尽便宜;文字繁处,出尘隐逸,却是绣花枕头。行文宗旨,归根结底,不过是一个'穷怕了'的人之常情,以及通篇所写所说、所作所为的'买卖'二字。得钱时,为利,为务实,为境界登高,为有朝一日的'我即道理';亏钱时,为名,为养望,为积攒阴德,为赚取美人心。

"找到俱芦洲的琼林宗,九一分账,甚至我可以不要一枚铜钱,只求所有的仙家渡口之外，山下每一处的市井书铺都要有几本山水游记的……上册？上册撰写此人之心机幽微，深不见底，书中有那十数处细节值得有心人推敲，能让好事者咀嚼。君子伪君子，模棱两可间。下册大写其行事光明，胸襟磊落，在乱局当中潜入蛮荒天下军帐，结识诸多王座大妖，仅凭一己之力玩弄人心，如鱼得水，一心为浩然，立下不朽功。”

听到这里，陈平安笑道：“游记有无下册的关键，只看此人能否安然脱困，返乡开宗立派了。”

所幸这些都是棋局上的复盘，所幸柳清风不是那个写书人。一个只会袖手谈心性的读书人根本折腾不起浪花，妙笔生花，著作等身，可能都敌不过一首童谣，就天翻地覆了。但是每一个能够在官场站稳脚跟的读书人，尤其是这个人还能平步青云，那就别轻易招惹。

柳清风笑了起来，说道：“陈公子有没有想过，其实我也很忌惮你？”

陈平安不置可否，问道：“我很清楚柳先生的品行，不是那种会担心能否赢得身前身后名的人。那么，是在担心无法‘了却君王事’？”

柳清风拍了拍椅子把手，摇头道：“我同样对陈公子的人品深信不疑，所以从不担心陈公子是第二个浩然贾生，会成为什么宝瓶洲的文海周密。我只是担心宝瓶洲这把椅子依旧榫卯松动，尚未真正牢固，陈公子返乡后，裹挟大势，身具气运，然后被你这么一坐，一晃悠，一个不小心就塌了。”

陈平安笑道：“所以那位皇帝陛下的意思是？”

柳清风说道：“所以皇帝陛下希望陈山主可以同时担任披云山林鹿书院的山长。此后下宗选址，无论是宝瓶洲中部的旧朱荧王朝，还是桐叶洲或者俱芦洲，大骊朝廷都会全力相助，帮助文圣一脉开枝散叶，三洲山河之内独尊文圣一脉的学问，却又不会排斥百家争鸣。争取百年之内，连同山崖书院、林鹿书院、观湖书院、鱼凫书院、大伏书院在内，三洲版图上至少有十座书院。山门口会立碑铭文，以大隋山崖书院为例，铭刻《劝学》，林鹿书院立碑《修身》。说不定终有一天，会有第三十二座书院立碑。”

浩然九洲，儒家设置七十二书院是定例，至于书院山门口的碑文则无约束。山门有无石碑矗立，以及碑文的内容选择，只看历任书院山长的喜好。不过大体上遵循一个只增不减的规矩，只有一次例外，就是那场三四之争落幕后，因为文圣神像被搬出中土文庙，失去了陪祀地位，使得许多书院碑文都被撤销。

陈平安靠着椅背，笑眯眯问道：“需要我做什么？”

柳清风摇摇头：“陈公子只需要将这山主和山长都当得安安稳稳的，就是大骊和宝瓶洲的福气。”

陈平安微笑道：“事关重大，得让我好好想想。圣人教诲，三思而后行嘛。反正有一点可以保证，我绝不会让柳先生难做，落魄山绝不会让柳尚书难当就是了。”

“恭祝落魄山跻身浩然宗门，蒸蒸日上，步步顺遂，如日中天，高悬浩然。”柳清风站起身，抱拳笑道，“相信这一天肯定会来，不过按照关老爷子的那个说法，柳某人也已是走不动路、咬不动肉、舍不得梳头的三不岁数，多半是瞧不见这种盛况了，憾事。不管如何，陈公子有曹编修这样的得意弟子，柳某人有这样的半个门生，需要亲自答谢一句，再与陈公子额外道贺一声，文脉兴盛。”

陈平安抱拳还礼：“曹晴朗是新科榜眼，又是柳先生的半个官场门生，幸事。我也需要为大骊朝廷道贺一句，文采荟萃。”

大骊陪都的那场会试，因为版图依旧包括半洲山河，应试的读书种子多达数千人。大骊按新律，分五甲进士，最终除了一甲夺魁三名，此外二甲赐进士及第并赐茂林郎头衔十五人，三、四甲进士三百余人，还有第五甲同赐进士出身数十人。主考官正是柳清风，两位小试官分别是山崖书院和观湖书院的副山长。按照科场规矩，柳清风便是这一届科举的座师，所有进士就都属于柳清风的门生了，因为最后那场殿试廷对，在绣虎崔瀺担任国师的百多年以来，大骊皇帝一向都是按照拟定人选过个场而已。

赵繇相对名声不显，是众多阅卷官之一，分房阅卷，是十数位科场房师之一，而且赵繇的中试者门生，相对其余阅卷官，进士数量最少，一甲进士只有两人：状元张定，榜眼曹晴朗。

探花郎杨爽是十八人中最少年者，风姿卓绝，如果不是有一个十五岁的神童进士，才十八岁的杨爽就是会试中最年轻的新科进士，而杨爽骑马“探花”大骊京城，曾经引来一场万人空巷的盛况。

十五名二甲进士中，王钦若文采最好，被誉为“仙气缥缈，多神仙语”。此外还有程姓兄弟二人，文理质朴，“如圣贤立言”，由此可见大骊士林对兄弟俩评价极高。

一甲三名，加上王钦若和“二程”三位茂林郎，这六人如今都辅佐册府学士、文坛领袖，参与翰林院的编撰、筛选、校勘四大部书一事。

一行三人走出宅子后，柳清风在门口停步，笑道：“我与陈公子再闲聊几句。”

那位清吏司老郎中点点头，与陈平安率先告辞一声，快步离去，走出小巷。

柳清风跟陈平安一起走在巷弄，果然是闲聊，说着无关一国半洲形势的题外话，轻声道：“舞枪弄棒的江湖门派，弟子当中，一定要有几个会舞文弄墨的，不然祖师爷出神入化的拳脚功夫、精彩纷呈的江湖传奇就埋没了。搁在士林文坛，或是再大些，身在儒家的道统文脉，其实是一样的道理。一旦香火凋零，后继无人，打笔仗功夫不行，或是宣扬祖师爷丰功伟绩的本事不济，就会吃大亏。至于这里边，真真假假的，又或者是几分真几分假，就跟先前我说那部山水游记差不多，老百姓其实就是看个热闹。人生在世，烦心事多，哪里有那么多闲工夫去探究个真相。好像隔壁一条巷子，有人哭丧，路人途经，说不得还要觉得那些撕心裂肺的哭声有些烦人晦气。街上迎亲，轿子翻了，路人瞧见了那新娘子貌美如花，反而欣喜，白捡的便宜；若是新娘姿色平平、气态粗鄙，或是新郎官从马背上给摔得丑相毕露，耽误了洞房花烛夜，旁人也会开心几分，至于新娘子是好看了还是难看了，其实都与路人没什么关系，可谁在意呢？”

老人坐着说话还好，行走时言语就有些气息不稳，脚步迟缓。

陈平安已经伸手扶住了他的手臂，点头笑道：“不知道什么时候，天底下所有人都读得起书、认得了理，能明辨真假。”

柳清风“咦”了一声，讶异道：“竟然不是明辨是非？”

陈平安说道：“知道世事的真假，会一直比较难。至于心中有无是非，跟读不读书，关系不大。”

柳清风点点头，然后提醒道：“越是太平盛世，读书人的媚态，尤其一涉官场，就会花团锦簇。读书人的凶性，更是蘸了墨汁，躲藏极好，落笔越好，存世越久，你都要小心再小心啊。你如果不是文圣一脉的关门弟子，这些都是身外事，无须在意。证道长生，断绝红尘，跺跺脚，抖抖肩，山下有事，山上无事，你还是你，无事一身轻。”

进了门，是一个历经宦海风波的大骊陪都礼部尚书在跟落魄山山主谈公事；出了门，就只是一个迟暮之年的书生柳清风与同道中人说世道、聊人心。

分不清楚，是贵为一宗之主的陈平安依旧书生意气还吃苦不多，不懂得一个身不由己的入乡随俗；分得清楚，是入乡随俗又不流俗，是读万卷书行万里路，昔年陋巷贫寒的少年果真远游有成。

陈平安说道：“柳先生，请放心，除了本就是朋友的柳清山和柳伯奇，还有青鸾国的柳氏祖宅狮子园，以及以后的一个个读书种子，我都会尽量护住该护住的人和事。”

柳清风无奈道：“我没有这个意思。”

陈平安笑道：“不凑巧，我有这个心意。”

柳清风又不是那种迂腐之辈，会心一笑。那就好意心领了。

柳清风与陈平安站在小巷路口，沉默片刻，问道：“连同灰蒙山那隐居三人在内，你总喜欢自找麻烦，费心费力，图个什么？”

陈平安想了想，打趣道：“大雨骤至，道路泥泞，谁不当几回落汤鸡？”

柳清风点头道：“雨后初霁，酷暑时节，那就也有几分冬日可爱了。”

不远处有一驾马车，双方作揖道别。

柳清风走出去没几步，突然停下，转身问道：“咱们那位郎中大人？”

陈平安一脸茫然：“谁？”

柳清风“嗯”了一声，恍然道：“年老不记事了，郎中大人刚刚告辞离开。”

老人才转身，又转头笑问道：“剑气长城的隐官，到底是多大的官？”

陈平安答道："官不小，官威不大。"

他斜靠小巷墙壁，双手笼袖，看着老人登上马车，在夜幕中缓缓离去。

如果没有意外的话，与柳先生再没有见面的机会了。凭借药膳温补和丹药的滋养，最多让不曾登山修行的凡夫俗子稍稍延年益寿，面对生死大限，终究无力回天。而且平时越是温养得当，当一个人心力交瘁导致形神憔悴，就越像是一场势不可当的洪水决堤，再要强行续命，就会是药三分毒了，甚至只能以阳寿换取某种类似"回光返照"的境地。天底下除了没有后悔药可吃，其实也没有包治百病的仙家灵丹。

柳清风一走，大概陪都那边的藩王宋睦会松口气，京城的皇帝陛下却要头疼美谥一事了，高了麻烦，低了愧疚。

董水井来到陈平安身边，问道："陈平安，你已经知道我的赊刀人身份了？"

陈平安摇头道："不知道。"

董水井没有藏掖："当年是许先生去山上馄饨铺子找到了我，要我考虑一下赊刀人。权衡利弊之后，我还是答应了。光脚走路太多年，又不愿意一辈子只穿草鞋。"

陈平安笑道："咱俩谁跟谁，你别跟我扯这些虚头巴脑的，还不是觉得自己没钱娶媳妇，又担心林守一是那书院子弟，还是山上神仙了，会被他捷足先登，所以铁了心要挣大钱，攒够媳妇本，才有底气去向李叔叔登门提亲？要我说啊，你就是脸皮太薄，搁我，呵呵，叔婶他们家的水缸就没有哪天是空的。李槐去大隋，就跟着；叔婶他们去俱芦洲，大不了稍晚动身，再跟着去，反正就是死缠烂打。"

董水井差点憋出内伤来。也就是陈平安例外，不然谁哪壶不开提哪壶试试看？

董水井突然打量起这个家伙，说道："不对啊，按照你的这个说法，加上我从李槐那边听来的消息，好像你就是这么做的吧？护着李槐去远游求学，与未来小舅子打点好关系，一路任劳任怨的，李槐独独与你关系最好。跨洲登门做客，在狮子峰山脚铺子里边帮忙招徕生意，让街坊邻居交口称赞。"

陈平安气笑道："我跟你和林守一能一样吗？既然喜欢一个女子，还畏畏缩缩，傻了吧唧的。"

董水井叹了口气："也对，你小子当年说去剑气长城，就去了。"

董水井其实最佩服陈平安这件事，少年时分就一个人背剑远游倒悬山，去往剑气长城，只为与心爱的姑娘见一面。喜欢她，得让她知道。她喜欢是最好，她不喜欢，好像少年也不怕自己知道。

董水井就做不到，林守一也一样。所以两个屄包到最后只能凑一起喝闷酒，摆些虚张声势的花架子。

董水井突然说道："能走那么远的路，千山万水都不怕，那么神秀山呢？跟落魄山离得那么近，你怎么一次都不去？"

陈平安默然无声，不知是无言以对，还是心中答案不宜说。

人生路上有些事，不单单是男女情爱，其实还有很多的遗憾，就像一个人身在剑气长城，却不曾去过倒悬山。可能从来不想去，可能想去去不得。谁知道呢，反正终究是不曾去过。

陈平安隐匿身形，从州城御风返回落魄山。

主山集灵峰的档案房是掌律长命的地盘，姜尚真和崔东山在这里已经仔细看过了关于正阳山和清风城的秘录，有数十本之多，归档为九大类，涉及两座“宗”字头的山水谱牒、藩属势力、明里暗里的大小财路，以及众多客卿供奉的境界、师门根脚，错综复杂的山上恩怨，还有双方敌对仇家的实力……内容一旁分别写有“确凿无误”“存疑待定”“可延展”“必须深挖”等朱红文字。

张嘉贞虽然是泉府账房小先生，但其实这些档案、情报的分门别类，这么多年来始终都是他在辅助长命。

见到了敲门而入的陈平安，张嘉贞轻声道：“陈先生。”

习惯使然。就像那些剑仙坯子见着了陈平安，还是喜欢喊一声“曹师傅”，陈灵均还是喜欢称呼为“老爷”。

陈平安笑着点头致意，来到桌旁，随手翻开一本书页写有“正阳山香火”的秘录，找到大骊朝廷那一条目，拿笔将藩王宋睦的名字圈画出来，在旁批注一句“此人不算，藩邸依旧”。陈平安再翻出那本正阳山祖师堂谱牒，将田婉那个名字重重圈画出来，跟长命单独要了一页纸，开始提笔落字。姜尚真啧啧称奇，崔东山连说“好字好字”。

陈平安将这张纸夹在书册当中，合上后，伸手抵住那本书，起身笑道：“就是这么一号人物，比咱们落魄山还要不显山不露水，做事做人都很前辈了，所以我才会兴师动众，让你们俩一起探路，千万千万别让她跑了。至于会不会打草惊蛇，不强求，她如果见机不妙，果断远遁，你们就直接请来落魄山做客，动静再大都别管。这个田婉的分量，不比一座剑仙如云的正阳山轻半点。”

姜尚真说道：“韩玉树？”

陈平安点头道：“可能性很大。”

姜尚真摩拳擦掌，神采奕奕道：“桐叶洲有了，宝瓶洲有了，那么俱芦洲某个幕后主使就躲在那个两袖清风不挣钱的琼林宗里边喽？”

俱芦洲姜尚真很熟，是他的第二家乡，山上朋友遍及一洲。在俱芦洲，只要报上姜尚真的名号，喝酒都不用花钱。

崔东山轻声道：“先生，咱们只要动刀子，刀子一定要快，快到已经割了对手脖子，对手还不自知。稳、准、狠，就像先生在太平山收拾韩玉树一样。”

陈平安点头道:“刘羡阳和我在明处,你们俩在暗处,三洲之地,离中土神洲不近的,所以足够了。毕竟裴旻只有一个,刚好咱们又遇到过。”

能够让他们三个合力对付的人物,确实不多。

崔东山笑眯眯望向姜尚真,道:“若是有人要学你们玉圭宗的半个中兴老祖,当那过江龙?”

姜尚真笑道:“当然要尽地主之谊,哪怕没有什么过江龙,我们也要凭借田婉姐姐和我这个‘韩玉树’制造机会,让过江龙来宝瓶洲做客。”

陈平安瞥了眼另外一摞册子,是有关清风城许氏的秘录,想了想,还是没有去翻,怕自己一个没忍住,就喊上刘羡阳直奔清风城而去。相较于正阳山,那边的恩怨更加简单清晰。所以陈平安只是抽出一本记录正阳山山水谱牒的册子,找到了位于前边几页的护山供奉名单。

崔东山趴在桌上感慨道:“这位搬山老祖早已名动一洲啊。”

姜尚真瞥了眼那只搬山猿的真名——袁真页。浩然天下的搬山之属,多姓袁。

姜尚真神色凝重:“一个能够让山主与宁姚联手对敌的存在,不可力敌,只可智取?”

亲手筛选谍报、记载秘录的张嘉贞被吓了一大跳。隐官大人与宁姚曾经联手抗衡袁真页?莫不是自己遗漏了什么惊世骇俗的内幕?可是落魄山这边,从大管家朱敛,到掌律长命,再到魏山君,都没有提过这桩密事啊。

张嘉贞死死盯住那一页,心思急转。那位正阳山的护山供奉昔年为陶紫护道骊珠洞天之行,曾经有过两桩天大的壮举:一、差点搬了披云山回正阳山。二、与老藩王宋长镜在督造衙署问拳一场,双方点到即止,不分胜负。后来披云山就晋升为大骊新北岳,最终又提升为整个宝瓶洲的大北岳。至于宋长镜,也从当年的九境武夫,先是跻身止境,最终在陪都中部大渎战场凭借半洲武运凝聚在身,以传说中的十一境武神姿态拳杀两仙人,那只搬山猿的名声也随之水涨船高。

这些事情,张嘉贞都很清楚。只是按照自己先前的评估,这个袁真页的修为境界,哪怕以玉璞境去算,最多最多,就是等于一个清风城城主许浑。

陈平安双指拈住书页,翻过一页再翻回,不去看那些袁真页的修道癖好、与谁交好,只将他担任正阳山护山供奉千年以来,山上山下大大小小的几十栏事迹反复看了两遍。

张嘉贞越发惴惴不安,轻声道:“陈先生,是我疏漏了,不该如此马虎下笔。”

陈平安笑道:“这还马虎?我和宁姚当年才什么境界,打一个正阳山的护山供奉当然很吃力,得拼命。”

姜尚真感叹道:“搬走披云山,问拳宋长镜,接受陈隐官和飞升城宁姚的联袂问剑,一桩桩一件件,一个比一个吓人。我在俱芦洲那些年真是白混了,铆足劲四处闯祸,都不如袁老祖几天工夫积攒下来的家底。这要是游历中土神洲，谁敢不敬，谁能不怕？真是人比人气死人啊。”

陈平安合上书：“不用气。”

崔东山微笑道：“因为搬山老祖不是人。”

姜尚真点头道：“那我这就叫畜生不如。”

张嘉贞听得半句话都插不上，掌律长命则笑意盈盈。

陈平安带着姜尚真和崔东山去往山巅的祠庙旧址，先让崔东山围绕着山巅白玉栏杆设置了一道金色雷池的山水禁制，这才从咫尺物当中取出一幅禁制重重的画卷，一手攥紧一端的白玉卷轴轻抖，画卷铺展开来。陈平安松开手，轻轻抬起双袖，画卷随之“飞升”，悬在空中，缓缓旋转。崔东山和姜尚真相视而笑，皆是恍然大悟。

当初陈平安在天宫寺外问剑裴旻，崔东山和姜尚真其实都对一个至为关键的环节始终百思不得其解，那就是各自的先生、山主大人到底是如何抵挡住裴旻的倾力几剑的，最终又如何能够护住那支玉簪。崔东山接应得手玉簪之前，裴旻哪怕一剑杀人不成，先击碎玉簪，一样可以再杀陈平安。现在极有可能会成为落魄山护山大阵的这幅画卷，想必就是答案了。

倒悬山，敬剑阁，剑仙画卷。这些半剑灵之姿的剑仙英灵曾经陪伴年轻隐官一起守护半截剑气长城。

陈平安拈出三炷香，分给崔东山和姜尚真一人一炷。

陈平安作揖致礼，心中默念道：“过倒悬山，剑至浩然。”

随后姜尚真和崔东山一起离开落魄山，先行探路。

不管是姜尚真还是崔东山，任意一个做事就已经足够让人放心，两个一起，陈平安都不知道“担心”两个字怎么写。

陈平安走到竹楼，拿出一壶酒，有些犹豫。

朱敛来到崖畔石桌边坐下，轻声问道：“公子这是有心事？”

陈平安本就想要找老厨子说一说这桩心事，便与朱敛说了裴钱年少时所见的心境景象，又说了白玉京三掌教陆沉的五梦七心相。五梦分别是梦儒师郑缓、梦中枕骷髅复梦、梦栎树活、梦灵龟死、梦化蝶不知谁是谁。五梦之外又有木鸡、椿树、鼹鼠、鲲鹏、黄雀、鹓雏、蝴蝶七相，跟随陆沉的大道之行依次显化而生。当然，还有丁婴的那顶莲花冠。

朱敛抱拳笑道：“首先谢过公子的以诚待人。”

然后两两沉默。

陈平安转过头，发现朱敛神色自若，斜靠石桌，远眺崖外，面带笑意，甚至还有几分释然，好似大梦一场终于梦醒，又像久久未能酣睡的疲惫之人终于入梦香甜，似睡非睡，似醒非醒，整个人处于一种玄之又玄的状态。这绝不是一位纯粹武夫会有的状态，更像是一位修道之人的证道得道，知道了。

魏檗心生感应，立即现身落魄山，但是不敢靠近石桌，只是站在竹楼廊下。

巡山归来的陈灵均和周米粒在小路上大摇大摆而来，魏檗伸出一根手指竖在嘴边，示意两人先不要说话。

朱敛转过头，望向陈平安，说道："若是大梦一场，陆沉先觉，我帮助那陆沉跻身了十五境，公子怎么办？"

陈平安毫不犹豫，答道："怎么办？简单得很，朱敛一定要还是朱敛，别睡去，要醒来。此外不过是我仗剑远游，问剑白玉京。"

朱敛站起身，陈平安也起身，伸手抓住老厨子的胳膊："说定了。"

朱敛笑着点头道："我终于知道梦在何处了，那么接下来就有的放矢。解梦一事，其实不难，因为答案早就有了一半。"

陈平安说道："我那师兄绣虎和学生东山。"

陆沉当年重返家乡浩然天下，在骊珠洞天摆摊算命多年，极有可能还有过一场"顺手为之"的观道，在等崔瀺与崔东山的神魂之别，以及随后崔东山的造就瓷人，都属于他山之石可以攻玉。

朱敛发现陈平安还攥着自己的胳膊，笑道："公子，我也不是个貌美如花的女子啊，别这样，传出去惹人误会。"

魏檗松了口气，刚要开口说话，就发现朱敛笑呵呵转过头，投以视线，魏檗只好把话咽回肚子。

陈平安松开手，笑道："真当我傻啊，石柔当年在那边关栈道对你的态度改变那么大，一定是她看到了些什么，否则就她那脾气，绝不是你与她说了什么道理就让她开窍的。我不过是觉得每个人都有自己的秘密，故意不问、假装不知而已。"

朱敛伸出一根手指搓了搓鬓角，试探性问道："那我以后就用真面目示人了？"

陈平安点头道："有何不可？咱们落魄山都是宗门了，不差这件事。"

朱敛便背对竹楼，揭了两张面皮，露出真容。

武疯子，贵公子，谪仙人。藕花福地这些个流传江湖的说法，陈平安都很清楚，只是到底是怎么个贵公子、谪仙人，具体怎么个神仙姿容气度，陈平安以往觉得撑死了也就是陆抬、崔东山、魏檗那样的。所以这一刻，陈平安如遭雷击，愣了半天，转头瞥了眼幸灾乐祸的魏檗，再看了眼依旧身形佝偻的朱敛，笑容尴尬起来，竟然还下意识后退了两步，好像离朱敛那张脸远些才安心，压低嗓音劝说道："朱敛啊，还是当你的老厨子吧，镜花水月这种勾当，挣钱昧良心，风评不太好。"

"确实，天底下最不要脸的勾当，就是靠脸吃饭。"朱敛点点头，嗓音温醇，十分陌生，然后笑着重新覆上两张面皮，一张是掌柜颜放的，一张是老厨子的。

陈平安提醒道：“嗓音，别忘了嗓音。”

朱敛笑道：“好的。”总算面容嗓音都变成了那个熟悉的老厨子。

陈平安如释重负，不过补上一句：“以后落魄山要是真缺钱了，再说啊。”

落魄山的镜花水月确实值得期待：朱敛、姜尚真、米裕、魏檗、崔东山。客卿当中还有柳质清，以后可以再加上个林君璧。更年轻一辈，还有陈李、白玄……人才济济，绝无半点青黄不接之忧虑。

两人落座，陈平安取出两壶糯米酒酿，朝魏檗招招手。

陈灵均跟在魏檗身边，一口一个“魏老哥”，热乎得像是一盘刚端上桌的佐酒菜。

对魏山君的态度，自打陈灵均来到落魄山，反正就这么一直反反复复。有一道明显的分水岭：山主下山远游，家中无靠山，陈灵均就与魏山君客气些；山主老爷在落魄山上，陈灵均就与魏老哥不生分。登山的修道之士一般都是记打不记吃，景清大爷倒好，只记吃不记打。

一个一瘸一拐的孩子走到石桌旁，鼻青脸肿，破天荒地不双手负后了。

白玄一手捂着脸，言语含糊道：“隐官大人，拳，我还是要练的，但是能不能别让裴钱教拳啊，她不厚道，喂拳不压境啊。”

陈灵均低下头，辛苦忍住笑。

周米粒挠挠脸，站起身，给白玄让出位置，小声问道：“你让裴钱压几境啊？”

白玄怒道：“我高看她一眼，算她是金身境好了。事先说好了压四境的，她倒好，还假装跟我客气，说压五境好了。”

白玄赶紧转头看了眼竹楼附近的小道，见并无裴钱的身影，这才继续说道：“结果她出拳凶得不讲道理，老子都瞧不见她咋个出拳，整个人就在空中飘来荡去，跟把飞剑似的乱窜，挨了好些拳，结果小爷我才落地，那裴钱的脚背就杀到眼前了，等我醒过来，裴钱蹲在一边，说她最后是临时收了脚的，不然一记脚尖戳在心窝，我都得一边吃饭一边呕血，要不就是一边睡觉一边……走桩。”

白玄哭丧着脸，揉了揉红肿如馒头的脸颊，哀怨道：“隐官大人，你怎么收的徒弟嘛，裴钱就是个骗子，天底下哪有这么喂拳的路数，半点不讲同门情谊，好像我是她仇家差不多。”

陈平安有些痛心疾首，然后轻声道：“你傻不傻，下次问拳，问她能不能压六境，只要她点头答应，接下来怎么回事，我绝不偏心。”

白玄眼珠子一转，试探性问道：“压七境成不成？”

陈平安微微皱眉，好像有些嫌弃：“你自己问去，我都不管。”

白玄摇晃着站起身，踉跄走到小道上，到了无人处，立即撒腿飞奔去找裴钱，就说：

"你师父陈平安说了,要你压七境。哈哈,小爷这辈子就没有隔夜仇。"

约莫一炷香过后,白玄步履蹒跚地走回石桌,脸颊两边都红肿得没个人样了。他这次说话含糊不清是半点不作伪了,有气无力道:"小爷不练拳了,曹师傅,我回拜剑台了啊。能不能让魏山君捎我一程,小爷我夜观天象,今天不宜御剑飞行。"

陈平安笑道:"练拳一半不太好,以后换人教拳好了。"

白玄坐在周米粒让出的位置上,把脸贴在石桌上,一吃疼,立即打了个哆嗦,沉默片刻:"练拳就练拳,裴钱就裴钱,总有一天,我要让她知道什么叫真正的武学奇才。"

白玄想起一事,病恹恹问道:"隐官大人,裴钱到底啥境界啊,她说几百上千个裴钱都打不过她一个师父的。"

陈平安无奈道:"你真信啊?"

白玄站起身:"问拳去!"

陈灵均瞪大眼睛,刮目相看。落魄山上,竟有不输自己的英雄豪杰?!

白玄瘸拐着离去,在小道上,遇到了裴钱。

"裴姐姐裴姐姐。"白玄肩头一晃一晃,快步向前,然后一个侧身,走在小道边缘,开始一点一点挪步,"天色不早了啊,你师父让我去好好休息呢,回见回见。"

等到与裴钱擦肩而过,白玄一鼓作气埋头飞奔,回过神时已经到了台阶边,又不敢转身回住处,就沿着台阶一路登高,最后坐在山顶揉脸。

岑鸳机走桩登顶后,白玄已经转过身,一世英名毁于一旦:小爷还没学隐官下山大杀四方呢。

岑鸳机坐下休息,犹豫了一下,轻声问道:"白玄,怎么回事?"

照理说,落魄山上,不会有人欺负白玄才对。

白玄闷闷道:"半夜梦游,摔了一跤。"

岑鸳机闷闷起身,继续走桩下山。

朱敛和魏檗一起乘着月色回院子手谈一局,两人都很想念大风兄弟。

竹楼外的崖畔,暖树走了趟莲藕福地又返回。所以最后坐在崖畔的人就有陈平安、头顶的莲花小人儿、裴钱、暖树、周米粒、陈灵均。

牛角山渡口,陈平安带着裴钱和周米粒一起乘坐骸骨滩渡船去往俱芦洲,快去快回。大致路线是披麻宗—鬼蜮谷—春露圃—趴地峰—太徽剑宗—浮萍剑湖—龙宫洞天,最终重返骸骨滩,就此跨洲返乡。

在大海之上,北去的披麻宗渡船突然收到了一封飞剑传来的求救信,一艘南下的俱芦洲渡船遇到了那条传说中的夜游渡船,无法躲避,即将一头撞入秘境。

陈平安原本打算让裴钱继续护送周米粒先行去往披麻宗等他,只是后来改了主意，与自己同行便是。他们悄然离开渡船，裴钱带着周米粒在海上慢慢御风，陈平安则独自御剑去往高处——那里视野更为开阔，俯瞰人间的同时还能留心裴钱和周米粒——就此一路南游，寻找那条古怪渡船的踪迹。

一天夜幕中，陈平安御剑落在海上，收剑入鞘，带着裴钱和周米粒来到一处地方。片刻之后，陈平安微微皱眉，裴钱眯起眼，也是皱眉。

一艘大如山岳的渡船，在海上竟然就那么与他们交错而过。

裴钱疑惑道："师父，这么古怪？不像是障眼法，也非海市蜃楼，半点灵气涟漪都无。"

周米粒双手抱胸，皱着两条疏淡微黄的眉毛，使劲点头："是有一丢丢古怪嘞。"

陈平安略作思量，祭出一艘符舟。果不其然，那条行踪不定极难拦截的夜游渡船倏忽之间从大海之中跃出水面，好像搁浅般，出现在了一座巨大城池的门口。裴钱屏气凝神，举目望去，城头之上，金光一闪而逝，如挂匾额，模糊不清。

裴钱轻声道："师父，好像是个名叫'条目城'的地方。"

"条目城？闻所未闻。"陈平安笑了笑，以心声与裴钱和小米粒说道，"记住一件事，入城之后都别说话，尤其是别回答任何人的问题。"

没有城禁，只是当陈平安他们入城之后，豁然开朗，视野所及，人头攒动，车水马龙，熙熙攘攘，热闹得像是一处繁华京城。

陈平安转头望去，裴钱手持行山杖，背着个箩筐，箩筐里边站着周米粒，扛着根金扁担。他伸手一拍裴钱的脑袋，再拍周米粒的脑袋，微笑道："不讲究那个了，随便问随便答。天大地大，我们随意。"

细雨蒙蒙，一艘从南往北的仙家渡船缓缓停靠在正阳山地界的白鹭渡口，其上走下一名英俊男子，青衫长褂，脚踩布鞋，撑起了一把油纸伞，伞柄是桂花枝。

他身边跟着一个身穿墨色长袍的少年，同样手持小伞，伞柄是寻常青竹材质，伞面却是由仙家碧绿荷花炼制而成。

这二人正是覆有面皮、施展障眼法的姜尚真和崔东山，他们各自背剑，都是中土神洲和俱芦洲的秘府遗物，从不曾在宝瓶洲现世，分别名为"甲午生"和"天帚"。

他们身后是一帮同样游历正阳山，正谈笑风生的谱牒修士。有青年正在与身边一名身姿婀娜的妙龄女子说他的恩师与那正阳山拨云峰的剑仙老祖是有数百年交情的山上挚友，而那位拨云峰老祖师在老龙城战场上曾经与俱芦洲的郦剑仙并肩作战，联袂剑斩大妖。

崔东山听得乐和，以心声笑嘻嘻问道："周首席，不如咱们换一把伞？"

姜尚真瞥了眼那把碧绿荷花伞面下边，幽绿幽绿的，摇头道："算了吧，不讨喜。"

身后队伍里有个眉清目秀的孩子，七八岁大，撑着把大伞，以水法在伞面聚拢、积攒了一大摊雨水，然后骤然间拧转伞柄，雨滴向四周激射如箭矢。那孩子是个刚刚踏足修行的修道坯子，雨水四溅也无甚威力，只是打得前边两把伞砰砰作响，他的几个师门长辈也只是笑。

这些修道有成的谱牒修士自然无须撑伞，灵气流溢，风雨自退。

中五境的山上神仙云游四方，水火不侵，污秽避让，那些个井底之蛙的藩属国，稗官野史、志怪笔记上边的奇人异士，多是记载此辈修士。若是前边那两个游历之人能够如他们一般化雨珠于无形，自然就会有人出面阻拦孩子继续玩伞，说不得还要主动道歉一声，说几句孩子顽劣、道友勿恼之类的客气话。

结果崔东山随手向后一袖子，将那孩子一巴掌打入水中，转头嬉皮笑脸道："小崽子喜欢玩水，就到水里耍去。"

事出突然，那孩子虽然年幼就早已登山，也毫无还手之力，就那么在众目睽睽之下划出一道弧线，掠过一大丛雪白芦苇，摔入渡口水中。

姜尚真转头笑道："差点吓死老子。你们不用道歉，可以赔钱了事。"

崔东山"嘿"了一声，姜尚真立即改口道："破财消灾，破财消灾。"

一个魁梧汉子伸手握住腰间法刀的刀柄，沉声道："孩子玩闹，至于如此？"

如果不是那撑伞男子带着点俱芦洲独有的口音，他早就抽刀出鞘，一刀劈去了，反正自己这边占理，就算闹到正阳山，再闹到附近的大骊藩属朝廷都不怕，只会让对方吃不了兜着走。

虽说如今的宝瓶洲山下不禁武夫斗殴和神仙斗法，但是二十年下来，习惯成自然，一时间还是很难更改。

崔东山一手撑伞，一手叉腰，理直气壮道："老子岁数不大，也是孩子啊。"

姜尚真竖起大拇指，指了指身后佩剑，嗤笑道："搁在老子家乡，敢如此问剑，那小崽子这会儿已经挺尸了。"

一个性情沉稳的老修士立即以心声与众人言语道："听口音，确是俱芦洲修士，至于是不是剑修，暂时还不好说。"

如今的俱芦洲是宝瓶洲的兄弟洲，至于桐叶洲，只能算是孙子洲。

渡口水中异象横生，有火光如电激射而出，如火龙出水，竟是一件宝光流转的上等灵器小锥，青铜材质，长一尺有余，刻九龙，正是那孩子的本命物。他人还没爬上岸，就已经祭出小锥，直刺崔东山。

众人只见那墨袍少年大笑着说了一声"来得好"，猛然收束碧绿荷花伞，双手攥住伞柄如持剑，却是以刀法劈砍而下，结果只是被那小锥一撞，少年一个气血激荡，神魂不稳，立即就涨红了脸，只得怒喝一声，气沉丹田，双脚陷入被雨水浸濡的软泥寸余，依旧被那青铜小锥的锥尖抵住伞身，倒滑出去丈余才稳住身形。

那孩子站在岸边，双指掐诀，心中迅速默诵道诀真言，一跺脚，口呼“汲水”二字，运转本命气府的天地灵气，手指与那小锥之间如有金光一线牵引，镂刻精美的小锥九龙如点睛开眼，纷纷蜿蜒移动起来。

只是孩子到底岁数太小，炼化不精，动作不够快，刚刚张嘴汲取雨水，崔东山就一个弯腰侧身，再被姜尚真一手抓住肩膀，几个蜻蜓点水，就此远遁。两人都不敢走那渡口大道，拣选了水边芦苇丛，踩在那芦苇之上，身形起落，煞是好看。

孩子不愿放过那两个王八蛋，手指一移，死死盯住他们的背影，默念道：“风驰电掣，乌龙逶迤，大瀑万丈！”

九条手指长短的乌色小龙一同缠绕青铜小锥，吐出九支雨水凝聚而成的凌厉箭矢，脚踩芦苇的两人东躲西藏，十分狼狈。

老修士笑道：“春塘，可以了，收起小锥吧。术高莫要轻易用，得饶人处且饶人。”

春塘闻言收起指诀，深吸一口气，脸色微白，那条若隐若现的绳线也随之消失。他从袖中拿出一只不起眼的棉布小囊，将那篆刻有“七里泷”的小锥收入囊中。布囊中饲养有一条三百年白花蛇和一条两百年乌梢蛇，都会以各自精血帮助主人温养小锥。

春塘将小囊悬在腰间，脸色阴沉，揉了揉脸颊，火辣辣地疼。

老修士伸出双指，拧转手腕，轻轻一抹，将摔在泥泞路上的那把大伞驾驭而起，飘向春塘。春塘将它收入手中，一气之下，直接将它远远丢入水中。眼不见心不烦，反正是寻常之物，值不了几个破钱。

老修士对于春塘的孩子气作为也故意假装看不见，这位在家乡藩属国被尊奉为护国真人的老金丹只是望向那两人的远去方向，总觉得有些古怪。

那个悬佩法刀的男子冷笑道：“两个不入流的纯粹武夫竟敢假扮俱芦洲剑修，什么脑子。”

老修士解释道：“多半确是俱芦洲人氏，不然不会如此蛮横。多一事不如少一事，记得约束好春塘，莫要在正阳山地头私自寻仇。如今即将迎来开峰庆典，大好的喜庆日子，谁都不希望有这等晦气事。你是春塘的护道人，要是管不住他，我就要用祖师堂戒律来管你了。”

那汉子无奈道：“祖师，我晓得这里边的轻重利害。”

远处芦苇荡中，两人蹲在水边跟蹲坑似的。

姜尚真撑伞在肩头，笑问道：“怎么回事？”

崔东山横提碧荷伞，低头呵了口气，拿袖子抹掉些许痕迹，一脸心疼模样，再用双指拈起一粒灵光，是从那青铜小锥上边剥离而来，凝神望去，随口说道：“无聊，闹着玩。”

姜尚真说道：“看孩子那小锥和布囊，是养龙术一脉？宝瓶洲有七里泷这么个地方吗？以前都没听过啊。”

远古养龙豢蛟一途曾经地位尊崇，为首者是儒家六大礼官之一。后世旁支驳杂，等到世间再无真龙，那么所谓的养龙不过是些山泽龟鼋水裔、鱼蛇之流。而且这一脉在浩然天下三千年前那场真龙浩劫中被殃及池鱼，已经再无宗门，因为饲养真龙后裔、蛟龙杂流之属，化蛟都是登天奢望，就更别谈什么真龙了。整个养龙一脉的练气士，气运沦为无源之水，处境尴尬，香火也就渐渐凋零，就像那失去了香火的山水神灵。

崔东山捏碎那细微不足道的灵光，将碧荷伞夹在腋下，双手笼住四散灵光轻轻搓动，然后观看那些灵光在手心脉络的蔓延，如山脉逶迤。

金丹、元婴这些陆地神仙都瞧不真切的景象，落入仙人眼帘，自然纤毫毕现，只是姜尚真瞥了一眼，看得清楚，却不明就里。对于堪舆卜卦一途，是姜尚真为数不多的“不入门”术法，因为姜尚真从来就不愿意去学这些趋吉避凶的手段。

崔东山一拍掌，彻底打碎掌心所有痕迹脉络，笑道：“七里泷附近有条老蛟在一条大江中开辟水府，曾被朝廷封为白龙王。那个偏远小国覆灭后，老蛟就几乎不露面了，不过它的辈分比黄庭国那条活了万年的当然要差许多。老蛟靠着一千多个历朝历代的文人骚客，以诗词文运帮着捎带些香火。七里泷这座仙府与其有大道机缘，算是老蛟偷偷扶植起来的香火使节，那支‘定风波’小锥就是信物之一。但其实这条江水文极好，统辖十数支流江水和三十余河溪。早年开凿大渎入海口，如果不是照顾你们老姜家，本该选择这条江水作为渎水入海，那么这位龙王爷也就该顺势捞到个大渎侯爷了。”

姜尚真笑道：“云林姜氏，我可高攀不起。”

崔东山站起身，肩扛碧荷伞，脸色凝重。

姜尚真跟着起身，雨后初晴，气象一新，也就收起了桂枝伞，闭上眼睛深吸一口气，帮着那条真龙嗅到了一丝危险气息。

两人缓缓而行，姜尚真问道：“很好奇，为何你和陈平安好像都对那王朱比较……隐忍？”

崔东山点点头：“因为我家先生觉得有人对王朱寄予希望，那么他就愿意跟着希望几分。就目前而言，王朱确实没有让人失望。那么我就学先生，多看她几眼。事实上，离开骊珠洞天之后，王朱还是太顺遂了，名副其实的顺风顺水。准确说来，是离开那口铁锁井之后，她就没怎么吃过苦头了，相较我家先生的远游辛苦，她简直就是躺着享福。稚圭稚圭，名字不是白取的，凿壁偷光嘛，当小毛贼偷我家先生的气运福缘，偷宋集薪的龙气，最终占据天下大势，顺势走渎化龙。怕就怕她觉得一切都是她应得的，比如文庙选择渌水坑肥婆娘占据陆地水运，她就觉得是分去了她一半气数，心怀怨怼，跻身飞升境之后，就要误以为真是天不管地不管了，开始兴风作浪。”

姜尚真问了一个至关重要的问题：“那位斩龙人，三千年后，还斩得了龙吗？”

不等崔东山给出答案，姜尚真就自问自答："相较于三千年前，一人仗剑斩尽真龙，好像还是三千年后再斩一条真龙更可信些。"

崔东山说道："先生在大渎祠庙那天，王朱主动现身，其实救了自己最少半条命。"

姜尚真"嗯"了一声："她愿意念旧，本就念旧的山主就更愿意念旧。"

崔东山用小伞轻轻敲击肩膀，笑道："贾晟，白忙。陈浊流，我们家那位景清大爷，真是个命大的，认了这么多拜把子兄弟，竟然都没被砍死。这样的运道，说出去谁信？"

此处白鹭渡，离与正阳山最近的青雾峰还有百里山水之遥，两人就下榻在一处位于高山上的仙家客栈中，坐在视野辽阔的观景台上各自饮酒，远眺群峰。

以祖山一线峰为圆心，方圆八百里都是正阳山的宗门地界，私家山河。群峰拱卫祖山，护山大阵使然，处处剑气冲霄，经常能见到剑修联袂御剑各峰之间，气势如虹，剑光拖曳，划破长空。

因为有袁真页这位搬山之属的护山供奉，近二十年内，正阳山又陆续搬迁了三座大骊南方藩属的破碎旧山岳作为宗门内未来剑仙的开峰之属。

对于藩属小国朝廷而言，与其花大力气重新修缮山根水运、重建山君祠庙，还不如重新拣选完整山头，封正山君，还能从正阳山那边得到一笔神仙钱，与那座剑修如云的宗门结下一份香火情。而这些表面上"破碎不堪、形同鸡肋"的山岳，其实藏风聚水千百年，底蕴深厚。

要说正阳山偿还香火情，无非是剑修将来下山历练，去往三个小国境内斩妖除魔，对付一些地方官府确实无法收拾的邪祟之流，对正阳山剑修来说却是信手拈来。

其实没有谁是真正亏本的，各有大赚。

崔东山笑道："见过了大世面，正阳山剑仙行事就越发老到圆滑了。"

姜尚真附和道："宗门气象，不容小觑。"

在那场席卷天下的大战之前，正阳山的修士，哪怕不是嫡传剑修，出门历练，都是出了名的跋扈，横行一洲。基本上，除了一洲山上执牛耳者神诰宗，以及风雪庙、真武山两座一洲兵家祖庭，加上李抟景尚未兵解的风雷园、在北方崛起的大骊铁骑、云林姜氏、老龙城苻家，还有朱荧王朝的剑修，正阳山就完全可以目中无人了，不然也不会有那"宝瓶洲小桐叶"的绰号。至于那个拥有一座狐国的清风城？是我正阳山一处不记名的藩属势力罢了。

宝瓶、桐叶和俱芦三洲本土宗门，除了玉圭宗，如今还没有谁能够拥有下宗。虽说阮邛的龙泉剑宗一直被山上修士视为风雪庙的下宗，可事实上并非如此。何况阮邛还有个大骊首席供奉的头衔，几位嫡传当中又出了个天纵奇才的谢灵，所以正阳山还是愿意对龙泉剑宗高看一眼。

姜尚真笑道："这个元白，身世就比较可怜了，出门远游一趟就山河飘絮了，这些年不如咱家灰蒙山那位邵坡仙优哉游哉啊。相当不错的资质，韦滢都看在眼里，去神篆峰之前本来还想与正阳山讨要此人，打算好好栽培，可惜太好人，又伤了本命飞剑，就算到了书简湖，估计也会被刘老成和刘志茂坑死。”

崔东山说道：“幸好没成事，不然这会儿你们玉圭宗的裤裆里全是黄泥巴。”

旧朱荧王朝剑道“双璧”之一的元白与正阳山做了一桩买卖，从客卿转为嫡传，后与风雷园园主黄河问剑一场，元白受伤不轻，但是成功拖延了黄河跻身上五境的进度。元白如今在对雪峰养伤，这辈子的剑道成就高不到哪里去了。

此外，正阳山上还有一个曾经差点就成为龙泉剑宗祖师堂嫡传的年轻剑修，转投正阳山后，修行破境势如破竹。此次闭关就是为了结丹，只等他出关就会举办开峰仪式，升任一峰之主。

崔东山眼神微冷：“元白身边有个婢女名叫流彩，来自皑皑洲天井福地。”

流彩，刘材。姜尚真立即来了兴趣：“那位流彩姑娘？”

崔东山白眼道：“对你来说，属于看了记不住的那种。”

姜尚真跷起二郎腿，问道：“那个吴提京，真如山主所说，是李抟景的兵解转世，给田婉那婆娘找到了，还带上山修行，就为了以后可以恶心黄河和刘灞桥？”

崔东山点头道：“差不离。”

一个横空出世的少年剑修吴提京，本命飞剑鸳鸯。传闻除此之外，还拥有一把秘不示人的飞剑。至于为何秘不示人还能被传闻，这种山上事，心知肚明就好，跟山下史书记载的某些秘录是一样的道理。

姜尚真视线偏移：“还是对雪峰瞧着可爱些。”

对雪峰因双峰并峙，对面山头又常年积雪而得名。听说对雪峰的开峰祖师，后来的一位元婴剑修曾经与道侣在对面山上结伴修行，道侣未能跻身金丹，早早离世后，这位性情孤僻的剑仙就封禁山头，此后数百年就一直留在了对雪峰上，说是闭关，实则厌烦山门事务，等于放弃了正阳山掌门山主的座椅。

不过在正阳山祖师堂秘录上记载的真相就不是这般凄美动人了，崔东山将那桩死活都逃不过个“情”字的山水故事娓娓道来。

对雪峰女祖师的那个道侣在她闭关之时见异思迁，出关之后被她得知，就将其斩杀，还点了一盏魂灯搁放在对雪峰对面的山巅，大雪冻杀数十年。不过从此之后，她也有了心魔，最终在试图打破元婴瓶颈的最后一次闭关时走火入魔，被正阳山祖师堂剑修联手斩杀，她那一身剑道气运倒是肥水不流外人田，给禁锢在了正阳山地界。

宝瓶洲的陈年旧事，崔东山实在知道得太多了。在他与老王八蛋两人还是一个崔瀺那会儿，偶尔夜深人静，就会取出一壶酒、一碟花生米，随手抽出一本山上秘档，仙迹来历、宫廷秘闻、江湖恩怨都会翻。

“早知道就不听这些大煞风景的内幕了。”姜尚真唏嘘不已，双手抱住后脑勺，摇头道，“上山修行，无非就是往酒里兑水，让一壶酒水变成一大坛子水酒，活得越久，兑水越多，喝得越长久，滋味就越来越寡淡。你，他，她，你们，他们。唯有‘我’，是不一样的，没有一个人字旁依偎在侧。”

崔东山突然笑了起来：“咱俩来得早不如来得巧，一线峰祖师堂议事了。”

姜尚真瞥了一眼起自诸多山峰间的剑光长虹：“名不虚传，剑仙极多。”

崔东山双手笼袖，道：“我曾经在一处洞天遗址见过一间空落落的光阴铺子，都没有掌柜伙计了，依旧做着天底下最强买强卖的生意。”

姜尚真赞叹道：“真心羡慕崔老弟的见识广博。”他突然转过头，“崔老弟，你这辈子就没有遇到过让你稍稍心动的女子？”

崔东山摇头道：“还真没有。”

姜尚真揉了揉下巴：“你们文圣一脉，只说姻缘风水，有点怪啊。”

崔东山笑道：“所以老秀才烧了高香，才能收取我先生当关门弟子。”

姜尚真想起一事，忍俊不禁，啧啧道：“正阳山负责山水情报的那位仁兄真是个天才啊。”

崔东山点头道：“天纵奇才。”

正阳山祖师堂议事，与会人员有宗主竹皇、玉璞境老祖师夏远翠、陶家老祖陶烟波、掌律祖师晏础、护山供奉袁真页，加上其余几位诸峰峰主，他们的座椅都很靠前。

比较靠后的有那田婉，管着山水邸报和镜花水月，接连立下几桩不大不小的功劳，她在祖师堂雷打不动的座椅位置总算往前挪了挪。

至于元白，如今在祖师堂内位置垫底。他也乐得清闲，每次议事都闭目养神，一言不发。

竹皇微笑道：“接下来的开峰典礼一事，我们按照规矩走就是了。”

这大概就是宗门气度了，金丹开峰都成了一桩祖师堂可以不用多谈的寻常事。

竹皇脸色肃然：“只是创建下宗一事已经是燃眉之急了，到底怎么个章程，总不能就这么一拖再拖吧？”

正阳山下宗一事，万事俱备只欠东风，原本选址都已妥当，所需战功也在与诸多山头通气之后东拼西凑地好不容易补上了，不承想大骊朝廷临时反悔，竟然不愿向中土文庙举荐。按照从清风城许氏的亲家、上柱国袁氏那边传来的说法，皇帝陛下是愿意的，但是京城外边有人不肯点头。显而易见，敢与皇帝陛下有分歧，甚至不卖正阳山面子的，就只有大骊陪都的那座藩邸了。但问题是，藩王宋睦其实一向与正阳山关系不错，所以那位陶家老祖今天的脸色不太好。

宝瓶洲山上对于正阳山跻身宗门不是没有闲言碎语的，因为正阳山实打实的修士战损实在太少。

战功的积累，除了厮杀之外，更多是靠神仙钱、物资。而且每一处战场的选择都极有讲究，祖师堂精心计算过。一开始不显得如何，等到大战落幕，稍稍复盘，谁都不是傻子。神诰宗、风雪庙、真武山，这些老宗门的谱牒修士在公开场合都没少给正阳山修士脸色看，尤其是风雪庙大鲵沟那个姓秦的老祖师，与正阳山一向无冤无仇的，偏偏失心疯，说就凭正阳山剑仙们的赫赫战功，别说什么下宗，下下下宗都得有，干脆一鼓作气，将下宗开遍浩然九洲，谁不竖大拇指，谁不心悦诚服？也亏得如今文庙禁绝了山水邸报，不然不知道有多少这样的怪话流传开来。

正阳山之所以如此着急创建下宗，也确实是忧心一洲风评。可只要下宗立起，生米煮成了熟饭，那么许多山上修士就该重新审时度势了，顶多关起门来说几句阴阳怪气的言语，绝不敢在山水邸报上边，或是公开场合说半句正阳山的不是，说不定还要在有争论时主动为正阳山说几句好话。

辈分最高，境界也最高的老剑仙夏远翠意态闲适，微笑道："咱们不如绕过大骊宋氏，与云林姜氏商量一下？"

跻身了上五境，正阳山又已是浩然"宗"字头，那么自家有无下宗，对夏远翠而言，其实并没有那么迫切。此后自己修道岁月又悠悠，闲暇时想一想那仙人境的逍遥，人间美事。

竹皇点点头："可以，只是谁适合去姜氏？"

已经失去半壁江山的大骊宋氏的版图还会继续缩减下去，众多中南部藩属已经开始闹腾，如果不是有那陪都和大渎祠庙，中北部的不少藩属国估计也已经蠢蠢欲动了。但是整个宝瓶洲的谱牒修士都心知肚明，浩然十大王朝，大骊的位次只会越来越低，最终在第七或是第八的位置上落定。

夏远翠微笑不语，横剑在膝，轻轻拂过剑鞘，已经摆出一副事不关己的模样了。云林姜氏是了不起，却还不至于让他去低声下气求人情。

如今宝瓶洲唯一一个在文庙能够说得上话的，其实不是许多事情做得很过界的大骊宋氏，而是云林姜氏，因为云林姜氏是整个浩然天下最符合"钟鸣鼎食之家，诗书礼仪之族"的圣人世家之一。

文庙那边其实也是有几部古老家谱的，而迁徙到宝瓶洲落脚的云林姜氏就是当之无愧的圣人后裔。

万年之前，礼圣亲自制定礼仪，姜氏祖上出过数位大祝，在《大礼春官》中与大史、大宰并列为六官之一，掌管着最为古老的各种祝词。而且"姜"这个姓氏本就是浩然天下最为古老的姓氏之一。

一位拨云峰老剑仙沉声道："既然陪都藩邸那边让我们去蛮荒天下积攒战功，那就去。我带头！"

掌律祖师晏础讥笑道："你一个金丹瓶颈，真当自己在老龙城战场，沾了些郦剑仙的仙气，就一样是上五境了？"

老剑仙早就习惯了自家祖师堂议事的氛围，依旧自顾自说道："你们不乐意涉险，我带拨云峰一脉修士过剑气长城去那渡口杀妖便是。"

晏础一拍椅子把手，怒道："你当拨云峰是你一个人的?! 本事那么大，怎么不直接连人带峰一起去蛮荒天下，有本事往那托月山一砸，我就愿意亲自为你送行，如何?!"

拨云峰老金丹气得站起身，又要率先离开祖师堂。与此同时，几位去过老龙城战场的老剑修都是差不多的态度，只要拨云峰这边退出祖师堂，就选择一同离开。

一线峰祖师堂议事经常如此，见怪不怪。

竹皇微微皱眉，这一次没有任由那位金丹剑仙离开，轻声道："祖师堂议事，岂可擅自退场。"

老金丹重新落座，深吸一口气，打定主意装聋作哑。

护山供奉袁真页双臂环胸，忍不住打了个哈欠：还是如此无聊。

竹皇视线偏移，身体微微前倾，微笑道："袁老祖可有良策？"

面对这位护山供奉，哪怕竹皇是元婴境瓶颈的剑修，更是一山宗主，依旧颇为恭谨。

白衣老猿扯了扯嘴角，懒洋洋靠椅背："打铁还需自身硬，等到宗主跻身上五境，所有麻烦都会迎刃而解，到时候我与宗主道贺过后，走一趟大渎入海口便是。"

竹皇爽朗大笑，抱拳道："那就有劳袁老祖了。"

祖师堂内，连那夏远翠都瞬间提起精神来，纷纷望向这位瓶颈难破，以至于经常念叨自己无望上五境的山主，尤其是担任财神爷的陶家老祖和掌律晏础，立即不露痕迹地对视一眼。唯独担任门神的元白，反而转头望向门外。

竹皇不愿多谈自己的闭关破境一事，转移话题，朝那升任心腹的田婉点点头，妇人立即取出一本册子，起身道："宗门兴盛，册子上边总计一十六个剑仙坯子，其中九人年纪还小，暂时都没有拜师，各位峰主祖师今天可以挑选一番。"

所谓的剑仙坯子，当然是有望成为金丹客的年少剑修，主要来自旧朱荧王朝，一经发现，就立即送往正阳山。此外就是山河破碎的宝瓶洲南方地界，正阳山这些年里，几乎每一位剑仙都需要下山为宗门寻找剑仙坯子，退而求其次，能够山上修行的良材美玉一样不能错过。至于桐叶洲那边，也有意外之喜，找到了两名年幼的剑仙坯子。

只要能够成为剑修，就是天大的幸事。因为只要是剑修，留在宗门修行，就都可以为正阳山增添一份剑道气运。所以如今的宗主竹皇肯定再无类似只要魏晋来正阳山就愿意让贤的感慨了。

一来，他自身就瓶颈松动，抓到了一缕大道契机，破境有望。再者，如今的正阳山作为宝瓶洲新晋宗门，天时地利人和兼备，可能不出百年就有希望与那神诰宗叫板，争一争一洲山上君主的位置，如何能让人不意气风发？所以竹皇这几年好像一下子年轻了百余岁。

竹皇突然问道："大骊龙州那边，尤其是牛角山渡口，好像有些不同寻常的动静？"

清风城许氏从杏花巷马家手上买下了一处龙窑，此外，槐黄县里边，福禄街和桃叶巷，正阳山都有些暗地里的香火情。只是这么多年来，一直没能得到什么有用的山水谍报。北岳山君魏檗的披云山，加上那座可以专折奏对的督造衙署，以及阮邛的龙泉剑宗，都是山水官场上的忌讳，正阳山不敢伸手太长。

不过其间有个意外之喜，就是冲澹江水神娘娘叶青竹十多年来陆陆续续给了正阳山几封秘密情报，才让正阳山得知那个落魄山有几位境界不低的纯粹武夫，也帮着大致厘清了落魄山与披云山的香火情，例如牛角山渡口如何分账，以及龙须河畔那个铁匠铺子，刘羡阳隐藏极深的金丹剑修身份。

今天一场议事耗费了足足两个时辰，光是诸峰之间争夺那几个剑仙坯子就差点没相互问剑。

好不容易摆平了各座山头，饶是宗主竹皇都有几分疲惫，等到议事结束，道道剑光返回群峰，竹皇和单独留下的白衣老猿一起走出祖师堂外，俯瞰一宗山河。

竹皇微笑道："袁老祖，同喜。"

因为身边这位护山供奉与他这个宗主一样，都会很快跻身上五境。

袁真页脸色如常，点点头，双手负后，眯眼远望。身材魁梧的白衣老猿，巍巍然有睥睨千古之概。

竹皇打趣道："一位龙泉剑宗嫡传，还是金丹剑修，袁老祖还是要小心些。"

白衣老猿嗤笑道："刘羡阳，加上陈平安，这两个小废物，小心？小心什么，小心别一人一拳打死他们吗？"

竹皇点点头："毕竟两个年轻人的身份还是比较麻烦的，一个是阮邛的嫡传弟子，一个是魏檗的半个钱袋子。好在咱们正阳山终究不在北岳地界，阮邛也只是个玉璞境的兵家修士。"

袁真页冷笑道："好死不死，等我跻身上五境再来，真以为憋屈个二十多年就能报仇了？只要俩废物敢来找死，我就送他们一程。"

白鹭渡那处仙家客栈，崔东山与姜尚真一起竖耳倾听。毕竟一座宗门的护山阵法不是摆设，两人只能弄些小手段。等听到袁真页的豪言壮语，两人面面相觑。

姜尚真沉默许久，一脸心有余悸，轻声道："听得我肝胆欲裂。"

崔东山赶紧递过去一壶酒:“压压惊。”

茅小冬带着李宝瓶和李槐,还有一大拨礼记学宫儒生一路南下游历,终于来到了剑气长城。

此时此处已无剑修,连那倒悬山、蛟龙沟、雨龙宗都已是过眼云烟。

被一分为二的剑气长城面朝蛮荒天下广袤山河的两截城墙上边刻着许多大字,可惜董三更剑斩荷花庵主、阿良与姚冲道联手剑斩黄鸾都未能刻上——大战惨烈,来不及。

但是另外那边的城头上,半截剑气长城上边也刻下了不少大字,却是甲子帐用以抖搂威风的手笔了。只是不知为何,中土文庙至今没有抹去那些刻字。

如今游历剑气长城的浩然修士络绎不绝,加上浩然天下在蛮荒天下和剑气长城之间设置了三座规模极大的仙家渡口。说是渡口,其实规模不亚于大王朝的京城,大兴土木,文庙领衔,中土神洲、流霞洲、皑皑洲各自出钱出力出人,就像三颗钉子钉入了蛮荒天下的山河版图。

其中一座渡口的上空常年悬停着近两百艘大如山岳的剑舟,遮天蔽日,都是那场大战未能派上用场的墨家重器,大战落幕后,缓缓迁徙到了蛮荒天下。

而另外一座渡口就只有一位建城之人,同时兼任守城人——墨家巨子。

三座渡口巨城有点类似披麻宗在鬼蜮谷内设置一座青庐镇。

除此之外,位于金甲洲和扶摇洲之间海上的归墟之一也被文庙掌控。

在蛮荒天下那处大门的门口,龙虎山大天师、齐廷济、裴杯、火龙真人、怀荫,这些浩然强者负责轮流驻守两三年。

一袭红衣,与一个身穿儒衫的年轻人御风离开城头,站在南边战场遗址上眺望北方城头上的一个个大字。

道法,浩然,西天。

雷池重地,剑气长存。

陈,董,齐,猛。

李槐仰头望向其中一个大字,感叹道:“阿良成天只知道胡说八道,当年跟我哥俩好,吹了一箩筐的牛皮,害得我以为他嘴里没一句真话,原来还真是有点猛的。”他撇撇嘴,“就这字写得,蚯蚓爬爬,天底下独一份。就算阿良站我跟前,拍胸脯说不是他写的,我都不信啊。”

李宝瓶有些伤感:“两截剑气长城已经没有了阵法护持,若再有大战,就再也无法复原。”

李槐安慰道:“不会再有了。”

哪怕没有大战摧残，可年复一年的风吹雨打、大日曝晒，城墙也会渐渐剥蚀，终有一天，所有城头刻字都会模糊。

一名风尘仆仆的黄衣老者，长得鹘眼鹰睛，瘦骨嶙峋，从城头化虹御风南下，突然一个转折，飘然落地，落在了两人身旁十数丈外，似乎也是奔着瞻仰那些城头刻字而来。

如今城头和天幕有文庙圣贤和两位山巅修士坐镇，而且关牒勘验极其森严。加上蛮荒天下的所有妖族都被阻断在十万大山和三座渡口以南，所以浩然天下修士游历剑气长城，甚至要比剑修在时更加安稳无忧。

李宝瓶与李槐就要离开，那老者神色如常，却有些心焦，再顾不得什么高人风范，主动开口问道："这位姑娘可是姓李，与那出身亚圣一脉的元雱在礼记学宫辩论过道体道学道统？"

李宝瓶侧过身，与那老者点头道："是我。"

那场辩论，按照传闻，是李宝瓶输给了元雱。李槐当时在场，反正就没听懂。不过看那年纪轻轻就编撰出三部《义解》的元雱论道之时谈吐儒雅，气态从容，比较欠揍。反观李宝瓶，经常皱眉，长考沉思，多次欲言又止，好像自己否定了自己。

而元雱，就是数个天下的年轻十人之一，传闻家乡在青冥天下，却成了亚圣的嫡传弟子。

老者惋惜道："这个元雱出身儒家正统法脉，而且作为亚圣嫡传，却敢说什么道祖与至圣先师'相为终始'的话，大放厥词，不成体统。"

李宝瓶笑道："前辈有话直说，有事说事，不用与我假客气。"

她的言下之意，会说这种话的人，对那"三道"争论根本就全然不懂。既然全然不懂，就不是切磋学问来了，那么今天的套近乎肯定别有所求。

老人神色尴尬。他对这些读书人吃饱了撑的吵架确实既不感兴趣也整不明白，这趟浩然天下之行，小心翼翼，战战兢兢，差点没让他把腿跑断，十分辛苦。老人瞥了眼南边的十万大山，想着距离自己的老窝也不算太远了，自己这要是无功而返，估计腿都能被那个老瞎子打断。可老人虽然心急如焚，依旧神色自若，自报名号："老夫道号龙山公，是婆娑洲的山泽野修，读过些圣贤书，由衷仰慕文圣一脉的学识……"

李宝瓶立即笑问道："敢问老先生，何为化性起伪，何为明分使群？"

自号龙山公的黄衣老人又开始抓瞎，觉得这个小姑娘好难缠，只好"开诚布公"道："实不相瞒，老夫对文庙各脉的圣人学说确实一知半解，但是唯独对文圣一脉，从文圣老先生的合道三洲，再到各位文脉嫡传的力挽狂澜于既倒，那是真心仰慕万分，绝无半点虚假。"

文圣一脉，左右、陈平安、崔瀺。左右在此出剑，陈平安担任隐官。山水颠倒，崔瀺跨洲远游至此，散去十四境道行，与两座天地合，成为第二座"剑气长城"，彻底阻断蛮荒天下的退路，迫使托月山大祖不得不分心分力打开大海三处归墟，不然两座天地光阴刻度和度量衡，百年之内都休想缝补修缮了。

这种无形的礼崩乐坏，对凡夫俗子影响不大，却会殃及两个天下的所有修道之士。心魔借机作祟缝隙间，只会如野草繁芜。修士道心无漏，可天崩地裂，小无漏如何敌过天地缺漏。而且修补得越晚，对天时影响越大。

李槐有些百无聊赖。烦，又是些见风使舵的山上修士攀附文圣一脉来了。尤其是眼前这位龙山公，好歹将我家祖师爷的那三十二篇背个滚瓜烂熟再来客套寒暄啊。一看就不是个老江湖，别说跟裴钱比了，比自己都不如。

如果不是忌惮那位坐镇天幕的儒家圣贤，龙山公早就一巴掌拍飞李宝瓶，然后拎着李槐就跑路了。他眼角余光瞥了眼十万大山那边：所幸老瞎子还没有露面，那就还有机会补救，兴许还来得及，一定要来得及！

老瞎子脾气不太好，每次出手从来没个轻重的。关键是那个老不死的睁眼瞎万年以来只会窝里横，欺负忠心耿耿的自家人。都是数座天下屈指可数的十四境了，咋个不去跟陈清都问几剑呢？怎么不去跟托月山大祖掰手腕啊？骨头没四两重的老东西，只会跟自个儿显摆境界。老鸟等死狗是吧，看谁熬死谁。

李宝瓶挪步拦在李槐身前，问道："老先生，不如开门见山，说句敞亮话？"

龙山公抚须而笑，故作镇定，硬着头皮说道："好好好，小姑娘好眼光。老夫确实有些私心，见你们两个年轻晚辈根骨清奇，是万里挑一的修道奇才，所以打算收你们做那不记名的弟子。放心，李姑娘你们无须改换门庭，老夫这辈子修行，吃了眼高于顶的大苦头，一直没能收取嫡传弟子，委实是舍不得一身道法就此落空，所以想要送你们一桩福缘。"

李宝瓶摇摇头："老先生好意心领，至于拜师学艺，就算了。哪怕是不记名的弟子，依旧于礼不合。"

龙山公腹诽不已：谁稀罕你，小小年纪就有了君子气象，还是个娘儿们。要搁老子在蛮荒天下纵横捭阖的那段峥嵘岁月，你这样碍眼不识趣的小姑娘，随手一抓，一口一个，嘎嘣脆。

李槐觉得这个老先生有点意思啊，鬼鬼祟祟的，口气不小，还担心什么道法落空，所以白送一桩福缘？他以心声问道："李宝瓶，这家伙该不会是打家劫舍来了吧？"

李宝瓶答道："不会，他没这胆子。"

于是李槐笑呵呵问道："老前辈，冒昧问一句，啥境界啊？"

龙山公差点热泪盈眶：终于与这位李大爷说上话聊上天了！那个屁大的宝瓶洲，他打死都不敢去，在海外苦等数年，好不容易等到李槐来了中土神洲。整整十年，十年光阴啊，在浩然天下奔波劳碌，东躲西藏，堂堂飞升境，与绯妃、老聋儿一个辈分的存在，当了十年的丧家犬!

龙山公收拾情绪,咳嗽一声:"境界尚可,小有道法。"

李槐笑道:"那就是不太高喽?"

龙山公立即说道:"高,怎么不高! 自谦而已。"

李槐伸出大拇指,指了指墙头上那个大字:"我跟阿良是斩鸡头烧黄纸的拜把子兄弟,那还是阿良筷子敲碗,哭着喊着,我才答应的。"

龙山公想死的心都有了:老瞎子这是造孽啊,就收这么个弟子祸害自己?

他心弦紧绷,察觉到那股窒息的磅礴气势好像开始临近剑气长城了。

提心吊胆的十年辛酸不能换来被打个半死的惨淡结局啊,老人一个扑通,匍匐在地:"李槐,求你了,就答应随我修行吧。至于拜师什么的,你开心就好啊。"

饶是李宝瓶都有些目瞪口呆:这个莫名其妙跑出来的龙山公到底是要做什么?

李槐更是吓了一大跳。果然果然,天底下所有送上门的福缘都要不得。这个老先生脑子拎不清,随他修行,修啥?

一个身形矮小的老瞎子凭空出现在龙山公身边,一脚下去,"哎哟喂"一声,龙山公整条脊梁骨都断了,立即瘫软在地。

老瞎子嗤笑道:"废物玩意儿,就这么点小事都办不好,在浩然天下瞎逛荡,是吃了十年屎吗?"

老瞎子转头"望向"李槐,板着脸问道:"你就是李槐?"

李槐反问道:"我可以不是吗?"

老瞎子笑问道:"你觉得呢?"

李槐神色诚挚,点头道:"我觉得可以啊。"

李宝瓶微微皱眉。城头上,一位文庙圣贤、一位飞升境剑修、一位仙人境剑修,竟然都没有动静。她随即松了口气:至少这两个老人都不是什么会暴起行凶的歹人。

老瞎子冷笑道:"你小子与阿良是结拜兄弟? 那就极好了。"

如此一来,自己辈分就高了。

老瞎子随手指了指南边:"小子,只要当了我的嫡传,南边那十万大山,万里画卷,皆是辖境。金甲力士,刑徒妖族,任你驱策。"

李槐苦着脸,压低嗓音道:"我随口胡诌的,老前辈你怎么偷听了去,又怎么就当真了呢? 这种话不能乱传的,给那位开了天眼的十四境老神仙听了去,咱俩都要吃不了兜着走,何苦来哉。"

李宝瓶已经猜出了这位出手凌厉狠辣、一脚踩断他人脊梁骨的老人的身份——蛮荒天下的那个"老瞎子"。因为那个收徒弟收到磕头求人这种境界的龙山公分明脊柱尽碎,可依旧舒舒坦坦地趴在地上,还有些眼神玩味,一直偷偷打量李槐。他只是脸色有些破罐子破摔，但是绝对没有半点受伤的样子，换成任何一个修道之人，肉身再坚韧，再神通广大，遭此重创，也该神色萎靡不振了。

老瞎子指了指自己的眼睛，眼眶处塌陷，并无眼珠。若是飞升境之下的上五境修士胆敢施展神通直视此处，估计神魂就要当场坠入无底深渊，就此沦为六神无主之辈，空有一副皮囊傀儡。

李槐眨了眨眼睛，试探性问道："莫不是阿良生平最仰慕的那位老前辈？每次与我聊起前辈的英雄气概和壮举，那个家伙都会先沐浴更衣，而后泣不成声。"

李槐的意思，是想说我这么个比阿良还能胡扯的，没资格当你的高徒啊。

老瞎子揉了揉下巴：好弟子，会说话，以后不会闷了，自己收徒的眼光果真不差。

其实在蛮荒天下藩镇割据万年以来，不是没有妖族修士希冀着能够让老瞎子"青眼相加"，成为一位十四境大修士的嫡传弟子，从此一步登天。只不过那些投机取巧的可怜虫一个比一个花样多，费尽心思讨好老瞎子，可全部都成了那个龙山公的盘中餐。老瞎子的想法再简单不过：弟子，我可以收，用来关门。师父，你们别求，求了就死。

老瞎子伸出手抓住李槐的肩膀轻轻拎了拎：根骨重，有点意思。

李槐脸色微白，脚尖踮起，双手使劲握住那老瞎子的干枯手臂，与李宝瓶哀求道："李宝瓶，帮忙求求情啊。陈平安都好不容易回家了，结果我又给人抓去当劳什子徒弟，算怎么回事嘛。"

山中修道，动辄数年数十年，李槐是真心不乐意。境界这种东西，谁要谁拿去。

李宝瓶正色道："老前辈，没有你这样的道理，山上收徒和拜师，总要讲个你情我愿，随缘而起，应运而成。"

老瞎子笑道："小姑娘，别以为有个不是亲的大哥就能与我掰扯些有的没的。李希圣如今还太年轻，境界更是远远不够。至于他能不能在浩然天下遂愿，更是两说的事。"

李宝瓶微笑道："你说了不作数。"

李槐却是冒起一股无名之火：这个老瞎子过分了啊。

双手攥着那条胳膊，李槐整个人飞起就是一脚，踹在那老王八蛋的胸口上，那个趴在地上享福的黄衣老者差点没把一对狗眼瞪出来。

老瞎子纹丝不动，只是伸手拍了拍胸前尘土，不怒反笑，点头道："好，有我关门弟子的样子了。"

李槐有些愧疚，用那莫名其妙就会了的武夫手段聚音成线，与李宝瓶颤声道："宝瓶宝瓶，我这会儿有些腿软，胆气全无啊，站都站不稳，不敢再踹了，对不住啊。"

老瞎子笑呵呵道："仁至义尽，很对得住了。换成陈平安，也不敢如此。"

结果李槐蓦然胆气粗壮，又是飞起一脚。

老瞎子"嗯"了一声："有潜力，蛮好的。"

龙山公就像先后挨了两记天劫，突然开始担心起来：这位李大爷真要成了老瞎子的嫡传，自个儿估计日子不会太好受。

城头之上，一位文庙圣贤问道："真没事？"

茅小冬笑道："能够收容数位北游剑仙的十万大山绝非乌烟瘴气之地，一个能与阿良当朋友的人，一个能被我先生敬称为前辈的人，需要我担心什么？"

老瞎子"瞥了眼"城头，出身文圣一脉的读书人，真他娘的会说话。

老瞎子收回视线，面对这个十分顺眼的李槐，破天荒有些和颜悦色，道："当了我的开山和关门弟子，哪里需要待在山中修行，随便逛荡两个天下。地上那个，瞧见没，以后就是你的跟班了。"

李槐哭丧着脸道："我何德何能啊，能够让龙山公前辈为我护道。"

他娘的，一个会朝自己跪地磕头的，境界能高到哪里去？谁给谁护道都难说吧。关键是地上这位老前辈风骨全无啊，与自己的凛冽风骨那完全不是一个路数的，就算凑一起也肯定聊不到一块。

老瞎子性情大好，笑呵呵道："不错，不愧是我的弟子，都敢瞧不起一位飞升境。很好，那它就没活着的必要了。"

地上那个飞升境见机不妙，以迅雷不及掩耳之势站起身，苦苦哀求道："李槐，今天的活命之恩，我以后肯定会以死相报的啊。"

老瞎子是什么人，它最清楚不过了，绝对不是个会开玩笑的。

李槐问道："能不能先别当嫡传，当个不记名弟子？"

老瞎子点头道："当然可以。"

李槐叹了口气，看了眼双手背后的老瞎子，再看了眼笑容谄媚的龙山公老前辈：这都什么跟什么啊。

李槐悄悄与李宝瓶说道："等我学了本事，就帮你揍这个不记名师父啊。反正不记名，不算那啥欺师灭祖。"

李宝瓶笑道："老前辈都听得到。"

李槐哈哈一笑，快步走到老瞎子身边，娴熟地揉肩敲背。龙山公立即觉得老瞎子收这位李大爷做徒弟，确实眼光挺好的。它就是担心自己饭碗不保，给李槐抢了去。

李槐突然停下动作，没来由就想起了杨家铺子，有些伤感。

老瞎子说道："不用如此，到了岁数，释然而去，是大幸事。"

李槐挠挠头："希望如此。"

老瞎子问道："你是先去大山那边看几眼，还是直接返回城头？"

李槐大手一挥："逛逛自家山头去！"

李宝瓶没有同行。

给老瞎子带到了十万大山那间山巅茅屋，李槐环顾四周，总觉得自己掉入了贼窝，老瞎子之所以如此收徒，是缺钱花了。

李槐看了眼那条恢复真身的老狗，见它正趴在一旁轻轻摇尾，便与老瞎子问道："晚饭吃啥?"

图书在版编目(CIP)数据

剑来28：清都山水郎 / 烽火戏诸侯著．—杭州：浙江文艺出版社，2021.10（2025.1重印）
ISBN 978-7-5339-6630-0

Ⅰ．①剑… Ⅱ．①烽… Ⅲ．①长篇小说—中国—当代 Ⅳ．①I247.5

中国版本图书馆CIP数据核字（2021）第193767号

选题策划 柳明晔
责任编辑 徐 旼
营销编辑 俞姝辰 宋佳音
封面绘图 温十澈
责任印制 吴春娟

剑来28：清都山水郎
烽火戏诸侯 著

出版 浙江文艺出版社
地址 杭州市环城北路177号
邮编 310003
电话 0571-85176953(总编办)
0571-85152727(市场部)
制版 浙江新华图文制作有限公司
印刷 杭州杭新印务有限公司
开本 710毫米×1000毫米 1/16
字数 322千字
印张 16
插页 2
版次 2021年10月第1版
印次 2025年1月第9次印刷
书号 ISBN 978-7-5339-6630-0
定价 48.00元